ATÉ QUE O INFERNO NOS SEPARE

TÍTULO ORIGINAL *You Deserve Each Other*

COPYRIGHT © 2020 by Sarah Hogle

All rights reserved including the right of reproduction in whole or in part in any form. This edition published by arrangement with G. P. Putnam's Sons, an imprint of Penguin Publishing Group, a division of Penguin Random House LLC. Todos os direitos reservados, incluindo o direito de reprodução desta obra completa ou em parte, em qualquer formato. Edição brasileira publicada mediante acordo com G.P. Putnam's Sons, um selo de Penguin Publishing Group, divisão da Penguin Random House LLC.
© 2022 VR Editora S.A.

DIREÇÃO EDITORIAL Marco Garcia
COORDENAÇÃO EDITORIAL Thaíse Costa Macêdo
PREPARAÇÃO Marina Constantino
EDIÇÃO DE TEXTO Camile Mendrot | Ab Aeterno
ASSISTÊNCIA EDITORIAL Luany Molissani | Ab Aeterno
REVISÃO Lívia Pupo | Ab Aeterno
DIAGRAMAÇÃO WAP Studio e Pamella Destefi
DESIGN E ILUSTRAÇÕES DE CAPA Vikki Chu
ADAPTAÇÃO DE CAPA Pamella Destefi

Dados Internacionais de Catalogação na Publicação (CIP)
(Câmara Brasileira do Livro, SP, Brasil)

Hogle, Sarah

    Até que o inferno nos separe / Sarah Hogle; tradução Carolina Caires Coelho. — Cotia, SP: VR Editora, 2022.

    Título original: You deserve each other
    ISBN 978-85-507-0362-6

    1. Ficção norte-americana I. Título.

22-127355   CDD-813

Índices para catálogo sistemático:

1. Ficção : Literatura norte-americana 813

Cibele Maria Dias — Bibliotecária — CRB-8/9427

Todos os direitos desta edição reservados à
VR EDITORA S.A.
Via das Magnólias, 327 – Sala 01 | Jardim Colibri
CEP 06713-270 | Cotia | SP
Tel. | Fax: (+55 11) 4702-9148
vreditoras.com.br | editoras@vreditoras.com.br

ATÉ QUE O INFERNO NOS SEPARE

Sarah Hogle

TRADUÇÃO
Carolina Caires Coelho

Para meu marido, Marcus, e para nossos filhos.
Vocês são minha fonte de felicidade.

PRÓLOGO

Acho que ele vai me beijar hoje à noite.

E se ele não me beijar, tenho certeza de que vou morrer. Estamos no segundo encontro, estacionados em um cinema *drive-in* fingindo assistir a um filme enquanto trocamos olhares furtivos. O filme tem duas horas e cinco minutos de duração. Passamos uma hora e cinquenta e cinco minutos sem nos beijarmos. Não quero parecer desesperada, mas não contornei um terço do meu corpo com tanto pó iluminador para não deixar pelo menos um pouco na camisa dele. Se tudo correr conforme o planejado, ele vai voltar desnorteado para casa mais tarde, com os cabelos desgrenhados e brilho suficiente nas roupas para fazê-lo refletir para os carros que passarem. Ele vai ficar impregnado com o cheiro dos meus feromônios por uma semana, não importa o quanto ele se esfregue no banho.

Eu não tenho economizado nas indiretas, lambendo, mordiscando e tocando meus lábios despretensiosamente para destacá-los – conselho que recebi da revista *Cosmopolitan*. Meu brilho labial reluzente foi desenvolvido em laboratório para atrair os lábios masculinos, eficaz como penas de pavão. Os instintos primitivos de Nicholas não conseguirão resistir. É também um ímã para o meu cabelo, e fico sentindo o gosto de spray de alta fixação na boca, mas às vezes a beleza exige sacrifício. Além de tudo isso, minha mão esquerda, com a palma para cima, repousa no assento para dar acesso máximo, caso ele queira pegá-la e levá-la para casa com ele.

Minhas esperanças começam a desaparecer quando ele olha para mim e depois desvia o olhar rapidamente. Talvez ele seja o tipo de pessoa que quer realmente assistir ao filme em um *drive-in*. Por mais que eu odeie pensar nisso, talvez ele simplesmente não esteja a fim. Não seria a primeira vez que um sedutor com muita lábia me deixaria com um beijo de boa-noite e depois sumiria bem quando eu achasse que as coisas estavam ficando boas.

E então percebo: um sinal de que passar a noite toda comendo meu próprio cabelo não foi em vão. Ele chega na forma de um papel de bala de menta amassado no porta-copos. Eu sutilmente farejo o ar e, diabos, sim, é definitivamente o cheiro de hortelã. Verifico o porta-copos novamente e é ainda melhor do que eu pensava. Dois papéis de bala! Ele está apostando dobrado! Um cara não chupa duas balas de menta a menos que esteja se preparando para entrar em ação.

Meu Deus, esse homem é tão bonito que estou quase convencida de que, de alguma forma, o persuadi a isso. Gosto de cada detalhe no Nicholas. Ele não esperou três dias para ligar depois do primeiro encontro. Nenhuma mensagem de texto dele tem erros gramaticais. Eu ainda não recebi uma foto não solicitada do pinto dele. Já quero reservar o salão para o nosso casamento.

– Naomi? – Ele diz, e eu volto à realidade.

– Oi?

Ele sorri. É tão adorável que sorrio também.

– Você me ouviu?

A resposta para a pergunta é não, porque estou aqui admirando o perfil dele, apaixonada demais para um início de... Não posso nem chamar isso de relacionamento. Nós só tivemos dois encontros. *Recomponha-se, Naomi.*

– Deu uma viajada? – Ele tenta adivinhar.

Eu me sinto corar.

– Sim. Desculpe. Às vezes nem percebo quando as pessoas falam comigo.

Seu sorriso se alarga.

– Você é fofa.

Ele acha que eu sou fofa? Meu coração se acelera. Faço um discurso silencioso de agradecimento aos meus cílios postiços e a esta blusa decotada (mas ainda assim elegante).

Ele inclina a cabeça e me observa.

– Eu disse que o filme acabou.

Viro a cabeça e olho para a tela. Ele tem razão. Não tenho ideia de como o filme terminou e não poderia descrever quais foram os principais pontos da trama. Acho que era um romance, mas quem se importa? Estou muito mais interessada no romance se desenrolando aqui neste carro. O estacionamento agora está deserto, concedendo-nos privacidade suficiente para fazer minha imaginação ir à loucura. Tudo pode acontecer. Somos só eu, Nicholas e...

O cardigã cor-de-rosa dobrado cuidadosamente no banco de trás, que obviamente pertence a uma mulher, uma mulher que não sou eu.

Sinto o estômago revirar, e Nicholas segue meu olhar.

– Isso é para a minha mãe – diz rapidamente. Não me dou por convencida até que ele me mostra um cartão de FELIZ ANIVERSÁRIO que está embaixo da peça, assinado por ele e com uma mensagem pessoal. *Te amo, mãe!* Eu desmaio por dentro.

– Que legal! – digo a ele, ciente da sensação de isolamento e intimidade no carro. Estou muito nervosa, e as embalagens de bala descartadas continuam prendendo a minha atenção. O filme acabou, então o que ele está esperando? – Obrigada por me trazer aqui. Não sobraram muitos *drive-ins* hoje em dia. Provavelmente apenas uns dois em todo o Midwest. – É ainda mais raro encontrar um que fique aberto o ano todo. Felizmente, recebemos um aquecedor elétrico de cortesia para compensar pela insanidade de fazer algo assim em janeiro. Temos alguns cobertores sobre nós e, para um encontro inusitado de inverno, está sendo surpreendentemente aconchegante.

– Restam oito no estado, na verdade – ele esclarece. O fato de ele saber essa informação de cabeça é impressionante. – Está com fome? Tem um quiosque aqui perto com o melhor *frozen yogurt* que você vai comer na vida.

Não gosto muito de *frozen yogurt* (especialmente no frio), mas de jeito nenhum vou ser desagradável com ele. Nós não nos conhecemos muito bem ainda, e, se eu quiser garantir um terceiro encontro, preciso parecer ser alguém fácil de agradar. Naomi, a descontraída, uma companhia divertida de sair e *definitivamente* para dar uns amassos. Talvez, depois do *frozen yogurt*, ele me beije. E possivelmente desabotoe a camisa.

– Ótima ideia!

Em vez de colocar o cinto de segurança e ir embora, ele hesita. Mexe nos botões do rádio até que o barulho de estática suma e, em seu lugar, uma música indie animada chamada – "You Say It Too"– começa a tocar. Eu me dou conta de que ele está quieto porque está nervoso, não desinteressado, o que me surpreende, porque até agora ele só exibia autoconfiança. Há um clima no ar, e minha pulsação se acelera ao adivinhar o que está por vir. O ritmo do sangue pulsando nas minhas veias forma uma música. *Sim! Sim! Sim!*

– Você é linda – ele diz com sinceridade, virando-se para me encarar por completo. Seus olhos estão hesitantes quando ele torce a boca, e fico atordoada por ver que, entre os dois, *ele* é quem está nervoso. Meu coração pula quando ele se inclina um pouquinho em minha direção. Outro pulo. Seus lábios se entreabrem, o olhar descendo para a minha boca, e, de repente, não consigo mais me lembrar de nenhum outro namorado, ele ofusca todos completamente. É inteligente, charmoso e perfeito, absolutamente perfeito para mim.

Meu coração está agora entalado na minha garganta. Seus dedos acariciam meu cabelo, inclinando minha cabeça em direção à sua. Nicholas se inclina para frente para eliminar os centímetros finais que nos separam e ilumina meu mundo como uma estrela cadente, e sinto a ansiedade, a admiração e uma sensação tremenda correndo em minhas veias de que está tudo certo. Ele me beija e já era, como eu tinha certeza que aconteceria.

Que noite mágica e extraordinária.

CAPÍTULO UM

UM ANO E NOVE MESES DEPOIS

Que dia feio e chato. A chuva cai no para-brisa do carro igualmente feio do meu colega de trabalho. O veículo cheira a batatas fritas geladas do McDonald's e pinheiros. Leon bate a ponta dos dedos no volante, inclinando-se um pouco para a frente para enxergar lá fora. Os limpadores vão de um lado para o outro com toda a força, mas a chuva desaba como se alguém tivesse cortado o céu ao meio e desse rasgo um oceano começasse a vazar.

– Obrigada de novo pela carona.

– Não precisa agradecer.

Contraio os lábios e inalo o cheiro de pinheiro. O que quer que ele tenha borrifado aqui antes de eu entrar vai me acompanhar pelo resto do dia. Eu não conheço muito o Leon, então é bem possível que haja um cadáver no porta-malas e o perfume em spray de pinheiro seja para encobri-lo.

– Está chovendo muito forte – digo. Brandy não pôde me levar para casa porque sua irmã a buscou mais cedo. Zach foi de moto hoje, e eu aposto que se arrependeu. Melissa se ofereceu para me dar uma carona, claramente esperando que eu recusasse, e foi por isso que recusei. Eu meio que me odeio por ainda querer que ela goste de mim. Ela está sendo absurdamente insuportável comigo desde que a apresentei a um amigo do meu noivo que acabou se revelando ser um traidor em série. Ela acha que Nicholas e eu sabíamos que ele era desses desde o início e que destruímos sua capacidade de confiar nos homens de propósito.

— Sim, deve chover a semana toda.

— Isso é muito ruim para quem vai sair perguntando "travessuras ou gostosuras".

Leon se vira para mim por um momento, antes de seus olhos deslizarem de volta para a estrada. Ou para o que consegue enxergar dela — francamente, não sei como ele ainda está avançando, porque não consigo ver nada. Poderíamos até estar cortando grama em um campo enorme que não conseguiríamos enxergar nada. Estamos no fim de outubro e faz cinco graus. Na semana passada, eu estava vestindo shorts. Na semana anterior, estava tão frio que quase nevou. O outono em Wisconsin é uma alegria.

— Você vai distribuir doces? — pergunta Leon.

A resposta é óbvia. Eu amo doces e amo crianças, especialmente garotinhos detestáveis, porque os acho engraçados. Também adoro o outono. Desde o começo do mês, tenho usado a cor cobre cintilante da minha paleta de sombras, tentando dar às minhas pálpebras o mesmo tom do pôr do sol sobre um canteiro de abóboras.

O chão do meu quarto é um mar de suéteres macios que me fazem sentir como um capitão do mar, botas de cano alto e uma imensidão de lenços. Toda refeição contém alguma pitada de tempero de abóbora. Quando não estou ingerindo abóbora, estou respirando o aroma dela como uma viciada, forrando toda superfície disponível em minha casa com velas que cheiram a comida. Torta de maçã, torta de abóbora, tempero de abóbora, maçã com abóbora.

Minha estética é assumida e violentamente básica. Parte disso vem de uma vendedora da MAC que me disse que sou do tipo outono, por causa dos meus olhos âmbar e cabelos longos e lisos da cor de noz-pecã, mas sei do fundo da minha alma adoradora de folhas, amante de gorros e faminta por abóboras que eu seria completamente básica mesmo se tivesse um subtom de pele neutro. Está no meu DNA.

E, no entanto, não estou com vontade de distribuir doces no Halloween. Eu nem coloquei decorações, o que costumava ser uma das minhas atividades favoritas no início da estação. É capaz de eu a noite sozinha de moletom, assistindo a programas ruins de tevê enquanto Nicholas joga *Gears of War* na casa de um amigo, ou podemos voltar antes das nove da noite após distribuir escovas de dentes baratas e fio dental para crianças decepcionadas.

– Talvez – digo finalmente, porque não me importo mais com o que faço. Meu nível de entusiasmo seria o mesmo se estivesse andando de montanha-russa ou fazendo uma lista de compras. O pensamento me deixa triste, mas o que mais me entristece é que não vou fazer nada a respeito.

– Eu faria isso se morasse em uma rua mais movimentada – Leon responde. – Onde moro, ninguém passa perguntando "travessuras ou gostosuras".

Não existem ruas movimentadas em Morris. É uma cidade tão pequena que seria difícil encontrar-nos em um mapa de Wisconsin. Temos apenas dois semáforos.

Faróis passam e pneus cospem ondas de água como Moisés abrindo o Mar Vermelho. Se eu estivesse dirigindo, definitivamente teria parado em um estacionamento há muito tempo e esperado. Mas Leon está completamente à vontade. Fico tentando imaginar se ele mantém essa mesma expressão tranquila enquanto faz picadinho das pessoas e desliza os restos viscosos por uma tábua de corte no porta-malas do carro.

Não que Leon tenha me dado algum motivo para ser cautelosa com ele. Eu deveria estar fazendo perguntas educadas sobre onde ele mora ou algo assim, mas estou de olho nos números cor de esmeralda do relógio digital e fico tentando adivinhar se Nicholas já está em casa, porque espero desesperadamente que ele não esteja. A Ferro-Velho abre às dez e fecha às seis todos os dias, exceto aos sábados, quando fica aberta das onze às sete.

Nicholas trabalha como dentista na clínica Só Ria, que fica na avenida em que estamos agora, a Langley, e sai às seis. Normalmente, chego antes dele, porque ele para na casa dos pais para entregar um café à mãe ou ler alguma carta confusa que chegou pelo correio ou o que quer que ela peça no dia em questão. Se ela passar mais de vinte e quatro horas sem vê-lo, seu sistema operacional entra em pane.

Hoje cedo me deparei com um dos pneus do meu carro completamente vazio. Parada ali, olhando para ele, fui transportada para um ano atrás, quando Nicholas comentou que precisaria me ensinar a trocar um pneu. Ofendida por sua suposição de que eu ainda não sabia como fazer isso, eu o chamei de volta à realidade e o informei que já trocava pneus há anos. Sou uma mulher moderna, responsável e autossuficiente. Não preciso de um homem para me ajudar na manutenção veicular.

O problema é que eu realmente não sei como trocar um pneu. Hoje de manhã o clima estava agradável, e eu não tinha ideia de que ia chover, então decidi ir a pé – que é o que me traz à minha situação atual no carro de Leon, porque de jeito nenhum eu voltaria a pé para casa. Afinal, este suéter é de caxemira.

Minha mentirinha sobre pneus saiu um pouco do controle quando o pai de Nicholas, que tem crenças deploravelmente antiquadas, comentou que as mulheres não sabem como trocar o óleo. Retrucando, eu disse: "Oi? Eu vivo trocando o óleo do meu carro". Falei isso pelo feminismo. Ninguém pode me julgar. Então posso ter me gabado de que uma vez troquei meus próprios amortecedores e pastilhas de freio e que nunca precisei da assistência de um mecânico, jamais. Sei que Nicholas está desconfiado e tem tentado me pegar na mentira sempre que meu carro precisa de reparos. Convenientemente, sou uma mecânica especialista apenas quando ele está no trabalho, e por isso ele nunca me vê em ação. Entro furtivamente na Morris Auto, como uma criminosa, e pago Dave em dinheiro. Dave é gente boa. Prometeu nunca me dedurar e me deixa levar o crédito por seu trabalho.

Todo prédio na Langley parece uma mancha fria e azulada em meio a toda essa chuva. Passamos por uma versão de Claude Monet da Só Ria, e rezo para que Nicholas não tenha a visão de um falcão e por milagre consiga me ver no banco do passageiro de um carro desconhecido. Se ficar sabendo que eu não fui de carro hoje, vai me perguntar o porquê. Não tenho uma boa desculpa. Ele vai descobrir que eu estava mentindo quando disse que sei consertar carros, e sua cara presunçosa de "eu sabia" vai me irritar tanto que minha acne vai voltar com tudo. Ele não tem indícios em que basear sua desconfiança da minha proeza como mecânica para começo de conversa. É sexista supor que eu não saberia como reparar mangueiras com vazamento e correias soltas e qualquer outra coisa que faça um carro explodir. Ele deveria ver todas as minhas mentiras como verdades.

Quero que Leon se apresse, mesmo que o asfalto esteja escorregadio e que eu preferisse não morrer neste carro que cheira como se tivessem enfiado uma floresta inteira pela grade do radiador. Fico tentando decidir como posso formular o pedido de arriscar sua vida mortalmente para que eu tenha tempo de procurar tutoriais no YouTube antes da chegada de Nicholas. Vale a pena talvez derrapar para fora da pista para manter essa farsa? Vale. Vale muito. Eu não a mantenho há tanto tempo para colocar tudo a perder por causa da chuva.

Pego um copo do chão e o viro.

– Dunkin' Donuts, hein? Não deixe Brandy descobrir.

A irmã de Brandy é dona de uma cafeteria, o Blue Tulip Café, e Brandy é sua embaixadora junto à Ferro-Velho. Ela não deixa ninguém no trabalho se safar por frequentar grandes redes de café.

Leon ri.

– Ah, eu sei. Tenho que esconder isso como se fosse um grande segredo. Mas o café do Dunkin' Donuts tem um gosto melhor, e você também tem que considerar minha fidelidade ao nome. Quando se compartilha o sobrenome com o Dunkin' Donuts, é aí que reside sua lealdade.

– Seu sobrenome é Donuts? – digo como uma completa idiota, uma fração de segundo antes de perceber meu erro óbvio.

– Meu sobrenome é Duncan, Naomi. – Leon me lança um olhar, e sua expressão deveria ser a de quem diz *Você está falando sério?*, porque este é um detalhe que eu provavelmente já deveria saber, estando trabalhando com ele desde fevereiro na Ferro-Velho, que não é literalmente um ferro-velho, como diz o nome. É um comércio familiar. Mas suas maneiras são infinitamente superiores às minhas, então sua expressão é de *Ah, isso é algo perfeitamente compreensível, suponho.*

Quero abrir a porta e me jogar, mas resisto. O mundo está desabando lá fora e eu vou ficar ensopada. Com essa visibilidade, vou vagar no pela rua e ser atropelada. Uma foto minha em preto e branco aparecerá no jornal, com um aviso de que, em vez de flores, a família do meu noivo solicita que sejam feitas doações para sua instituição de caridade com fins lucrativos, Arcadas de Livros, que envia livros didáticos de higiene bucal para escolas carentes.

Eu me sinto fervilhar por um momento porque isso é *exatamente* o que aconteceria, e sou tão rancorosa que acho que escolheria as flores.

Finalmente, paramos na minha rua. Já estou desafivelando o cinto de segurança quando aponto para a casinha branca com meu velho e confiável carrinho popular atrás de uma Maserati dourada, a dupla mais incompatível possível.

Nicholas está em casa, droga.

Na varanda com a correspondência do dia e uma bolsa de couro debaixo do braço, destrancando a porta da frente. Na única vez em que preciso que ele vá adorar sua mãe depois do trabalho, ele vem direto para casa como um idiota. Dou uma olhada no meu carro e suspiro; o pneu está tão murcho que a carroceria toda está torta. Será um milagre se Nicholas não tiver notado. Meu carrinho popular é uma piada ao lado do carro chamativo dele, tão deslocado em Morris a ponto de todo mundo saber a quem pertence sempre que passa pelo semáforo assim que fica vermelho.

Por outro lado, o veículo de Leon é um Frankenstein de peças japonesas. A maior parte é de um azul-acinzentado opaco, exceto a porta do motorista, que é vermelha e corroída pela ferrugem, e o porta-malas, que é branco e não fecha direito. Range o trajeto todo, o que provavelmente explica por que imagino alguém amarrado e amordaçado lá atrás. Coitado do Leon. Sei que dizem que é com os quietos que é preciso tomar cuidado, mas ele sempre foi legal comigo e não merece minha desconfiança. Ele *provavelmente* não é Jack, o Estripador.

– A gente se vê à noite – diz.

Brandy organiza uma noite de jogos quase todas as sextas-feiras. Os convidados sempre são Zach, Melissa, Leon e eu, com um convite permanente para nossos agregados. Nicholas nunca foi a uma das noites de jogos de Brandy, aos churrascos de Zach ou às excursões pelo minigolfe de Melissa, o que, por mim, não tem problema. Ele pode fazer suas próprias coisas com seus próprios amigos, dos quais ele nem gosta, mas com quem continua saindo de qualquer maneira porque é difícil fazer novos amigos aos trinta e dois anos.

Estou no meio do pátio quando Leon inesperadamente grita:

– Ei, Nicholas!

Nicholas lhe dá um aceno confuso. Meus colegas de trabalho tendem a ignorá-lo sempre que o veem, e vice-versa.

– Opa!

– Você vai jogar com a gente mais tarde? – Leon pergunta a ele.

Não consigo conter uma risada que soa como "Bagh", porque é claro que ele não vai. Ninguém que vai gosta dele, e ele ficaria o tempo todo retraído e mal-humorado, o que acabaria com toda a diversão para mim. Se ele fosse, meus amigos (ainda estou contando Melissa como amiga, mesmo que ela prefira que eu não faça isso, porque tenho esperança de que ela seja legal comigo novamente algum dia) poderiam perceber que não somos os pombinhos yin e yang que tenho fingido que somos nos *stories* do Instagram. De certa forma, é conveniente que Nicholas evite meus amigos e não se aproxime o suficiente para eles inspecionarem. Saber que nosso relacionamento parece invejável para alguém que está de fora é a única coisa que temos a nosso favor, já que na realidade o que temos não é nada invejável.

– Que risada é essa? – Nicholas pergunta, parecendo ofendido.

– Você nunca vai à noite de jogos. Por que ele se deu ao trabalho de perguntar? – Para Leon, eu grito:– Não, ele tem um compromisso.

– Que pena – Leon responde. – Você sabe que é bem-vindo se mudar de ideia, Nicholas.

Ele não tira os olhos semicerrados dos meus ao responder:

– Quer saber? Acho que eu vou.

Leon acena alegremente, o que está em total desacordo com o choque que me apresso em disfarçar.

– Legal! Até mais, Naomi. – E então vai embora.

É a coisa mais simples de se dizer, *Até mais, Naomi*, mas algo estranho me ocorre.

Faz muito tempo que ninguém me vê de verdade, já que mantenho tanto de mim escondido. *Eu,* quem eu realmente sou, uma pessoa que está viva há vinte e oito anos, vinte e seis destes sem saber da existência de Nicholas Rose. Tenho sangrado lentamente as partes Westfield de mim para me tornar uma prévia de Naomi Rose. Quase a sra. Rose. Tenho sido a metade de um todo há quase dois anos e, ultimamente, não sei nem se poderia ser considerada nem sequer uma metade.

Mas quando alguém me chama de Naomi com uma voz bondosa, me sinto como aquela garota que já fui antes. Durante o breve tempo que o carro de Leon leva para desaparecer na rua, sou Naomi Westfield novamente.

– Você não quer que eu vá – Nicholas diz de modo acusatório.

– Como é? Não seja ridículo. Claro que quero.

Ofereço a ele o meu maior sorriso. Para ser convincente, preciso fazer o sorriso chegar até os olhos. Um sorriso verdadeiro. Sempre que faço isso, gosto de imaginar que estou olhando para ele pelo espelho do retrovisor, deixando Morris, para nunca mais vê-lo.

CAPÍTULO DOIS

Estou no sofá assistindo a algo que vai estragar meu cérebro, meio ouvindo Nicholas reclamar sobre um amigo de um amigo que vai às partidas de futebol no parque algumas vezes por mês. É aquele que pensa que joga melhor do que Nicholas, o que pensa que sabe mais sobre o esporte do que Nicholas, e Nicholas vai lhe dizer o que pensa qualquer dia desses. Ele diz isso desde que eu o conheci. Pelo menos ele acreditou na história sobre por que fui a pé para o trabalho: estou tomando medidas para levar um estilo de vida mais saudável e caminhar é minha mais nova paixão. Nicholas deveria seguir meu exemplo e ir andando até o trabalho também, em vez de destruir o planeta com gases de efeito estufa. Sinceramente, ele poderia aprender umas coisinhas comigo.

Deixo que ele desabafe. Aceno e concordo como a boa noiva que sou, mas não sou uma boa noiva, porque sinto que posso desmoronar a qualquer momento.

Sou uma boa atriz. É um motivo de orgulho. O motivo de orgulho de Nicholas é que ele pensa que sabe tudo sobre mim. Ele diz o tempo todo às pessoas que não consigo esconder nada dele. Sou transparente como o ar e intelectualmente substancial. O fato de ele acreditar, olhando nos meus olhos, que estou totalmente apaixonada por ele comprova que sou uma atriz fantástica e que ele não sabe tudo sobre mim, nem mesmo sobre a maioria das coisas.

Em termos de proporção, diria que sou quarenta por cento apaixonada por Nicholas. Talvez eu não devesse dizer *apaixonada*. Há uma diferença. A paixão é frenética. Flutuante. Um tombo. Envolve suar de nervosismo, sentir os batimentos cardíacos acelerados e uma sensação tremenda de que está tudo certo, ou pelo menos é o que ouço por aí. Eu não sinto isso. Eu o amo quarenta por cento.

Não é tão ruim quanto parece, ao se pensar em casais conhecidos. Se forem sinceros, muitos deles revelariam um número menor do que o que declarariam em voz alta. A verdade é que não acho que duas pessoas se sintam cem por cento apaixonadas uma pela outra ao mesmo tempo o tempo todo. Elas podem se revezar aos setenta e cinco por cento, o maior número que alcançam, enquanto o outro chega aos sessenta por cento.

Sou uma triste cínica (uma característica mais recente) e uma romântica sonhadora (sempre fui), o que é uma combinação tão terrível que nem eu me tolero. Se eu fosse apenas uma dessas coisas, talvez estivesse acenando com a cabeça e concordando com Nicholas, sorrindo radiante, em vez de martelar um dos meus devaneios favoritos para quando não quero me concentrar em viver a realidade. No devaneio, estou no altar ao lado de Nicholas no dia do meu casamento. O padre pergunta se alguém se opõe à união e alguém se levanta, proclamando corajosamente:

— Eu me oponho. — Todos suspiram. É Jake Pavelka, o polêmico astro da décima quarta temporada americana de *The Bachelor*.

Na vida real, Jake Pavelka não vai interromper meu casamento, e Nicholas e eu ficaremos presos um ao outro. Revisito de cabeça o meu calendário e me sinto mal com o pouco tempo que me resta. Agora, a ideia de dizer o *Sim* faz meu coração galopar como um trem desgovernado.

Estou desmoronando, e Nicholas nem percebe.

Isso está se tornando uma bola de neve. Justamente quando penso que a sensação estranha se foi e me sinto calma de novo, com todos os sentimentos de insatisfação reprimidos, o pêndulo balança de volta para mim. Às vezes, a sensação me atinge quando estou prestes a adormecer. Acontece também quando estou voltando do trabalho para casa e durante o jantar, o que significa que perco o apetite imediatamente e tenho que inventar uma explicação aceitável para isso.

Por causa das minhas desculpas, Nicholas acha que tenho o estômago sensível e que minha TPM dura três semanas. Frequentemente discutimos meu consumo de glúten, e finjo considerar cortar o açúcar da dieta. Isso é o que acontece quando se namora um cara por onze meses, para se torna noiva seis horas antes de irem morar juntos e descobrir quem a outra pessoa realmente é no dia a dia. Aceitar o Namorado Nicholas e, mais tarde, herdar o Noivo Nicholas foi um péssimo negócio, vou te contar. Pensei que tinha vencido quando o encontrei, mas depois de colocar um anel de noivado no meu dedo ele me relegou ao Eterno Segundo Lugar.

Quando estou sozinha, ou quando praticamente estou sozinha porque ele escolheu me ignorar e passar o tempo no computador, me permito, pelo menos, o alívio de parar de sorrir. Não preciso gastar energia fingindo que estou bem. Não me deixo ceder a pensamentos obscuros e intrusivos por muito tempo, mesmo que queira, porque tenho medo de que, se começar a ficar tão melancólica quanto o Morrissey, do The Smiths, olhando para um ponto fixo na parede e refletindo sobre o que exatamente me faz infeliz, será impossível reprimir esses pensamentos e guardá-los direitinho em uma gaveta para reexaminar outro dia.

Sintonizo Nicholas por tempo suficiente para captar algumas palavras-chave: *Stacy, proibição da calça cáqui, marcador de gasolina.* Ele encontrou uma maneira de combinar suas três queixas favoritas em um discurso intenso. Ele odeia a nova política de vestimenta que a dra. Stacy Mootispaw, sua colega de trabalho, está tentando implementar, que permite apenas calças pretas e proíbe as calças cáqui que ele tanto ama. Ele odeia Stacy. Ele odeia o medidor de gasolina de seu carro chique, que foi injustamente culpado por não o avisar do fim da gasolina na semana passada, enquanto saía da cidade.

Expresso simpatia e garanto a ele que Stacy é a escória da terra e que a proibição da calça cáqui é uma forma de discriminação. Sou uma noiva leal, que fica indignada por ele, pronta para lutar contra todas as suas queixas.

Penso que *atriz* é outra maneira de dizer *mentirosa profissional.*

Agora passo todo o tempo mentindo para nós dois, e não sei como parar. O casamento é daqui a três meses e, se eu contar para Nicholas tudo sobre esses pequenos acessos de pânico, ele vai atribuí-los à ansiedade, o que dizem ser normal. Ele vai ignorar todos os meus sentimentos com essa justificativa. Não estou animada com esse casamento desde que ele foi tirado de mim, desde que todas as decisões foram arrancadas das mãos, e saber que não estou animada me deixa ansiosa. Se não estou animada para o meu casamento, então que merda estou fazendo?

Mas agora o problema é maior do que a interferência da mãe dele; maior do que a velha discussão sobre aonde ir em nossa lua de mel e o tamanho do bolo, que não me interessa mais porque não será o bolo que eu queria, de limão. *Ninguém gosta de limão, Naomi.* Estou ressentida há muito tempo, pensando em todas as maneiras com que fui injustiçada, que agora meu ressentimento fervente transbordou e manchou tudo relacionado a Nicholas, até mesmo as partes inocentes. Apesar de tudo, sou uma pessoa tão carinhosa que reprimo meus sentimentos negativos e não os compartilho. Ele nunca entenderia, de qualquer forma.

Quando ele me pergunta o que há de errado e meu problema não é algo que ele pode resolver com algumas palavras tranquilizadoras, Nicholas fica frustrado. Isso me lembra que minha mãe uma vez disse que não podemos contar problemas insolúveis aos homens, porque eles vão querer consertá-los, e não ser capaz mexe com eles.

Meu problema não tem solução? Não sei qual é o meu problema. Eu sou o problema, provavelmente. Nicholas tem muitas qualidades, que escrevi em um documento protegido por senha no meu computador. Eu o leio sempre que preciso lembrar que Está Tudo Bem.

Quero engolir uma pílula mágica que me faça sentir totalmente satisfeita. Quero olhar carinhosamente para Nicholas enquanto ele vasculha os armários da nossa cozinha. Moramos juntos há dez meses e ele ainda não sabe onde guardamos nada.

Nossos nomes ficam tão românticos juntos no papel. Nicholas e Naomi Rose. Já viu algo mais adorável? Nós daríamos aos nossos filhos nomes românticos com a letra *N*, faríamos disso um tema. Um filho chamado Nathaniel. Seus avós vão chamá-lo de Nat, o que eu vou odiar. Uma filha chamada Noelle. Seu segundo nome terá que ser Deborah, em homenagem à sra. Rose, porque parece ser uma tradição que remonta exatamente há uma geração. A irmã de Nicholas ouviu a mesma coisa, então, se todos nós nos alinharmos, algum dia teremos uma dinastia de pequenas Deborahs.

Fecho os olhos e tento me imaginar sendo a filha biológica daquela mulher, e a imagem é tão horrível que tenho que apagá-la com pensamentos felizes de outro candidato ao meu coração – Rupert Everett caracterizado como o dr. Garra no filme *Inspetor Bugiganga*, de 1999 – entrando com tudo pelas portas da igreja St. Mary's e enfrentando Jake Pavelka numa disputa para decidir quem vai se casar comigo. Um deles tem uma garra robótica, então não é uma luta justa.

– Não tão rápido! – grita outra pessoa. Olho para cima e vejo Cal Hockley, o herói incompreendido de *Titanic*, descendo de rapel do teto com o Coração do Oceano preso entre os dentes. – Isto é para você, Naomi! A única mulher digna dele!

Nicholas grita em protesto, afastando-se do altar e imediatamente caindo em um alçapão.

Forço-me a olhar para Nicholas e tento me fazer sentir um frio na barriga. Ele é responsável. Gostamos dos mesmos filmes. Ele cozinha bem. Eu amo essas coisas nele.

– Naomi – ele está dizendo agora, batendo a porta dos armários. – Onde ficam os potes? Vou correr até o mercado e comprar alguns biscoitos para deixar no escritório amanhã. Não é legal? Eu nem vou trabalhar. Ninguém mais aparece só para deixar petiscos. – A Só Ria geralmente fecha nos fins de semana, mas uma vez por mês, em um sábado determinado por escala, algumas pessoas precisam ir. Para aliviar a dor de trabalhar em um dia de folga, todos levam coisas para beliscar. – Quero fazer parecer que eu mesmo fiz os biscoitos – continua Nicholas –, ou nunca vou ter paz. Stacy diz que eu nunca me esforço. Vou mostrar a ela a porra de um esforço.

Agora faço uma coisa imperdoável e, em segredo, concordo com Stacy. Nicholas não faz esforço nenhum, principalmente no que diz respeito a mim. Ele não me deu flores no último Dia dos Namorados, e tudo bem, porque flores aparentemente são idiotas. Ele me lembrou que elas morrem. Na ocasião, ficamos em cômodos separados e nos marcamos em postagens emocionadas no Facebook. Não precisamos dizer palavras doces pessoalmente, porque sabemos o que é o Amor Verdadeiro.

Há coisas mais legais com as quais gastar nosso dinheiro do que joias superfaturadas (se as joias forem para mim) e plantas que murcharão lentamente por uma semana até se transformarem em lodo (de novo: se forem para mim). Poderíamos investir esse dinheiro em algo melhor, como uma pulseira riviera com diamantes e um jardim inteiro para a mãe dele.

Ele também não me deu flores no nosso aniversário de namoro, e tudo bem, porque sabemos o que é o Amor Verdadeiro e não temos que ficar dando provas. Ele compra flores para a mãe dele quando ela está se recuperando de uma plástica facial porque ela espera que ele faça isso, mas eu sou razoável. Eu entendo. Eu sei que não preciso de flores, enquanto a sra. Rose *precisa* delas. Ele fica muito feliz por saber que nunca seremos como seus pais.

No nosso aniversário de namoro, nem precisamos sair em um encontro de verdade ou tirar o dia de folga para ficarmos juntos, não precisamos comemorar a ocasião de forma alguma. Somos relaxados e descontraídos, bem diferente dos pais dele. Nosso amor é tão verdadeiro que podemos ficar no sofá e assistir a um jogo de futebol como se a ocasião não fosse grande coisa, como se fosse um dia qualquer. Todo dia é a mesma coisa. Todo dia é como se fosse o nosso aniversário de namoro.

As palavras estão borbulhando na minha garganta. Eu as engulo, luto para encontrar outras.

— Armário acima do micro-ondas.

— Obrigado. Pensando bem, você tem tempo de fazer biscoitos hoje? Stacy vai perceber que eu não os fiz. Não quero ouvir as gracinhas dela.

Lanço a ele um olhar desdenhoso que ele não vê.

— Não. Vou na casa da Brandy.

— Eu também vou, mas temos muito tempo até lá, né? E preciso tomar um banho, enquanto você está no sofá sem fazer nada. Pode só preparar alguns biscoitos bem rápido?

— Você não pode fazer isso sozinho amanhã? Por que precisa deles agora, afinal?

Ele está pré-aquecendo o forno. Nem sabe se temos todos os ingredientes. Supõe que eu vou criar tudo do zero como a fada madrinha domando os ratos da Cinderela.

– Não vou me levantar de madrugada para preparar três dúzias de biscoitos. É mais fácil fazer hoje. – Sua voz baixa para um resmungo. – Sorte da Stacy que estou fazendo isso, já que eu nem deveria aparecer amanhã... vamos ver se ela curte ir ao trabalho de sábado, *para variar.*

Encaro Nicholas e sinto o estômago revirar porque ele pensa que eu não sei o que está fazendo. A única razão pela qual ele decidiu tomar banho *agora mesmo* é para ter uma desculpa para me pedir para preparar os biscoitos por ele. É como quando chegamos em casa depois do supermercado e ele finge que vai atender um telefonema importante para não precisar ajudar a guardar as compras.

Ele está tirando tigelas dos armários. Esse cara está ainda mais iludido do que eu se pensa que vou encher a pia com tigelas que vou ter que lavar depois para alimentar alguém que ele despreza, enquanto ele mesmo leva o crédito. Stacy pode se entupir de biscoitos açucarados comprados prontos como todo mundo. Por que ele quer levá-los? Eles são dentistas. Deveriam comer aipo.

Penso em tentar convencê-lo a ficar em casa hoje à noite, mas me ocorre que preciso que ele me leve à casa da Brandy. Não vou conseguir trocar o pneu até ele ficar um período considerável fora de casa. Estou chateada por ele ser o tipo de pessoa que diz "Eu te avisei", o que me impede de ser sincera. Sou obrigada a ser teimosa na mesma medida em que ele é irritante.

– Aposto que se tivesse dito à sua mãe que precisava de biscoitos, ela prepararia tudo para você em vinte minutos –respondo com preguiça. – Em forma de grandes corações vermelhos, com suas iniciais escritas com o glacê.

– Por falar na mamãe – diz, pigarreando –, ela estava me contando que conversou com a costureira sobre o vestido da daminha, para conferir se as medidas estavam corretas. E nós dois ficamos tão felizes, tão felizes, que eles podem nos ajudar. – Sinto minha alma murchar e desaparecer como pó. *Puf.* – Todo mundo sabe que geralmente são os pais da noiva que bancam tudo, então temos sorte de papai e mamãe estarem sendo tão prestativos.

Sim, muito prestativos. Uma imagem do meu vestido de noiva passa pela minha cabeça, um manequim menor, porque minha futura sogra quer que eu seja ambiciosa, com saia evasê e engomado, mais branco do que as novas lentes de contato dental do marido dela. Eu queria creme e rosa com cintura império, que ela disse que me deixava parecendo grávida de quatro meses. Nicholas disse a ela que estamos nos guardando para o casamento, porque ela é ridiculamente antiquada e precisa ser iludida e enganada, e quando ela disse que eu parecia grávida, fiquei muito tentada a anunciar que eram gêmeos.

Naquele dia, saí da loja de vestidos traumatizada e dura, com uma dívida de três mil dólares no cartão de crédito. Para manter minha integridade, insisti em dividir os gastos, então a sra. Rose pagou os outros três mil. *Seis mil dólares por um vestido.* Sou assombrada pela palavra escarlate estampada em negrito no saco plástico que sufoca o tecido de seis mil dólares que vai me impossibilitar de comer durante a festa (a parte pela qual eu mais ansiava): *NÃO REEMBOLSÁVEL.*

Além disso, ofereceram à filha Heather, que mora em outro estado e que conhecerei no dia do meu casamento, o papel de *demoiselle*, uma espécie de dama de honra adulta. Quando me mostrei chateada por isso, disseram-me que ela seria minha cunhada, então quem mais deveria receber esse convite? Brandy, minha amiga mais próxima, ficou arrasada quando contei a ela.

Outra coisa que Heather vai fazer no meu casamento é usar um vestido creme e rosa com cintura império, assim como todas as outras madrinhas do lado dele da família.

Nicholas quer que eu engula e aguente ser pisoteada como ele aprendeu a fazer; levantar um dedo que seja para me defender seria um inconveniente para ele. Suportei tantas coisas horrorosas para manter a paz que me qualificaria ao papel de santa. Não expressei minha resistência nem minha raiva, mas sei que ele percebe, porque tem me evitado ultimamente. Ele se demora no trabalho depois do expediente. Fica mais na casa dos pais dele do que na nossa. Quando *está* em casa, é como se mal pudesse esperar pelo fim de nosso tempo mínimo juntos para poder correr ao seu escritório e se debruçar sobre o computador até a hora de dormir. Na minha cabeça, chamo o computador dele de Karen, em homenagem à esposa-computador de Plankton em *Bob Esponja*.

Os pais de Nicholas têm dinheiro para torrar e investiram muito nesse casamento. Não me importo com o que Nicholas diz, porque eles não estão fazendo isso por gentileza ou porque gostam de mim. Eu sou o útero que carregará os futuros membros da família Rose, intercambiável com as ex-namoradas de Nicholas.

A todo momento, os pais dele me lembram da sorte que tenho por ter a ajuda deles e de quão alto foram os gastos. Não preciso que o melhor champanhe do país seja servido no meu casamento. Eu ficaria bem com vinho de mesa. Não, não, apenas o melhor para o Nicky deles.

Não se preocupe, Nicky. Mamãe e papai vão cuidar disso. Eu sei que os pais de Naomi não podem. O sr. Westfield foi despedido do emprego, não foi? E a sra. Westfield é apenas uma professora! Que simplória. O sr. e a sra. Westfield mal podem pagar a gasolina e sua comida, coitados. Agora lembre-se, Naomi, não faça cara feia. Encontre uma expressão diferente, por favor. Talvez você devesse mudar seu rosto completamente. É com essa cor de olhos que você vai? Tem certeza? Você vai usar salto alto, não vai? Não, não *esse salto*. Esses saltos são de *stripper*. Você vai ser uma Rose, querida. Esse nome tem significado. Sente-se direito. Não brinque com seu anel. Você é como uma filha para nós, nós te amamos muito. Venha ficar logo atrás de nós no retrato de família e murche a barriga.

Há um caminhão de besteira aqui para detestar, mas acho que a coisa que mais odeio sobre o sr. e na sra. Rose é que ainda chamam o filho de Nicky. Ele nem me deixa chamá-lo de Nick. Quando não o chamam de Nicky e beijam suas bochechas como se ele tivesse cinco anos, eles o chamam de dr. Rose e tiram cópias dos certificados de dentista dele para pendurar em seu próprio escritório. Eles são pseudodentistas e passam sermões em seus amigos sobre doenças gengivais.

Não posso voltar atrás agora. Todo mundo faria fofoca sobre mim, espalhando rumores. Eu me tornaria um fracasso e uma idiota. Desperdiçaria milhares de dólares. Não há rota de fuga, então vou prender a respiração e seguir.

Olho para Nicholas e percebo que vou me casar com esse homem. Quarenta por cento porque eu o amo e sessenta por cento porque estou com muito medo de desistir. Todos, incluindo os pais dele, disseram que nunca chegaríamos ao altar. Sou tão orgulhosa que vou me casar só para provar que eles estão errados.

– Tudo bem, então, não me ajude – Nicholas bufa, lançando um olhar irritado para mim. Eu arruinei a noite dele. Estupendo. – Vou me atrasar e já estou estressado, mas o que tem de novidade nisso?

– Somos dois – murmuro baixinho. Ele resmunga e bate mais armários, o que me dá uma sensação estranhamente satisfatória. Afinal, a tristeza adora companhia. Se vou alimentar pensamentos vingativos a noite toda, que ele me acompanhe ao inferno.

CAPÍTULO TRÊS

Quando estacionamos em frente à casa de Brandy, Nicholas vê Zach na varanda e me olha de esguelha.

– Excelente. *Aquele* cara está aqui – Nicholas murmura. Ele sabe o nome do "cara", mas está fingindo que não sabe. Hoje à noite ele vai fingir que não sabe o nome de ninguém, como se não dignos de nota, como vingança por não gostarem dele.

Zach só está acariciando um gato na grade da varanda, mas eu reclamei dele umas dez mil vezes com Nicholas por roubar comida da minha marmita no trabalho e sempre abandonar seus turnos sem aviso prévio, e por mais que eu queira contrariar cada palavra que sai da boca de Nicholas, olho para as cartas que tenho nas mãos e decido passar a vez nessa rodada.

– Quanto tempo temos que ficar? – Ele resmunga. – Vai ter comida? Não jantei antes de sair. E não quero voltar tarde. Tenho coisas para fazer amanhã. – Quem vê pensa que eu o forcei a vir. Tento me lembrar do começo da paixão, mas não consigo. Deve ter acabado muito rápido.

Acho que ele sente que estou perdendo a paciência porque, quando bato a porta, ele não diz uma palavra, apenas enfia as mãos nos bolsos e caminha devagar como se estivesse a caminho da cadeira elétrica.

Nunca me comportei assim quando os papéis se invertem e estamos com os amigos de Nicholas. Tenho olheiras perpétuas e toda vez que me veem eles perguntam se estou doente. Toda. Santa. Vez. Uma dessas pessoas é uma ex de Nicholas, por isso sei que está fazendo isso só para me irritar.

Os olhos de Zach se aguçam quando avistam Nicholas, que está na calçada com uma carranca. Zach para de acariciar o gato e toma um longo gole de cerveja, com um dedo curvado ao redor do gargalo de vidro. Não tira os olhos de Nicholas enquanto esvazia a garrafa inteira.

– Ora, ora, ora – ele diz com um sorriso. – Olha quem está nos agraciando com sua presença.

Nicholas tenta não ser o primeiro a quebrar o contato visual porque estão travando um tipo de impasse masculino, mas ele parece um pouco nervoso. Zach mantém a porta aberta para mim, o que é a primeira coisa cavalheiresca que o vejo fazer. Ele entra logo atrás de mim, antes que Nicholas possa terminar de subir os degraus, e deixa a porta se fechar em sua cara.

Olho feio para Zach e abro a porta para meu noivo magoado, que nunca foi tratado tão mal na vida. Ele certamente ligará para sua mãe mais tarde e contará tudo para ela. Zach me lança o seu caraterístico olhar de peixe morto, encolhe os ombros e entra na cozinha sem olhar para trás.

Nicholas não pertence a essa parte da minha vida, e nós dois sabemos disso. Ele está aqui porque considerou minha risada como um desafio e é tão rancoroso quanto eu. A noite já perdeu a graça para mim, e sei do fundo da minha alma que isso vai acabar mal.

SAIA DAÍ AGORA, diz a mensagem que mando para Nicholas. Faz apenas meia hora que chegamos e ele já foi ao banheiro cinco vezes para acariciar o gato de Brandy, que ela deixou afastado de nós, já que sou alérgica. Seu excesso de idas ao banheiro está atrapalhando o fluxo da partida de Cartas Controversas, e as pessoas estão começando a ficar irritadas. Quando ele volta do esconderijo, está tão ocupado me encarando que pisa sem querer em uma das máscaras de Brandy, que caiu da parede, e a quebra.

Ela tem uma fileira de belas máscaras de madeira esculpidas na forma de caras de animais no corredor, celebrando sua ascendência yup'ik. A maioria é de animais encontrados no Alasca, como ursos, focas e lobos. Seu sonho sempre foi se mudar para o sudoeste do Alasca, de onde vieram seus pais, e com frequência navegamos por sites de imóveis procurando o tipo de casa em que ela poderia morar. Até lá, ela tenta dar a seu lar um toque do Alasca, com móveis de cedro e uma lareira de mentira.

– Muito bem – Zach diz.

Nicholas cora, passando a mão pelo cabelo até a nuca.

– Me desculpe. O que, ah, o que é isso? Compro outro para você.

Se Brandy ficou chateada, ela esconde bem.

– Sem problemas. Com um pouco de cola de madeira, ficará como novo! – Ela pega a máscara e vai para a cozinha.

– Posso comprar outra. Quanto custou?

– Deixe que ele te pague – Zach encoraja. – É o mínimo que ele poderia fazer. Uau, doutor, você realmente quer ir embora, hein? Quebrando as coisas e tudo.

– Foi sem querer – digo, esfregando o ombro de Nicholas. Ele fica tenso e se vira de lado. Percebo que Melissa viu, então me aproximo de Nicholas novamente.

– Não tem problema! – Brandy diz novamente, parecendo um pouco frenética. – Está tudo certo. Vamos voltar ao jogo. – Ela leva seu papel de anfitriã muito a sério, por isso está ansiosa para aliviar o clima. Nicholas poderia pisotear todas as máscaras que possui e ela ainda assim sorriria e pediria desculpas por deixá-las nas paredes, ao alcance dos pés de todos. – Todo mundo está se divertindo? Sim? Está divertido!

Os olhos de Nicholas se movem de Zach para Melissa, que trocam sussurros e sorrisos. Não estou perto o suficiente para ouvir o que dizem, mas Nicholas está. Sua mandíbula se contrai.

Melissa ri. Seus olhos pousam nos mocassins lustrosos de Nicholas e ela faz um comentário em voz baixa para Zach. Não ouço a resposta inteira, mas ele cuida para que as últimas três palavras sejam ouvidas. *Fazendo um baita esforço.*

– Como está aquele dente? – Nicholas pergunta a ele em um tom que não é nada agradável. Uma vez Zach foi ao consultório de Nicholas com dor de dente e, quando Nicholas disse que seria necessário um tratamento de canal, ele explodiu dizendo que "Os dentistas só querem o dinheiro das pessoas!" e que "Os dentistas exageram pequenos problemas para fraudar os planos de saúde!". Alguém na sala de espera gravou seis minutos do discurso e o publicou na internet junto com o link da página de avaliações da Só Ria no Yelp. Meu noivo e meu colega de trabalho agora são inimigos.

Zach lhe dá um sorriso falso.

– Tá ótimo. – Não é verdade. Zach se recusou a voltar ao dentista e não consegue mais mastigar com o lado direito da boca. – Fui à Turpin, clínica que recomendo a todos.

– Ei, eu tenho uma ideia – falo. – Vamos voltar a jogar.

Melissa me ignora.

– As pessoas da Turpin são mais profissionais – diz.

Zach acena com a cabeça.

– E não charlatões arrogantes.

Brandy está começando a suar.

– Vamos... ah... vamos todos ser amigáveis. Sem problemas, ok? De quem é a vez? – Ela parece uma professora da pré-escola atormentada.

– Eu não tenho problema nenhum– Melissa diz docemente. Seu olhar se volta para Nicholas. – Você tem?

Zach parece exultante. Ele adora um drama e definitivamente quer que haja um problema.

O rosto de Nicholas se torna sério e ele fica quieto. Uma nuvem de tempestade paira acima da minha cabeça, sugando toda a minha energia. Ele nunca está por perto quando eu quero. Quando não o quero por perto, ele fica que nem o diabo no meu ombro. Se ele brigar com meus amigos, minha vida profissional vai virar uma droga. Ele vai se importar com isso? Não.

Estamos jogando Clue na mesa da cozinha quando Nicholas faz seu próximo movimento. Seu ego está todo machucado agora, então era apenas uma questão de tempo até revidar.

Ele se vira para Melissa. Balança a cabeça.

– Você não costumava sair com Seth Walsh?

Ele sabe muito bem que Melissa costumava sair com Seth. Ele também sabe que Seth a traiu com uma dentista casada que trabalha com ele. A Só Ria é um foco de escândalos.

Melissa olha para ele, depois para mim.

– Sim.

– Hum. Por que vocês terminaram mesmo?

O Ciclope dos *X-Men* invejaria a fúria ardente no olhar de Melissa.

– Nós terminamos – ela explica com irritação – porque um dia eu estava saindo do shopping quando vi o carro de Seth no estacionamento. Quando eu fui até lá, vi que ele estava no banco de trás trepando com outra mulher. – Ela não prossegue, mas todos nós pensamos no resto: *Em cima do moletom da Universidade Lawrence dela.*

Eu me lembro com detalhes do dia em que ela os flagrou. Naquela época, eu estava trabalhando há cerca de três meses na Ferro-Velho, uma loja de achados ecléticos, e Melissa e eu éramos amigas. Nós nos unimos por nosso ódio mútuo pela playlist que Zach nos submete às quartas-feiras, quando é a vez dele de controlar a música, além de termos camisa xadrez e jeans vermelho idênticos, que costumávamos usar de propósito no mesmo dia.

Não uso minha camisa xadrez com meu jeans vermelho desde a nossa briga, porque não quero que ela pense que sinto saudade dos bons e velhos tempos em que ela não tremia de fúria ao me ver. *Como você poderia não saber? O melhor amigo de Nicholas se dando bem com a colega de trabalho de Nicholas! Claro que ele sabia, e claro que ele te contou sobre isso. Você me deixou fazer papel de boba por aquele cara e não me disse nada.* Eu realmente não sabia da traição de Seth e ainda me sinto culpada por ter apresentado os dois. Nicholas diz que também não sabia de nada, mas também não ponho minha mão no fogo.

– Seth é um idiota – Zach diz, rolando o dado e movendo seu pião uma casa mais perto da porta da cozinha. A arma do crime deve ser a corda, que é a única pista que descobri. Zach vai acertar o palpite. Ele tem um talento sobre-humano para Clue e venceu as duas rodadas anteriores assim que chegou em uma sala com sua pequena peça do Coronel Mustard.

Nicholas, que não jogaria se não pudesse ser o Professor Plum, lança um olhar de reprovação para Zach.

– Você nem conhece Seth, então não fale sobre ele. Ele é meu amigo.

– Não conta muito a seu favor, então. – Zach é descaradamente destemido e diz na cara exatamente o que pensa sobre as pessoas. É uma qualidade que acho irritante quando estou no lado de quem recebe a crítica, e agora estou dividida entre me divertir vendo alguém enfrentar Nicholas e me constranger por ver que meu convidado pessoal prestes a arruinar a festa. Esqueço de ser uma atriz que finge estar cem por cento apaixonada, e Nicholas olha para mim, notando meu silêncio, antes de voltar o olhar para Zach.

— O que quer dizer com isso?

Zach é um tubarão.

— Quero dizer que você tem amigos idiotas, e isso queima seu filme.

Do outro lado da mesa, Brandy mexe em seu pino de Srta. Scarlet e os olhos de Leon se voltam para mim.

— Obviamente, Melissa ainda está chateada com a traição de Seth — Zach continua. — Você poderia muito bem manter sua boca fechada, já que sabe que ela tem todo o direito de estar chateada, mas em vez disso você faz de tudo para defendê-lo. Há uma razão pela qual simpatiza com o idiota, e é porque você se acha parecido com ele. Logo, você também é um idiota.

Daria para ouvir uma mosca pousar na parede.

Eu deveria pegar a mão do meu pobre noivo. Mandar Zach calar a boca. Declarar que iríamos embora. Mas a expressão de Nicholas me paralisa.

Ele franze os lábios enquanto prepara a resposta, e olha ao redor da sala com claro desdém. Pensa em si mesmo como o filho bem-sucedido de dois pilares ricos dessa minúscula comunidade, salvando a população que abusa de açúcar em Morris de obturação em obturação. Enxerga meus colegas de trabalho como vermes miseráveis rastejando pelos detritos no fundo de uma pilha de lixo. Eles trabalham na Ferro-Velho, que vende cabeças de crocodilo e almofadas estampadas com o rosto de Whoopi Goldberg. Feijões saltitantes mexicanos e canecas que exibem palavrões quando estão cheias de água quente. Ao julgar meus colegas como inferiores, esquece que eu sou como eles. Para Nicholas, é Nós contra Eles.

Brandy parece ansiosa. Ela é tão meiga e alegre que duvido que tenha discutido seriamente com alguém na vida, e um desentendimento entre pessoas é a pior coisa que pode acontecer na frente dela.

– Zach – aviso tarde demais, com os dentes cerrados.

– Você não pode tentar ficar de bem com todo mundo? – Brandy lhe implora. – Alguém quer mais enroladinhos de pizza? Tem cupcakes também. Alguém quer alguma coisa? – Ela meio que se levanta da cadeira. – Água? Refrigerante?

Zach a empurra de volta para seu assento com dois dedos em seu ombro.

– Estou de bem com todo mundo. Sua vez.

A mão de Brandy treme enquanto ela joga o dado, e Nicholas já decidiu que vulgaridade quer dizer a Zach.

– Entendo por que você está tão alterado. Não ter nenhuma estabilidade real no emprego deixaria qualquer um no limite. A loja não recebe mais de três clientes por dia, não é? Você deve estar cheio da grana. – Ele mostra o mesmo sorriso falso que Zach deu a ele a noite toda. – Quando quiser, eu conheço um cara na agência de trabalhos temporários que pode ajudá-lo.

Zach levanta as sobrancelhas para mim, como se estivéssemos compartilhando uma piada interna que Nicholas não entenderia, então diz:

– Você sabe que sua namorada trabalha no mesmo lugar que eu, certo? Se a loja fechar, não seremos os únicos desempregados.

– Ganho muito dinheiro. Naomi não precisa de um emprego.

A raiva sai de mim como raios ultravioleta.

– A loja está indo bem – digo, o que é uma grande mentira. A loja está dando os últimos suspiros. Ela existe há uma eternidade, desde que o sr. e a sra. Howard se casaram, nos anos 1970, naquela época era muito popular, porque é especializada não apenas em presentes engraçados, mas também em curiosidades bizarras. A nossa loja costumava ser um destino turístico. Mas, desde o surgimento da Amazon e do eBay, ninguém precisa mais sair de casa para encontrar bugigangas estranhas. Com apenas um clique, elas chegam à sua porta.

O sr. e a sra. Howard sabem que não podem competir com o mercado de compras *on-line*, e é por isso que nossos turnos estão diminuindo constantemente e eles finalmente venderam sua amada estátua de Homer-Simpson-versão-Elvis, que tem dado boas-vindas aos clientes na entrada desde 1997. Eles são tão bonzinhos que não suportam reduzir o pessoal, embora apenas dois de nós, em vez de cinco, pudéssemos estar administrando a Ferro-Velho para eles com facilidade.

Quase não há trabalho suficiente para todos, e estamos todos desesperados por mais turnos. A máxima "último a ser contratado, primeiro a ser demitido" me persegue como o Fantasma do Natal Futuro.

— A loja está à beira do colapso — Nicholas diz com leviandade, balançando a mão. — Não vai afetar você, Naomi. Você vai ficar bem.

Brandy faz um som estranho.

— O que quer dizer com "não vai afetá-la"? Naomi ama a Ferro-Velho.

Nicholas não diz nada, apenas junta suas cartas em uma pilha organizada. É a gota d'água.

— Se a Ferro-Velho fechar, posso perguntar aos Howard se me contratariam para trabalhar na lanchonete deles. — O sr. e a sra. Howard administram uma casa assombrada que funciona durante todo o ano em Tenmouth, bem como um restaurante de comidas estranhas inspiradas em filmes de terror, chamado Comido Vivo.

Todos me encaram. A veia na testa de Nicholas pulsa.

— Não é bem longe daqui?

É o momento perfeito para eu jogar o dado, enquanto digo de modo dramático.

— Duas horas.

Sua voz sai inexpressiva.

— Você dirigiria duas horas para ir trabalhar. Em um *restaurante*. Depois demoraria duas horas na volta para casa, todos os dias.

— Hum. — Finjo analisar. — Se eu me mudar para Tenmouth, seria apenas um trajeto de cinco minutos. Eu poderia até ir de bicicleta.

Observei a reação de toda a sala, e é magnífico. Um resquício da antiga Naomi Westfield aparece, soprando dez meses de poeira. Acho que é ela, pelo menos. Faz tanto tempo desde que Naomi e eu estivemos juntas no mesmo cômodo que não tenho certeza se a reconheceria se nos cruzássemos na rua.

Minha minúscula Sra. White agora está na biblioteca ao lado do Reverendo Green de Leon, pronta para acusar alguém de assassinato. Ela tem uma corda, e pondero minhas opções para ver quem vou enforcar com ela.

Meus olhos caem sobre o pequeno filho da puta pomposo à toa no Salão de Jogos.

Bingo. Professor Plum.

Este Professor Plum é uma encarnação particularmente hipócrita que afasta as crianças de petiscos açucarados enquanto deixa balas Skittles ao lado da cama todas as noites. Ele é um vilão que escapou da Terra dos Doces. Ele é o ladrão da minha alegria e futuro pai dos meus filhos. Neste momento, eu o amo vinte por cento.

O tom de Nicholas é firme e frio.

– Minha vida é aqui. Não vou me mudar para Tenmouth e abrir mão da minha vida para você servir queijo quente a caminhoneiros, Naomi.

Quando ele me chama de Naomi, definitivamente quer dizer sra. Nicholas. O anel com o diamante na minha mão esquerda está muito apertado, cortando minha circulação. Os vinte por cento encolhem para dez, uma baixa histórica que aciona minhas sirenes de autopreservação. Elas estão piscando e girando: *Alerta vermelho! Alerta vermelho!*

– Quero fazer uma acusação – digo no exato momento em que ele diz com autoridade tranquila: – Acho que devemos encerrar a noite. – Mas meu palpite pode acabar com o jogo, então ele espera e ouve.

Enrolo só para irritá-lo. Ele odeia quando eu falo frases soltas.

– Eu acuso...

Nicholas se inclina para a frente.

Pego sua pecinha e a levo até a biblioteca. Ele vai gostar de lá, onde pode estocar prateleiras com livros sobre escovar os dentes em movimentos circulares, e não de um lado para o outro.

– O Professor Plum.

Brandy suspira. Melissa rabisca furiosamente o seu bloco de anotações. Os olhos de Zach brilham com uma alegria malévola. Nicholas apenas parece irritado. Mas Leon, reparo, está sorrindo. Apenas de leve, mas o suficiente para que, quando meus olhos encontram os dele, ele me olhe de um jeito interessante.

Como quem diz *"Então é isso o que está acontecendo"*.

Com uma voz forte e ousada, continuo:

– Acuso o Professor Plum de assassinato! Ele o cometeu na biblioteca, como um idiota pretensioso, e usou o castiçal. – Sei que não é o castiçal porque estou com essa carta, mas digo mesmo assim porque: – É a arma mais estúpida possível.

Nicholas olha no fundo dos meus olhos por muito tempo, e é inteiramente possível que nosso fim seja motivado por um jogo de tabuleiro, o que seria uma maneira e tanto de cair fora. A mãe dele vai ganhar uma bolada recuperando todas as cauções. A oportunidade de ligar para microempreendedores e gritar que é melhor não cobrar pela escultura de rosas feita de gelo será o ápice de seu ano.

– Vá em frente, então. – Seus olhos não deixam os meus enquanto ele mexe a cabeça, indicando o centro do tabuleiro. Percebo que cochilei analisando a cor dos olhos de Nicholas, que, por alguma razão, pensei que fossem cinza. De perto, ferozes diante do desafio, são de todas as cores do arco-íris.

Sem notar que estou tendo uma epifania, ele me encara e suas íris escurecem, passando de prata pálida a verde-escuro como se fosse um anel de humor.

– Verifique as cartas.

Faço isso da forma mais lenta e teatral possível, começando a gostar da velha Naomi. Ele quer tanto derrubar seu pino de Professor Plum e cruzar os braços, mas está tentando se manter civilizado. Os dentistas já têm uma má reputação com pessoas fóbicas, e ele não pode se dar ao luxo de parecer alguém ainda pior, mesmo entre os vermes rastejantes que são os funcionários da Ferro-Velho.

Verifico as cartas e solto um chiado. Zach olha para mim com conhecimento de causa.

A Sra. White, na cozinha, com a corda.

– Olha, veja só! Parece que eu sou a assassina – digo alegremente. – Não pensei que fosse dessas. – Nicholas me lança um olhar desconfiado. Acho que ele vai dormir de olhos abertos hoje à noite.

A pior parte dessa noite toda é a rapidez com que Nicholas se esquece dela.

Estamos de volta em casa. Ainda estou irritada, mas ele, não. O cara está assando os biscoitos e prometeu lavar toda a louça, e agora não tenho para o que direcionar minha raiva, porque ele Está em Outra, o que significa que ele venceu.

Ele me oferece a espátula para lamber, que recuso, porque talvez o plano dele seja causar uma infecção por salmonela para me matar, e dá um beijo no meu cabelo e se afasta sorrindo para mim como se eu fosse uma criança inocente.

Nicholas sabe que não posso discutir com ele agora, porque vou parecer mesquinha se desenterrar algo negativo. Então fico no meu lugar de sempre no sofá (extrema direita), onde já passei mil horas fingindo assistir a programas de tevê e fingindo dar atenção a Nicholas e fingindo ser feliz.

Tiro uma foto dele de costas e posto no meu Instagram com um filtro rosado. Legendo com três corações e *Noite de jogos com meu amor! Não há melhor maneira de encerrar um dia incrível e ninguém mais com quem gostaria de estar. bjinhos.* #VidaADois #CasandoComMeuMelhorAmigo #BeijoDeAmorVerdadeiroDeUmRose.

#BeijoDeAmorVerdadeiroDeUmRose é a *hashtag* do nosso casamento, e se procurá-la no Pinterest, é possível encontrar um milhão de fotos de buquês, arranjos de mesa e vestidos de dama de honra que acho bonitos (mas não tenho permissão para ter). A dopamina bate com a primeira resposta ao meu post: *Meu Deus, vocês são tão fofos;* mas a sensação gostosa ganha gosto de fel quando Zach responde com *hahaha. Sei.* Apago o comentário dele.

Sou culpada por ainda estar nessa confusão, sei disso. Eu sou a pessoa mais covarde que já conheci. Não estou ajudando ninguém ao me negar a recuar. Se Nicholas tivesse alguns neurônios, ele também estaria querendo cancelar esse casamento, então talvez estejamos presos em alguma competição silenciosa, esperando para ver quem desiste primeiro.

Sei por que ele não vai fazer isso. A mãe dele o está pressionando a se casar e dar a ela netos que vai classificar do mais ao menos favorito, dependendo de quais características físicas nossos pobres filhos herdarem. Se Nicholas abandonar o barco agora, Deborah voltará a tentar convencê-lo a procriar usando os óvulos congelados há dez anos de sua amiga das aulas de tênis, Abigail, que morreu há um ano e, por qualquer motivo doido, deixou seus óvulos para a família Rose. Heather, irmã de Nicholas, seria a incubadora dessa abominação.

Também não posso abandonar o barco. Tenho gritado para o mundo que estou perfeitamente feliz em meu relacionamento perfeito, e se fugir agora vou parecer uma fraude.

Além disso, a sra. Rose deu a entender mais de uma vez que se eu desistir, ela vai me cobrar pelo trabalho. Se eu abandonar o filho dela,

ela sem dúvida irá ao juizado de pequenas causas me fazer pagar pelos castiçais de cristal Swarovski personalizados com a letra *R (tudo* foi feito sob encomenda para exibir a letra *R),* dos quais não participei da escolha. Eu não tenho muitas economias, mas tenho um pouco de dinheiro escondido, e vou defendê-lo com unhas e dentes.

— Mamãe ainda está falando sobre o acordo pré-nupcial — Nicholas diz da cozinha. Talvez tenhamos ficado aqui a noite toda, e nossa ida à casa da Brandy seja fruto da minha imaginação. Estou sentada no mesmo lugar, olhando para o mesmo lugar, e aquela agitação desconfortável na boca do estômago é um terceiro membro invisível do nosso grupo. Ela se materializa, sem falta, sempre que falamos sobre o casamento.

— Eu disse a ela que de jeito nenhum — ele continua, como eu não respondo. — Ela e papai não têm um. Por que nós deveríamos? E você nunca me deixaria.

Nicholas adora se parabenizar por não querer um acordo pré-nupcial. Ele pensa nisso o tempo todo, já que não para de falar sobre o assunto. Está esperando que eu lhe dê um tapinha nas costas, mas não vou fazer isso.

— O corte de cabelo de Mandy está horrível — Nicholas observa, lançando um olhar espertalhão para mim. — Aquela franja. Eca.

Ele sabe que o nome dela é Brandy. Eu falo sobre ela pelo menos uma vez por dia. Estou fervendo de ódio não apenas por isso, mas também porque eu usava franja quando nos conhecemos. Ele repete o tempo todo o quanto eu era bonita e como se apaixonou por mim imediatamente, mas, ainda assim, há cerca de um ano, toda vez que vê uma mulher com franja, ele me lembra o quanto as detesta.

— Achei que ficou fofo — digo na defensiva. É verdade. Brandy está com uma franja desfiada que caiu muito bem nela. Seu cabelo está sempre ótimo. Ela brinca muito com as cores, e o estilo do mês é uma mistura hipnotizante de preto e rubi. O efeito que a luz do sol provoca em seu cabelo deslumbrante quando está ao ar livre parece coisa de comercial de televisão. Ela nunca sai de casa sem uma maquiagem impecável, e é a única pessoa que conheço que consegue combinar delineador azul, sombra laranja esfumada e batom rosa-choque.

Ele assobia uma melodia baixa e inocente. Parece dizer *Se você está dizendo.*

Estou perdendo o controle a ponto de quase apagar. Mentalmente, abro o arquivo em meu computador que mostra uma lista dos atributos positivos de Nicholas, percorrendo cada linha memorizada. Eles perderam o apelo, acho que adquiri resistência depois de os reler tantas vezes.

Nicholas segura o guarda-chuva para mim e cuida para que eu não me molhe. Quando está chovendo e estacionamos, ele encosta o carro para que a porta do passageiro dê para a calçada, não para a parte lamacenta e com mato do meio-fio. Ele memorizou o meu pedido em todos os nossos restaurantes preferidos, para poder pedir exatamente o que eu quero enquanto vou ao banheiro.

Ele tem cabelos castanhos da cor de chocolate, espessos e lindamente desgrenhados, e muitas mulheres o olham de canto sempre que saímos. Ele diz que meus olhos têm cor de champanhe, que por isso se tornou sua bebida favorita depois que nos conhecemos, e eu sentia uma sensação maravilhosamente borbulhante e efervescente nas veias sempre que ele sorria para mim.

Ele gosta de cachorros. Não o suficiente para ter um, mas o suficiente para dar um riso quando me ajoelho para acariciar o cachorro de outra pessoa, pouco antes de dizer brincando: – Nem pense nisso.

Ele não assiste aos nossos programas favoritos sem mim. Se uma música que odeia começa a tocar no rádio, ele não muda automaticamente de estação sem primeiro perguntar se eu gosto dela. Ele ainda usa um par de meias com uma estampa de poodle que comprei para ele no início do namoro, apesar de ter sido um presente de brincadeira.

Podem parecer características menos importantes, ou mesmo coisas que eu não deveria valorizar, mas me agarro a elas como se fossem boias salva-vidas.

Eu amo essas coisas nele. Mas não o amo.

Tenho certeza absoluta disso, sentada aqui na casa que dividimos, a contagem regressiva para o nosso casamento tiquetaqueando mais alto a cada dia que passa. Um relógio do juízo final. Ele e eu seremos um desastre, mas sempre que penso em tomar medidas para evitar o desastre, minha língua se enrola e meus membros paralisam. Não sou capaz de falar. Não sou capaz de ser a pessoa que vai acabar com tudo.

Se ele tiver uma lista sobre mim, tenho certeza de que é muito menor. Não tenho ideia das minhas contribuições atuais para o nosso relacionamento agora, além do fato de estar mantendo longe os óvulos congelados da falecida Abigail.

Pensar nisso é cutucar a ferida, aumentá-la, piorá-la, porque estou cada vez mais consciente do tamanho da minha ansiedade, da profundidade da minha insatisfação. É terapia e tortura. Algo não está certo. Algo está faltando. Estou lascada.

Não tenho o direito de me sentir tão infeliz, e gostaria que Nicholas fosse indiscutivelmente horrível para que eu pudesse justificar o término. Fantasio sobre encontrá-lo com uma colega no banco de trás do carro em um shopping.

Ele acha que nosso relacionamento é perfeito, ou pelo menos é o que diz. É o que digo para os outros também. Ele conta a todos que sou ótima. Acha que eu o adoro. Somos os únicos que sabem o que é o Amor Verdadeiro.

— O que quer para o jantar amanhã? — Pergunto em um tom que dá a impressão de que o amo. É um esforço, e estou exausta.

— Pode escolher.

— Tacos de frango.

– Estava pensando em legumes salteados – ele responde, e sei que é totalmente injusto, mas meus dez por cento diminuem para nove. Nessa altura do campeonato, não é preciso nada para tirar pontos. Se ele respirar muito profundamente enquanto dorme à noite, acordará com uma pontuação de menos cinquenta. Contar pontos assim é terrível. Eu sou terrível. Nosso relacionamento pode ser a pior coisa que já aconteceu comigo, mas quando o reviso em um estado de espírito melhor, não parece tão ruim, então não tenho certeza.

Como me apaixonei por Nicholas? Como nos conhecemos? Não consigo me lembrar de nada positivo porque foi ofuscado pela intensa antipatia que sinto no momento. Talvez nos conhecemos em um aplicativo de namoro. Talvez eu estivesse colocando uma coroa. Talvez nós dois estivéssemos dobrando rapidamente uma esquina de lados opostos e nos esbarramos como numa cena de filme, papéis avulsos e copos de café para viagem e minha bolsa voando longe. Tudo o que sei é que há alguns meses acordei de um sono muito profundo e descobri que estava noiva de alguém que não suporto.

– Querida – ele diz, que é como ele me chama no dia de pagamento ou quando seu time ganha ou ainda quando sabe que está ferrado e precisa remediar a situação. – Esqueci de falar. Mamãe teve uma reunião com a florista hoje e queria que eu lhe dissesse que vai mudar os delfínios para cravos, ou algo assim. – Ele acena com a mão. – Você provavelmente sabe melhor do que eu. As mulheres se importam mais com as flores.

– Você não acha que eu gostaria de dar opinião sobre o tipo de flores que teremos em nosso casamento? – respondo. – E quanto a você? Não quer opinar?

Nicholas pisca, hesitante. Há uma emoção escondida em seus olhos, e tento identificá-la antes que ele vire a cabeça em um ângulo mais agudo e ela desapareça.

– Já está decidido. Ela escolheu cravos, já que você foi tão ridiculamente inflexível ao vetar rosas. Ou você não acha que é tarde demais para fazer mudanças? Pense bem, Naomi. Quer mudar alguma coisa?

– O que você quer dizer com isso?

– O que você *acha* que quero dizer com isso?

Meus olhos se estreitam.

– Está sugerindo que eu mude as flores, mesmo que você tenha literalmente dito que já estamos decididos sobre os cravos?

– Talvez eu não esteja falando sobre os cravos.

Endireito minha coluna e sustento seu olhar, trazendo aquela emoção de volta à superfície. E, então, me dou conta.

Ele está me manipulando.

– Ah é?

Nicholas levanta e abaixa um dos ombros.

– Podemos conversar sobre tudo. O que acha, Naomi? Quer desabafar sobre algo?

Ele espera pacientemente por uma resposta, mas tudo que posso fazer é encará-lo. Minha mente está a um zilhão de quilômetros por hora, zunindo a cada revelação. Não acredito que não percebi.

O tempo todo pensei que era a sra. Rose que estava me manipulando, mas na verdade era Nicholas, usando os poderes de arranhar lousas com as unhas de Deborah para me levar ao ponto de desistir. Eu serei a ex-namorada que enlouqueceu, serei a culpada de tudo e responsável pela fortuna gasta em um noivado rompido e um casamento luxuoso. Todos vão se sentir mal por ele, com pena de sua situação de abandonado no altar.

Consigo até vê-lo de queixo erguido. *Eu só quero que ela seja feliz,* ele vai dizer. Um jardim cheio de Roses suspirará sem fôlego e se perguntará como um anjo pode permanecer tão composto em uma situação tão terrível. Ele vai fechar os olhos e pensar naquela vez em que um caminhão bateu em seu carro e, assim, deixar cair uma lágrima solitária.

Por um segundo, vejo nossa situação através de seus olhos. Se eu desistir de tudo e ele fingir lamentar o fim de nosso relacionamento, pode facilmente usar essa carta por pelo menos um ano. Um ano em que Deborah não ficará em cima dele pedindo netos porque "a ferida ainda está fresca". Todos ao seu redor se mobilizarão para cuidar dele. Por outro lado, se *ele* terminar, eu vou sair dessa por cima. Não terei culpa nenhuma; ninguém vai me chamar de fraude. Pelo contrário, as pessoas terão pena de mim. Vão dizer *Como ele pôde te largar?* e *Se precisar desabafar, estou aqui.*

Quando se constrói uma vida com alguém, muitos dos tijolos sustentam o parceiro, e também somos sustentados pelos dele, até que as fundações se misturam e ir embora ameace desestabilizar a ambos. Temos contas correntes e de poupança conjuntas. Compartilhamos o plano de celular. Ambos os nomes estão no contrato de aluguel, e é lógico que quem der para trás perde a casa. Seus pais investiram em mim, treinando-me para ser a sra. Rose. Compartilhamos responsabilidades. Planos de longo prazo. Não posso cortar a linha que me une a Nicholas e flutuar livremente por aí, porque estamos emaranhados.

Sim. Pela primeira vez, ao olhar para ele, consigo enxergar além da minha própria nuvem de ressentimento por tempo suficiente para ver que também carrega uma consigo. Ele é bem perceptivo. Já sabe há algum tempo o que estou sentindo. Afinal, não sou uma boa atriz.

Nossa porcentagem de amor cai para zero e um tremor sacode o chão. Azulejos e móveis caem em uma fenda que serpenteia até o centro da terra, separando a cozinha da sala de estar, ele de mim. A verdade está clara, revela-se diante de nós, mas, como sempre, percebo-a tarde demais porque tenho guardado tudo para mim e tentado transformar meus instintos em lógica. Focada em mim mesma, tão preocupada em tentar disfarçar que nem noto quais movimentos ele está fazendo.

Meu noivado com Nicholas Rose é uma disputa de covardes.

CAPÍTULO QUATRO

É o primeiro dia desde que recebi a pista de que estou presa em uma guerra de caprichos, e estou ficando para trás. Nicholas desfrutou de um longo período ininterrupto examinando nosso campo de batalha enquanto eu luto cegamente como um personagem de videogame preso num erro de programação. Ele está andando calmamente, mãos cruzadas atrás das costas, enterrando minas terrestres com delicadeza. Vai ganhar essa batalha, como ganha tudo. Penso em sua Maserati dourada e no meu carrinho popular dividindo a garagem.

Resmungo e quase desisto quando me sento na cama e pego o doce que ele deixou meio derretido no meu braço, deixando um rastro de escamas coloridas. Nicholas está de folga hoje, mas foi a algum outro lugar depois de deixar aqueles biscoitos idiotas no trabalho, provavelmente ficar fazendo penteados na mãe. Ele come os Skittles ou simplesmente os espalha para me irritar?

Estou tentada a fazer as malas e ir embora agora mesmo, mas isso seria fazer o que ele quer que eu faça. Se alguém vai ter que ressarcir

Deborah pelas trezentas taças de champanhe personalizadas com a inscrição *N & N* vai ser ele, por remorso, depois que me largar. Em seguida, penhorarei meu anel de noivado e terei uma merecida lua de mel sozinha para comemorar. Uma lua de *meu*.

Estou pensando em maneiras de fazê-lo agir primeiro, como fazer greve de sexo, mas não acho que isso o perturbaria de verdade. Já se passaram nove semanas desde a última vez que ele "chegou junto", sem entusiasmo. Se não fosse pelo benefício da menstruação mais curta e menos frequente, minha adesão estrita à pílula anticoncepcional não teria nenhum propósito.

Talvez eu possa criar um perfil *on-line* falso para enganá-lo. Quando ele se envolver, posso apontar para o meu próprio trabalho e ficar com raiva. Eu vou sumir fazendo uma cena. A mãe dele vai explodir em lágrimas. Vou tirar uma foto do momento e mandar emoldurar.

Vou culpar os Skittles pelo que vai acontecer em seguida.

Entro no banheiro com uma tesoura, puxo uma mecha de cabelo sobre a testa e corto antes que perca a coragem. Meu reflexo tem os olhos arregalados, maníacos, e eu adoro isso. Eu amo a Naomi que faz coisas desse tipo sem dar a mínima. Nicholas não gosta de franjas? Fantástico. Eu não gosto do Nicholas.

Percebo que minha nova franja está um pouco torta, então a corto mais uma vez para uniformizá-la. Acabo tirando mais do que o necessário, então tenho que cortar de novo, e consigo um resultado nada parecido com o penteado fofo da Brandy.

Fico com uma cara que me faz murmurar:

– Ai, caramba.

É ainda pior do que o corte de cabelo de uma criança cuja uma mãe é econômica, que só gasta dinheiro no salão com o próprio cabelo e usa uma tigela como molde para cortar o cabelo do filho. Parece que consegui esse corte chegando muito perto de um triturador. E há duas camadas de franja, de alguma forma. Se eu continuar tentando nivelá-las, vou picotar o cabelo quase até o couro cabeludo.

Fico por um minuto parada na casa vazia e escuto o barulho dos pneus de carro passando através do resquício da chuva, imaginando que vantagem Nicholas tem sobre mim, quantos movimentos eu preciso fazer para alcançá-lo. Olho pela janela e observo algo suspeito: meu pneu furado voltou à vida. Ou alguém o trocou para mim, ou eu imaginei todo o calvário. No momento, a segunda hipótese parece mais provável.

Vejo que ele não cumpriu o prometido de lavar a louça, e quase admiro o toque maldoso. Negligenciar a louça é uma coisa. Voluntariar-se para lavá-la e depois não fazer nada é um ato de hostilidade.

Ele, no entanto, lavou a cafeteira, porque é o único que a usa. Mais uma prova de que está sendo um idiota de propósito. Eu a ponho de volta na pia e a decoro com xarope de bordo. Então escrevo uma mensagem para ele na lousa, dizendo que mal posso esperar para me casar com ele. Eu o chamo de *Nicky*, algo que nunca fiz antes, e depois que supero a ânsia de vômito que isso me provoca, desenho dois corações entrelaçados.

Vamos ver o que você acha disso.

Sorrindo, entro no closet e saio dele com a roupa mais gloriosamente à prova de Nicholas que posso encontrar: um moletom dos Steelers que era do meu ex-namorado. Eu o encontrei em uma gaveta há dois meses, e acho que foi o que Nicholas disse sobre eu não saber nada sobre esportes e que, portanto, não teria motivos para guardar o moletom, que me fez guardá-lo para usar uma tarde tempestuosa.

O moletom com capuz é um dedo do meio em si, mas para arrematar, visto leggings que causam vergonha alheia nele, porque são tão velhas e desgastadas a ponto de estarem transparentes em alguns lugares, além de haver um buraco do tamanho de uma moeda de vinte e cinco centavos na parte de trás. Essa calça e eu passamos por muita coisa juntas. Rompimentos. Encontros ruins. Aquela vez em que Tyra Banks gritou com Tiffany no programa *America's Next Top Model*. As vezes em que meus pais/irmãos desistiram de vir me visitar, como sempre fazem, embora sempre tenham tempo de ir dirigindo até a Flórida para assistir às corridas da NASCAR. Essas leggings são como comida de mãe, e nunca vou me desfazer delas.

Dou o toque final com o tipo de maquiagem que a mãe dele chamaria de "imprópria", ou "inconveniente". Deixo os lábios da cor de sangue fresco, tornando minha boca mais chamativa do que a do Babadook. O delineador é um traço grosso preto que se estende muito além do que deveria, e minhas pálpebras brilham até as sobrancelhas como uma candidata num concurso de miss. Não é o suficiente. Adiciono quilos de blush e bronzeador até ficar difícil distinguir meu rosto de um carro alegórico. Passei direto pelo "impróprio" e mergulhei de cabeça no pesadelo de Deborah. Estou a cara da primeira esposa do marido dela, a notória Magnólia Rose.

Dou a mim mesma uma salva de palmas e mando um beijo de agradecimento a Magnólia Rose, minha maior heroína por se recusar a deixar de ser a sra. Rose após o divórcio, embora seu casamento com Harold tenha durado apenas um ano e não tenha gerado frutos. Ela está atualmente morando em Key Largo com o marido número cinco, que é vinte anos mais novo que ela e sobrinho do cara que criou a marca Marshmallow Peeps. Ela tem quinze papagaios, que vivem em um aviário do tamanho do meu quarto e possuem nomes de assassinos do *Law & Order*. Sei disso porque ela me adicionou no Facebook, provavelmente para provocar Deborah, que tentou processar Magnólia duas vezes por estresse emocional causado por "arruinar Harold". Quero ser Magnólia Rose quando crescer.

Nicholas vai ficar tão obcecado em saber para quem estou usando essa maquiagem que vai acabar com uma úlcera. Meu reflexo no espelho joga a cabeça para trás e ri como se sua pele estivesse prestes a se abrir para deixar uma centena de demônios voadores escaparem.

Ontem eu estava apática e o que mais queria fazer era chafurdar na lama da tristeza, mas hoje estou vibrante com uma energia perversa. Tudo mudou agora que tenho um plano.

Nosso casamento está marcado para 26 de janeiro, então tenho três meses para destruir Nicholas. Vou adotar dez cachorros e transformar o escritório dele no dormitório deles. Vai ser bom evitar o incômodo de atualizar meu endereço no correio ou instalar Internet e a tevê a cabo em uma casa nova, como Nicholas vai ter que fazer. Que droga estar na pele dele! O senhorio nos deu um belo desconto, e o aluguel é barato o suficiente para que eu possa bancá-lo sozinha, mesmo que a Ferro-Velho me pague muito pouco. A economia está em frangalhos, e preciso de toda a ajuda possível.

Em minha mente, eu o escuto zombando: *A loja está à beira do colapso*, e sinto uma vibração desconfortável na barriga. Ele está errado. Meu trabalho não está em perigo, e eu vou ficar bem. Se um de nós corre o risco de ficar desempregado, é ele. Uma nova clínica odontológica abriu no primeiro semáforo, a Turpin – Clínica Odontológica da Família, e eles aceitam tantos planos de saúde que a dra. Stacy Mootispaw chamou isso de "grotesco".

Não tenho plano de saúde, mas pode valer a pena pagar do próprio bolso para fazer Nicholas me ver ir à Turpin para fazer uma limpeza. É a cena com a qual sonho enquanto raspo a massa vegetariana dele grudada no fundo da panela.

Para reunir coragem para o que estou prestes a fazer, escuto três músicas raivosas do Eminem e depois ligo para um número que salvei em meus contatos como 666. Nunca ligo para esse número. Meu telefone tenta me salvar desligando e reiniciando por conta própria, mas não há como me impedir agora. Estou pelo menos cem passos atrás de Nicholas em nosso campo de batalha. Estou cercada por explosivos indetectáveis e ele está brincando por entre flores silvestres sem nenhuma preocupação. Ele está me provocando há tanto tempo que não sei quanto de suas palhaçadas é calculado e quanto é sem querer. Não tenho certeza se o conheço. Mas com certeza conheço a mãe dele.

— Alô? — A sra. Rose diz.

— Deborah — digo de maneira bem melosa, rodando na cadeira giratória de Nicholas. Estou no escritório dele, no qual ele não gosta que eu fique, porque precisa de privacidade para falar com a mamãe. Os dois deveriam administrar um hotel juntos.

— Naomi? — Ela parece na dúvida. Não escuto a terceira sílaba do meu nome; ela se afastou do telefone para verificar o número no identificador de chamadas e ter certeza de que minha voz não é uma alucinação auditiva.

— Espero que você não esteja ocupada — digo com um sorriso enorme no rosto. É sábado de manhã. Deborah tem uma agenda mais agitada do que o presidente, e com certeza estou interrompendo alguma coisa. — Queria falar sobre as mudanças a respeito das flores da minha festa de casamento que foram feitas sem o meu consentimento.

Percebo que ela não esperava nenhuma reação por conta disso, mas se recupera rapidamente. Sua voz é a mesma canção de ninar calmante que ela usa para lembrar Harold de tomar sua pílula de óleo de peixe.

— Espero que não se importe, querida. A florista não conseguiu agendar outro horário, e eu não quis incomodá-la. Sei que você é muito ocupada no... oh, não consigo lembrar onde você passa o dia todo. Ferro-Velho é o nome?

— Sim — respondo animada. — Ferro-Velho. — Eu me enterro em pilhas de lixo como um rato. — Nunca peguei o número da nova florista com você, depois que você trocou de fornecedor pela terceira ou quarta vez. Você tem ele à mão? Quero ajustar algumas coisas.

– Ajustar? – Ela parece assustada. – Tenho *certeza* de que é tarde demais para isso. Já está tudo definido.

– Deborah – digo rindo. Deborah, Deborah, Deborah. – Você se encontrou com a florista ontem! Tenho *certeza* de que ela estará aberta a ouvir a noiva. Que sou eu. Eu sou a noiva. – Enrolo o meu bigode de vilão. Nunca me opus tanto ao papel de noiva. Eles teriam que arrastar meu corpo inconsciente até o altar, um ventríloquo empregando sua voz para encenar os meus votos. – Simplesmente não gosto muito das flores que você escolheu.

– Os delfínios estão em falta, não é época deles. Os cravos ficarão muito lindos em um casamento em janeiro.

– Os cravos estão fora de moda. – Todos os meus instintos estão me dizendo havia cravos no casamento de Deborah e Harold. – Estou pensando... – Vejo meu reflexo incolor no vidro de um porta-retratos na mesa de Nicholas. Ele tem seis anos e segura um peixe pequeno. Seu sorriso está tão grande que seus olhos estão semicerrados, o cabelo está muito mais lambido do que agora, faltam dois dentes da frente. Sua mãe está atrás dele, cravando as unhas longas cor de polpa de melão-cantalupe. Eu a imagino fazendo o mesmo em nosso casamento, sussurrando em seu ouvido.

– ...em magnólias – concluo.

Uma espuma borbulha da minha boca vermelho-sangue de Babadook e sou tomada por uma vertigem. É o mais próximo da alegria que estive em muito tempo. Vou direto para o inferno com esse sentimento.

Ela fica tão quieta que tenho que verificar se a ligação não caiu.

– Deb? – Chamo, mordendo os dedos para não perder o controle.

– Não acho que Nicky concordaria com essa escolha – ela finalmente diz.

– Nicky me disse que tudo bem. – Giro na cadeira novamente, joelhos no queixo. O assento é de couro luxuoso e maravilhosamente confortável, como mergulhar em uma banheira de hidromassagem. Minha cadeira de escritório é cinco centímetros mais baixa do que eu gostaria e é feita de madeira. Comprei em uma venda de garagem. Coloco um travesseiro desmilinguido nela para ficar mais confortável, mas a diferença é escandalosa. Esta cadeira é minha agora.

– Além disso – acrescento –, é o meu casamento, não é? Eu deveria escolher o que quero.

– É o casamento de Nicky também.

E com o que Nicholas se importa? Ele vai se casar pelo menos umas três vezes na vida. Quando eu tiver sessenta anos, vou esbarrar nele com um topete para esconder a careca e acompanhado por uma mulher de vinte e poucos anos, porque os homens são terríveis e podem se safar com essas coisas.

– Você sabe o que dizem… – respondo alegremente. – Esposa feliz, vida feliz! Ele fará o que for preciso para me fazer feliz. Ele aprendeu pelo exemplo, observando como seu marido é bom para você.

Nunca contrariei as ordens de Deborah, nem mesmo educadamente. É mais fácil deixá-la fazer o que quer. Esta é uma experiência totalmente nova para Deborah, e provavelmente para seus colegas do clube do livro que estão ouvindo. Ela está sentada em frente ao prefeito e toda a sua irmandade, esforçando-se para manter um sorriso no rosto enquanto me estrangula até a morte em sua mente. Seu hábito desagradável de colocar as pessoas no viva-voz para que todos os presentes possam rir da conversa se voltou contra ela.

– E o número, Deb? – provoco, cruzando os pés sobre a mesa de Nicholas. Uma pilha de arquivos cai, espalhando-se pelo chão como cartas de um baralho.

– Hum. Sim. Deixe-me ver. – Ela está se debatendo. Não pode me dar um número falso, mas não pode me dar o verdadeiro. Não estou blefando e vou realmente encomendar um bilhão de magnólias para adornar a igreja. Imagine a cara do Harold ao ver a fatura.

Deborah fica paralisada enquanto folheia seu arquivo. Ouço seus dentes tremerem. Fico completamente em silêncio até que ela me responde e desembucha cada número.

– Obrigada – respondo. – Já que estamos conversando, se importa em me dar o número do confeiteiro também? Sei que eu tinha sugerido Drury Lane, de Hatterson, mas acredito que você escolheu outro lugar? Foi isso? Tenho certeza de que sabe o que está fazendo. De qualquer forma, gostaria de pegar o contato, por favor.

Deborah deixa o veneno escorrer quando diz:

– Por que isso seria necessário, minha querida? Já cuidei do bolo.

– E quero agradecer por isso. Você foi ótima! Excelente. Com seu tempo, seu dinheiro. Por que não tiro um pouco do fardo das suas costas? Você merece relaxar e aproveitar a melhor idade. Esses anos passam muito rápido. Vou apenas assumir algumas coisas aqui e ali, e não se preocupe com nada, Deb.

– Mas...

– Tudo que você precisa fazer é aparecer no casamento. Eu quero que você se divirta. Não vai se divertir se estiver ocupada organizando tudo! – Se minha voz subir mais algumas oitavas, ela se tornará um assobio.

– Eu não acho que Nicky...

Eu a corto.

– E o número, Deb? Muito obrigada. – Ninguém jamais se atreveu em toda a sua vida a abreviar o nome dela para *Deb* e estou abusando do privilégio imerecido com baba escorrendo pelo queixo, encharcando a frente do meu moletom favorito dos Steelers.

Quando Deborah recita com raiva as informações de contato do confeiteiro, cada dígito é um código para *Eu te mato se não for baunilha e chocolate marmorizado*. Isso me inspira a mudar o topo de bolo, que seria um de muito bom gosto, feito de pétalas de flores. O bonequinho de Nicholas será a imitação do Homem-Aranha da loja de bugigangas, o Menino-Tarântula. E eu serei representada por uma vela meio derretida com olhos arregalados, e todas as pessoas que Deborah conhece e ama serão testemunhas. Quando Nicholas cortar o bolo, um dos meus olhos arregalados deslizará como um presságio. Vou sorrir para ele com minha boca vermelha de horror e dar a ele um olhar selvagem que o fará detestar a cor do champanhe para sempre e fazer o sangue dele coagular.

— Brigadaaaa — digo. — Deb, você é a melhor.

— Espero que Nicky tenha concordado com isso — ela diz com seriedade.

— Não se preocupe com ele. Eu cuido do nosso Nicky. E logo ele terá uma sogra para cuidar dele também. É tão fofo, outro dia ele estava me dizendo que vai começar a chamá-la de "mãe" depois do casamento. Minha mãe vai a-do-rar.

Uma mão fantasma sai do telefone e envolve minha garganta.

— Que bacana — ela rosna.

— Não é? Vamos passar o Dia de Ação de Graças com ela. E o Natal. Nada é mais importante do que a família, você sabe.

Deborah está abalada, mas é uma profissional. Ela me lembra que dominou a arte de ser uma bruxa décadas antes do meu nascimento quando responde:

— Ah, sim, concordo plenamente. Mas eu reconsideraria esses planos, porque estava pensando em entregar o cheque do bufê para vocês dois no Dia de Ação de Graças, e a minha costureira precisa fazer uma nova prova do seu vestido bem no Natal. Se você não aparecer, quem sabe o que pode acontecer? Eu me sentiria *péssima* se você subisse ao altar com um vestido que não fechasse até o fim.

Imagino os candelabros cravejados de joias usados como arranjo de mesa sumirem do salão de festas deixando uma névoa de aerossol. Vou substituí-los por confetes metálicos e pombas de plástico de dez centavos. Todo mundo vai pensar que as escolhas foram da elegante sra. Rose, com suas bolsas Louis Vuitton e Marc Jacobs, e ficarão sem entender por que a decoração está parecendo com uma festa de Dia dos Namorados de uma casa de repouso. Haverá rumores de que ela está falindo.

Solto uma risada breve.

– Isso seria um desastre! Ainda bem que tenho um véu longo. – Estive me comportando muito bem nos últimos minutos, mas não consigo resistir a dizer: – Te vejo no jantar de domingo, D.

Encerro a ligação e admiro minhas unhas lascadas e tortas. Dou mais um giro com a cadeira. Uma mina terrestre explode no lado de Nicholas.

É domingo e Nicholas não acredita que ainda não tirei o melhor moletom que tenho para jantar na casa dos pais dele. Lanço a ele um olhar de desaprovação quando ele reclama baixinho. Sou uma torcedora leal dos Steelers. São o meu time favorito, e eu morreria por eles.

Ele ainda está bravo por causa das magnólias. A sra. Rose me xingou, chorando para ele em meio a um mar de lenços encharcados, e ele a acalmou com a promessa de manter os cravos e o nome da família. Magnólias são totalmente indignas. Eu sou totalmente indigna. Ele franze a testa para mim como quem diz *Você é uma vergonha*, mas eu sei que sua carranca real é devido aos estilhaços que o atingiram. Sou um soldado motivado agora, munido de equipamento tático completo. Armei sua mãe involuntariamente contra ele: ela o ligou sem parar o dia todo querendo ser confortada, e, toda vez que o telefone toca, eu o vejo morrer um pouco mais por dentro.

— Não posso acreditar nas coisas que você faz. — ele diz.

— Eu posso. — Pareço muito mais feliz do que ele, embora seja geralmente aí que ele abre seu sorriso de Bom Menino e eu mentalmente faço uma anotação para que os comentários rudes de sua família me afetem menos.

Estamos no carro a caminho de Debberoni e Harry. Eles vivem no único bairro solitário e quase exclusivo que Morris tem a oferecer, peixes grandes em um pequeno lago, do jeito que gostam. Eles não habitam espaços acessíveis para *todo mundo*. Eles têm "um homem" para cuidar do jardim e "uma mulher" para cozinhar. O sr. e a sra. Rose não os consideram importantes o suficiente para serem chamados pelo nome. Eles botam tanta banca que, na primeira vez em que os visitei, esperava ver barras de ouro usadas aparador de porta. Seria de se pensar que Harold foi secretário de Estado, em vez de banqueiro de investimentos.

Ouço o barulho de plástico e, quando olho de soslaio para trás, vejo um buquê de flores descansando no banco de trás. Por um instante idiota e miserável, meu coração salta e acho que elas são para mim, mas então percebo.

É claro. São rosas.

Não consigo me controlar.

— Uau, obrigada pelas flores. Você é um amor.

— Oh. — Suas bochechas ficam rosadas. — São para a minha mãe, na verdade.

— Qual é a ocasião? É o aniversário dela?

O aniversário dela é em janeiro, assim como o de Nicholas. Ele comprou a esteira que ela circulou para ele em um catálogo, e, além disso, orgulhosamente a presenteou com um pequeno pergaminho que declarava que batizou uma estrela com o nome dela.

– Não. As flores são... porque sim.

Eu não deveria me deixar afetar por isso, mas deixo. Esse homem é um péssimo noivo. Imagine o quanto ele vai ser péssimo como marido. – Seria bom se você me tratasse do jeito que trata sua mãe – digo olhando para o para-brisa, porque não sou corajosa o suficiente para dizer isso na cara dele. Mentalmente, repito o que acabei de dizer para ele e meus olhos se arregalam. *Mas o que é isso, minha gente!? Vejam só o que acabei de dizer!*

– Você quer que eu te dê coisas fazendo com que eu me sinta obrigado, não porque eu quero?

Penso um pouco nisso.

– Sim. Pelo menos então eu receberia flores. Se eu esperar você *querer* me dar flores, eu estaria recebendo tantas quanto recebo agora. Ou seja, nenhuma.

– Ai, meu Deus, Naomi – ele gagueja. – Você me disse há muito tempo que não queria flores. Você disse que não precisava delas.

– Bem, eu não quis dizer isso! Obviamente eu quero ganhar flores. Que garota não quer? Mal posso esperar até meu filho se tornar adulto, então finalmente ganharei flores.

Consigo sentir seu olhar ardente.

– Se eu te disser que não quero algo, você me compraria mesmo assim?

Eu me viro para ele.

– Por que *você* quereria flores?

Sua risada me dá arrepios.

– Sim, por que ocorreria a você me dar uma coisa que seja? Um sinal de carinho? Claro que você não pensa nisso.

Eu *estou* dando algo a ele. Paciência. É um presente. Estou presenteando-o com o milagre de não me jogar em cima dele e estrangulá-lo por insistir em sairmos com seus amigos no meu aniversário e paparicá-los com asinhas de frango e batatas fritas; por ficar até tarde no trabalho no feriado de 4 de julho, quando eu queria ir a um parque aquático, mas comprar uma enorme bola de fogo para sua mãe... *ele*, o rei dos monólogos sobre a inutilidade dos presentes. Se a galáxia implodisse amanhã, meu último pensamento inteligível seria *Ha, ha, lá se vai a porra da sua estrela, sua vadia!*

— Há quanto tempo você está remoendo isso? — Ele quer saber.

Uma eternidade.

— Não estou remoendo nada. Estou de boa.

— Claro. — Outra risada sem graça. — Está com raiva de mim por não lhe trazer presentes. Enquanto isso, você me ignora em casa, olhando para a tevê. Fica lá sentada como uma boneca na prateleira. Fica de cara feia quando vamos a esses jantares na casa dos meus pais, mas você não tem nenhum familiar que more por perto e eu estou lutando para nos dar algum tipo de apoio familiar aqui. É incrível que ainda sejamos convidados, francamente, porque você fica presa dentro de sua própria cabeça o tempo todo. Não demonstra nenhuma animação desde o segundo em que entramos pela porta. — Ele balança a cabeça. — É como se eu estivesse sozinho.

Por um momento fico atordoada, porque ele não deveria saber que por dentro estou de cara feia nesses jantares. Do meu ponto de vista, faço uma encenação convincente de alguém feliz e animada. Se ele sempre soube que eu estava fingindo, por que não me disse antes?

Passo o resto de nossa viagem para Sycamore Lane pensando que meu próximo noivo será o completo oposto de Nicholas. Ele terá longos cabelos loiros de hippie e barba, um artista que esfrega Dipnlik nos dentes. Seu nome é Anthony, mas ele assina como *&thony*. Sem sombra de dúvidas será órfão.

Então paramos na frente da casa, tendo o que com certeza serão duas horas terríveis pela frente. Não me lembro da última vez em que

Nicholas e eu nos divertimos na companhia um do outro. Praticamos nossos sorrisos para exibir para outras pessoas e ele dá a volta no carro, lembrando-me de sua única característica redentora: há algo fascinantemente fluido na maneira como ele move o corpo quando não está ocupado pisando duro para vencer uma discussão.

Seus olhos encontram os meus através da janela, e sua mão toca a minha porta.

Então ele sorri e escolhe abrir a porta de trás, pegando as rosas. Ele caminha sozinho até a varanda. Eu o sigo como um cão de rua e gostaria de poder latir e rosnar como um.

Uma placa de Shakespeare está aparafusada à parede de tijolos aparentes: SE A ROSA TIVESSE OUTRO NOME, AINDA ASSIM NÃO TERIA O MESMO PERFUME. Não deveria haver um *não* nessa citação. Eu pesquisei uma vez para ter certeza de que era um erro, mas nunca disse isso para o sr. e a sra. Rose porque não quero que eles façam uma com a citação correta. Sinto um prazer doentio em saber que a placa deles está errada.

Penso sobre a primeira vez em que estive diante desta porta, nervosa e otimista, esperando tanto me encaixar perfeitamente no mundo deles e que eles me tratassem como parte da família. Nicholas passou o braço em volta dos meus ombros e me beijou na bochecha, sorrindo de orelha a orelha. *Eles vão te amar*, ele disse.

A porta se abre. Deborah me mostra todos os dentes em um sorriso que não é sincero, e sinto vontade de enfiar o dedo na goela bem na frente dela.

Nicholas e eu trocamos um último olhar de ódio mútuo antes de sorrirmos e darmos as mãos. Ele a aperta. Eu aperto de volta com mais força, mas acabo fazendo meus próprios dedos doerem.

CAPÍTULO CINCO

O covil deles cheira a uma loja de sabonetes pós-apocalíptica que está acumulando poeira há dez anos, com notas de fundo de laquê. O cheiro de pó sempre me confundiu, pois nunca consegui encontrar poeira de verdade. Cada um dos cômodos é entulhado e opulento, tentando evocar palácios franceses com cadeiras Luís xv enquanto espera-se que o tapete rosa manchado passe despercebido. De alguém com menos de vinte anos, espera-se que tire os sapatos. Há uma única televisão no "salão" – uma relíquia dos anos 1970 que nunca é ligada e cujo único propósito é refletir o choque ocasionado pela sobrevivência de um aparelho de televisão tão gigantesco e pré-histórico ainda existir na casa de alguém.

Um silêncio absoluto cai como um capuz quando se cruza o limiar para um cenário de assassinato de Agatha Christie, provocando uma vontade de falar baixinho, o que é traduzido pelo processador de emoções humanas da sra. Rose como admiração.

É sua ode a um saudoso outrora, quando as crianças reprimiam todos os seus pensamentos e emoções para tornar a vida de seus pais bêbados mais fácil. Cerejeira, tecidos grossos, damascos ônix sobre cinza-escuro. Uísques de mil dólares, cortiça intacta e baleiros de cristal que não contêm nada. Molduras de ouro ornamentadas como corda e cinzeiros do século XVIII para os quais Só Se Pode Olhar, Não Tocar, consagrados atrás de um vidro iluminado. Um museu da história dos Rose com o qual ninguém se importa, exceto as rosas velhas e murchas que dão aqui, e talvez eu, a erva daninha indesejada e feia, se acabar tendo que me casar e entrar para essa família maluca.

As fitas de honra ao mérito que Nicholas ganhou no ensino médio estão penduradas no ponto focal da sala de jantar. Não há evidência de que eles têm uma filha em nenhum lugar, a não ser em um pequeno cômodo que chamam de "o *salão*", onde há um piano de cauda, uma horda de estatuetas de gatos de porcelana e um retrato de Heather no último ano do ensino médio. Há feixes de laser no fundo e ela está usando aparelho com elásticos pretos. Sua mãe às vezes fala sobre a filha como se ela estivesse morta. Nicholas me disse que ela é DJ de música eletrônica, e só por isso ela é minha pessoa favorita dessa família.

– Naomi! Minha querida! Muito bom ver você – Deborah grita, balançando-se para a frente para beijar uma das minhas bochechas, depois a outra. Ela aprendeu com sua própria sogra (uma pessoa verdadeiramente aterrorizante, que vi apenas uma vez antes de Satanás levá-la de volta para casa) a ser frígida e passivo-agressiva. Sinceramente, essa mulher não faz ideia de onde está. Pelo amor de Deus, vivemos em Morris. Metade da população tem pelos e mordisca bagas na floresta.

Encontrar Deborah pessoalmente pela primeira vez foi chocante. Ela escreve persistentemente para o *Diário de Beaufort* com tantas queixas em geral sobre a vida que eles deram a ela uma coluna de conselhos chamada "Querida Deborah", na qual ela distribui pérolas de sabedoria para leitores fiéis de todo o condado. Conheço as pérolas de Deborah pelas bijuterias que são, porque ela nunca se deparou com um problema que resolveu sem ter recorrido a Nicholas. A foto que acompanha seus textões tem pelo menos quinze anos. Ela ainda usa o mesmo corte desfiado, agora com mais luzes, mas a pele ao redor de seus olhos está bem esticada, embora os próprios olhos pareçam ter diminuído para metade do tamanho original. Os brincos que usa são tão pesados que seus lóbulos esticados chegam a cinco centímetros de comprimento.

Ela aperta meu rosto entre as mãos macias e frias. Não tenho certeza se ela tem sangue. Às vezes, fica com o rosto um pouco vermelho, mas isso pode ser por ela ter ficado muito tempo carregando, e a tomada superaqueceu.

– Meu Deus, Naomi, você cortou o cabelo! E logo antes do seu casamento! O que passou pela sua cabeça? Me dê o nome de seu cabeleireiro para garantir que seja mandado embora pelo que fez com você.

Eu bagunço minha franja lamentavelmente curta e Nicholas disfarça um sorriso, satisfeito por sua mãe estar me insultando por ele.

– É um estilo. Como Amélie Poulain. – Amélie vai ser minha referência para esse cabelo desastroso. Farei a comparação sempre que tiver oportunidade.

Ela parece estar se controlando para não falar tudo o que pensa.

– Realmente não combina com o formato do seu rosto. Embora eu tenha certeza de que você já sabe disso, e que tem horário marcado para colocar extensões capilares. – Ela não espera por uma confirmação, ansiosa para aprofundar sua análise da minha aparência. É o que faz toda vez que nos encontramos. – Você está com uma cara péssima, minha querida. Tão pálida e inchada. Está doente?

– Sim – respondo alegremente. Eu a abraço, algo que nunca fiz antes (olha só para mim tentando todas essas coisas novas e divertidas!), e seus ossos se movem e estalam sob suas roupas elegantes. Sua clavícula se projeta tanto, que é como se alguém a tivesse enterrado numa cova muito rasa.

Ela desliza para trás, coberta pelos meus germes imaginários.

– Naomi está brincando – Nicholas diz melancolicamente. – Ela disse que estava bem no carro.

Ela dá um tapinha no peito como se estivesse tendo palpitações, e nós a seguimos até a sala de estar para que possamos ver seu mancebo novo (madeira de sequoia-gigante, mil e duzentos dólares) e elogiá-lo. Sinto cheiro de comida sendo preparada, e a promessa de uma refeição grátis é a única razão pela qual eu não uso o cabide para me empalar imediatamente.

Enquanto a sra. Rose vai ver com "a mulher" se o jantar está pronto, eu pego meu telefone e começo a digitar.

– Pot-pourri – digo em voz alta. – Pinturas rabiscadas. Figuras alemãs de porcelana assustadoras de crianças camponesas fazendo tarefas domésticas.

Nicholas me lança um olhar cauteloso.

– O que está fazendo?

– Tomando notas sobre como tornar nossa casa mais atraente para você. Você adora tanto esta que nunca quer sair daqui, então estou pensando em replicar a magia. – Volto a digitar. – Ramos de flores concedidos por entes queridos. Hum, vou ter que encontrar alguns entes queridos.

Ele aponta para um buquê ressecado da semana passada, outro presente dado "porque sim".

– Você quer isto? – sussurra sarcasticamente. – Um punhado feio de quarenta dólares? – Ele aponta em seguida para um broche de esmeralda espalhafatoso em uma vitrine de vidro. – Que tal? Joias inúteis te fariam feliz, *querida*? – Se eu ouvir mais uma palavra sobre a *inutilidade* de algo, vou enfiá-lo no porta-malas.

– Roube-o e veremos.

Seus lábios se contraem. Saber que o irrito me deixa feliz.

A sra. Rose volta para junto de nós, então pego um vaso que pertenceu à mãe de Harold e digo:

— Gosto desta urna.

— Isso é um vaso, querida. — Ela o pronuncia como *vahz*. Ela odeia esse vaso, sem sombra de dúvidas, já que reza a lenda de que ela e a sogra uma vez chegaram às vias de fato discutindo sobre onde Harold seria enterrado — ao lado de sua esposa ou ao lado da Mamãe Querida? Nicholas herdou mesmo os problemas que tem.

— Estou surpresa que uma urna tão linda ainda esteja vazia — digo como se não a tivesse ouvido. — Embora eu suponha que um dia será ocupada. — Lanço a Deborah um olhar contemplativo, subindo e descendo lentamente os olhos do topo de sua cabeça até a ponta de seus sapatos brancos imaculados. — Você tem relíquias belíssimas. Fico emocionada de pensar que um dia terei todas elas em minha própria casa. Nick, não consegue imaginar esta linda urna em cima da nossa geladeira um dia?

Ele me olha com raiva quando o chamo de Nick, mas não tem oportunidade para responder porque a sra. Rose diz:

— Nicky, o que você acha do novo penteado da querida Naomi?

A única razão pela qual ele mantém uma cara séria é por estar parado bem na frente de uma janela. Seria tão fácil empurrá-lo dela.

— Naomi está sempre ótima. — Então dá três passos para o lado antes de acrescentar: — A testa dela é grande o suficiente para conseguir usar uma franja curta.

Eles cobrem os sorrisos maldosos com as mãos em gestos idênticos. Nicholas percebe e deixa cair a mão. Parece um pouco abalado. Eu sorrio para ele, confirmando seus piores medos.

Sim, Nicky, você está se transformando em sua mãe.

— Essas rosas não são lindas? — Digo para Deborah, apontando para as flores murchas da semana passada. — É muito bonito que seu filho adulto lhe traga flores o tempo todo.

— Não é? — Ela responde. — Nicky me mima tanto! Ele é um menino maravilhoso. Ele faz o mesmo por você, tenho certeza.

Meu sorriso se abre, e Nicholas deve ter encontrado algo muito interessante para analisar no tapete.

— Venha ver as novas! — Deborah diz, acenando para nós a seguirmos até *o salão*. Outros quarenta dólares do arrependimento de Nicholas me encaram zombeteiramente de uma pequena mesa. Ele tirou o adesivo do posto de gasolina do papel de embrulho, e penso que, com o frio se aproximando, as rosas vão se tornar mais difíceis de encontrar. Ele vai desembolsar cem dólares por semana na floricultura.

— Elas não são maravilhosas? — Deborah enfia o buquê debaixo do meu nariz. Eu me curvo e inalo.

— Então é *assim* que as flores cheiram?! Nunca tenho a chance de vê-las de perto, então não fazia ideia.

Nicholas bufa olhando para o teto.

— Olha o que mais ganhei do meu Nicky. — Deborah abre a tampa de uma pequena caixa de veludo preto, mostrando uma faixa brilhante de diamantes cor de chocolate. Nunca entendi qual é a graça dos diamantes marrons. Não quero essa monstruosidade. Se os ganhasse de alguém, eu nunca usaria. E ainda assim estou quase enjoada de ciúmes.

— Você é uma mulher de sorte. — Mantenho o olhar fixo em Nicholas. Meu tom soa tão falso, eu sei que todos nós percebemos isso. — Qual a ocasião?

— Meu aniversário de casamento com Harold. — Harold está cochilando em uma poltrona, curvado e torto. Ela o acorda puxando seu colarinho até que ele se endireite. — O que foi que ele deu para você, querido? Tacos de golfe?

Harold pula e bufa. Ele gosta de falar pelo nariz.

— Sortudos, sortudos, sortudos — cantarolo. — Tão sortudos que seu filho adulto compra diamantes e tacos de golfe para vocês para comemorar um aniversário de casamento que nem é dele! Não posso imaginar o que ele faria em seu próprio aniversário de casamento. — Dessa vez, não ouso olhar para Nicholas. Ele gostaria que eu olhasse para ele para que eu saiba que está fervendo de ódio por dentro, e ignorá-lo o priva disso.

Conversar com a sra. Rose é cinquenta por cento ouvir ela se derreter por causa de Nicholas e cinquenta por cento ouvir suas queixas, então é hora de ela mudar de direção. Ela pergunta por que ninguém recebeu o convite para o casamento ainda, já que ela já tinha escolhido o estilo e decidido o texto. Fico em silêncio enquanto Nicholas prepara uma resposta e deixo ele se virar.

A verdade é que Nicholas e eu não chegamos a um acordo sobre qual foto de noivado anexar aos convites. A maioria dos casais anexa fotos de noivado ao mandar o *save the date*, mas como não fizemos esse anúncio da data, Deborah diz que não tem como deixarmos de incluir a foto agora.

A que eu quero usar me mostra em um ângulo mágico. Dá a ilusão de que tenho cílios longos e lábios carnudos. Meu peito parece maior. Absorvi toda a magia fotogênica e não deixei nada para Nicholas, cujo olho direito está totalmente fechado e o esquerdo está indo pelo mesmo caminho. Nós tiramos as fotos em um dia frio, e a primeira coisa que se nota são os mamilos duros dele sob a camisa. Eu rio toda vez que vejo.

Na foto que Nicholas quer usar ele está parecendo um modelo da revista *GQ*, e meu cabelo está cobrindo o meu rosto por completo. Nicholas diz à mãe:

– Ah, pensei que já tínhamos enviado isso. Foi mal.

– É melhor enviar logo – Deborah diz em tom de advertência. – Ou ninguém vai aparecer.

Os ouvidos de Nicholas se animam com isso. Ele parece inspirado. Esses convites nunca chegarão ao correio. Não tenho o direito de ficar ofendida por ele não querer se casar comigo, já que também não quero me casar com ele, mas fico mesmo assim. Meu consolo é saber que não quero me casar com ele ainda mais do que ele não quer se casar comigo.

Mas quando ficamos sozinhos por um minuto, os sorrisos desaparecem e ele murmura em meu ouvido:

– Por que você nunca me apoia? Você sempre me abandona.

– Você sempre me abandona primeiro – respondo.

"A mulher" serviu vitela. Vitela me faz estremecer, e a sra. Rose sabe disso; é por isso que, até agora, sempre havia um prato alternativo se vitela estivesse no menu. Não hoje. É uma represália criativa, tenho que admitir.

Ela está me observando de perto, desejando uma reação, então eu a olho bem nos olhos e dou uma mordida enorme. Passo por cima de minhas convicções morais hoje. Comeria um feto de vaca malformado com minhas próprias mãos se isso fizesse Nicholas me largar na frente de sua mãe como um idiota total. A que ponto minha vida chegou, se agora esse é o meu objetivo?

Nicholas me encara. Quanto mais irritado ele fica, mais eu me animo. Ele está me dando muitas dicas não verbais, e elas são um bom incentivo de que estou indo na direção certa. Contrações musculares. Mandíbula tensa. Mãos em punho. Alguém tem que ensinar a esse homem sobre linguagem corporal no pôquer, ou ele terá os bolsos esvaziados. Provavelmente por mim, no divórcio inevitável. Eu e meu brilhante advogado cavalgaremos rumo ao pôr do sol com tudo o que ele tem.

– Nicky adora vitela – a sra. Rose ronrona.

Nicky não adora, mas ele não vai discutir com ela.

– O que mais seu filho adulto ama? – pergunto. – Você passa mais tempo com ele do que com qualquer outra pessoa, então certamente deve saber. – Dou um suspiro dramático. – Mesmo depois de todo esse tempo juntos, ainda há muito que não sei. Nosso Nicky é surpreendentemente misterioso.

Com isso, seu olhar se fixa no meu, e há um vislumbre de diversão à espreita.

— Valorize-se mais, Naomi — ele responde. — Acho que você está começando a me entender.

— Sim, acredito que sim. Demorou um tempo.

— Nem todo mundo aprende rápido.

Eu giro meu copo de suco de cranberry enquanto nos observamos com os olhos semicerrados.

— Você deveria contar a seus pais sobre a nossa novidade especial — digo por fim, esboçando um sorriso.

Ele franze o cenho e sua mãe fica toda agitada. Ela provavelmente é incapaz de acreditar que ela não foi a primeira a saber de algo que aconteceu na vida dele.

— Novidade? Que novidade? Conte, Nicky.

— Diga a eles, Nicky — insisto.

Deborah lança um olhar para nós dois. Claramente, está apavorada com a possibilidade de eu estar grávida. Um bebê antes do casamento! O que o pastor Thomas diria? Só para assustá-la um pouco mais, eu distraidamente pouso a mão sobre minha barriga. Ela solta um som seco e áspero, como a perna de uma cadeira raspando no chão de madeira.

Nicholas percebe o que estou fazendo.

— Querida, acho que não sei a que novidade você está se referindo.

— É uma novidade inesperada. — Estou gostando disso. — Não estávamos planejando que isso acontecesse, mas é assim que a vida é.

— Se você tem uma novidade — ele diz —, sei que não é meu.

Eu inclino a cabeça.

— Nós não temos nada digno de nota há um bom tempo, não é?

– Falando em novidades! – Deborah nos interrompe, morrendo de vontade de voltar aos holofotes. – Vou completar cinco anos no jornal.

– Nós sabemos – Harold murmura, abrindo um guardanapo de pano em seu colo. Deborah o encara incisivamente até que ele enfie um segundo guardanapo no colarinho. Dou um ano até que ela o obrigue a usar um babador. – *Todos* nós sabemos.

Deborah coloca mais corações de alcachofra no prato de Harold, para a tristeza dele.

– Talvez *eles* não saibam.

Ela mandou três mensagens para Nicholas essa semana falando sobre isso, insinuando que, se ele quisesse levá-la para um almoço comemorativo, ela está boicotando o Ruby Tuesday, o Para a Prancha! e o Applebee's por conta de brigas com os funcionários.

– Parabéns – Nicholas diz automaticamente.

– Sim, é uma grande conquista, não é? Acho que resolvi mais problemas do que o prefeito! Ultimamente tenho salvado casamentos a torto e a direito, mas quando você ler a coluna de amanhã verá que nem mesmo *eu* pude salvar a moça que escreveu recentemente implorando por minha ajuda. – Deborah sorri como um gato que comeu um canário. – Ela está tendo um caso com o marido de aluguel.

– Gostaria que Nicholas fosse mais tarado, quer dizer, mais *prendado* – digo, roubando os holofotes de volta. – Tenho feito consertos sozinha. Mas tenho obtido resultados melhores, curiosamente.

O olhar de Nicholas me desidrata.

– Parece improvável.

– Consertos? – Deborah repete, virando-se para ele. – Alguma coisa parou de funcionar? Naomi não deveria estar tentando consertar nada. Ela pode piorar as coisas.

– Eu não tenho escolha – explico a ela com uma voz baixa e conspiratória. – A situação está desesperadora, e Nicholas não usa as suas ferramentas. – Bato nos lábios com a unha, observando-o ficar rígido.

– Nicholas não precisa de ferramentas – Deborah diz enfaticamente, sem saber que estamos falando com ódio criptografado. – Se algo não estiver funcionando, chame um profissional.

– Bem pensado. Você sabe sobre qual marido de aluguel a moça da carta estava falando?

Nicholas está farto.

– Ser *prendado* não basta quando sua noiva está sempre tão distraída e nunca colabora – ele me diz com a expressão tomada pela raiva.

Suas mãos estão quentes e suadas. Sei disso pela forma como o garfo em suas mãos fica embaçado. Isso é o que ele ganha por me chamar de boneca na prateleira. Eu não interajo o suficiente com os pais dele nos jantares? Ele vai se arrepender de ter dito *isso*.

– Harold – Deborah rosna.

Harold se sobressalta.

– O que foi?

– As crianças estão morando em uma casa caindo aos pedaços. Faça com que elas chamem um reparador.

A ideia de Harold obrigar que Nicholas e eu façamos alguma coisa é ridícula. Ele não consegue ficar acordado pelo tempo de um comercial na televisão. Harold só se levanta da poltrona se for para caminhar até outra. No momento, ele e sua esposa estão vestindo blusas cor de vinho combinando, com pelos de suas costas e ombros saindo pela gola Peter Pan de uma forma que me deixa ressabiada sobre a maneira como Nicholas vai envelhecer. Ele deixou de ter opinião própria em 1995 e vive para o momento em que ouve que pode ir para a cama.

Pode acreditar: não há nada de interessante em Harold. Ele é como uma lasanha deixada no fundo da geladeira por três meses. A cada camada fica pior.

Ele bebe água com gás em todos os jantares e seu cabelo branco brota do topo de sua cabeça como pequenos tufos de algodão, e o mesmo acontece com suas sobrancelhas descontroladas. Ficando de frente para ele, o seu cabelo se torna transparente e confere a tudo atrás uma penugem caprichosa. Ele se comunica principalmente por meio de bufos, grunhidos e arrotos. Uma vez, eu o encontrei folheando uma *Playboy*, e ele disse:

— Você já esteve com um homem mais velho, Nina?

Meu chefe, o sr. Howard, diz que conheceu Harold quando eles eram mais jovens e as — "viagens a trabalho"— de Harold para Nevada nos anos 1980 eram, na verdade, passagens pelo Clube de Cavalheiros da Bella. Sendo o docinho inocente e ingênuo que sou, as palavras *clube de cavalheiros* evocavam imagens bacanas de homens jogando cartas e fumando charutos. Então Zach me contou o que realmente era um clube de cavalheiros, o que me deixou igualmente traumatizada e encantada.

Ainda não contei a Nicholas sobre essa descoberta. É um belo golpe que estou guardando para depois que o derrubar, quando tiver certeza de que ele não consegue se levantar novamente. *Vou comprar meu maldito bolo de limão e sua mãe não vai ser convidada para o casamento.* Chute na canela. *Vou vestir um smoking e vamos nos casar em segredo.* Soco na garganta. *Nunca daremos à nossa filha o nome Deborah.* Chute no queixo. *Eu não passo fio dental há um ano.* Gancho bem dado. *Seu pai frequenta bordéis.*

— Chame um cara que faça consertos — Harold aconselha. — Diga que ele não vai receber nada a menos que dê garantia do serviço. E invista o dinheiro na sua casa de veraneio.

Gostaria de poder viver nesse mundo em que Harold está agora, mantendo uma conversa totalmente diferente e paralela à nossa.

— Na verdade — digo —, a novidade é que estamos pensando em adotar um cachorro.

— Não estamos, não. — Nicholas aperta o garfo com mais força.

Tomo um gole do meu suco de cranberry. É revoltante.

– Um pequeno, que lata muito. Talvez um terrier ou um chihuahua.

Um músculo na bochecha dele salta.

– Talvez a gente pegue um gato também – sugere.

Deborah olha para mim, franzindo a testa.

– Mas Naomi não é alérgica a gatos?

– É mesmo? – Ele sorri para seu prato vazio. Ele comeu tudo, até mesmo os cogumelos cremosos que sei que ele não gosta. Que menino bonzinho. Aposto que seu rabo está abanando na expectativa de ser elogiado.

Nicholas finge pensar a respeito.

– Dois gatos, talvez, para que o primeiro não fique sozinho.

– Estive pensando… – eu o interrompo. Nosso problema está ficando cada vez mais evidente. Até Harold está prestando atenção agora. – Acho que vou manter meu nome de solteira. Muitas mulheres estão fazendo agora.

Isso não incomoda nem um pouco Deborah. Ela fica até feliz em ouvir isso, tenho certeza. Menos mulheres para compartilhar seu sobrenome. Imperturbável, eu mudo de tática.

– Na realidade… – Eu prolongo a palavra. – Hoje em dia, às vezes é o homem que muda de nome. *Nicholas Westfield* tem um certo charme.

– Ele não pode mudar de nome! – Deborah grita.

– Por que não? As mulheres fazem isso o tempo todo. O que se aplica a um vale para o outro.

Nicholas não se dá ao trabalho de responder, balançando a cabeça para mim.

– Isso é ridículo – sua mãe bufa. – Ele tem um sobrenome adorável. Não que o seu não seja… bom… mas não é tão especial quanto *Rose*, certo? Ele é conhecido como *dr. Rose* nesta comunidade. Ele não pode mudar isso a essa altura. E tenho certeza de que ele vai querer que seus filhos tenham o sobrenome da família também.

– Nós não vamos ter filhos – declaro. – Eu sou estéril. Perdi o útero em um esquema de pirâmide.

Nicholas solta o garfo com um estrondo e se levanta. Faz um estardalhaço para se levantar, mas não é o suficiente para encobrir o choro assustado de sua mãe.

– Está ficando tarde. – Ele faz uma careta para mim. – Vamos, Naomi.

Mostro o meu prato com as mãos, fingindo incompreensão.

– Mas ainda não terminei.

Ele pega minha mão.

– Ah, terminou, sim.

Nicholas quase me joga por cima do ombro para me tirar da casa. Posso sentir que meu rosto está vermelho de triunfo e sei que meus olhos estão brilhantes e cheios de vida. Uma doida completa. É assim que quero aparecer na foto que usaremos para os convites. Eu gostaria de poder me jogar e rir até minhas costelas doerem, mas ele me arrasta porta afora. Todos os músculos em seu corpo estão tensos.

– Obrigado pelo jantar! – digo ao sair. – Seu filho adulto e eu estamos muito agradecidos!

– Pare de dizer isso – ele retruca, puxando meu braço quando tento cravar meu calcanhar em uma das flores do quintal.

– Parar de agradecer a eles pelo jantar? Isso não é muito educado, Nicky.

Ele e eu sofremos em silêncio na volta para casa, preparando a briga mentalmente. Assim que paramos sob o feixe da luz do poste, saímos e contornamos o carro, portas batendo com a força de furacão.

– Não bata a porta do meu carro. – Como se ele não tivesse batido a dele.

Ele é apaixonado pelo símbolo de status que é o carro dele, e provavelmente se casaria com ele se fosse socialmente aceitável.

— Seu carro não é tão bonito assim e nem foi premiado por excelência. Espero que um pássaro cague nele todos os dias por toda a eternidade. — Bem no para-brisa, na frente do rosto dele. Uma bela caganeira branca.

— Você só está brava porque dirige um mamute manco.

— Não há nada de errado com o meu carro.

— Tenho certeza de que ele já esteve no ápice. Em 1999.

Veja o privilégio desse homem. Ele provavelmente nunca dirigiu um carro com mais de dois anos.

— Eu compro o que consigo pagar. Nem todos têm pais ricos que pagaram a mensalidade de universidades chiques.

— Você quer fazer faculdade? Então faça faculdade! Não me castigue por ser bem-sucedido o suficiente para comprar um bom carro.

E chegamos ao cerne da questão. Naomi não tem um diploma universitário. Naomi não tem um carro chique. Como medimos o valor dela sem esses itens obrigatórios? Penso nos meus pais dizendo que eu deveria ter me esforçado mais e me candidatado a bolsas de estudo. Penso no comentário que Nicholas fez na noite de jogos de que não preciso de um emprego e sobre como ninguém acredita em mim. Queria poder voltar no tempo e bater a porta do carro dele duas vezes.

Eu o deixo andar mais rápido para eu poder entrar em casa por último; dessa forma, consigo fechar a porta com a força que quero. As paredes vibram, as tábuas do piso se movem como placas tectônicas. O teto racha como um mapa rodoviário de linhas pretas irregulares. Ele e eu nos encaramos, prontos para a batalha, a sala tingida de vermelho e com animosidade à flor da pele.

— Não há nada de errado com o seu medidor de combustível — digo a ele. É uma das coisas mais maldosas que eu poderia dizer. — Você não consegue admitir que não percebeu que estava sem gasolina.

Seus olhos estão vidrados. Na noite de jogos, percebi que eles mudam de tonalidade, e agora estão da cor dos quatro cavaleiros do Apocalipse, cavalgando em bestas açoitadas pelas nuvens de tempestade. Posso praticamente ver o relâmpago iluminando uma chuva de gafanhotos. Ele passa a mão pelo cabelo, despenteando-se. Uma roda colorida de insultos gira em sua cabeça e para em um pelo qual eu não esperava.

– Eu não gosto do seu espaguete. Não tem gosto de nada.

Que seja. Ele só está me dando um motivo para parar de cozinhar.

– Eu não gosto da sua gravata idiota de *Como treinar o seu dragão*.

Ele tem muito orgulho dessa gravata, porque mostra o dragão Banguela. Um trocadilho inteligente quando você é profissional dos dentes.

A raiva queima suas bochechas, deixando-as vermelhas.

– Retire o que disse.

Eu dou de ombros, sorrindo por dentro. É um sorriso malicioso só para mim, mas acho que ele o percebe pelo olhar que me dá.

– Às vezes não sei por que insisto.

Concordo.

– Sim, por que insiste?

Ele entra em combustão.

– Falando merda sobre minha mãe constantemente, como se eu já não soubesse como ela dificulta nossa vida. Você insiste em me irritar, e não ajuda em nada ao me jogar aos lobos o tempo todo! Você também não é um amorzinho, Naomi. Acha que não há coisas sobre você que me deixam louco? Acha que eu não me sinto impedido de alcançar todo o meu potencial?

Ele está ofegante e parece que vai sair correndo pela porta para nunca mais voltar. Para deixá-lo ainda mais irritado, solto uma gargalhada.

– Por favor, me explique, Nicholas, como eu te impeço de alcançar todo o seu potencial?

Ah, ele está irritado. Mantém as mãos no quadril, gravata solta, tão chateado que posso ver sua pele se retraindo com a barba por fazer se destacando. Seus lábios estão contraídos de desprezo. Seus olhos analisam o logotipo dos Steelers no meu moletom e ele contrai a mandíbula com tanta força que sei que há uma fissura com meu nome nela. Um dia, um técnico de raios X ficará surpreso ao ver o nome *Naomi* gravado em seus ossos.

— Para começar, eu odeio esta casa.

Minhas sobrancelhas se arqueiam tanto que quase tocam minha franja.

— Foi você quem escolheu.

Depois de onze meses de namoro, empacotamos nossas vidas de solteiros e viemos viver juntos aqui. Foi a primeira casa que vimos para alugar. Estávamos cheios de vitalidade, ansiosos e fazendo grandes planos. *Construiremos prateleiras. Talvez o senhorio nos deixe reformar o banheiro. Trabalhar juntos em projetos será muito divertido!* Recordar tempos mais felizes é como tentar me lembrar de um sonho que tive há cem anos – é tudo um borrão distorcido que não faz mais sentido.

Quando visitamos a casa, estávamos sonhando tanto com um ninho de amor que não levamos em consideração que o espaço limitado na rua tornaria difícil acomodar dois carros. Não notamos que os pisos não estavam nivelados, o que significa que toda vez que deixo a manteiga de cacau cair tenho que persegui-la antes que role para debaixo dos móveis. Não pensamos no fato de que havia apenas um quarto vago que poderia ser transformado em escritório.

E que ficou para ele, naturalmente.

— Às vezes tomo decisões precipitadas – ele retruca, deixando claro que está falando sobre me pedir em casamento. – Não gosto da rua em que estamos, nem deste bairro. Morris é, na verdade, uma cidade pitoresca se estiver no lugar certo, e nos mudamos para o ponto mais feio. Não há nada aqui.

Ele percebe minha cara de dúvida.

– Prefiro estar mais perto da natureza! – desabafa. – Todos esses bosques, todos esses campos ao nosso redor, e aqui estamos, com um quintal tão pequeno que dá dó.

– E daí? – digo. – Você quer ser um daqueles caras de comerciais de barrinha de cereal? Sentado em uma montanha com seu labrador, ficando de pau duro com o cheiro das árvores?

– Sim! – Ele quase grita. – Eu quero isso. Acho que eu ficaria bem assim . Mas você não vai me deixar ficar bem, Naomi. Já sei. Você está contente aqui em sua prisão de concreto...

– Ai, meu Deus. – Reviro os olhos com tanta força que vejo o reino espiritual. – Comece a fazer trilhas.

– ... implorando para ter depressão sazonal trancando-se em um quarto escuro sem sair. Ir para o trabalho não conta porque você ainda fica sentada em um carro durante o trajeto. E eu percebo você, Naomi. Percebo como você nunca olha para o céu ou se dá ao trabalho de parar para cheirar as... – Ele nota como estou ansiosa para que ele termine essa frase, então a interrompe abruptamente. – Você mal está vivendo, sabe?

– Eu não tinha ideia de que você estava com tanta sede de se integrar à natureza. – Faço aspas com os dedos ao falar *se integrar à natureza*. Ele odeia quando as pessoas fazem isso. – Que diabos de vídeos do YouTube você tem assistido lá na sua esposa-computador? Sério, de onde tirou isso?

– DO MEU CORAÇÃO – ele ruge, e está tão nervoso e agitado que começo a rir. – Cala a boca! Pare de rir.

Está andando sem parar agora. Andou pensando muito nisso. Quem é esse homem na minha sala de estar com olhos do fim dos tempos e um desejo ardente de pular nas pedras de um lago?

– Quero um capacete com uma lanterna. – Ele está delirando. – Quero uma lareira. Uma espingarda para o caso de encontrar coiotes. Quero pás e um galpão onde possa guardá-las. Quero uma canoa.

– Não me deixe impedi-lo de ter uma canoa – digo, muito séria. – Nicholas, estou aqui para apoiar todos os seus sonhos. Por favor, arranje uma canoa. Eu adoraria ver você remar no meio de um lago.

– Preciso me sentir *vivo*!

– Acho que você precisa de uma barrinha de granola e talvez um teste para entrar para os Escoteiros.

– Sabia que você não me levaria a sério. Por isso não disse nada. Mas não vou mais guardar tudo isso, Naomi, juro por Deus. Vou começar a viver do jeito que eu quero. Vou ter a vida que eu quero, tudo o que quero, custe o que custar. Eu não tenho a vida inteira. Já tenho trinta e poucos.

– Você está certo, é praticamente um idoso. Sua hora é agora! Comece a aproveitar a vida ao máximo.

– Estou falando sério. – Ele pega uma moeda que está no móvel da tevê. – Se der cara, começamos a fazer as coisas do meu jeito. Coroa, continuamos do mesmo jeito.

– Você quer planejar nossa vida com base no cara ou coroa? Parece o jeito certo de fazer isso. – Gostaria que ele aproveitasse para decidir na moeda o destino do nosso relacionamento. Cara, nos separamos. Coroa, jogamos a moeda novamente. Poderíamos desistir agora e culpar a moeda por tudo.

Ele joga a moeda nas costas de sua mão. Olha para o brilho de prata.

– E então?

– Acho que você vai descobrir.

– Ótimo, me mantenha informada. – Eu me esparramo no sofá de três lugares, lançando um sorriso preguiçoso para ele. – Boa noite.

– Boa noite? Se você quer que eu vá para a cama, então vai ter que se mexer. Vou ficar no sofá hoje à noite.

– Não, você pode ficar na sua cama cheia de Skittles. Vou ficar aqui mesmo.

Ele vai para o quarto e fecha a porta de forma quase inaudível. Isso é, de alguma forma, ainda pior do que se ele a tivesse batido com força. Eu ouço o barulho da fechadura, e então fico sozinha no silêncio.

Nós nunca gritamos um com o outro antes. Geralmente somos tão relutantes em sacudir o barco que talvez sejamos apenas oitenta porcento honestos um com o outro. Nós dois chegamos à capacidade máxima pela primeira vez, e logicamente sei que não deveria me sentir melhor agora, mas meio que me sinto. À medida que os minutos passam e eu escuto as gavetas de sua cômoda se fecharem, as molas do colchão se comprimindo enquanto ele rola sobre elas do jeito mais furioso consegue, tenho uma revelação intrigante.

Estamos juntos há quase dois anos, e essa foi a nossa primeira briga de verdade.

CAPÍTULO SEIS

São necessários oito grampos estrategicamente posicionados para fazer parecer que não tenho franja. O disfarce requer vinte e seis minutos para ficar perfeito, e eu me esgueiro na Ferro-Velho na segunda-feira dando um suspiro de alívio porque ninguém consegue dizer que tosei meu cabelo.

Brandy percebe imediatamente.

– Você cortou a franja.

– As coisas estão ruins em casa, hein? – Zach acrescenta.

– Eu costumava ter franja. – Toco minha testa, envergonhada. Ela é a primeira coisa que critico quando me olho no espelho. É do tamanho normal? Mais oleosa do que a maioria? Testas são tudo o que vejo agora. No fim de semana não encontrei nada além de fotos de mulheres bonitas na Internet, e nenhuma delas tinha franja. Só vejo fotos de mulheres bonitas com franja quando não tenho franja.

Pesquisei no Google como fazer crescer a franja mais rápido e pedi uma remessa de emergência de xampu e condicionador Mane'n Tail.

Estou tomando vitaminas para gestantes porque foram recomendadas em um fórum para o crescimento rápido do cabelo.

– Eu gosto da minha franja – digo. – Esta é minha nova versão.

– Cuidado, mundo – diz Brandy, minha copiloto nesta aventura ruma à loucura.

Melissa olha para mim e morde o lábio para suprimir um sorriso. Zach cutuca seu ombro e eles trocam risadinhas. Pela milésima vez, desejo que Melissa e eu ainda fôssemos amigas. Adoro trabalhar aqui, mas adorava ainda mais antes de apresentar Melissa ao homem que partiu seu coração. Ela nunca vai parar de me punir por isso.

Apesar do problema com ela, ainda me sinto sortuda por ter conseguido esse emprego. Eu tinha espalhado meu currículo por todo o condado, mas não recebi nenhuma resposta exceto a do sr. e da sra. Howard. Nicholas ficou me dizendo que eu não precisava trabalhar, mas depois de ser demitida do meu antigo emprego na loja de ferragens (que fechou), fiquei entediada de ficar o dia todo em casa e precisava de um propósito. Um canal para o qual pudesse canalizar toda a minha energia antes que ela começasse a atingir aleatoriamente as paredes e ricocheteasse de volta para mim.

O sr. e a sra. Howard estavam aqui no meu primeiro dia, para supervisionar meu treinamento. Isso me levou a acreditar que eles estariam por aqui todos os dias, e como eles quase nunca apareceram novamente, fiquei confusa em relação a quem eu deveria me reportar. Então eu perguntei a Zach, que *parecia* amigável, e ele me convenceu de que era meu chefe durante três meses. Aquele idiota me fez limpar banheiros para sua própria diversão.

Sem os proprietários aqui para nos manter na linha, a atmosfera é relaxada e descontraída. Mesmo que Melissa seja fria às vezes, nosso estranho grupo se diverte junto, brincando e não fazendo nada. E quero dizer *nada* mesmo, porque o negócio está morrendo. Sempre que entra um cliente, acabamos olhando para ele de modo tão intenso que ele acha estranho e vai embora. Houve uma semana em que, estranhamente, tivemos muitos clientes e comemoramos quando o dia terminava com a caixa registradora abarrotada, pensando que o navio iria mudar de direção. Mas não, há icebergs por todos os lados. O barco está furado. Estamos afundando.

Sei que os Howard não aguentam por muito mais. Eles vão se endividar só para garantir o salário de nós cinco. Todos nos sentimos mal com isso, mas também queremos nos manter empregados pelo máximo de tempo possível, por isso nenhum de nós está disposto a sair, mesmo que isso signifique estender a expectativa de sobrevivência para outros quatro empregados. Já tocaram nesse assunto algumas vezes, geralmente é Brandy quem faz isso, e todos nós ficamos inquietos e evitamos fazer contato visual.

Hoje, somos eu, Zach, Melissa e Brandy. Leon fica sozinho amanhã, pois é o único que prefere trabalhar assim. Ele não é muito de falar, e se envergonha facilmente. Acho que talvez nós sejamos muito expansivos para ele, falando bobagens e fazendo testes do BuzzFeed para descobrir qual posição sexual nos representa.

Cerca de trinta minutos depois de chegar, estou provando meu valor para esta empresa, criando colares de clipes para todos (faço muitas bijuterias de bugigangas para passar o tempo aqui) e ouvindo Melissa e Brandy negociarem a programação musical. Brandy geralmente escolhe a trilha sonora às segundas-feiras, mas Melissa não estará aqui na sexta, então está tentando fazer com que Brandy troque o dia. A bem da verdade, Brandy não está cedendo facilmente. Gosto de pensar que fui o tipo certo de má influência para ela.

A campainha da porta toca e todos nós nos posicionamos para ver quem acaba de entrar. É um bilionário excêntrico que vai nos salvar. Ele vai esvaziar as prateleiras e exigir que os Howard as reabasteçam. Vai nos pagar o dobro do que estamos pedindo.

Na verdade, é um garoto desengonçado e cheio de espinhas que não tem mais do que vinte anos e está empurrando um carrinho de flores. Há pelo menos dez buquês em vasos de vidro simples, com película de papel-filme vermelho protegendo-os da chuva.

– Naomi Westfield? – pergunta, consultando uma prancheta.

Brandy pega minha mão e a ergue. Não consigo responder. Estou com um pressentimento ruim e não sei por quê.

– Tudo isso é para você.

Como não me mexo, ele hesita um pouco antes de começar a colocar os buquês no balcão. Melissa desaparece atrás de uma floresta de folhas verdes e pétalas brancas.

O entregador vai embora e nenhum de nós se mexe. Vejo um cartão branco no meio das flores e o examino. Deveria trazer uma mensagem como EU TE AMO ou DESCULPE, EU ESTAVA ERRADO E FUI HORRÍVEL COM VOCÊ.

Não há nada escrito. Mas eu sei de quem são e definitivamente entendi a mensagem. Teria o mesmo efeito se ele a tivesse colocado em um letreiro luminoso. AQUI ESTÃO AS MALDITAS FLORES DE QUE VOCÊ TANTO PRECISAVA. APROVEITE.

– Qual é a ocasião? – Zach pergunta.

Minha boca está seca.

– Só porque sim.

– Isto é… ah… – Melissa busca as palavras.

– Excessivo – Zach finaliza. – Demais para um "porque sim".

– Que adorável! Que flores são? – Brandy me pergunta como se pensasse que deviam ser minhas favoritas. Eu não tenho uma flor preferida. Definitivamente tenho uma preterida, no entanto.

– Nem faço ideia.

Fazemos um safári pelo nosso novo jardim botânico, mas não há nenhuma descrição anexada. Nem mesmo uma daquelas pequenas etiquetas que enfiam na terra do vaso para lhe dizer com que frequência se deve regar.

– Parece oleandro – diz Melissa com cautela.

Zach inclina a cabeça.

– Oleandro não é venenoso?

De repente, as flores fazem sentido. É uma tentativa de assassinato. Todos nós pegamos nossos telefones e começamos a procurar fotos de oleandro, e é verdade, eu vejo a semelhança. Cinco pétalas brancas, em um formato ligeiramente parecido com um cata-vento, em raminhos verdes.

– Por que uma floricultura venderia plantas venenosas? – pergunto. – Isso é legalizado?

Melissa ressalta que não sabemos ao certo se elas vieram de uma floricultura regulamentada. Nenhum de nós consegue lembrar se o entregador estava usando um uniforme de uma loja. Ele podia ser um portador qualquer. Talvez Nicholas o tenha encontrado na internet. PROCURA-SE: CÚMPLICE DE ASSASSINATO.

Movimentamos nossos dedos com buscas frenéticas no Google. Minha entrega sinistra com certeza parece oleandro, mas também parece um milhão de outras flores. Todas são iguais. Descobrimos que seria muito fácil matar alguém com esse tipo de planta e, de acordo com o IMDb, essa é trama de um filme com Michelle Pfeiffer. A personagem de Michelle as usou para matar seu amante, um homem chamado Barry.

Ai, meu Deus. Será que ele vai usar toda essa terra das flores para me enterrar?

– De acordo com a linguagem das flores – Melissa diz –, presentear alguém com oleandro é uma maneira de dizer *fique esperto*. Tipo, uma ameaça.

– Do tipo "fique esperta, você vai *morrer*"? – Minha voz sai estranhamente aguda.

– Estou com medo – Brandy diz, torcendo as mãos. – Estou com MEDO, pessoal. Temos certeza de que foi Nicholas quem enviou? Bem, ele parece… – Ela me lança um olhar tímido. – Tenho certeza de que ele é legal.

– Claro que foi Nicholas – Zach rebate –, e não, ele não é legal. Dentistas são monstros. Ele provavelmente ainda está chateado por eu ter vencido todas as partidas de Clue. Quando você é um monstro, tudo serve de gatilho para ativar seu lado sombrio.

– A vez que você gritou com ele no consultório pode ter sido um gatilho – Melissa diz com toda a certeza. – É por isso que você está na lista dele.

– E você é a ex do amigo dele. Você sabe como são as pessoas em relação aos ex dos amigos. – Ele aponta para mim. – Você é uma ponta solta. Talvez ele esteja nos enganando.

– E quanto a mim? – Brandy pergunta.

– A essa altura ele tem uma vontade insaciável de matar. Você é o que chamam de dano colateral.

Brandy parece um pouco desapontada que sua morte não seja por algo mais pessoal.

Eu deveria estar assustada por termos chegado à conclusão de que *Nicholas é um assassino frio e calculista* com essa velocidade, mas tardes estranhas e melodramáticas são normais por aqui. Quando não se tem clientes para atender, o tédio toma conta e as teorias da conspiração brotam de qualquer pequeno acontecimento, que passamos adiante até que a histeria coletiva assuma o controle. Zach é sempre o instigador, e ele sempre está errado, mas a histeria nunca falha. Quando ele gesticula com as mãos, de olhos arregalados e intensos, consegue fazer qualquer teoria maluca parecer plausível.

– O oleandro – sussurro. – Na Ferro-Velho. Do dr. Rose. É isso! É algum tipo de cartão de visita, como todos os melhores assassinos em série usam. Ele é o Assassino do Clue. – Olho para o cartão em branco novamente. Nenhum logotipo de floricultura. É como se ali estivesse o sorriso demente do Professor Plum.

– Ele quer matar todos nós porque perdeu uma partida de Clue? – Brandy fica em dúvida. – Isso não pode estar certo.

Mergulhamos de novo em nossa pesquisa.

Um site diferente afirma que oleandro significa *aproveite o que está a sua frente e deixe o passado para trás,* que é uma alternativa mais agradável do que *fique esperto*, mas então Zach encontra um site que parece bastante confiável. Ele nos informa que o oleandro é universalmente interpretado como *cuidado!* no mundo do significado das flores. Ouço os sinos lentos e sombrios do meu velório e espero que alguém competente faça minha maquiagem se o caixão estiver aberto. E me dou conta de que sou um pouco mórbida.

– É possível morrer apenas por respirá-lo? – pergunto. – É preciso tocá-lo ou basta só ficar perto?

– O Yahoo! Respostas é uma fossa – Zach murmura, curvado sobre o telefone.

– O entregador estava usando luvas? – Melissa pergunta. Ninguém consegue se lembrar. A essa altura, não me lembro de um único detalhe sobre o entregador. Talvez fosse uma mulher. Uma invenção da minha imaginação. Estou alucinando no pronto-socorro.

– Seu noivo pode ser um maníaco – Brandy me diz. – Fique na minha casa. Espere. Tenho um encontro hoje à noite. – Ela faz uma pausa. – Você poderia ficar na casa da minha irmã! Mas ela tem cinco gatos, então talvez você espirre muito.

É uma boa sugestão, mas não vou dormir com gatos de jeito nenhum. O pelo deles fica grudado em tudo e eu vou ficar o tempo todo com os olhos vermelhos, e vai ficar parecendo que comi brownies batizados. Também não quero ficar com minha irmã, que mora a quarenta e cinco minutos a leste daqui. Descobrimos que essa é uma boa distância a ser mantida, e é por isso que meu irmão mora a quarenta e cinco minutos a oeste. Meus irmãos e eu não temos muito o que conversar e interagimos principalmente nas festas na casa dos nossos pais, que fica a uma hora ao norte.

– Na verdade, acho que devo confrontá-lo. – Sou tão corajosa que impressiono a mim mesma. – Sim, é isso que devo fazer. Não posso deixá-lo sair impune depois de me intimidar assim.

– Não! – Brandy exclama.

– Você tem que acabar com isso. – Os olhos de Melissa estão assustadores e selvagens. Ela se inclina para tão perto de mim que sinto o cheiro da toranja que ela comeu no almoço. – Naomi. Você tem que terminar com ele. Não há escolha. Faça isso agora. Mande uma mensagem para ele.

– Sim, não termine com ele presencialmente – Zach aconselha. – Uma vez, quando namorava uma cirurgiã, atravessei as fronteiras estaduais antes de deixar uma mensagem de voz dizendo que queria terminar. Você está na mesma situação. Nicholas tem desenvoltura com ferramentas afiadas. Aqueles raspadores de dentes servem como um bisturi na jugular para quem sabe o que está fazendo. Ele pode ser o Sweeney Todd dos dentistas.

Sei que Zach não acredita em nenhuma palavra que está dizendo, mas tenho um lampejo de Nicholas como o personagem de um filme de terror, com seu jaleco branco, olhos brilhantes sobre uma máscara hipoalergênica, empunhando armas do tamanho de uma boneca. Ele está chapado de gás hilariante com sabor de chiclete e, na névoa mental de seu cérebro zumbificado, tudo o que ele consegue lembrar é que insultei sua gravata.

– Se vocês não me virem amanhã, é porque estou morta – digo. Zach me lembra de que não trabalhamos amanhã, só Leon.

— Se vocês não me virem na quarta-feira, é porque estou morta.

— Ok. Vamos esperar até quarta-feira para chamar a polícia, então.

Fico roendo as unhas. Mexo nas flores, apesar de serem venenosas. Elas são tão bonitas que é difícil não fazer isso. Nicholas também é bonito. Seu lindo rosto será o último que verei antes de partir dessa vida. Tenho apenas vinte e oito anos e mal fiz ou vi nada. Ouço a voz dele, minha memória me envolvendo em uma provocação. *Você mal está vivendo, sabe?*

Tenho que destruir essas flores assassinas.

Estamos dando voltas como animais que escaparam do zoológico, tentando descobrir como tirar os arranjos da loja sem tocá-los. Melissa, Brandy e eu somos feministas convictas, mas hoje demos as costas para a igualdade recorrendo ao apelo "ajudem-me, sou só uma garota" e elegemos Zach para dar um jeito nas coisas.

Ele franze os lábios com seriedade e se arrisca como um soldado. Embalamos seus braços até os ombros com sacos plásticos presos com elásticos. Puxamos seu colarinho para cobrir a boca e o nariz.

Ele corre de um lado para o outro do balcão até um barril queimado que o sr. Howard mantém nos fundos para se livrar de folhas e galhos, e acho que ele pode ser um pouco piromaníaco quando despeja uma garrafa inteira de fluido de isqueiro sobre as flores e joga por cima um fósforo aceso. Fica ali e observa as chamas, hipnotizado, enquanto Melissa grita para ele que a fumaça também pode ser venenosa.

Tenho certeza de que ele não acredita em nada do que estamos fazendo quando a ignora e começa a jogar outras coisas no barril para vê-las queimar. Jornais velhos. Uma garrafa de refrigerante. Recibos do bolso da jaqueta. Quando ele começa a derreter moedas de pouco valor, nós desistimos dele e nos afastamos da porta dos fundos.

Brandy e eu esfregamos o balcão e o chão com alvejante, parando de vez em quando para verificar as pupilas e os batimentos cardíacos uma da outra. É uma pena não poder ficar com as flores. Tinham um cheiro bom, quase como loção ou perfume. Até a fumaça tinha um cheiro doce antes de Zach completar o processo com lixo.

Ele se cansa depois de uma hora e joga água sobre um monte fumegante de detritos e a empurra para o outro lado do estacionamento com um taco de hóquei. Passamos o resto da tarde brincando de jogo da velha na areia de um jardim zen miniatura. Fazemos alguns testes do BuzzFeed e descubro que, se eu fosse uma criatura sobrenatural, seria um Poltergeist. Brandy seria uma fênix. Repito o teste mais algumas vezes, testando outras respostas, até que também dê fênix. Quando chega a hora de ir embora, já nos esquecemos do nosso encontro com a morte.

Então, meu telefone apita.

Você não recebeu as flores?

A mensagem de Nicholas me lembra que ele é o vilão malvado da história e que eu deveria dirigir por quarenta e cinco minutos em qualquer direção para me recuperar do trauma na casa de um dos meus irmãos. Aperto os lábios e respondo.

Se você está querendo saber se ainda estou viva, a resposta é sim.
Boa tentativa!
Eu as incinerei.

Ele responde imediatamente.

VOCÊ O QUÊ? POR QUE RAIOS FEZ ISSO?

— Claro — xingo sozinha no carro. As ventoinhas ainda estão soprando ar frio, embora eu esteja com o aquecedor do carro ligado há dez minutos. A maldita Maserati dele tem assentos aquecidos que fazem parecer que se está no colo do diabo.

O que mais eu faria com oleandros?

Ele responde: Você não fez nada com oleandros, já que eu te dei jasmins.

Semicerro os olhos para a tela, tentando decidir se acredito nele. Descobri recentemente que Nicholas é um ator talentoso, então é difícil ter certeza.

Após um intervalo de dois minutos, ele acrescenta: Se FOSSEM oleandros, queimá-los teria sido uma ideia muito estúpida. Fique sabendo disso. Oleandros são tóxicos.

Ele também pesquisou no Google. Não tinha como ele saber isso de cabeça. Nicholas gosta de pesquisar as coisas e fingir que qualquer curiosidade obscura que desenterra é algo que todo mundo sabe. Ele assiste a programas de perguntas e respostas para se exibir (e porque é um homem de oitenta anos preso no corpo de um príncipe da Disney) e fica se achando toda vez que dá a resposta correta antes de um participante. Então olha de lado para mim para ter certeza de que estou impressionada. Se eu me levantar e sair da sala, ele pausa o programa até eu voltar, para que eu não perca nem um momento de sua genialidade.

Outra mensagem ilumina minha tela. É ridiculamente exagerado, até mesmo para você, passar de "Ah, meu namorado me mandou flores" para "Ah, meu namorado está tentando me envenenar". Fique sabendo que, se eu fosse realmente envenenar você, poderia encontrar um método mais barato.

"Fique sabendo" é o jeito que ele tem de dizer "isso é óbvio, duh" para as pessoas sem levar um tapa. Se eu o destruir antes que ele me destrua, vou cuidar para que no seu epitáfio apareça Fiquem sabendo, idiotas, que é um mito que cabelos e unhas continuam crescendo depois da morte.

Sou a única que restou no estacionamento da Ferro-Velho, vendo minha respiração sair pela boca nessa geladeira de metal e temendo ir para casa. Para enrolar mais, procuro o significado do jasmim na linguagem das flores e caço sentidos ocultos como um amante sentimental vitoriano.

Existem muitos tipos diferentes de jasmim. Não sei exatamente qual tipo ele me enviou. A maior parte do simbolismo é tipicamente romântica. Duvido que Nicholas esteja ciente de que as flores têm significados, ou que ele escolheria uma de propósito para enviar uma mensagem simbólica que eu não descobriria a menos que pesquisasse. Ele provavelmente pediu para as recepcionistas da Só Ria encontrarem a floricultura mais próxima e lhes disse para escolher o que estivesse em promoção.

Consigo ver sua carranca. Um aceno de cabeça. *Inutilidade.* Ele sabe exatamente o volume de gasolina que poderia ter usado para encher o tanque pelo preço daqueles jasmins. Ele conhece a taxa de conversão em mantimentos ou na tarifa de telefone celular.

Fico lamentando por não ter guardado pelo menos uma flor antes de lembrar que não adianta. Nunca deveria ter comentado que não recebo flores dele. Não estou nada satisfeita com os jasmins, porque tive que reclamar para ele tomar uma atitude, e ele não os enviou por amor. Ele os enviou porque se sentiu obrigado, assim como faz com sua mãe. Ainda que Deborah consiga obter satisfação com isso, eu não consigo.

É um gesto vazio, uma condenação sombria. No lugar de alegria, sinto incômodo.

É terça-feira, e algo está acontecendo com Nicholas. Ele ligou para o consultório para dizer que não iria trabalhar, então saiu de casa sem me dizer uma palavra. Ficou fora o dia todo. Enquanto verifico o telefone para ver se recebi ligações ou mensagens de texto e espero ele voltar para casa, fico andando de um cômodo a outro. É um passeio curto, porque nossa casa é pequena. Cabem duas pessoas se essas duas pessoas se amam e querem ficar perto. Em um futuro próximo, acomodará uma pessoa confortavelmente.

Meu telefone toca e eu tremo, esperando ouvir que Nicholas desistiu e nunca mais vai voltar, mas é a sra. Howard.

Eu me preparo antes de atender. Amo a sra. Howard, mas sua voz soa como dois tijolos raspando um contra o outro por ter passado cinquenta anos fumando sem parar.

— Oi, aqui é a Naomi.

Digo isso especificamente porque ela sempre pergunta — e ela ainda pergunta, de toda maneira:

— É a Naomi?

— Sim.

— Querida, aqui é Goldie Howard.

Sorrio.

— Olá. Como está?

— Querida, estou ótima. Na verdade, não tão ótima. Você tem um minuto?

Meu coração se acelera. Última *a ser contratada, primeira a ser demitida.* Já era.

— Ah, sim. Espere só... — Pego um bloco de notas e uma caneta por algum motivo. Minha cabeça está confusa. Paranoia, ansiedade e náusea me tomam, tão familiares. — Pode falar.

Ela começa de imediato.

— Tenho certeza de que você sabe que os negócios na Ferro-Velho não são mais como eram vinte anos atrás.

– Não… não estão tão ruins – digo.

– Querida, estão bem ruins, sim. Melvin e eu estamos fazendo contas e parece que não temos escolha a não ser fechar as portas.

Não posso chorar. A sra. Howard sempre foi muito boa gentil comigo, e não vou fazê-la se sentir mais culpada por fazer o que tem que fazer.

– Você estão me despedindo.

– Estamos despedindo todo mundo. Vamos mover algumas coisas, realocar o que resta nas prateleiras para nossos outros negócios, mas fecharemos até meados de novembro. Eu venderia a Ferro-Velho do jeito que está para um novo proprietário, mas o preço dos imóveis de Morris estão em queda.

Ela está certa. Depois que a loja fechar, o lugar provavelmente ficará vazio por muito tempo até algum otário otimista transformá-lo em uma padaria que não vai durar seis meses. Todos os pequenos negócios estão fechando, e Morris será uma cidade-fantasma em dez anos.

– Estamos tentando ver o que mais podemos fazer por vocês, crianças – a sra. Howard diz gentilmente. – Sempre temos algumas cartas na manga. Faço teatro burlesco, Melvin é um ministro ordenado. Participamos de um monte de feiras do Centro-Oeste no verão. E depois tem o Comido Vivo e a Casa dos Gritos. – Ela pigarreia, me fazendo pensar em pó de tijolo caindo solto pela chaminé. – Sei que Tenmouth fica fora de mão para aquele seu namorado, mas, se você quiser se mudar para cá, vamos arranjar algo para você.

Imagino-me com uma máscara e uma motosserra, pulando em frente aos clientes em uma casa mal-assombrada. Ou com uma máscara e motosserra no Comido Vivo, eviscerando sobremesas de gelatina inspiradas em *A bolha assassina*. Penso na decisão de não fazer faculdade e em Nicholas me dizendo que não preciso trabalhar.

Foi isso o que minha vida virou.

– Obrigada, sra. Howard. Essa é uma oferta realmente generosa.

– Pense nisso, ok? Não precisa me responder ainda. Não se precipite, converse com seu namorado. Se recusar agora, mas depois mudar de ideia, me ligue. Acho que Melissa está interessada em ser cozinheira no Comido Vivo, então vai ter alguém que você conhece por lá.

A opção do restaurante se dissolve diante dos meus olhos. Sobrou a Casa dos Gritos.

– Eu sinto muito – ela diz. Sua voz está ainda mais rouca do que o normal, e acho que ela pode estar chorando. – Fizemos tudo o que podíamos. A coisa não está fácil. Não há muitos empregos estáveis e com salários razoáveis disponíveis, e sei que não podíamos oferecer a vocês nenhum benefício ou horas extras, mas pelo menos era *algo*. Você tinha que ver como era vinte anos atrás. Estacionamento lotado, todos os dias.

Tento imaginar isso, e não consigo. Nunca vi a segunda fileira de vagas do estacionamento ocupada. Os quatro ou cinco veículos de funcionários ocupando espaço dão a ilusão de que estamos parcialmente ocupados.

– Está tudo bem, eu entendo – me apresso a dizer. – Fico feliz por ter sido informada por você. Eu me diverti muito trabalhando lá. – A nostalgia toma conta de mim e minha voz fica áspera como a da sra. Howard. – Obrigada por me avisar.

– Cuide-se, querida.

Desligamos, e não tenho ideia do que vou fazer agora. Terei mais um, talvez dois salários adicionais, que precisarão render muito. Sei o que faria nessa situação se não houvesse Nicholas: começaria a fazer as malas para Tenmouth e me dedicaria a uma carreira de sangue falso e trilhas sonoras de gritos, luzes estroboscópicas na escuridão. Limpando vômitos e pichação. É uma perspectiva deprimente, mas não posso exigir muito.

Mesmo que consiga fazer com que Nicholas me abandone e eu acabe ficando com a casa, não terei como pagar o aluguel. Preciso desesperadamente encontrar um emprego perto de Morris. Vou arranjar um colega com quem dividir o lugar. Talvez dois – nos tornaremos melhores amigos e tudo ficará bem, muito bem. Esse é o meu plano A.

Mudar para Tenmouth é o plano B. O plano C é impossível com o estado nocivo do meu relacionamento com Nicholas, então nem o considero Jogo fora. O plano C é roubo de identidade. Vou desfrutar de algumas semanas relaxantes como Deborah Rose na minha casa de praia em Malibu antes que a polícia federal me localize.

Ainda estou preocupada com minha crise dos vinte e poucos quando Nicholas chega com um sorriso enorme no rosto. Se eu já não o odiasse, aquele sorriso seria suficiente para sacramentar o fato.

– Olá, Naomi – ele diz com satisfação. Talvez já saiba sobre a Ferro-Velho.

Eu me afasto. Ele caminha até a geladeira e a abre, assoviando. Penso em empurrá-lo para dentro dela. Ele fecha a porta sem pegar nada e olha na minha direção. Sei disso porque consigo vê-lo com minha visão periférica, um borrão escuro. Ele espera até que eu olhe para ele, então começa a rir.

– O que foi? – pergunto.

Minha atitude o anima. Ele dá um sorriso malicioso para mim, o que é insuportável. Ele sabe de algo que eu não sei. Eu sei de algo que ele também não sabe. Coloquei um pouco de molho de pimenta no creme de barbear dele.

– O que foi? – repito, desta vez quase rosnando. Ele ri mais alto, apoiando a mão no batente da porta como se eu fosse tão engraçada que ele mal consegue se segurar. Esse homem é um lunático. Como vim parar aqui?

O pensamento está tão alto na minha cabeça que acaba escapando da minha boca. Nicholas o considera por um instante, pensativo.

– Se a memória não me falha, eu fiz a pergunta e você disse sim.

E assim começou minha história de aflição. Pelo menos apenas um de nós tem a memória – felizmente, a minha foi apagada pela amnésia.

– Como nos conhecemos? – Eu me pergunto.

Ele coça um olho com as costas da mão, sorrindo torto.

– Achei você no mercado. No topo da prateleira, você parecia legal. Só quando te trouxe para casa descobri que você estava completamente podre por dentro.

Faço beicinho como se estivesse enviando um beijo, o que envia a mensagem errada. Mostro uma carranca e digo:

– Vou contar para a sua mãe que você diz palavrões. Ela vai fazer você ir à igreja.

Ele joga a cabeça para trás e ri um pouco mais.

– Onde *esteve* o dia todo?

Ele pisca.

– Sentiu minha falta?

– Não mesmo. – Meu olhar desliza para a janela, pela qual noto um Jeep Grand Cherokee estacionado na vaga dele. – As visitas dos vizinhos bloquearam você novamente. Que pena. – Não vejo o carro dele, então ele deve ter estacionado na rua. O pobre dr. Rose teve que andar na chuva.

Ele invade meu espaço pessoal para olhar para fora. Seu cabelo está um pouco úmido e cheira a fruta, o perfume do meu condicionador. Vou começar a esconder meus produtos de higiene pessoal.

– Não – ele diz.

– Hã?

Ele apoia um dedo sob meu queixo e o levanta para fechar a minha boca.

– Tão linda – murmura. Seus olhos brilham. Estão da cor da geada da manhã e rindo à minha custa.

Meu coração começa a bater de forma irregular pelo jeito com que ele está olhando para mim. Minha atração por ele tinha sumido, mas de repente volta com força total, até o ponto que só noto as adoráveis ondas de seu cabelo, a curva sensual de seu sorriso, as notas deliciosas de seu perfume. Ele é lindo, e eu o odeio por estragar tudo com sua personalidade.

Ele continua:

– Tão linda quanto no momento em que nos vimos pela primeira vez de lados opostos da sala. No dia de visitas, na prisão.

Engulo seco.

– Vou voltar para a prisão em breve, tenho certeza.

– Ouvi dizer que eles dão aulas. Você poderia finalmente aprender o que a expressão *de qualquer modo* significa.

– Vai valer a pena dormir ao lado de um vaso sanitário, sabendo que você não está por perto para arruinar a vida de ninguém. *De qualquer modo.* – Paro. Quero deixar isso para lá, mas não consigo. – Por onde esteve o dia todo?

– Adivinhe.

– Me traindo, espero. Não se esqueça de me deixar evidências.

Ele esboça um sorriso. E o paralisa. Pego uma pilha de propagandas que chegaram pelo correio e folheio os cupons de desconto, murmurando ao aprovar os itens com desconto. Essa semana meu sabonete favorito está com uma oferta leve dois, pague um. Cinco pizzas congeladas saem dez dólares. Nicholas vai me estrangular com sua gravata do Banguela.

– O que você vai fazer para o jantar? – Ele pergunta. Não *O que vamos fazer,* mas O *que você vai fazer.* A descontração desapareceu de sua voz.

Eu não tiro os olhos dos papéis.

– Está no forno.

Escuto-o dar as costas. O timer não está ligado. Sem luz vermelha. Ele abre a porta do forno e é exatamente como suspeitava. – Não há nada aqui.

Permito-me um pequeno sorriso. Eu mereço, depois do dia que tive. Sem saber o que meu noivo estava fazendo. Sendo dispensada do melhor emprego que já tive. A franja terrível que não se parece em nada com a de Amélie. – Foi o que eu fiz. Um banquete inteiro de nada, só para você.

Ele resmunga até chegar ao escritório. Tranca a porta. Meia hora depois, emerge de lá e sai pela porta da frente.

– O que vai fazer?

Nicholas me lança um olhar desdenhoso, como se eu tivesse acabado de fazer a pergunta mais intrometida do mundo. Ouço a porta de um carro se fechar e, segundos depois, ele aparece com uma caixa de pizza nas mãos. Tamanho individual. Muito bem, Nick.

Ele fecha a porta com o pé e volta para o escritório. Corro para esconder todos os pratos de papel, esperando incomodá-lo, mas ele não se importa. Ele pega um dos pratos bons do armário e sorri para mim enquanto enrola uma fatia de pizza e come metade de uma mordida.

Quando termina, deixa seu prato não utilizado na pia para que eu lave.

CAPÍTULO SETE

Nicholas e eu estamos no dois a um. Ganhei no domingo, arruinando o jantar da família Rose. Ele ganhou na segunda-feira, me fazendo pensar que eu ia morrer, mesmo que essa não fosse sua intenção. Ganhou novamente ontem me forçando a sentir o cheiro da pizza no outro quarto sem me oferecer.

É apropriado que hoje seja Halloween, porque estou tão focada em acabar com a alegria desse homem que meus olhos assustadores são como aquelas pequenas bolas de eletricidade em museus de ciências que arrepiam os cabelos de quem as tocam. Vou eletrocutar todo mundo em um raio de quinze metros.

Estou acomodada na varanda, segurando um caldeirão de plástico cheio de guloseimas para as crianças que virão pedir doces quando um Jeep Grand Cherokee para na vaga de Nicholas. Ele desce do carro e mantém uma expressão presunçosa enquanto dá passos apressados. Ele está esperando que eu pergunte o que diabos está fazendo, mas estou decidida a descobrir por conta própria. Ontem à noite eu encontrei as chaves dele e notei que o chaveiro da Maserati havia sumido. Virei uma chave desconhecida no jipe para testar e, como esperava, constatei que o carro era de Nicholas. Que compra bizarra da parte dele. De acordo com a documentação no porta-luvas, o carro nem é novo – tem uns dez anos e já teve dois outros donos. Harold estaria rolando em sua câmara de bronzeamento.

Onde está a Maserati? Eu não faço ideia. Estou morrendo de vontade de saber, mas prefiro lamber um pirulito de fibra de vidro do que perguntar e dar a ele a satisfação de não me contar.

Há algumas coisas estranhas com Nicholas hoje. Por um lado, ele está usando seus óculos antigos em vez de lentes de contato. Eu gosto dos óculos, porque ficam bem no rosto dele e o fazem parecer sofisticado e simples ao mesmo tempo. Sempre que digo isso, ele torce o nariz e balança a cabeça envergonhado.

Além disso, ele está usando calça jeans e tênis, que são proibidos na Só Ria.

– Faltou no trabalho de novo? – suponho.

Ele apenas me dá um tapinha na cabeça e dá a volta para entrar em casa. Legal. Não tenho ideia do que meu noivo esteve fazendo nos últimos dias. Ele está guardando seus segredos de mim como alguém mesquinho. É uma relação totalmente normal e saudável essa em que estamos.

Penso em Seth e uma colega mandando ver no banco de trás de seu carro e meus olhos se estreitam.

Nicholas se junta a mim na varanda assim que as crianças começam a chegar e não diz uma única palavra em relação ao meu último esforço para irritá-lo: coloquei seu cartão de visita nos saquinhos de doces com o maior teor de açúcar que pude encontrar. Pirulitos, balas de goma, balas de coco, doce de leite.

A ideia de um dentista distribuindo a crianças guloseimas que fazem os dentes apodrecerem deixará uma impressão péssima para os pais que checarem os doces que os filhos ganharam hoje à noite. *Que atitude horrorosa*, eles vão dizer. *Clínica Turpin, aqui vamos nós.*

Mas Nicholas não se intimidou ao passar os doces para mãos pequenas, curvando-se para as princesas e fingindo estar com medo dos monstros. Talvez não tenha notado os cartões de visita porque está muito ocupado lembrando de um rala-e-rola no banco de trás do carro com uma colega ade trabalho. Na minha cabeça, ela se parece com a enfermeira gostosa da capa daquele velho álbum do Blink-182.

Olho para ele e penso *Eu vou te matar.* Dá para ler na minha cara.

Ele ergue as sobrancelhas e sorri. Reconheço-o imediatamente como seu sorriso educado e mentiroso, o que ele dá nas duas vezes em que visitamos meus pais por ano e eles perguntam se estamos gostando de viver em pecado. O sorriso que ele dá ao meu irmão quando Aaron o encurrala com um discurso de *Por favor, me dê dinheiro para o aluguel; Gastei meu salário em outro PlayStation.* O sorriso que ele dá à minha irmã, Kelly, quando ela se aproxima demais e fica olhando para ele por muito tempo, enrolando uma mecha de cabelo com o dedo de uma maneira que imagina ser sedutora.

Quero sibilar *Onde você esteve o dia todo?* Cerro os dentes para me conter. *Não pergunte, não pergunte, não pergunte.* É o que ele está esperando, descansando com seus jeans e óculos, as mãos entrelaçadas atrás da cabeça. Nesse momento, toda a sua atenção está concentrada nisso: *Pergunte, pergunte, pergunte.* Eu ouço o canto telepático.

As crianças vêm e vão em bandos, com maquiagem borrada, metade da fantasia coberta por casacos e toucas. Fica mais frio quando o sol se põe, e entro para pegar um cobertor. Quando passo por ele, percebo traços de algum aroma familiar. A resposta ao meu déjà vu está em uma gaveta trancada em minha mente, vaga e desbotada o suficiente para que eu não consiga identificar sua origem. Eu não perguntaria a ele nem mesmo se ele me torturasse. Quando volto para fora, ele bufa alto e então entra para pegar um cobertor para si.

O que você fez com a Maserati?
Por onde diabos andou?

Nós nos ignoramos. Faço uma análise atenta de cada homem viril que passa e me pergunto o que estou perdendo. Com certeza, vou ficar aqui.

Acho que talvez eu tenha vencido essa rodada, porque decidi por conta própria distribuir doces em vez de perguntar se ele queria ir a uma das festas de seus amigos. Mas ele parece tão em paz aqui ao meu lado, em sua cadeira, dizendo a todas as crianças que adorou as fantasias delas e aumentando as chances de os pais das crianças pagarem para ele abrir buracos em suas boquinhas, que quem vê pensa que a ideia foi dele, não minha. Ele é bom em fazer com que eu me sinta assim, como se eu estivesse apenas o acompanhando.

— Tenho uma surpresa para você — ele diz, finalmente. Olho para ele e vejo que está de olhos fechados. A extremidade de suas orelhas e nariz estão vermelhas de frio, e observo seu pomo de Adão se mexer quando ele engole a saliva.

Ele vai dizer algo desagradável em seguida, então não respondo.

— Ouviu?

— Ahã. — Eu me levanto. Não quero saber qual é a surpresa. É uma cabeça de cavalo na cama. Ele colocou amianto no sanduíche que vou levar para o trabalho amanhã. Engravidou a dentista. Vai terminar comigo. Eu ganhei, mas ele ainda assim vai me expulsar de casa. Tenho cinco minutos para juntar minhas coisas antes que ele chame a polícia.

— Vou te mostrar a surpresa na sexta-feira depois do trabalho.

Entro sem responder. De jeito nenhum vou voltar para casa na sexta-feira depois do trabalho.

É dia 2 de novembro. Sexta-feira.

– Me mande uma mensagem a cada hora – insiste Brandy. – Se eu não tiver notícias suas, vou presumir o pior, então faça isso. Não. Se. Esqueça.

Apenas Brandy e Leon estão comigo aqui hoje. Zach pediu demissão. Ele olhou em sua bola de cristal semanas atrás e viu que o fim estava próximo, então já tinha um novo emprego engatilhado. Melissa tirou o dia de folga hoje, e aposto que é para uma entrevista de emprego. Eu sou uma idiota por não tomar nenhuma medida de precaução.

O clima está calmo. Estamos vasculhando os anúncios de emprego e prometendo indicar uns aos outros para nossos novos chefes se encontrarmos algo bom. Morris é uma cidade morta em termos comerciais. Nada mal para morar, mas é preciso se deslocar para uma cidade melhor para conseguir sobreviver. Metade de nós vai acabar se mudando para Beaufort, a cidade mais próxima, para trabalhar em uma fábrica de ração de cachorro. A outra metade voltará a morar com os pais. Ninguém sabe dizer em qual situação preferia estar.

Brandy está muito emotiva. Ela teme que todos nós nos distanciemos depois disso, e provavelmente está certa. Vou manter contato com Brandy, mas não estou triste por deixar de falar com Melissa agora que não somos mais amigas. Zach provavelmente nos superará com uma rapidez ofensiva e esquecerá que todos nós existimos. Ele é engraçado e esperto, mas passa metade do tempo sendo um idiota e usa suas melhores qualidades para ser mesquinho. Ele brinca de bobinho com minha bolsa e passa horas repetindo tudo o que digo, mesmo que eu esteja tentando perguntar sobre algo importante. Sempre que deixo meu telefone desbloqueado no balcão, ele manda mensagens para minha mãe dizendo que me alistei no exército ou que estou grávida e não tenho certeza de quem é o pai.

Leon expressou interesse em comprar a loja dos Howard e transformá-la em um restaurante ao ar livre. Ele vai colocar um urso-pardo de pelúcia na porta onde o Homer vestido de Elvis costumava ficar de sentinela.

– Se uma das duas quiser um emprego, eu as contratarei – ele nos diz. – Quero que o restaurante esteja em funcionamento até a primavera.

Nós acenamos com a cabeça e dizemos:

– Claro, claro. – Mesmo sabendo que isso não vai acontecer.

– Se tivesse dinheiro, eu me arriscaria e me mudaria agora – lamenta Brandy, brincando com sua gargantilha. – Eu nem levaria nada comigo. Simplesmente iria.

– Quando eu ganhar na loteria, compro uma ilha na costa do Alasca para você – prometo a ela. – Com uma suíte de hóspedes para eu ficar quando visitar.

– Ganhe na loteria assim que puder, por favor. Metade das minhas economias evaporou nesse verão quando minha geladeira quebrou, e tive que emprestar dinheiro para minha irmã comprar livros didáticos.

Apoio minha cabeça em seu ombro.

– Você vai chegar lá. Antes que possa se dar conta, estará tremendo em um clima de cinquenta graus negativos, usando raquetes de neve e falando comigo ao telefone enquanto vai ao supermercado em um trenó puxado por um bando de cães.

– Ouvi dizer que todos vocês pensaram que iam morrer na segunda-feira – Leon diz, transplantando potes de ovos de cascavel em conserva e larvas de gorgulho para churrasco para caixas que o sr. Howard virá pegar mais tarde. O sr. Howard vai transportar metade do estoque para Tenmouth e fazer uma baita liquidação do resto. Há placas azuis fluorescentes grampeadas em todos os postes da Langley: BOTA-FORA PARA ENCERRAMENTO DA LOJA. LIQUIDAÇÃO TOTAL NA FERRO-VELHO! Incluindo as pessoas que fizeram a vida aqui.

– Foi por pouco – digo fungando.

– Morte por jasmins.

Brandy e eu lançamos olhares questionadores por ele saber que as flores eram jasmins, mas ele dá de ombros e ri. Porra, Zach. Ele é bem assim. Queria que ele estivesse aqui para que eu pudesse gritar com ele por saber que eram jasmins e nos fazer acreditar em outra coisa. Mas ele está em outro lugar, garantindo sua própria estabilidade financeira como um idiota total.

Penso em me mudar para Tenmouth, o que seria uma droga. Penso em ficar em Morris e acabar não conseguindo encontrar outro emprego, o que também seria uma droga. Olho com tristeza para o bote salva-vidas com o urso-pardo de Leon, que já está acumulando água. A única coisa que poderia piorar esse dia é se minha menstruação viesse de repente, então é exatamente isso que acontece.

– Vou sentir tanto a falta de vocês. – Brandy assoa o nariz em um lenço de papel. – Odeio isso.

– É o fim de uma era – digo com seriedade. As luzes estão falhando há dois dias, mas não nos damos ao trabalho de trocar as lâmpadas. Quase não há mais nada à venda, então durar mais uma semana seria um milagre. Examino o ambiente ao meu redor e espero acordar desse pesadelo. As prateleiras vazias são especialmente deprimentes.

Uma das minhas partes favoritas do trabalho era reorganizar as exibições, montando elaborados quadros com marionetes jogando Frisbee ou recriando cenas icônicas de filmes com bonequinhos de figuras da cultura pop. Eu vestia nosso fiel e velho guaxinim de pelúcia, Toby, com suéteres e boinas e o colocava em um lugar diferente todos os dias: perto do caixa, lendo uma revista; fumando um cachimbo em cima da jukebox; no parapeito da janela, espiando para fora com um par de pequenos binóculos. Brandy e Leon adoram procurar Toby ao chegar, e dizem que meu talento para criar cenas completas com as mercadorias está sendo desperdiçado em um lugar em que nunca há clientes. Esse talento é inútil agora, já que toda a mercadoria se foi.

– Acho que não estou pronta para a próxima era. – Brandy suspira. Nem eu.

– Até janeiro você já vai ter se esquecido e não vai me convidar para o casamento.

– Claro que você está convidada para o casamento! – Não haverá casamento.

Ela assoa o nariz novamente. O seu cabelo está fantástico e eu me odeio por não ter perguntado a ela uma semana atrás o nome do salão que ela frequenta. Eu poderia ter uma franja tão fofa quanto a de Brandy agora se não fosse por minha impulsividade.

– Estou esperando o convite – ela me diz enquanto colocamos nossas jaquetas. Ainda não são seis da tarde, mas não faz sentido ficar aqui por mais tempo. – Será que se extraviou?

– Ah. – Tento não me contorcer. – Ainda não os enviei.

– Mas você não precisa fazer isso? Para que as pessoas tenham tempo de confirmarem a presença? O bufê vai querer saber quantos convidados serão.

Leon me salva da necessidade de responder.

– Ainda tem tempo. E aí, qual você acha que é a surpresa, Naomi?

Abro a boca e não consigo pensar em uma única coisa legal sobre essa surpresa. Seja o que for, Nicholas tem vantagem sobre mim. Estou bem ansiosa.

– Um jantar – digo. – Ele vai me servir a um puma. – Em um caldeirão de água fervente com alface e cenoura, como num desenho do Pernalonga.

Leon ri.

– Acho um pouco dramático.

Pode ser, mas Nicholas também tem uma veia dramática. Ele a desenvolveu assistindo televisão durante o dia todo quando era pequeno, fingindo estar doente para poder faltar na escola e evitar os valentões que o chamavam de quatro-olhos e zombavam do lenço que sua mãe o fazia usar no bolso. Nicholas sabe exatamente o que diria a esses valentões se encontrasse com um deles agora. Ele aperfeiçoou seu discurso no box do banheiro, que deve achar que é à prova de som. Assistir a muita novela em seus anos de formação o transformou em uma diva vingativa.

Para ser sincera, espero que ele tenha a oportunidade de fazer esse discurso algum dia. É incrível.

– Vou demorar o máximo possível para ir para casa – digo a eles. Brandy acena concordando. – Talvez eu vá ao cinema. Depois jantar fora. Então vá ver outro filme. Quando eu chegar em casa, o puma terá ficado tão impaciente que já terá comido Nicholas. Vamos assistir a algo na Netflix juntos no sofá. Um documentário sobre a vida selvagem.

Rio da minha própria piada, mas ela fica presa na minha garganta quando a porta se abre e uma versão de Nicholas do Mundo Invertido entra na Ferro-Velho. Ele está usando botas de caminhada e uma jaqueta usada da cor da floresta. É tão diferente do Nicholas que conheço que demoro dez segundos inteiros para processar que é uma camuflagem. Nicholas Rose está vestindo uma jaqueta camuflada.

Meu queixo cai quando meus olhos alcançam o topo de sua cabeça. Seu cabelo está enfiado em um daqueles gorros de inverno antigos que tem protetores de orelha forrados de lã. Suas cores são feias, um xadrez laranja e marrom. É horrível. Todo o conjunto acabou sendo fatal para um punhado dos meus neurônios e talvez para minhas retinas.

– Ai, meu Deus – sussurro de modo rouco. – Você vai me arrastar para a floresta e atirar em mim, não é?

Não estou sendo dramática. Ele está vestido como um dos muitos caçadores ávidos de Morris.

Nicholas revira os olhos, mas sinto uma mudança em seu humor. Há uma calma nele que me perturba.

— Eu vim buscar você. Lembra daquela surpresa que te falei?

Brandy agarra meu braço, e quase posso ouvi-la pensando *É mais oleandro!*

Não sei explicar o motivo, mas minto.

— Não. Que surpresa?

Ele franze a testa, e deve ser por isso que menti para ele. Meu inconsciente é cruel e quer que ele pense que não escuto nada do que fala, o que só é verdade na metade do tempo. Eu me sinto mal até que me lembro de que ele desistiu completamente de planejar o casamento no segundo em que sua mãe meteu o bedelho, e não a impediu de atropelar todas as minhas vontades. Estamos todos convidados para o casamento de Deborah em janeiro.

Me ensinaram a não entrar em carros de estranhos, por isso digo com sabedoria:

— Estou de carro. Vou dirigir para casa.

— Não. — Ele me pega pelo braço e me leva para fora antes que eu possa piscar *SOS* em código Morse para Brandy e Leon. Finco os pés de propósito, mas ele me segura contra seu corpo e me levanta para que possa me arrastar com mais facilidade pela rua. Bato com os pés suspensos para deixar marcas de luta nele. É assim que vou morrer: um pouco relutante, mas, no fim das contas, preguiçosa.

Olho em súplica para o meu carro do outro lado do estacionamento, mas ele não ganha vida como o carro assassino do filme *Christine* e vem me vingar. Logo estou presa no banco do passageiro do jipe dele, sobre o qual ele ainda não se explicou, e estou dividida entre curiosa e chateada.

— Você é insistente.

Ele afivela meu cinto de segurança e dá a partida. O jipe cheira como o tio maluco da Maserati dele: bebe demais e atropela caixas de correio. Deve ter comido Taco Bell no almoço.

– E o meu carro?

A pergunta sai como um lamento, e ele recompensa meu ato de dignidade com um sorriso calmo e rápido.

– Nós vamos voltar para pegá-lo.

– Mas por que não posso...

Não adianta terminar a frase. Ele está determinado agora e não vai me dar uma resposta direta. A roupa estranha diminui irrevogavelmente meu domínio sobre ele. Não conheço esse homem. Estou em grave desvantagem. Se essa tática de me deixar perplexa for uma retaliação pela maquiagem pesada e o moletom dos Steelers, está funcionando.

– Você está tendo uma crise de meia-idade? – Ele é um pouco jovem para isso, mas, na verdade, ele lê todas as partes chatas do jornal e geralmente leva balas de caramelo nos bolsos. E fala *muito* sobre sua previdência privada.

Ele esboça um sorriso.

– Pode ser.

Passamos direto pela rua em que moramos. Espero desesperadamente que Deborah passe de carro e dê uma olhada no que seu filho está vestindo. Na verdade, ela não o reconheceria assim. Suporia que estou tendo um caso, o que, tenho que admitir, é o que está parecendo. É impossível que esse cara seja o Nicholas. Uma bruxa de mil anos sequestrou o corpo dele.

A linguagem corporal plácida de Nicholas é bizarra ao lado da apreensão exalando dos meus poros. Não conheço esse carro em nada. Eu sabia onde estava tudo na Maserati, de guardanapos a óculos de sol e um frasco pequeno de Advil. Por alguma razão, estou obcecada por uma garrafa de chá gelado no porta-copos mais próximo do painel, e não no do console central. Isso é um retrocesso para ele. Um detalhe tão pequeno, mas que me fascina. *Por quê?* Além disso, ele nunca bebe chá frio. Apenas quente.

Bato na tampa.

– De quem é isso?

– Meu.

Minha mandíbula se contrai. Ele sente que estou olhando para ele e não consegue disfarçar um sorriso. Mas tenta, mordendo o lábio inferior.

Há um guarda-chuva no chão que eu nunca vi antes. Abro o console e encontro uma embalagem de Tic Tac, uma caixa com CDs velhos e um garfo de plástico da Jackie's ainda fechado. Jackie's é uma pequena hamburgueria sem *drive-thru* e quase sem salão, então os clientes têm que entrar e pedir a comida para viagem. O único item no menu que vale a pena são as batatas fritas, que são lendárias. Sem dúvida, as melhores que já comi, e costumávamos passar lá para jantar antes de ir para o *drive-in* assistir a filmes. Não como na Jackie's há quase um ano, desde que Nicholas e eu deixamos de ser um casal perfeito. É uma blasfêmia que ele ainda seja capaz de desfrutar do nosso restaurante favorita sem mim.

O porta-copos que não está com o chá está ocupado com correspondência amassada, um envelope endereçado incorretamente a nós dois: Nicholas e Naomi Rose. Quero jogá-lo pela janela. A jaqueta de sempre dele está formando um monte marfim no meio do banco traseiro. Ela é do mesmo tom da pele dele. Isso me faz pensar na bruxa que o arrancou de sua pele e o está vestindo como um macacão.

Ele acabou de comprar esse carro e já viveu uma vida inteira aqui da qual não fiz parte. Acho que não gosto disso.

Reprimo a vontade de perguntar para onde vamos. Do lado de fora da minha janela, as casas pararam de zumbir em bandos densos e se reduziram a lampejos esparsos a cada quinhentos metros. Campos marrons erguem-se mais altos e mais selvagens. O céu é uma névoa branca que se estende por toda a eternidade, estranhamente brilhante, já que está de noite. A estrada se inclina para a direita, engolindo-nos por entre paredes altas de bordo, com folhas escarlates em chamas. Passamos por uma ponte esburacada e meus dentes tremem.

É isso, então. Ele vai nos jogar da ponte. O dilema de Voldemort e Harry Potter surge na minha cabeça: *Nenhum poderá viver enquanto o outro sobreviver.*

Nicholas diminui a velocidade e se inclina de leve para a frente, prestando muita atenção. Eu nem sequer vejo a entrada obscurecida pela floresta enquanto não fazemos a curva. O cascalho estala sob os pneus do carro do Nicholas do Mundo Invertido, levando-nos por um caminho sinuoso até uma casa no topo de uma colina.

É cercada por uma floresta de abetos azuis e pinheiros-brancos, que aposto que parece um lindo país das maravilhas no Natal, quando neva. O jardim da frente não é limpo há um século, camadas e mais camadas de folhas de bordo mortas se erguendo no mesmo nível de uma pilha de lenha cuidadosamente empilhada. Há um carro antigo coberto por uma lona, de pneus meio afundados na terra.

— Isso vai embora em alguns dias — Nicholas me diz quando percebe o que estou olhando depois que nós dois saímos do carro. — Ele precisa encontrar um guincho para ajudá-lo a transportá-lo.

— Quem?

Acho que ele não me ouve em meio ao barulho das folhas sob os nossos pés. O chão é firme em algumas áreas e incerto em outras, então tenho que ficar de olho onde piso para não machucar o tornozelo. Eu me equilibro em uma pequena muda perene. É nanica, desnutrida e torta.

— Ah. — Eu afasto as folhas. — É a árvore do Charlie Brown.

Ele emite um som. *Um zunido.* Sinto vontade de beliscá-lo. Está fazendo aquilo de novo, menosprezar o que estou dizendo, mesmo que eu esteja certa.

— Antes de entrarmos — diz, interrompendo minha caminhada ao segurar minha manga —, o que acha do lado de fora?

– O quê? – Eu hesito.

Ele aponta para a casa. Eu sigo o movimento. É… uma casa. Velha, provavelmente. Tiras horizontais de madeira marrom-escura e persianas verde vivo, uma delas meio torta. Um alpendre profundo com degraus soltos iluminados pelo feixe de uma campainha iluminada. A chaminé é uma coluna de pedras redondas e irregulares, e as janelas são os quadrados alaranjados alegres de um abajur Tiffany. Uma maré alta de folhas se ergue contra o tapume na parede do lado direito, até uma ampla janela de vidro decorado que deve ser da sala de estar.

– Boa, eu acho. De quem é?

– Nossa.

Nossa. A palavra ecoa. Que coisa insensível. Inegavelmente uma mentira.

Estalo os dedos e congelo o tempo. Rodo para encará-lo de frente. A criatura que habita o corpo de Nicholas olha para mim com uma mistura peculiar de prazer e seriedade, e tenho a sensação de que ele está bem, bem acordado enquanto estou apenas começando a sair da minha hibernação. Ele dispensou as lentes de contato novamente, os olhos brilhando com intensidade por trás das molduras cinza-ardósia. As pontas de seu cabelo saem do gorro parecendo tão macias que quase quero tocá-las, mas ponho minha mão para trás porque parece isso muito ousado. Ele é meu noivo, mas não é. Não sei o que somos. Quem somos.

Descongelo o tempo e ele sorri.

– Bem-vinda a nossa casa.

CAPÍTULO OITO

Uma pintura renascentista nossa se cria no ar, capturando minha perplexidade e o triunfo de Nicholas. O ponteiro dos segundos escoa no lento gotejamento de dois milhões de anos, e então...

– O que você quer dizer com "nossa"?

– Eu comprei. – Seus olhos não deixam os meus.

Esta...

Mas...

Eu...

!!!

O mundo gira quando Nicholas vira nosso jogo de cabeça para baixo. Estou perdida. Não faz o menor sentido ele comprar uma casa e esperar que eu me mude para cá. Estamos brigando pela custódia da casa branca e apertada de aluguel. Estamos brigando para fazer o outro erguer a bandeira branca e sumir para sempre.

– Deu pane? – Ele pergunta, levemente entretido.

Ele está doze passos à minha frente. Ele está doze passos acima. Atrás. Em toda parte. Não sei para onde ir e não sei qual é o objetivo dele. Ele está certo, estou em pane. Meus circuitos estão queimando. Eu tenho uma *casa*.

Não, não tenho. Apressadamente me lembro de que não tenho nada que também seja de Nicholas. Ele não me pertence, então essa casa também não. Ele é o cupim Midas. Tudo que toca apodrece.

A única coisa lúcida que consigo pensar em dizer é:

– Acho que você ganhou no cara ou coroa.

– Sim.

– Mas. – As palavras não vêm facilmente. Meu cérebro está o tempo todo rejeitando as mensagens que chegam através dos meus olhos e ouvidos, considerando-as impossíveis.

– Uma casa inteira?

– Tentei só comprar uma metade, mas não encontrei nenhuma que estivesse aberta na lateral ou sem telhado.

Mal registro a piada.

– Como. Por quê. Eu não…

– Eu comprei de um dos caras com quem você trabalha. Leon. Eu o encontrei por acaso alguns dias atrás e comecei a falar sobre o tipo de lugar em que queria morar, e ele me falou sobre querer sair do lugar em que está agora, e percebemos que ambos queríamos a mesma coisa e que poderíamos nos ajudar. Ele é realmente muito legal. Ele me deixou brincar com a serra de arco dele e combinamos de construir algumas cadeiras.

– Leon? – É nisso que fico presa agora. – Você comprou esta casa do Leon? Leon *Duncan*?

Ele ri.

– Vou avisá-lo que você ainda não esqueceu o sobrenome dele. Ele vai ficar chocado.

Ótimo, eles estão trocando histórias sobre minha falta de educação.

Talvez meu esquecimento sobre o sobrenome de Leon seja a razão pela qual ele não disse nem uma palavra sobre isso para mim o dia todo. Que Judas.

– Ele sabia que essa era a surpresa e me deixou pensar que eu estava prestes a ser assassinada!

– Você precisa mesmo parar de dizer aos seus colegas de trabalho que quero te matar. – A irritação toma conta de seu rosto. – Não me dá uma boa imagem.

– Nós nunca discutimos o tipo de casa que compraríamos juntos – gaguejo. – Eu não estive envolvida nisso aqui.

– Eu queria que fosse uma surpresa.

– *Você* queria.

Ele apenas me olha, sem entender.

– Esse não é o tipo de surpresa que se faz à sua noiva! – Prossigo. – Os casais fazem isso juntos, Nicholas! Uma pessoa numa relação não faz algo desse tamanho sem que a outra saiba. Primeiro você se livra do seu carro e traz para casa aquela… aquela *aberração*! – Ele está rindo, o que me irrita ainda mais, mas continuo: – Eu perguntei por onde você esteve. Você se recusou a me dizer. Tem alguma ideia de como é isso?

– Sim! – Ele grita. – Tenho. Não sei por onde você esteve o ano todo, Naomi. Seu corpo está aqui, mas sua cabeça está em outro lugar. Você se foi e me abandonou.

Se alguém foi abandonado, fui eu, lutando na Guerra das Rosas, ou melhor, dos Rose. Não vou entrar *nesse* mar de merda de jeito nenhum, então escolho um tema mais suave do qual reclamar.

– Estamos no meio do nada.

Ele dá de ombros.

– E daí?

Olho ao redor para achar outra reclamação. O que sai da minha boca confunde até a mim mesma.

– Sempre quis uma porta de entrada pintada de roxo. A cor da magia.

– Essa é uma razão terrível para rejeitar uma casa. Naomi, eu comprei uma *casa* para a gente! Pare um pouco e assimile isso. Quantas de suas amigas podem dizer que o namorado comprou uma casa para elas?

1. Ele não é meu namorado, ele é meu noivo. (Mais ou menos.)

2. Ele não comprou essa casa para mim. Comprou para si mesmo, sem pedir ou querer que eu fizesse parte do processo. Eu deveria me sentir grata por ele estar me incluindo *depois* de ele tomar todas as decisões? Se vamos passar a vida juntos como parceiros em pé de igualdade, isso não é um bom presságio.

3. Minha única amiga de verdade é Brandy, e nesse momento ela acha que estou perdendo sangue em uma vala.

Isso é loucura. Eu deveria voltar para a casa alugada, agora que ele aparentemente está morando aqui, mas ainda não posso desistir. A guerra continua. Ele está tentando me distrair, mas sei que simplesmente mudamos para um campo de batalha. Não vou dizer a mim mesma o que venho repetindo em silêncio há meses: poderia ser pior.

Isso é o que tenho feito. Justificar ficar com ele me lembrando de que poderia ser pior. *Olhe para ela. Olhe para ele. Olhe para aquelas pessoas. Elas estão sozinhas e não têm ninguém. Estão em relacionamentos terríveis. São tão infelizes. Poderia ser pior. Eu poderia estar como elas.*

Mas acontece que *estou* como sou elas. Estou infeliz.

– Ok – ele bufa. – Tirando a porta da frente, que não é roxa, o que acha?

Sinceramente? Há um monte de folhas mortas e sujas, fica no meio do nada e quero muito que ela seja minha. Eu nem tinha notado que *havia* uma casa aqui quando chegamos, mas depois de ouvi-lo dizer a palavra *nossa*, foi como se luzes cenográficas banhassem a cena e tornassem tudo tão bonito que eu poderia chorar.

É o tipo de lugar onde eu gostaria de me estabelecer com meu único e verdadeiro amor – ou seja, alguém que não seja o Nicholas. Quero que Leon tome a casa de volta e guarde-a para mim, para que eu a possa comprar um dia, quando estiver em um relacionamento amoroso e saudável. Com um homem que eu ame *ao menos* oitenta por cento. Dividi-la com Nicholas agora vai estragar tudo, da mesma forma que alguns dos meus filmes favoritos que assistimos juntos agora estão estragados, assim como a banda que costumávamos ouvir juntos, Generationals. Estava tocando uma música deles no rádio durante o nosso primeiro beijo e, depois disso, essa tornou-se a "nossa banda". Nós até fomos a um show deles. Agora mal aguento ouvir qualquer canção deles sem ressuscitar mil sentimentos indesejáveis.

Essa propriedade será para sempre conhecida como a casa que meu ex-namorado comprou sem a minha participação. É a futura casa da sra. Rose, não minha. O que incomoda um pouco.

– Não quero morar aqui.

Ele está perdendo a paciência.

– Não me importo com o que você quer, para ser sincero. Ainda não voltei a gostar de você. Mas vou voltar. E você vai gostar de mim de novo também. Essa casa vai nos salvar.

– Nos salvar? – Não me incomodo em minimizar o horror que sua afirmação me causa. – Não estávamos tentando matar essa relação?

Sua expressão é tão desdenhosa que estremeço.

– Naomi, mesmo se a questão fosse um meteoro vindo diretamente para a Terra com o poder de destruir todos nós, você ainda assim não a entenderia, de alguma forma. – Vira as costas para mim e marcha com determinação para dentro da casa. Ele vai ser um homem da montanha, aconteça o que acontecer, e estou apenas acompanhando o processo.

Acho que compreendo sua nova abordagem. É ainda mais perturbadora do que tentar me fazer deixá-lo.

É mais barato e mais fácil me moldar para ser o tipo de mulher com quem ele aguente se casar do que terminar comigo. Se terminar, ele terá que comparecer a uma centena de encontros-surpresa que sua mãe vai insistir que aconteçam para ele encontrar a próximo candidata a reprodutora.

Meu forninho de bebês e eu fomos preparados e examinados. Eu já estou familiarizada com os pais odiosos que ele tem, que ainda não conseguiram me afugentar. Um compartimento no meu cérebro hospeda relutantemente um glossário de termos odontológicos. Tolero seu ritual satânico de descascar uma banana completamente e colocá-la em cima da mesa, sem prato, tocando tudo com os dedos e pousando-a de novo entre as mordidas.

Eu sou um investimento. Se ele retirar suas ações agora, vai perder dinheiro e perder tempo. Vai ter que começar de novo, jogando fora dois anos de sua juventude pelo ralo. Mas tenho um anúncio para Nicholas Benjamin Rose: se ele acha que não sou a maior perda de tempo da vida dele, ele não sabe de nada, inocente.

Por um bom tempo, apenas encaro a parte da casa que o devorou. Detalhes que ainda não tinha notado direito estão surgindo para chamar a minha atenção – as telhas de madeira do telhado, todas curvadas ao meio; o capacho de boas-vindas sujo com o desenho de um terrier esco-cês; a silhueta passando pela ampla janela trabalhada do lado de dentro. Ele queria a natureza? Conseguiu. A hera invade a chaminé, tentando entrar na casa. O ar é fresco. Não ouço nenhum som de carros, nenhum som da civilização.

A casa que ele comprou sozinho, garantindo que nunca vai parecer *nossa*, fica entre dois vales levemente inclinados, e acho que ele escolheu uma bela montanha para morrer. Nós dois acabaremos soterrados aqui. Nossos fantasmas vão assombrar o lugar, torturando um ao outro e qualquer comprador desavisado do imóvel que desejar experimentar a vida no campo.

Ainda estou tentando orquestrar o plano A, mas Nicholas está subvertendo meus esforços com o plano C. Apenas um dos dois pode vencer, mas não tenho mais certeza do que o vencedor ganha e do que perde.

O que mais gosto na casa que é minha, mas nem tanto, é que ela é escura, pequena e aconchegante, o que, descrevendo dessa maneira, pode não parecer muito atraente, mas cada cômodo passa uma sensação muito particular, o que leva minha imaginação à loucura.

A sala de estar é exatamente onde qualquer um gostaria de relaxar em uma poltrona confortável, com os netos espalhados aos seus pés em um semicírculo enquanto lê velhas histórias de terras distantes. Piratas fanfarrões e trens voadores, bandidos mascarados e a realeza élfica. Os livros são encadernados em couro, lombadas estalando nas mãos envelhecidas. Sentado em silêncio diante do fogo bruxuleante com sua alma gêmea enquanto gotas de chuva batem no vidro, mais sereno do que um gato aconchegado numa almofada.

É nessa sala onde nascerão as melhores lembranças dos netos sobre os avós, o lugar onde eles sempre vão imaginá-los muito tempo depois que eles se forem. Toda vez que sentirem o cheiro de lenha sendo queimada ou de chocolate quente, serão puxados de volta no tempo, lembrando-se do som da voz que subia e descia como uma melodia enquanto lia para eles.

– O que acha? – Nicholas pergunta.

– Hum. – Passo por ele e vou até a cozinha, dissolvendo-o com meus poderes mentais para que eu possa absorver tudo sem que ele fique atrás de mim.

A cozinha é arejada e iluminada, com vigas de madeira expostas atravessando o teto. Panelas e frigideiras de cobre e regadores pendem delas como sinos de vento. Explosões verdes de hera irrompem de vasos. A fragrância de pão recém-saído do forno e lençóis quarados pelo sol em um varal perfumam o ar. No verão, é aqui o lugar de se comer amoras, sentindo na língua a explosão de sabores de fruta madura. Na primavera, é onde se debruça sobre a pia e se rega as tulipas mantidas na floreira da janela.

A cozinha é habitada por uma bruxa. Ela mantém um caldeirão na lareira e pendura maços de ervas secas nas vigas do teto. Há uma mesa de madeira polida, e uma miscelânea de cadeiras pintadas com todas as cores da Catedral de São Basílio. As unhas do cão da família fazem *claque-claque-claque* nas tábuas de pinho do chão e tudo neste cômodo faz o coração sorrir.

– A casa não vem com os eletrodomésticos – Nicholas diz –, mas tudo bem. – Paro de andar e ele acidentalmente esbarra em mim por trás. – Opa. Desculpe.

– Você pode me dar um pouco de espaço?

– Bem, é que você não fala nada.

– Estou falando comigo mesma agora. Dê-nos um minuto.

Dessa vez, é ele quem murmura.

– Hum.

Fico feliz quando ele entra no (único) banheiro, dando um tempo para mim.

A sala de visitas tem três janelas altas e magníficas voltadas para a floresta nos fundos. O pátio é íngreme, proporcionando uma excelente vista de uma lagoa com um cais comprido. Este é o melhor cômodo para observar as estrelas. Ao abrir as luxuosas cortinas de veludo vermelho, é possível observar o arco da lua crescente sobre a floresta, refletindo na lagoa. É aqui que ficaria a árvore de Natal e, sobre a lareira, uma família de quebra-nozes. As paredes são forradas com papel do azul do céu noturno, com estrelas prateadas e bétulas. Tudo fica dourado quando o fogo está aceso.

Uma réplica do relógio da estação central de Nova York repousa sobre o poste da escada bem ao lado da sala de visitas, e, no meio da noite, ao atravessar a casa silenciosa para se jogar em uma cadeira de balanço em cima de um tapete grosso, é preciso passar pelo mostrador brilhante do relógio e ouvir as batidas dos ponteiros. O mundo está quieto, exceto pelo tique-taque daquele relógio, os roncos suaves de seu único e verdadeiro amor dormindo no andar de cima, o barulho dos filhos pequenos se remexendo na cama e o sussurro de galhos na floresta.

Isto.

É.

Mágico.

Posso imaginar tudo isso tão vividamente e quero viver tudo. Quero muito.

Nicholas entra na sala enquanto estou organizando mentalmente onde colocaria meu estoque de biscoitos açucarados de velas de hortelã e me tira do meu próprio mundinho com sua voz.

— Acho que vou usar este quarto como o meu escritório. — Ele abre os braços diante das janelas brilhantes. — Vou colocar uma tevê enorme ali mesmo, para não ter que parar de trabalhar enquanto assisto às partidas de futebol americano.

Os quebra-nozes da minha fantasia caem da lareira diretamente para o fogo.

— Afff.

— O quê? — Ele me olha longamente antes de se virar para a lareira, onde meu olhar estava fixado. — Você não gosta de lareiras? Achei que seria uma de suas partes favoritas. Há calefação, também. Não precisaremos acender o fogo de verdade para nos aquecer se não quisermos.

— As lareiras são boas — respondo sem empolgação. Estou surpresa que meu nariz não cresça atravessando a sala, como o do Pinóquio. Já amo essas lareiras mais do que a minha família. Quero pendurar duas meias de

Natal nelas, uma para a mãe e a outra para o pai ao lado de duas meias de tamanho infantil. Quero comprar um monte de velas de mentirinha e passar três horas arrumando-as tediosamente enquanto Nicholas me observa aflito.

Nicholas me analisa, e o que quer que percebe em meu rosto suaviza seu olhar.

— Vamos subir?

— Vamos.

Há três quartos no andar de cima, em grande parte do mesmo tamanho e distribuição. Paredes lisas, pisos de madeira. O do meio é um pouco menor que os outros dois, e uma lâmpada se acende em minha cabeça antes que possa espatifá-la: *quarto do bebê*.

Nunca vou me perdoar por esse pensamento.

— Qual quarto é meu? — pergunto, principalmente para provocá-lo. Ele já viu a casa inteira antes, então não olha com cuidado para nada agora, mantendo seu foco fixo em cada reação minha. É por isso que estou me esforçando para não reagir: não posso deixá-lo ver o quanto amo esse lugar. Quando entro em um cômodo, acho-o bonito. Ao sair, já tornou-se o melhor cômodo que vi na vida. Vou ficar arrasada quando inevitavelmente tiver que partir. Eu tenho vivido naquela casa alugada por todo esse tempo como uma completa idiota.

— Você escolhe.

Não consigo discernir pelo seu tom se ele está concordando com a ideia de dormir em quartos separados. Não voltei para a nossa cama desde o jogo de cara ou coroa, e não vou mudar isso agora. Não sei o que seria pior: dormir com ele enquanto estou tentando afastá-lo com tanto afinco ou ser rejeitada ao tentar me aproximar porque ele está tentando se livrar de *mim*. Ainda estou confusa tentando entender o que Nicholas quer. Suas táticas não são claras.

— Uma casa como essa deve estar cheia de histórias. Deveria ter um nome.

Ele me dá um sorriso encantado.

– Escolha.

O vento faz os vidros das janelas estremecerem como se estivéssemos no olho de um tornado. Isso é tão diferente de tudo que já vivemos como casal. Eu não deveria amar essa casa. Somos os fantasmas de Heathcliff e Catherine, abandonados nas selvas de Morris. Deixo escapar a única coisa em que consigo pensar.

– Desastre.

O sorriso dele some.

– Eu não vou morar em uma casa chamada Desastre. Isso dá azar.

– Meu amigo, isso nós já temos de sobra.

Ele bufa, um costume que aprendeu com Harold. Eu costumava achar que todas as suas manias eram fofas até ver os modelos que as inspiraram. Observar Nicholas empurrar seu copo sete centímetros para a direita do prato na hora do jantar deixou de ser adoravelmente peculiar depois de ver a mãe dele fazer isso. Conhecer Deborah acabou com muitas das coisas que eu amava em seu filho.

– Vou chamar a mudança amanhã.

– Amanhã?

– Isso mesmo. – Ele parece muito satisfeito consigo mesmo.

Acho que está me testando. Tentando me abalar, talvez, com todas essas mudanças inesperadas acontecendo ao mesmo tempo. Decido testá-lo também.

– E se eu não quiser me mudar?

– A empresa de mudanças não funciona aos domingos, mas se você quiser alugar um caminhão para a segunda-feira, fique à vontade. Até lá, todas as nossas coisas virão para cá.

Lá está aquela palavra enganosa de novo – *nossa*.

Infelizmente, nenhum dos dois manteve muitos pertences de quando éramos solteiros. Meus móveis antigos se foram há muito tempo, assim como os dele. Queríamos escolher juntos tudo para nossa vida a dois, testando cada sofá em lojas de ponta de estoque e pulando em colchões até encontrarmos O Colchão. Há exceções, como a escrivaninha dele e a minha torradeira, mas em geral nossa mobília foi selecionada em equipe. Vai ser uma merda fazer a partilha.

Não posso me dar ao luxo de comprar móveis novos. Ele pode. Ou poderia, pelo menos. Não sei qual é a situação agora que ele comprou uma maldita casa.

— E se eu ficar? — Sugiro. — Meu nome vai estar na escritura também? Ou esse é o lugar que vai compartilhar com qualquer mulher com quem esteja? Quem garante que você não vai me expulsar daqui a um mês?

— Esta casa é *nossa*, Naomi. Por que eu te expulsaria?

— Por que você não me expulsaria? Eu faria isso, se estivesse no seu lugar. Deixaria você na casa velha e diria *adiós*.

Nicholas me encara. Ele se vira e desce as escadas. Ainda estou no quarto quando ele volta um pouco mais vermelho do que o costume.

— Se você quiser ficar na casa velha, tudo bem. Não vou forçá-la a vir morar aqui. Mas sei que a Ferro-Velho está fechando. Leon me contou. Então, boa sorte pagando o aluguel sem mim, querida.

— Eu não quero o seu dinheiro. Prefiro vender meu próprio fígado. Prefiro trabalhar em um dos bordéis aos quais seu pai costumava ir antes de sua mãe derreter o cérebro dele com Cogumelos do Sol.

É um ataque fatal, mas ele dá uma risada como quem ergue um escudo, e meu golpe é desviado.

— Eu deveria estar chocado? Sei disso há anos.

É idiota, mas estou brava porque, se ele sabia disso, não me contou. É um petisco saboroso demais para ele pegar tudo para si. Eu sou a noiva dele! Ele deveria compartilhar as histórias humilhantes sobre os pais comigo.

– É por sua causa que ainda estamos morando em Morris – ele reclama. – Se não fosse pelo seu apego ridículo a uma loja de presentes de posto de gasolina tentando ser a Disney das bizarrices, eu teria aceitado aquela oferta de emprego que recebi em junho. Cidade maior, salário maior. Mais oportunidades para nós dois. Mas *nãooo*, você não *quis* se mudar. Disse que seu trabalho que pagava mal era tão *importante* quanto o meu. Você se recusou totalmente a considerar a mudança. Me fez desistir do que era basicamente o meu emprego dos sonhos, então agora estou preso aqui para sempre. Na época, eu já sabia que a Ferro-Velho estava falindo, e abri mão de tudo por você. Bem, agora você vai abrir mão de algo por mim também. Vai abrir mão de um pouco do seu orgulho e dar a esta casa uma chance por um maldito minuto antes des decidir se quer ficar comigo ou ir embora. Você vai, pelo menos, me dar *isso*.

O último elo de civilidade entre nós se rompe.

– Então você está chateado desde junho por não ter aceitado o emprego – rebato. – Eu tinha começado a trabalhar na Ferro-Velho em fevereiro e estava apenas começando a me acostumar com aquela nova rotina. Eu amava meu trabalho. Por que deveria ser a única a me sacrificar?

Ele está cuspindo fogo.

– Por que tive que ser *eu*?

– Eu não entendo o que você está fazendo. – Jogo os braços para cima. – Por que me trouxe aqui?

– Achei que seria uma boa surpresa. Achei que você fosse adorar. Assim como achei que fosse gostar das flores que depois que reclamou que eu nunca te dava. Mas então, quando eu te dou flores, você as QUEIMA.

– Isso ficou no passado! Como ousa trazer isso à tona? Você já admitiu que não se importa com o que eu quero.

Ele solta um rugido selvagem e animalesco e desce as escadas novamente. Eu o ouço batendo as portas e quase grito para ele para de bater as lindas portas da minha linda casa nova.

– Vamos embora! – Ele chama depois de alguns minutos. – Temos que ir pegar o seu carro! Que porra você quer para o jantar?

– Porra, eu quero pizza! – grito. Estou com vontade de pizza desde que o filho da puta pediu uma só para ele.

– Tá bom! Eu tenho a porra de cupom da Benigno's, por acaso!

– Ótimo! Eu amo a porra da Benigno's!

Entramos no carro dele com nossa maior demonstração de raiva e não falamos nada até estarmos na pizzaria. Quando uma garçonete se aproxima para nos receber, uma Naomi e um Nicholas diferentes sorriem como sorriem na frente de outras pessoas, e nosso tom é tão calmo que até assusta, mas estamos fervendo por dentro.

Enquanto estou no banheiro, ele pede uma lata de Dr. Pepper para mim, que ele sabe que é meu refrigerante favorito.

Antes de irmos embora, limpo todas as migalhas e recolho os guardanapos usados da mesa em nossos pratos, que empilho, algo que sei que ele gosta, porque sempre tenta ser atencioso com funcionários de restaurantes.

Quando voltamos para o carro, planejamos como arruinar a vida um do outro.

Não sei como Nicholas pode esperar que eu o leve a sério.

Quero dizer…

É que…

Solto uma gargalhada antes que eu possa segurá-la.

Acordei com três caras estranhos na minha sala hoje cedo e gritei, me debatendo para me cobrir, mas, por sorte, um cobertor havia caído sobre mim enquanto eu dormia no sofá e ninguém viu minhas pernas desnudas e meus shorts masculinos. Quando me levantei, mantive o cobertor enrolado em volta do corpo e quase tropecei nele, ganindo quando Nicholas me deu um tapa inesperado na bunda, de um jeito brincalhão, para que eu me movesse.

– Anda! – Ele disse alegremente. – Há muito o que fazer hoje!

Isso foi horas atrás, e ainda não sei como deveria estar me sentindo. Mudar é uma merda, e estou evitando ajudar o máximo que posso. Passei muito tempo me escondendo no banheiro, fingindo que levo dez minutos para trocar o absorvente interno. Depois da minha terceira falsa troca de absorventes em uma hora, vejo que Nicholas fez uma ousada mudança de figurino. Quando ele vê o sorriso maligno em meu rosto, sua expressão fica irritada e defensiva, mas ninguém tem autoridade para me julgar aqui.

Nicholas está usando uma roupa ridiculamente folgada… Eu nem sei como chamá-la. Traje de segurança? Ele está vestindo cáqui da cabeça aos pés, o que deve estar *amando*, e suas botinas novinhas em folha provavelmente pesam dez quilos cada. Acho que ele mirou em *homem forte e rude da mata*, mas acabou acertando em um caça-fantasma.

A touca xadrez com abas está de volta, mas ele deve estar com calor depois de ter que levantar a geladeira e mover as prateleiras e qualquer outra coisa que estou fingindo não ter habilidade para fazer porque sou uma mulher de ossos frágeis cujos joelhos delicados perdem a força ao carregar uma caixa de lenços. Se ele quis comprar uma casa sem minha ajuda, pode muito bem levar tudo para ela sem minha ajuda. Acho que ele está esperando que eu jogue isso na cara dele, e é por isso que morde a língua sempre que me vê sentada, sem fazer nada.

Esse novo visual não parece nada natural no Nicholas. Ele está se esforçando muito para ir contra os próprios genes, coitado.

Não importa o que use para disfarçar, Nicholas foi criado, tal qual Mr. Darcy, para oferecer bailes em Pemberley. Ele tem um rosto aristocrático, de menino vaidoso, anguloso e de charme discreto com sua pele pálida, cabelo cor de chocolate delicadamente desgrenhado e lábios carnudos. Seu olhar deveria ser perverso para refletir o tipo de homem à espreita, mas, em vez disso, projeta inocência, sendo um pouco arregalados, uma característica predatória inata que permite ao lobo vagar por entre as ovelhas sem ser detectado.

Sua feição fica intrigante quando sorri: a pele se estica sobre as invejáveis e encovadas maçãs do rosto, parecendo que está sempre fazendo biquinho de peixe. É um tipo de beleza carrancuda e certinha que grita *coloque-me num divã de couro para contemplar o tédio*. Pensar nele adentrando uma floresta para cortar lenha me faz engasgar. Robusto esse homem não é.

— Você é o irmão gêmeo malvado de Nicholas? – pergunto. – Ou é o irmão bonzinho?

Ele faz uma careta.

— Sério, por que está vestido assim?

— Psiu. – Ele olha para a porta do cômodo ao lado, onde os carregadores estão colocando a lavadora e a secadora em carrinhos de carga. As botinas deles estão gastas e sujas, enquanto as reluzentes de Nicholas exalam um odor químico de sapato recém-saído da caixa. – Você pode ser menos chata? Minha nossa.

— Não. Está tentando impressionar aqueles caras ou algo assim?

Ele muda de assunto antes que os bacanas nos ouçam.

— Por que você não para de ir ao banheiro?

Fico dividida entre duas possibilidades nojentas, tentando decidir qual ele acharia mais repulsiva.

— Coisas de mulher.

Ele parece não acreditar.

— Quer detalhes? Se preferir, não vou dar descarga da próxima vez e você pode ver com seus próprios olhos o que estou fazendo lá.

– O que há de errado com você?

– Você. Você é o que há de errado comigo.

Ele se afasta e eu me sinto ótima, tenho que dizer. Um dos carregadores caminha determinado na minha direção, e repenso minha estratégia de me enfiar em um esconderijo. O ar está tomado de testosterona, e estou louca por uma dose dela. Já mencionei como é excelente ter homens viris fazendo trabalho braçal bem na sua frente? Homens grandes, com a pele queimada de sol, mãos grandes e ásperas e antebraços cheios de veias e pelos. Um tem uma pin-up reclinada no capô de um conversível tatuada no bíceps musculoso.

Supervisionar é um trabalho difícil, mas alguém tem que fazê-lo. Fico em posições privilegiadas, de onde vejo quando se abaixam, levantam e soltam gemidos pelo esforço, observando seus músculos se expandirem e se contraírem. Músculos das costas! Quem diria que poderia haver tantos músculos nas costas de uma pessoa? Agora eu sei. Esqueça o Tinder; depois que Nicholas jogar a toalha, vou contratar um grupo de homens que fazem mudanças e prospectar meu próximo namorado entre eles.

Nicholas tem um corpo bonito. É elegante e definido – o tipo de corpo que pode ver dominando o piano e correndo por um campo de rúgbi. Atualmente, não tenho o privilégio de desfrutar dos benefícios de seu corpo bonito e esguio, então até homens que não faziam meu tipo parecem interessantes para mim agora. Estou mal. Homens que parecem armários com barbas gigantescas no estilo ZZ Top e tatuagens no rosto. Cientistas loucos calvos. Excêntricos, tipo o Conde Drácula. A silhueta da abertura de *Mad Men*. Se essa seca continuar por mais tempo, passarei a cobiçar a figura inexpressiva das placas de banheiros masculinos.

Observo um dos caras com um pouco de interesse demais e sinto o calor do olhar de Nicholas. Pigarreio e saio da sala.

Mais tarde, ele me acha e lança olhares de reprovação em minha direção até eu ceder e perguntar:

– O que foi?

– Você conseguiria ser um pouco menos indiscreta, por favor? Como se sentiria se me visse cobiçando outras mulheres?

Suponho que ele cobiça outras mulheres diariamente. Eu sei que as outras mulheres o cobiçam.

– Eu não estava cobiçando ninguém. Não sei do que você está falando.

Ele revira os olhos.

– Por favor. Nunca vi um ser humano passar tanto tempo sem piscar.

– Eu estava... supervisionando – digo de modo afetado. – Não crie problemas onde não tem. De qualquer forma, ninguém poderia me culpar mesmo se eu estivesse olhando, coisa que eu não estava fazendo. Parece que faz uma eternidade desde a última vez em que dormi com alguém que realmente *queria* estar comigo.

A boca de Nicholas se torna uma linha fina. Seu olhar é inabalável. Começo a ficar um pouco apreensiva e rompo o silêncio com outro:

– O que foi?

Ele meneia a cabeça.

– Nada.

Nicholas está mentindo. Quando diz *Nada,* o que ele realmente quer dizer é *Preciso de tempo para pensar em algo devastador para dizer.*

Já estou pronta para a retaliação depois que os caras da mudança vão embora e estamos na frente da nossa nova casa, que, na verdade, é a casa dele, que ainda chamo de Desastre.

Estou regando a árvore do Charlie Brown porque tenho amor para dar e nenhum lugar significativo onde despejá-lo. Essa árvore precisa de mim. Vou alimentá-la e varrer suas agulhas mortas, e ela se tornará a maior e mais bela árvore do quintal. Ela dará a luz uma centena de novas árvores por meio da polinização, e vou decorá-las com enfeites. Será uma espécie de patriarca e general do meu novo exército de árvores.

Seu nome é Jason. Agora ele é minha maior prioridade no planeta.

Nicholas me observa atentamente enquanto acaricio Jason e murmuro frases de incentivo. A ciência diz que conversar com as plantas faz bem para elas.

Quando tenho certeza de que Jason está bem, marcho até a casa. Eu nem tirei meus sapatos quando Nicholas começa a me atacar.

– Há uma diferença entre ser necessário e ser desejado. Em alguns casos, gosto de ser necessário. Com relação a sexo, eu preciso ser desejado. Não posso ser apenas um cara que você leva para a cama para fazer o trabalho. Não quero transar de modo desconectado e automático com você. Não com você. Você deveria ser a pessoa com quem me conecto mais profundamente.

– Nós nos conectamos. – Ai, meu Deus, essa é a minha voz? Eu soo tão *blé*. Minha capacidade de mentir está sofrendo com toda a honestidade brutal que temos praticado nos últimos dias.

– Você parou de me enxergar, Naomi. Você parou de me querer. Logo mais vai se dar conta de que eu sei quando você está começando a se dissociar, e é a experiência mais dolorosa pela qual já passei. Não para. Continua acontecendo. Tento trazer você de volta toda vez que você se perde dentro de sua própria cabeça, onde não tenho permissão de entrar.

– Não sei do que você está falando. – Eu me sinto profundamente desconfortável, e a intensidade com que ele fala faz minha pele arder.

Nicholas continua como se nunca tivesse sido interrompido.

– Eu não consigo ficar perto quando você se dissocia porque não posso deixar isso se tornar nosso novo normal. Mas me afastar de você como punição por você estar distante de mim não parece te motivar a mudar. Então não sei o que fazer. Só sei que é uma má ideia satisfazer suas necessidades físicas se você não atender às minhas necessidades emocionais.

Não vou nem dar chance para o assunto das necessidades emocionais. Cruzo os braços e parto direto para a defensiva.

– Como me motivar a mudar? No que exatamente você gostaria que eu mudasse, Nicholas?

Posso ver que ele não quer mais falar. Claro, agora que disse o que pretendia, quer virar as costas e fugir, mas não vou deixar.

– Eu só quero que você se importe comigo – ele implora, gesticulando com as duas mãos no espaço entre nós. – Quero que você me escute. Quero que você dê um pouco de atenção aos meus sentimentos.

A culpa bate à minha porta, uma única batida, até eu me lembrar do que estávamos discutindo originalmente: Ele comprando uma casa sem me consultar. Ele se ressentindo de mim em segredo porque não aceitou a oferta de emprego em Madison, supondo que era óbvio que eu desistisse do meu trabalho aqui em deferência à sua profissão superior e a seus objetivos superiores. Ele enchendo a mãe horrorosa de presentes enquanto me negligencia, sem nunca levar meu trabalho ou meus amigos a sério, nem me defender quando seus amigos e familiares me menosprezam. Este homem, olhando nos meus olhos com tanto sofrimento, que parece tão genuinamente ofendido, está há meses me forçando a deixá-lo.

Ele reformulou a situação para me tornar a vilã, e eu quase tropecei e caí nessa.

– Eu também sei jogar esse jogo – digo. – Pensa que não há nenhuma mudança que eu faria em você?

Ele se encolhe.

– O que mudaria?

– Descubra – digo, dando as costas e subindo as escadas para o quarto da direita. Eu dei a ele uma cama box de mola e direcionei o colchão para onde será meu quarto durante a minha estadia. – Você tem até 26 de janeiro.

CAPÍTULO NOVE

É domingo, o pior dia da semana. Ou costumava ser o pior; agora os domingos são a oportunidade perfeita para esfregar as mãos e ver até que ponto posso irritar os Rose. Domingo é o novo aniversário.

Não estou me gabando quando digo que meu próximo passo é uma obra-prima. Verifico o relógio e conto quarenta e cinco minutos até minha grande revelação. Quarenta e cinco minutos longos e excruciantes no dia mais lento que já existiu. Está ficando difícil manter segredo, especialmente porque não foi por acaso que meu moletom dos Steelers tenha "desaparecido" durante a mudança.

Eu não quero que ele saiba o que está por vir, então sou generosa com a quantidade de sorrisos hoje. Faço perguntas educadas, digo por favor e faço agradecimentos a Nicholas como presentes de grego. Mas isso pode ter saído pela culatra, porque ele parece mais desconfiado do que nunca, e as suas suspeitas o deixaram de mau humor.

– Você ainda está de pijama – ele me diz. Verifico o relógio novamente.

Quarenta e três minutos pela frente. Se o tempo estivesse passando mais devagar do que isso, estaria retrocedendo.

– E daí? Ainda tenho tempo.

– E daí que vamos encontrar meus pais no restaurante em quarenta e cinco minutos...

– Quarenta e três.

– ... e você leva uma hora para se vestir. É matemática simples, Naomi.

Levo quinze minutos para me vestir, se ainda não tiver escolhido uma roupa. Levo mais quinze minutos para arrumar o cabelo, seguidos por quinze minutos para a maquiagem. E tenho que levar em conta outras coisas de última hora, como pinçar as sobrancelhas ou cortar as unhas. Trocar a meia-calça, se ela estiver rasgada. Procurar um sapato perdido. Ficar *pronta* leva uma hora. Preparar-se envolve mais do que o simples ato de colocar uma roupa.

Decido ficar ofendida. Já faz um tempo e é muito divertido, então o guio na direção certa para me dar algum material que possa ser mal interpretado.

– Está tudo bem, vou só vestir uma blusa de lã e uma calça alguns minutos antes de sairmos.

– Você não vai levar uma eternidade para fazer o cabelo e a maquiagem?

Perfeito. Obrigada, Nicholas, você é um querido.

– Você acha que eu preciso de maquiagem, então?

– Não foi isso que eu disse.

– Está insinuando que eu não fico apresentável em público a menos que esteja completamente maquiada.

– Não. Eu com certeza *não* quis dizer isso.

– Acha que devo levar umas três horas para ajeitar o cabelo também, certo? – Estremeço a voz de propósito. Sou vítima de abusos terríveis.

– Por acaso não sou bonita o suficiente do jeito que sou? Suponho que você tenha vergonha de me mostrar para a sua família, a menos que esteja em conformidade com os padrões de beleza irreais que a sociedade impõe para as mulheres?

Seus olhos se estreitam.

– Você tem razão. Seu cabelo é uma vergonha em seu estado natural e seu rosto é de uma beleza tão antifeminina que, se resolver sair assim, vou insistir para que fique pelo menos a três metros atrás de mim. Quero que suba agora mesmo e se pinte até ficar irreconhecível. – Ele arqueia as sobrancelhas. – Fiz certo? São essas as palavras que queria colocar na minha boca?

Fico boquiaberta. Ele abaixa os olhos para um jornal e vira a página. Fez isso para causar um efeito dramático. Sei que ele não conseguiu terminar de ler o artigo em que estava.

– Na verdade, eu gostaria de colocar uma maçã na sua boca e assá-lo no espeto – digo.

– Vá em frente, vá ao jantar de pijama, Naomi. Você acha que isso me incomodaria? Não me importaria se você saísse vestida de Papai Noel.

Agora estou genuinamente ofendida.

– Por que você não se importaria?

Ele encontra o meu olhar.

– Porque acho que você é linda de qualquer jeito.

Eca. É um golpe muito baixo, mesmo para ele. Eu me afasto do mentiroso e vou bater outra máquina de roupas de cama. Todos os nossos cobertores e travesseiros ficaram sujos com a mudança, então Nicholas passou o dia todo lavando tudo enquanto eu esfregava o resto da casa com lenços umedecidos. Não tenho nada contra Leon e seus hábitos de higiene, mas meio que sinto que preciso tirar seus resquícios da casa. Seus olhos estão nas paredes, nos seguindo aonde quer que vamos.

Dou uma olhada na secadora e, meu Deus, esse homem vai incendiar a casa.

— Você precisa limpar o filtro! Deixar tudo isso de fiapos entupindo o compartimento é um risco de incêndio!

— Você é um risco de incêndio — ele murmura, mas eu escuto claramente.

— Sei que você está acostumado a ter uma mulher fazendo todo o trabalho doméstico para você, mas posso não estar por perto para sempre. Você deveria me ouvir. Estou tentando ensiná-lo e ajudá-lo a melhorar como pessoa.

— Que tal escrever seus conselhos em um panfleto para eu dar uma olhada quando você finalmente for embora? — Ele responde.

Subo as escadas fazendo o máximo de barulho que consigo. Talvez acabe exagerando um pouco, porque escorrego na beirada de um degrau e me salvo abraçando o corrimão. Olho para baixo, esperando que ele não tenha percebido o que aconteceu, mas é claro que percebeu. Sua risada silenciosa suga um ano do meu tempo de vida.

— Você está bem, querida? — pergunta, meloso como algodão doce.

— Cala a boca. Vá preparar um banho de espuma para sua mãe.

— Você está obcecada pela minha mãe.

Tenho certeza de que traumatizamos a casa. Está acostumada com o calmo e sensível Leon. Provavelmente nunca teve que lidar com esse nível de ódio antes. Nicholas e eu nos comportamos como monstros hoje em dia, e não gosto de nenhum de nós, mas definitivamente não gosto de quem eu era antes, a Naomi que mantinha a boca fechada e não falava a verdade, então não há como recuar. Nicholas e eu estamos caindo em um abismo.

Resmungo obscenidades para o meu armário, jogando os pijamas com estampa do Snoopy e Woodstock por cima do ombro. Estou tentada a permanecer com ele, mas tenho enviado currículos e, sabendo como sou sortuda, o gerente de algum lugar para onde estou me candidatando poderia me encontrar assim. Ninguém vai a um restaurante usando um pijama do Snoopy e do Woodstock, a menos que esteja passando por alguma merda das grandes.

No entanto, escolho cuidadosamente uma camisa amarelo-canário que me empalidece. Prendo o cabelo em um rabo de cavalo baixo que não me valoriza e deixo a franja espetada para cima como se eu tivesse sido eletrocutada. Não me dou ao trabalho passar corretivo embaixo dos olhos. Na verdade, passo uma leve sombra roxa nessa região. Pareço um peregrino com cólera. A sra. Rose vai fazer a festa falando sobre a minha aparência, e vou punir o filho dela quando chegarmos de volta em casa. Meus sentimentos já estão tão feridos que não consigo não sorrir para o meu reflexo.

– Se apresse! – Nicholas reclama de fora do quarto. Ele chacoalha a maçaneta, pois a porta está trancada, obviamente. Acabei de retomar o luxo de ter um quarto só para mim depois de um ano compartilhando a cama, e ele não foi convidado a entrar. – Você esperou até o último minuto, como eu sabia que faria. Chegar atrasado é uma irresponsabilidade! Vou ter que mandar uma mensagem para a minha mãe e dizer a ela que bebida vamos querer, porque você esteve enrolando o dia todo e não se deu ao trabalho de tomar banho ou se vestir de verdade antes que anoitecesse!

– Estou basicamente pronta! –grito de volta. – Tudo o que tenho que fazer é calçar os sapatos e... – Preencho o resto da frase com enrolações em voz baixa.

– E o quê?

– Me deixa em paz. Chegaremos lá quando chegarmos lá.

– Não é assim que a sociedade funciona. Que tal você pegar seu estojo de maquiagem e passar todas as suas porcarias no carro? – É adorável como ele presume que estou aqui me embonecando e não desenhando um pentagrama no chão com meu próprio sangue para lançar feitiços nele.

Eu me viro completamente para encarar a porta.

– Que tal você ir passar as suas meias como um completo psicopata? De qualquer forma, pode ir, se quiser. Te encontro lá.

Este era o objetivo desde o começo. Quero que saia sem mim.

– Se formos em carros separados, meus pais vão pensar que algo está acontecendo.

– Seu pai provavelmente nem sabe em que ano estamos. Sua mãe vai gostar de ter algo novo sobre o que falar. Ela está chutando aquele cachorro morto da Heather-não-mandou-um-cartão-de-Dia-das-Mães há eras.

Ele hesita.

– Tem certeza?

É domingo à noite. A espera por uma mesa será ridícula. Imagino uma fila de pessoas saindo pela porta, contornando o prédio. Duas delas estarão vestindo blusas de lã combinando, furiosas com o misterioso cancelamento de sua reserva.

– Pode ir.

Observo o carro dele se afastar da casa, desço a escada correndo e pego minhas chaves. Leon disse que me encontraria na Ferro-Velho. Depois disso, tenho quinze minutos para ir para Beaufort e fazer um espetáculo. Nicholas é um soldado bom demais para dobrar-se ao meu plano A e desistir por conta própria. Ele não se submeterá a menos que sua comandante ordene. Até agora, sempre que eu cutucava Deborah, era para irritar Nicholas. Eu sabia que ela reclamaria com ele sobre mim em particular. Reclamar com ele vai ser pouco. Felizmente, posso ficar muito pior! Vou me tornar tão obviamente incapaz de conviver com eles que a sra. Rose vai ameaçar cortar Nicholas da herança se ele não cancelar o casamento.

Meu truque é um lindo bolo de sete andares. Não preciso cancelar o casamento, nem meu amado noivo. Vamos fazer com que os pais dele façam o trabalho sujo por nós: plano D. Estou casualmente criando incêndios e isso é incrível.

O plano D é a coisa mais estúpida que já fiz, o que percebo na metade do caminho para Beaufort. Durante todo o planejamento, entusiasmada me imaginando chegar ao jantar no carro monstrengo, não consegui lembrar que meu novo possante é manual.

Tive que me mostrar confiante na frente de Leon, porque a essa altura ele já estava com as chaves do meu carro popular, exultante com a troca. ("Tem certeza? Seu carro está em um estado muito melhor do que o meu. Por que você quer fazer isso? Tem certeza?") Na minha cabeça, a cena era a seguinte: Nicholas comprou a casa de Leon sem me consultar, então eu comprei o carro de Leon sem consultá-lo. Atordoo o sr. e a sra. Rose, que são tão esnobes com carros que fazem o paisagista estacionar sua caminhonete enferrujada dentro da garagem para escondê-la dos vizinhos.

Eles verão o jipe de Nicholas e saberão que tem algo de errado com ele. Quando virem o *meu* carro, vão acreditar que o que há errado com ele sou *eu*. Eu sou uma zé-ninguém de classe baixa sem vergonha que não merece o filho deles. Sou uma maluca, e vou arrastá-lo para o meu nível. Nenhum clube de campo em todo o estado admitirá seu precioso menino quando virem a que tipo de esposa ele está algemado.

Prestei atenção durante a miniaula de Leon, mas, embora ele tenha me dito que preciso acelerar ao mesmo tempo em que solto a embreagem, quando tentei pela primeira vez tirei o pé da embreagem rápido demais, e o carro deu uma guinada para a frente, derrubando uma lixeira no estacionamento da Ferro-Velho.

O começo ruim me deixou abalada, admito. Enquanto dirijo aos solavancos pela estrada com um carro que ainda cheira a floresta de pinheiros, agarrada ao volante e ao câmbio, meus nervos começam a sair do controle com a adrenalina que sinto quando visualizo o rosto de Deborah enquanto estaciono essa monstruosidade.

Começo a pensar que cometi um grave erro.

Começo a ter certeza quando chego em Beaufort e o carro morre em um semáforo. Esqueci de acionar a embreagem ou colocar o carro em ponto morto ao frear. Ou alguma coisa do tipo. Não consigo mais me lembrar das instruções de Leon porque o sinal está verde e há uma fila de vinte carros atrás de mim, mas meu veículo está me fazendo engasgar como se eu lhe devesse dinheiro. Eu freio e coloco o carro em ponto morto, mas estou estressada demais e piso no acelerador. Tudo vai de mal a pior. O pânico toma conta de mim. É lutar ou fugir.

Abandono o carro no cruzamento, deixando a porta aberta. As pessoas estão buzinando. Alguém abaixa o vidro e grita. Quero voltar e fechar a porta, mas a adrenalina está queimando minhas veias e não consigo voltar; enquanto estiver viva, nunca mais vou voltar para aquele carro, nem para Morris, e tudo o que consigo fazer agora é correr. Direto para uma vala e cruzando o estacionamento de uma loja de departamentos fechada, correndo, correndo, meu sistema nervoso pegando fogo. Vou continuar correndo até a Califórnia. Vou mudar de nome e começar uma nova vida por lá.

Essa é a perspectiva mais feliz que tenho em anos.

Não paro para recuperar o fôlego enquanto não chego do outro lado do estacionamento, o ar de novembro se solidificando em forma de gelo em meus pulmões. Estou muito agradecida pelo grande edifício vazio que me protege de todos os meus problemas. Um dos motoristas que buzinou para mim está, sem dúvida, ligando para a polícia. A situação será descrita avidamente para um policial que Não Tem Tempo Para Essa merda por dez espectadores, e todos os presentes deduzirão que estou chapada de sais de banho. Vão chamar um guincho enquanto um policial me domina com uma arma de choque.

O carro monstrengo ainda está no nome do coitado e bem-intencionado do Leon, que vai levar a culpa por mim. Eu tenho que voltar. Nunca vou voltar.

Minhas coxas estão frias e esfoladas, então a vibração no meu bolso só chama a minha atenção na quarta vez. É Nicholas, claro.

Você está MUITO atrasada. Onde você está??

Estou fora do seu alcance, dr. Rose. Estou na terra de ninguém. Boa sorte tentando me encontrar aqui, atrás da carcaça decadente de uma loja imensa.

É o que quero responder. Mas, de acordo com meu telefone, está fazendo onze graus, com sensação térmica de oito, e não estou preparada para uma vida de exercícios físicos constantes. Estou tão fora de forma que ainda estou ofegante, os sonhos da vida na Califórnia se dissolvendo ao vento. Vou acabar sendo esfaqueada aqui. Estou feliz por estar vestindo roupas de verdade em vez de pijamas.

Me salve, respondo. Lamento em voz alta, também.

De quê?

De você. De sua mãe. De morrer de frio.

Tiro uma foto do estacionamento e envio. O carro quebrou. Estou presa na rua.

O telefonema dele me interrompe enquanto digito: Tenho doces no bolso do casaco. Vou deixar uma trilha como João e

– Naomi? – Ele parece assustado. – A que distância você está da cidade? O que aconteceu?

– Esse carro é uma porcaria! – exclamo. – Ele tentou me matar.

– Eu lhe disse para trocar o óleo há um milhão de quilômetros e você disse que aquilo não era da minha conta. – Em sua mente, ele está girando num campo de eu-te-avisei. Essa é a versão dele do paraíso.

– Não é aquele carro. Eu o troquei pelo carro horroroso de Leon. O câmbio é manual, Nicholas. Eu não sei dirigir com a porcaria de um câmbio manual! A situação ficou ruim e eu o deixei no meio da rua. Agora estou no estacionamento do Kmart. – Chuto uma pedra e olho para o prédio cinza, depois para uma série de outros prédios escuros com estacionamentos vazios ao longo da mesma faixa. Estou em um cemitério de varejo. – Talvez seja o de uma loja de brinquedos.

– Jesus Cristo. – Posso ouvir carros zunindo do lado dele da linha. Ele está fora do restaurante.

– Não me deixe morrer aqui. Quero estar em algum lugar quente quando chegar a minha hora.

– Sim, melhor ir se acostumando com temperaturas mais quentes. A situação vai estar pegando fogo quando você chegar ao seu destino. – Estou prestes a chorar. – Você precisa me dizer exatamente onde está.

Torço e retorço as mãos. Nicholas está ao telefone, o que faz parecer estar próximo, então não há problema em surtar agora. Ele vai permanecer calmo, não importa o que aconteça. Sempre fomos equilibrados assim: quando um de nós perde a estribeira, o outro não pode se dar ao luxo. Quem não tomou posse da histeria instantânea primeiro não tem escolha a não ser manter a calma.

– No primeiro semáforo depois de entrar na cidade. Eu me enfiei em um buraco. Não com o carro. Fugi a pé.

– Por que você largou o carro?

– Não sei! Foi tudo tão rápido. Me dê um tempo para pensar em uma desculpa melhor.

– Estou indo aí. Volte para o carro.

Não volto para o carro, mas saio na ponta dos pés de trás do prédio e fico na calçada. Há luzes de sirene – um policial e um guincho. Ai, meu Deus, eu vou para a cadeia.

Alguém me vê e aponta, e meu impulso é me agachar. Não há nada atrás do qual me esconder, então estou agachada sem motivo algum. Esqueça a prisão. Vou para o manicômio.

Por hábito, fico observando a rua em busca de um flash da Maserati dourada, então, quando Nicholas sai de um jipe, levo um segundo para voltar a mim.

– Nicholas! –digo em um sussurro audível. Inútil. Minha voz é abafada pelo barulho dos carros passando. Agito os braços como um manobrista de aeronaves. Ele não me vê, caminhando direto para o meio do caos para assumir o comando.

Dá uma olhada no veículo abandonado e balança a cabeça para si mesmo, pegando minha bolsa do banco do passageiro antes de fechar a porta do motorista. Caramba, deixei minha bolsa lá.

Homens uniformizados se aproximam dele. Escondo o rosto com as mãos a uma distância segura, não querendo ouvir o que com certeza será a história humilhante da cena de fuga e abandono que protagonizei. Alguém aponta em minha direção e Nicholas se vira para mim. Mesmo de longe, percebo o brilho estranho em seus olhos e leio sua mente como se um balão de pensamento aparecesse sobre sua cabeça.

Ora, ora, ora. Como estamos nos sentindo sobre as nossas escolhas agora, Naomi?

Nada bem, é assim que estou me sentindo. Mas pelo menos estou no lado com menos policiais da rua.

Ele diz algo para o policial, que também olha para mim. Identidade confirmada. Vou sair daqui algemada, o que servirá ao objetivo de fazer com que a sra. Rose me catapulte para fora da árvore genealógica.

Nicholas liga para alguém e fala por um minuto, e então entrega o telefone ao policial. Eles conversam por um minuto também; durante todo o tempo, Nicholas não tira os olhos de mim, e não há onde possa me esconder dele. Ele é meu único aliado. Ele é meu pior inimigo.

Ele está atravessando a rua em minha direção, vestindo o casaco que chamo de casaco do Sherlock Holmes. Foi caro e o presente mais bonito que já dei para ele. Ele o usa do início do outono até o final da primavera, com um cachecol enrolado sob a gola larga. O fato de ele ainda não o ter queimado e dançado em torno das cinzas parece agressivamente gentil em meu atual estado de espírito.

Sua expressão não está séria ou presunçosa, mas neutra, exceto pelo pequeno vinco entre as sobrancelhas. Preocupação.

– O que aconteceu? – pergunta quando se aproxima.

Eu balanço a cabeça. Não sou capaz de falar sobre isso. Já estou fingindo que nunca aconteceu.

– Vou ser presa?

– Não. – Ele olha para a minha bolsa em sua mão. – Precisa pegar alguma coisa no carro?

– Não.

Ele quer fazer mais perguntas, percebo. Lança-me um longo e inquisidor olhar, então tira o casaco e o coloca em volta dos meus ombros. Seus dedos brincam com o primeiro botão, como se fosse fechá-lo, mas acaba tirando as mãos.

Ele me conduz até seu carro sem dizer mais nada. Começo a caminhar depressa quando passamos pela viatura e pelo caminhão do guincho, meio esperando que alguém me prenda. Depois que dou uma espiada paranoica para trás pela enésima vez, Nicholas sorri.

– Relaxa.

A palavra destrava minha habilidade de formar um discurso coerente.

– Coloquei Leon em apuros? Ainda não passei o veículo para o meu nome. O que vai acontecer com o carro? Na verdade, não está quebrado.

– Claro que não. Se estivesse quebrado, você mesma o consertaria – Nicholas diz, me lançando um olhar astuto de lado.

– Uh.

– Ou talvez não. Não gostaria que Dave da Morris Auto começasse a sentir sua falta. – Ele observa minha cara de susto e se vira para que eu não veja seu sorriso, mas ainda o noto em sua voz. – Quando Dave foi tirar os dentes do siso, a primeira coisa que ele depois da anestesia foi "Não contar ao dentista sobre o carro de Naomi". – Isso faz com que eu sinta vontade de desaparecer. Dave realmente vai se ver comigo na próxima vez em que eu receber um e-mail com os dizeres *Avalie nosso serviço!* da Morris Auto. – De qualquer forma, o guincho está levando o carro para a nossa casa. Eu poderia ir dirigindo e deixar você pegar o jipe, mas você está parecendo um pouco abalada.

Minha boca está seca.

– O câmbio é manual.

– Eu sei. Eu sei dirigir carros de câmbio manual.

O mundo fica de cabeça para baixo.

– O quê? Sério?

– Ahã. – Há só uma pitada de descontração, mas ainda a percebo.

Eu me acomodo no banco do passageiro e travo a porta para impedir a entrada de qualquer policial que possa mudar de ideia de repente.

– Sinto falta dos assentos aquecidos.

– Pensei que você odiasse a Maserati.

– Odeio. Odiava. Adorava os assentos aquecidos, no entanto. Era como…

– Estar sentada no colo do diabo – ele completa antes que eu possa terminar, deslizando um braço para trás do meu apoio de cabeça enquanto se vira para olhar para trás e dar ré. Ele está tão perto, que posso sentir o cheiro de sua loção pós-barba, e meu coração dói com uma emoção que parece saudades de casa. Não é a loção pós-barba que ele tem usado ultimamente. É a que dei a ele de presente no Natal, da Stetson. Embrulhada em um papel dourado que ele guardou por tanto tempo que ainda posso ouvir seu farfalhar.

Eu amei, ele disse com um grande sorriso. O cheiro da Stetson sempre levará diretamente à memória daquele sorriso e à adoração que senti por ele. E se alguém com quem eu sair no futuro usar essa marca, e eu tiver que pensar em Nicholas e em seu sorriso toda vez que olhar para o rosto de outro homem? Ele invadiu tanta coisa na minha vida, não há como me livrar dele.

Mais tarde, depois que já tinha dado o presente, vi o tipo de produtos de higiene que ele tinha no armário do banheiro e corei ao perceber como eram bonitos e caros. O preço da colônia dele tornava meu presente uma vergonha. Mas ele passou a usar a Stetson todos os dias a partir de então, mesmo quando seu sorriso desapareceu e nosso relacionamento passou do Antes para o Depois. Ele a usou até a última gota e não jogou a embalagem fora.

– Você conseguiu terminar de comer? – Pergunto timidamente.

– Nós tínhamos literalmente acabado de sentar quando mandei a mensagem perguntando onde você estava. Perderam nossa reserva e mamãe enlouqueceu. Fez o gerente chorar.

Posso imaginar. Deborah Rose nunca saiu de nenhum estabelecimento sem se apresentar ao gerente.

– O que você disse a ela?

– Que você estava tendo problemas com o carro e que precisava vir buscá-la.

Ah, não. Balanço a cabeça de um lado para o outro.

– Eu não quero ir ao restaurante. Por favor, não me faça ir. Estou com dor de cabeça. E com cólicas. E coágulos. Do tamanho de bolas de golfe. – Começo a listar mais sintomas, mas ele dá um tapinha no meu joelho.

– Tudo bem.

Eu me ajeito no assento.

– Sério?

– Sim, eu também não quero voltar. Meu pai preferiu se sentar no bar porque não aguentou esperar pela mesa. E minha mãe... – Seu jeito muda. Um olhar sombrio toma conta de sua expressão. – É melhor vocês duas não ficarem no mesmo ambiente hoje. Ela teve muito tempo para ficar remoendo aquele comentário que você fez sobre nunca ter filhos.

O fato de eu ter atingido um ponto fraco dela me deixa toda empolgada. De qualquer forma, mantenho o que disse. O DNA de Nicholas não é compatível com o meu para a procriação. A Mãe Natureza nunca permitiria isso.

Respondo de modo evasivo:

– Hum.

Ele me lança outro olhar. É passageiro, e o carro está tão escuro que não consigo ter certeza, mas acho que ele está um pouco triste. Pensar nisso me incomoda.

– Nós nunca falamos sobre filhos – ele retoma depois de bastante tempo. – Isso é provavelmente algo que deveríamos ter feito antes de ficarmos noivos.

– Quando ficamos noivos, apenas um de nós planejou a proposta, então você leva a culpa por isso.

Ele bufa e ri ao mesmo tempo.

– Justo, eu acho.

Não quero falar sobre isso. Esse assunto só vai deixar a ambos mais tristes, porque de jeito nenhum vamos ter filhos. Uma gravidez minha, nesse momento, só se fosse por imaculada conceição.

— Eu não sabia que você sabia dirigir carros com câmbio manual.

— Eu já te disse isso antes. Você provavelmente não estava ouvindo.

Também não quero um sermão. Você Nunca Escuta é o título da história sobre meus muitos defeitos e deslizes. É como pisar em ovos.

Tento de novo.

— Sendo sincera, é ótimo fugir do jantar de domingo.

Ele quase sorri. Consigo ver que esboça um sorriso.

— É uma pena que não conseguimos mostrar seu carro novo aos meus pais.

— Você *odiaria* isso.

— Eu gravaria a reação deles com o celular. Brincar com eles poderia ser divertido, Naomi, se eu também estivesse por dentro da brincadeira. Você se esquece de que eu sei melhor do que ninguém como é ser sufocado por Deborah Rose.

Eu o observo de lado. Ele mantém os olhos na estrada, mas deve estar ciente do meu olhar.

— Você brincaria assim com eles?

— É claro. Eles merecem. Quero dizer, são meus pais e eu os amo. Sou grato a eles por muitas coisas, mas também são um grande pé no saco. Quando te pedi em casamento, eu meio que...

Seus lábios se contraem

— O quê? – pergunto.

Nicholas engole seco.

— Eu meio que esperava que fôssemos como dois aliados, mais ou menos. Quando minha mãe estivesse tentando cravar as garras em mim e eu não conseguisse escapar sozinho, você me ajudaria. Nós dois, uma dupla.

– Eu queria isso também – consigo dizer baixinho. No pretérito. – Não sabia que você também queria. Eu me senti em segundo plano por muito tempo.

– Não queria que você se sentisse assim. Mas… você não ajudou. Não se tornou minha parceira. Sempre deixou que eu me defendesse sozinho.

– Sim, assim como você não diz nada quando sua mãe me insulta abertamente de todos as maneiras possíveis – respondo venenosamente.

– O som que ela faz quando eu digo sim à sobremesa. *Tsc, tsc.* Quando me mostra desprezo por conta de onde trabalho e pelo fato de ter parado de estudar no ensino médio. E um milhão de outras coisas.

Olho com tristeza pela janela do meu lado, mas tudo que vejo é o reflexo de Nicholas, esticado e arredondado. As luzes de Beaufort ficaram bem atrás de nós, e agora estamos viajando por um trecho escuro antes de chegarmos a Morris.

Falar me relaxou um pouco. Depois da adrenalina de sair fugindo a toda velocidade, a la Ayrton Senna, de um incêndio inexistente fiquei com uma dor de cabeça que dessa vez não é de mentira.

– Minha mãe é difícil – ele diz. – É duro enfrentá-la; ela mexe com os meus nervos desde quando eu era criança. Não sei fazer isso sozinho.

Eu sinto muito por ele, de verdade, então passo o polegar nas costas de sua mão. Só uma vez.

– Sei que deve ser difícil tê-la como mãe às vezes. Ela espanta todas as suas namoradas e depois pega no seu pé por ainda não estar casado e com cinco filhos. Você também não está sozinho nessa. Imagine ser a pobre nora que deveria fornecer essas cinco crianças.

Os faróis de um carro que passa iluminam o sorriso de Nicholas. Outro carro logo atrás faz a mesma coisa, mas o sorriso já desapareceu. Sei que ele está se perguntando se algum dia serei a nora de Deborah. Teria que ser louca para me casar e entrar nesse circo por vontade própria, e ele sabe disso. Se isso der errado como nós dois antecipamos, ele vai ter que encomendar uma noiva pelo correio. Sou a única mulher burra o suficiente no país para tentar a sorte com um filho de Deborah.

Minha mente continua voltando para o incidente no semáforo. Imagino Nicholas me vendo do outro lado da rua, com as mãos no rosto. Agachada. Uma encrenqueira completa. Ouço o que ele vai dizer durante nossa próxima discussão tão claramente que é como se já tivesse acontecido.

Bem feito. Você se livrou de um carro em ordem, de bom grado, e agora tem que andar por aí nessa lata-velha que nem sabe como dirigir. Você é tão burra que tentaria recolher mel com moscas. Nossa! Você é um caso a ser estudado.

O verdadeiro Nicholas não disse nada disso. Mas o Nicholas imaginário é uma amálgama de previsões realistas baseadas em coisas insensíveis que ele me disse no passado, então facilmente ouço sua voz dar vida a essas palavras. Não é justo ficar magoada ou com raiva por algo que ele nem disse, especialmente porque as ofensas que criei na minha cabeça são todas verdadeiras, mas saber que ele potencialmente *poderia* dizê-las – e que provavelmente as dirá – é suficiente para me fazer cair em um silêncio profundo do qual não saio pelo resto do trajeto até em casa.

CAPÍTULO DEZ

Já que ninguém jantou, nós dois fomos direto para a geladeira quando chegamos em casa. Ou alguma versão de casa. Ainda estou pensando nela como a casa de Leon, só que com as nossas coisas.

Somos recebidos pelas prateleiras vazias de nossa geladeira.

Um se apressa em culpar o outro.

— Você não foi ao mercado? — Ele pergunta, como era de se esperar.

— Você se esqueceu de ir ao mercado — respondo, como se já tivéssemos decidido que ele iria ao supermercado, mas se esqueceu disso. Então franzimos a testa um para o outro. Nossos métodos não são mais secretos. Nossos radares de merda estão bem ajustados.

Ele verifica o relógio do micro-ondas.

— Ainda dá tempo de você ir rapidinho até o posto de gasolina para comprar uma pizza congelada. — Ele me entrega as chaves.

— Eu estou completamente de boa de pizza. — Eu lhe devolvo as chaves. — Vá buscar alguns burritos. Quero de frango e queijo, não de carne e queijo.

Começamos a nos encarar. Estou lhe fazendo um grande favor por ficar aqui com ele nessa casa que provavelmente é assombrada, salvando-o de jantares péssimos com a mãe, no qual ela criticará cada garçom da maneira mais arrebatadoramente pessoal possível. – Vá comprar burritos, e serei legal com você para todo o sempre – digo.

– Vá comprá-los, e eu vou ser legal com *você* para todo o sempre.

Não vale a pena.

– Não.

– Não quer saber como é dirigir o jipe? Você vai gostar mais do que do seu carrinho. – Seus lábios se contraem. – É muito, *muito* melhor que o... ah... por qual carro você trocou o seu?

– É um monstro, e eu o amo como se fosse um filho. Além disso, não posso ir a lugar nenhum porque ainda estou abalada.

Não estou abalada, porque ficar longe de Deborah me revitalizou. Ele percebeu isso.

– Beleza. – Ele cede, analisando a geladeira de novo. – Vou preparar algo para mim, então.

– Eu também vou. – Abro os armários e espero em Cristo que haja uma refeição completa de Dia de Ação de Graças lá dentro. – Só para mim.

Ele pega migalhas de pão e ovos. Já vi isso antes: ele vai fazer palitos de muçarela empanados. A ideia é incrível.

Minha primeira ideia é fazer macarrão. Ele não gosta do meu espaguete? Então vou cozinhar o suficiente para um batalhão e encher cada pote de plástico que temos.

Nicholas me observa pegar a embalagem de macarrão.

– Vejo que ainda está brava com a coisa do espaguete.

– Não estou brava. – Apenas nunca mais vou me esquecer.

– Claro, claro. – Ele sorri, porque a ideia de conseguir me irritar o deixa tão feliz quanto vou me sentir quando ele perceber que eu comi toda a muçarela.

Procuro um pote de molho de tomate, mas não acho nada. Encontro um pote de plástico com o que sobrou do molho marinara da Benigno's e bastante ketchup, então mando ver e jogo tudo na mesma panela. Descubro que a caixa de espaguete contém apenas quatro unidades, então tenho que complementar com um resto de fettuccine sem glúten e farfalle integral e orgânico. Coloco tudo para cozinhar e penso que gostaria de morar com alguém menos preocupado com nutrição quando se trata de carboidratos.

– O que você está fazendo? – Ele tira sarro.

– Farfaccine.

– Isso nem existe.

– É meu prato favorito da vida. Eu falo sobre isso o tempo todo; não tenho culpa se você não presta atenção.

Ele revira os olhos e se dá as costas para fuçar na geladeira. Fico tensa, esperando. Por fim:

– Você viu a muçarela?

– Não.

Ele olha para a lata de lixo. Levanta a tampa e vê as embalagens de palito de muçarela amassadas. Putz.

– Maldito Leon – digo. – Aposto que ele guardou uma chave extra e entrou aqui sorrateiramente ontem à noite. Precisamos trocar as fechaduras.

Nicholas me encara, então despeja mistura do empanado na minha panela.

– Ei!

– Vai ficar horrível, de qualquer maneira.

– Não vai.

– Sua massa já está cozida demais. E você se esqueceu de mexer.

– Droga. – Eu me apresso em escorrer a água. Há grumos presos no fundo da panela. Qualquer coisa sem glúten já é atroz. Cozida, só piora. Enquanto estou mexendo o macarrão, o combo marinara-ketchup começa a borbulhar. Corro de volta e mexo, depois coloco um pouco de tempero. Por que choras, Jamie Oliver?

– Escolha interessante.

– Hã?

Nicholas bate em um dos frascos de especiarias que acabei de usar. Canela.

– Ah. Sim. – Não me abalo. – É o ingrediente secreto.

Nicholas ainda está procurando um substituto para a muçarela. Sem sucesso. Não temos nada. Ele desiste e olha meu macarrão com resignação.

– Farfaccine, hein?

– Um prato tradicional italiano passado de avó para avó. – Tem cheiro de esgoto a céu aberto.

– Talvez se ficasse mais cremoso? – Ele diz de modo prestativo. – Parece um pouco seco.

Estamos sem leite, então fazemos algo duvidoso e despejamos meia xícara de creme para café. Parece melhor depois, mesmo que o mau cheiro se intensifique. Nicholas se intromete e adiciona uma pitada de sal rosa do Himalaia.

O estômago dos dois está roncando. Despejamos uma concha disso em duas tigelas e cutucamos com o garfo para ter certeza de que não está mais vivo. Há tantas texturas estranhas em jogo. Nossa falta de suprimentos reflete nosso descuido, e o único lugar em Morris que faz entregas está fechado. Sou acometida por um pensamento: a Benigno's pode não chegar até aqui. Acho que eles só entregam dentro dos limites da cidade.

Morris é uma merda. Nicholas deveria ter aceitado aquele emprego em Madison.

Damos uma garfada depois de contar até três. Quero cuspir o meu, mas ele corajosamente mastiga e engole, então me obrigo a fazer o mesmo.

Nicholas pega mais.

— Essa é a pior coisa que já coloquei na boca.

Nicholas acha que balinhas de goma ardidas são alta gastronomia, então não tem autoridade para julgar o farfaccine.

— A couve-flor que você cobriu com molho buffalo e me disse que eram asinhas de frango — afirmo. — Aquilo foi a pior coisa que já coloquei na boca.

— Vai rolar uma obturação logo, logo pela quantidade de chocolate que você come e deixa armazenado nas bochechas como um esquilo, permitindo que lentamente corroam seus molares. Você estará de dentadura antes de completar quarenta anos.

— Você vai me acompanhar, amigo. Você e seus Skittles. — Não posso acreditar que ainda estamos comendo isso. Vamos acabar no pronto-socorro. — Minha língua está formigando. Isso é normal?

— Consigo sentir o gosto disso nas minhas cavidades nasais. *O gosto.* Não o cheiro.

Pego uma lata de água com gás, que dividimos. Os sabores não se harmonizam, então continuamos dentro do tema.

— Devemos marcar o dia de hoje no calendário e celebrá-lo comendo essa gororoba todos os anos — ele diz.

— Vou anotar a receita. Canela, migalhas de pão com ovo. Meu deus, nós usamos mesmo creme para café?

— Somos artistas. Ninguém é capaz de nos entender. — Ele sorve o molho, deixando um círculo vermelho ao redor da boca.

Ouço o barulho do cascalho e espiamos pela sala de estar. O motorista do guincho está aqui. Deve ter tido dificuldade de encontrar a entrada da nossa garagem, porque deveria ter chegado há quase uma hora. Tenho que correr para o andar de cima e me esconder se quiser preservar a ilusão de que isso nunca aconteceu.

— Falou! — digo ao desaparecer.

— Covarde! — Ele grita às minhas costas.

Nicholas me encontra na cozinha na segunda-feira de manhã aquecendo farfaccine no micro-ondas. Ele se recosta no batente da porta rindo, ajeitando as mangas da camisa. Está indo trabalhar. Hoje, a Ferro-Velho só ficará aberta do meio-dia às três, e Brandy e eu somos as únicas escaladas. Brandy mandou uma mensagem de manhã para dizer que Melissa se demitiu, e sinto como se fossemos as crianças na fábrica de Willy Wonka, todo mundo indo embora.

— Você está comendo uma porção de intoxicação alimentar, Naomi.

— Estou com fome. Me deixa.

Ele pega uma tigela para si e tira uma bola sólida do recipiente. O micro-ondas emite um bipe, mas eu adiciono mais três segundos no relógio. Quando ele apita novamente, coloco mais três segundos. Nicholas me deixa fazer isso mais duas vezes antes de me tirar do caminho com o quadril.

— Nós realmente precisamos ir ao mercado — digo a ele. — Não há nada para o jantar.

— Eu provavelmente vou jantar na casa dos meus pais hoje à noite. — Ele admira seu reflexo na porta espelhada do forno micro-ondas e passa a mão pelo cabelo. — Você não precisa ir.

Isso nunca foi uma escolha que eu pudesse fazer antes.

Tento não ficar mal-humorada.

— Tudo bem, então.

— Achei que você gostaria disso.

— Jantar sozinha? Aqui, solitária? Claro, esse é o meu sonho.

— Você não *quer* ir à casa dos meus pais — ele aponta em um tom impassível.

— Não, não quero. Mas acho que você deveria tentar ficar três dias sem ir lá.

— Você sabe como minha mãe fica. Principalmente depois que a dispensamos ontem à noite. Quero agradar a todos, mas não consigo, e estou sempre aquém aos olhos de alguém. Não me coloque numa situação em que tenha que escolher.

Nunca o obrigo a escolher, mas ele sempre faz isso comigo, de qualquer maneira, o que me coloca em uma posição que me obriga a ficar mal-humorada. Pressiono o botão para abrir o micro-ondas trinta segundos antes de a comida de Nicholas estar pronta, então vou embora.

– Muito legal.

Corro ao quarto para não ter que me despedir quando ele for embora, pensando no que vou fazer da minha vida. Verifico o celular para ver se tenho chamadas perdidas de empregadores em potencial, mas não há notificações porque ninguém me ama e eu sou um fracasso. Não recebi nem um e-mail de spam.

Fico no Instagram por cinco minutos antes de ter que largar o telefone porque a vida de todo mundo é incrível e a minha é um buraco negro. Tenho zero ofertas de emprego e um noivo além da conta, que vale por dez. Tenho um noivo odioso que é pior que a encomenda. Como vou me livrar dele? Não posso me casar com esse filhinho de mamãe.

Toda vez que imagino o casamento, começo a me coçar toda. Deborah vai querer nos acompanhar em nossa lua de mel e trocar minha cartela de anticoncepcionais por placebos. Quando o bebê Nicholas Deborah Jr. chegar, um dia chegarei em casa e encontrarei todos os pertences dela enfiados no quarto da direita. *Vim ficar com vocês,* ela vai dizer ameaçadoramente com um sorriso assustador, a cabeça girando completamente sobre o pescoço. *Para todo o sempre!*

Vou dar uma pausa no plano D e recuperar o impulso no plano A. Eu posso fazer isso. Posso convencer Nicholas a desistir sem envolver sua mãe. Não quero vê-la nunca mais. Penso em jantar sozinha hoje nessa casa vazia enquanto Nicholas devora um menu de três pratos preparado pela "mulher", com Deborah acariciando seu cabelo e dizendo como ele é especial. Não tenho dúvidas de que em algum momento de sua adolescência ela o submeteu a dançar em público com ela.

Não é possível escolher seus pais ou seus avós, mas é possível escolher os pais e avós de seus filhos. Ainda não tenho nenhum, mas acho que falharia em algum tipo de teste de moralidade se desse a eles Deborah como avó. É particularmente importante que meus filhos tenham parentes doces e atenciosos de um lado da família, porque não terão ninguém assim do meu lado. Meus pais são tão distantes e na deles quanto Deborah é sufocante e onipresente, e não demonstraram muito interesse nos desenvolvimentos da minha vida além de perguntar "Os casamentos não deveriam ser na primavera?". Eles nem me acompanharam no período em que eu estava entrando e saindo de butiques de noivas com Deborah e suas quatro amigas mais próximas, um momento que deveria ser importante entre mãe e filha. Ingenuamente, eu esperava ter um relacionamento próximo com a família de Nicholas, que me proporcionasse o senso de pertencimento caloroso, solidário e fundamentado que estou querendo há muito tempo. Tenho tanto amor pouco aproveitado dentro de mim, sem nenhum lugar para direcioná-lo.

Gosto do Nicholas que larga tudo e corre para me encontrar quando estou pirando no meio da rua. Aquele que coloca o casaco em volta dos meus ombros e come uma porção de intoxicação alimentar comigo. Mas não posso ficar esperando pelo aparecimento ocasional desse Nicholas, que deixa em seu lugar uma versão diferente com a qual terei que lidar com frequência: o homem que me abandona de várias maneiras para acalmar sua mãe exigente.

Esse é o Nicholas em que preciso concentrar minha energia. Não posso me permitir esquecer.

É dia 12 de novembro, e tenho que admitir que Nicholas está melhorando no jogo. Tenho mantido a pontuação em um novo documento no meu computador. Às vezes me pego encarando-o com muita objetividade e, desse ponto de vista, somos crianças imaturas que precisam resmungar desculpas forçadas um para o outro e dar as mãos para fazer as pazes. Nem preciso dizer que tento ser o menos objetiva possível.

A semana passada ficou assim:

Ponto Naomi: aniversário pirata, hahaha
Ponto Nicholas: foto do Instagram
Ponto Naomi: Brownie
Ponto Nicholas: Brownie
Ponto Naomi: pasta de dente
Ponto Nicholas: sapatos
Ponto Naomi: sapatos
Ponto Nicholas: calcinhas

Pensando bem, é tudo culpa de Deborah.

No dia em que Nicholas me abandonou para ter uma Noite de Diversão em Família na casa dos queridos sr. e sra. Rose, ele trouxe para casa um conjunto feio de saleiro e pimenteiro que Deborah lhe deu. São bebês de porcelana. Se você já viu um bebê em uma pintura medieval, sabe que eles parecem demônios. Têm o rosto assustador de velhinhos e o pescoço dobrado em ângulos não naturais.

Os bebês saleiro e pimenteiro de Deborah são exatamente assim. Tive calafrios quando os vi. Estava pronta para enterrar o presente dela no fundo de um armário, quando Nicholas disse:

– São uma herança de família! E se minha mãe vier nos visitar e quiser ver onde os colocamos? Temos que mantê-los na mesa.

E eu disse:

– Você está de brincadeira? Essas coisas são repugnantes.

De qualquer forma, acabei enfiando um deles embaixo do colchão de Nicholas. O calombo era discreto o suficiente para me fazer pensar que ele não perceberia que *havia* um calombo, só sentir as costas doloridas pela manhã. Se eu tivesse escondido os dois, Nicholas notaria algo de diferente, então mantive o bebê feio pimenteiro na mesa da cozinha e joguei uma luva de forno sobre ele.

No dia seguinte, o saleiro estava de volta à mesa, onde eu claramente não queria que estivesse. Eu ainda estava fumegando de raiva quando saímos para jantar no Para a Prancha!, um restaurante de frutos do mar. Fingi que estava indo ao banheiro para poder dizer a um garçom que era o aniversário do Nicholas. Perguntei se poderiam cantar parabéns para ele, o que eles fizeram, enquanto Nicholas teve que usar um chapéu de pirata de três pontas e quase desmaiou de vergonha. Numa *live* do Facebook. (Foi INCRÍVEL – eles puseram nele um babador de lagosta que tinha um pequeno papagaio de plástico no ombro, e quando ele apagou a vela de seu cupcake todos gritaram "Solte este Arrr" – Risos eternos).

Pensei *Ok, estamos quites agora.* Mas não! Acordei com uma notificação no Instagram. Ele postou uma foto minha que tirou quando eu estava desmaiada no sofá. Está brutalmente ampliada para que se possa contar todos os meus poros, e não estou nem um pouco bonitinha. Há um fio de baba de quinze centímetros escorrendo da minha boca aberta, brilhando na meia-luz. Ele deixou a foto em preto e branco e a legendou com três corações e a frase *"Não tenho sorte? Posso contemplar essa maravilhosa obra de arte todos os dias."* #IstoSimÉVida #CasadoComMinhaMelhorAmiga #BeijoDeAmorVerdadeiroDeUmRose.

Essa foto recebeu mais comentários do que qualquer coisa que eu já postei, e, quando penso nisso, quero ver o sangue dele pingar em um penico. Quero que coagule e vire uma gelatina que despejarei sobre um bolo de limão, que vou consumir com utensílios esculpidos na pedra que ocupa o lugar do coração dele.

Meu próximo passo não foi premeditado. Eu estava voltando do trabalho quando vi um cachorrinho caramelo no meio-fio lambendo a caixa de papel de um sanduíche Whopper Jr. Ele não estava de coleira e não havia residências por perto, então presumi que fosse um vira-lata sem dono. Qualquer um pensaria isso! Quando o peguei no colo e lhe dei muitos carinhos, ouvi a voz de Nicholas em minha cabeça: *Nem pense nisso.*

Eu pensei em *muitas* coisas. Essas coisas pensaram em outras coisas.

Levei-o para casa e preparei um hambúrguer para ele, já que não tínhamos ração e ele parecia gostar de hambúrgueres. Ele adormeceu no meu colo. De acordo com a Internet, ele é provavelmente uma mistura de Jack Russell terrier e beagle. Decidi chamá-lo de Whopper Jr. e passei a amá-lo mais do que amei qualquer humano que já conheci. Quando Nicholas chegou em casa, ele me encontrou carregando Whopper Jr. em uma das belas camisas sociais dele, que eu tinha transformado em um *sling,* como os de bebê. Ele disse "Ah, meu DEUS, onde você pegou isso?", e eu disse: "Você vai ser papai! Ele se parece com você!", e Whopper Jr. espirrou na camisa listrada. Foi tão fofo!

Nicholas não se importou com a fofura do cachorro. Só sabia dizer que teríamos que castrá-lo, dar vacinas e implantar um chip nele, além de: *Fique sabendo que comida de cachorro não é barata,* blá blá blá. Whopper Jr. fez xixi no casaco Sherlock Holmes de Nicholas (a culpa foi dele por deixar o casaco no chão), que FICOU PUTO DA VIDA.

Infelizmente, Whopper Jr. na verdade era Brownie e tinha escapado de seu quintal. No dia seguinte (depois que o cachorro e eu passamos a noite toda nos afeiçoando um ao outro e depois de eu tirar mais de cem fotos dele dentro de cestas e usando chapéus e óculos escuros,), Nicholas trouxe para casa um cartaz que arrancou de um poste de rua que mostrava a carinha adorável do meu novo cachorro, cercado por três crianças sorridentes. Ele devolveu Brownie aos donos por mim, porque eu estava muito abalada para fazer isso, e quando voltou ao carro, seus olhos estavam vermelhos. Ele já tinha se apaixonado pelo cachorro.

– Devemos adotar um cachorro de um abrigo – falei.

– Agora não é o momento de pegar um animal de estimação.

Algo péssimo de ser parte de um casal: seu parceiro tem poder de veto e não é possível simplesmente deixar a vida te levar. Não existe licença para ter filhos ou animais de estimação, a menos que ambos estejam de acordo. Você pode querer um cachorro mais do que qualquer coisa no mundo inteiro, mas se seu parceiro disser não, não tem como.

O que nos leva à porcentagem de casais em que um solta os cachorros em cima do outro.

Substituí nossa pasta Sensodyne recomendada pelos dentistas por creme dental de carvão ativado, o que me rendeu uma bronca incrivelmente gratificante. Ele chegou dez minutos atrasado ao trabalho naquele dia porque teve que me dar um sermão sobre a pasta de dente de carvão, que acha que não faz bem. "Não acredito nisso", é assim que ele diz. Como se estivesse falando sobre o coelhinho da Páscoa. Quando comecei a rir, ele ficou ainda mais furioso. "HIGIENE DENTAL NÃO É BRINCADEIRA, NAOMI."

Em retaliação, ele escondeu todos os meus sapatos, o que me obrigou a usar chinelos a um brunch que Brandy e eu fomos juntas. Para me vingar dele, peguei os sapatos sociais que ele usa todos os dias para ir trabalhar, dei um nó apertado nos cadarços e depois tasquei supercola no meio de cada laço. Vê-lo ficando cada vez mais irritado ao tentar desamarrar os cadarços foi para a lista de melhores cinco momentos da vida de Naomi Westfield. Não me arrependo, mesmo que ele tenha pregado todas as minhas calcinhas no teto do meu quarto com um grampeador de tapeceiro.

A Ferro-Velho está oficialmente fechada e eu estou oficialmente desempregada, então não tenho mais motivos para sair da cama de manhã exceto sacanear Nicholas. A empreitada absorveu cem por cento da minha atenção. Sinceramente, se não fosse pela perspectiva de irritá-lo, eu provavelmente estaria mergulhada em uma profunda depressão agora.

Penso nisso enquanto coloco a mão do meu noivo adormecido em uma tigela de água morna e saio do quarto na ponta dos pés.

Dez minutos depois, ouço um grito fabuloso. Sorrio e remexo meus cereais com a colher. Vai ser um grande dia! Verifico meu telefone pela quinquagésima vez em uma hora, esperando ver uma chamada perdida – um recado da Print-Rite, uma papelaria em Fairview procurando por uma recepcionista para trabalhar quatro dias por semana, seis horas por dia. O salário é uma piada, mas pelo menos não estão pedindo que eu tenha mais de quinze anos de experiência em secretariado e um diploma universitário. Não sei dizer quantas posições de nível básico tenho achado no jornal, me enchendo de esperança e, quando ligo para eles para obter mais detalhes, acabo ouvindo que preciso de um doutorado e meio século de experiência naquela área específica.

Basta dizer que a busca por um emprego não está indo tão bem. De vez em quando Nicholas faz um comentário baixinho sobre as inúmeras oportunidades de trabalho que existem em Madison, e como nossa vida estaria diferente se ele tivesse aceitado aquele trabalho, e isso me enche de um desejo teimoso de provar que ele está errado. Eu *vou* encontrar um trabalho aqui. Vou alcançar a realização. Ficarei tão realizada que ele vai enlouquecer.

Nicholas entra na cozinha segurando uma tigela vazia. Parece perturbado.

– Algo errado? – ronrono.

– Eu não me mijei, se era isso o que você esta mim! Esqueça que estou va esperando. Mas derrubei a tigela enquanto dormia e ela caiu em cima do meu celular. – Ele me mostra a tela do telefone, mais destruída do que meu coração.

Ah, merda.

– Eu não tenho nada a ver com isso – digo rapidamente.

– Eu tinha tudo no meu celular! Todas as fotos, meus contatos. Informações importantes.

– Não está sincronizado com o seu computador? Você deve conseguir... – começo a fazer a pergunta, mas o olhar sombrio de Nicholas me cala.

– Isso passou dos limites, Naomi.

– *Este* é o limite? Acho que trazer o animal de estimação de outra pessoa para casa foi pior do que isso, para ser sincera.

Ele parece uma avalanche de pedras, destruindo toda a casa. Sobe ao segundo andar e pega algumas roupas limpas do cesto, que ainda não dobrei e guardei porque estou extremamente ocupada checando o telefone em busca de ligações perdidas de empregadores. Não tenho tempo para separar meias. Minha carreira está em jogo.

Ele entra no banho, e eu e todos os fantasmas que moram aqui ouvimos metade de uma discussão que ele provavelmente acha que está ganhando. Algumas reclamações são válidas, mas eu grito em protesto de qualquer maneira. Ele está ainda mais irritado quando reaparece. É uma pena que nada de divertido tenha acontecido com o truque da água morna; morro de vontade de experimentar esse desde criança e devo dizer que estou decepcionada.

– Eu não acredito nas coisas que você faz – ele diz, balançando a cabeça.

– Você está bravo demais para alguém que nem fez xixi nas calças. Qual é o problema?

Ele mostra a tela espatifada do telefone para mim. Ah, certo. Já tinha esquecido. O fato de eu ter esquecido e estar calmamente comendo o meu cereal é demais para ele. Nicholas estende a mão e bate na caixa de cereal, como um gato rancoroso. Chove Froot Loops na mesa.

– Ei! – Eu me levanto. A cozinha está uma bagunça agora (*só* faz quatro dias desde que varri) e tudo o que resta na caixa de cereal é um pouco de pó colorido. – Você desperdiçou a caixa inteira! Como vou tomar um café da manhã equilibrado amanhã de manhã?

– Você não merece um café da manhã equilibrado amanhã de manhã! Pode comer torradas sem manteiga e pensar no que fez. – Seus pés parecem blocos de concreto enquanto ele marcha para pegar a carteira e as chaves.

Ainda estou paralisada de surpresa, meio de pé, meio agachada.

– Mas meus nutrientes!

– Você acha que eu me importo? – Ele grita de outro cômodo. – Você colocou minha mão em uma tigela de água morna.

Sério, isso não é tão ruim quanto pegar o cachorro de outra pessoa. Eu roubei uma *criatura viva*. Que faz parte da *família* de alguém. Não fiquei tão irritada assim quando tive que arrancar minhas calcinhas do teto, apesar dos furos que ficaram em todas as minhas favoritas. Nicholas é um bebê gigante.

– Mas nem deu certo! – grito de volta. Segundo o que ele me disse. Não estou totalmente convencida de que não tive sucesso, tendo em vista a maneira com que ele está reagindo. Vou inspecionar a montanha de roupas sujas empilhadas ao lado da máquina de lavar. A porta da secadora está escancarada, e daria para ver o acúmulo de fiapos do espaço sideral. Reconheço a penugem turquesa de uma blusa que ele só usa nas Visitas à Mãe.

Que inferno.

– Limpe o filtro da secadora ou eu vou literalmente, de verdade, matar você – ameaço. – Com um machado. Seu sangue vai jorrar nas paredes. Há um milhão de lugares para esconder um cadáver aqui.

— Ai, meu Deus, por favor, faça isso — ele responde. — Mate-me e acabe com o meu sofrimento.

— Minha raiva é muito mais justificada do que a sua. Você só está bravo com seu telefone, o que não é minha culpa. Digo a você desde sempre que é uma ideia idiota deixar o telefone no chão ao lado da cama durante a noite.

Nicholas se materializa na cozinha, a um metro de distância de mim. Parece que quer me empurrar por um longo lance de escadas e tenho certeza de que esse medo fica estampado em meu rosto. Eu me sinto viva e alerta, a adrenalina correndo em minhas veias. Tudo está desmoronando tão maravilhosamente, espero.

— O cabo é curto! É por isso que tenho que deixar o telefone no chão. Ele não chega na mesa de cabeceira porque meu cabo não é comprido o suficiente.

Nem preciso fazer uma piada imatura, porque meu sorriso já diz tudo. Ele joga as mãos para cima.

— Deus! Às vezes é como se eu estivesse noivo de uma criança de dez anos.

— O que isso diz sobre você? — pergunto.

— Pare de me distrair. Estou atrasado. De novo. — Ele me encara como se fosse minha culpa ele ter grampeado minhas calcinhas no teto e me obrigado a revidar. — Pare de me fazer chegar atrasado ao trabalho. Entendo que você esteja amargurada porque eu ainda tenho um emprego e você, não. Mas descarregue a raiva de outra forma.

Eu cuido para que ele me veja olhando para a marmita dele quando respondo:

— Pode apostar.

Rosnando, ele joga fora toda a sua comida (na qual eu nem mexi, mas o fato de que ele não pode ter certeza é um ponto para Naomi) e põe o casaco. Ele não se barbeou e seu cabelo está parecendo um ninho de pássaro porque ele se esqueceu de penteá-lo com pomada depois do banho. A minha maior esperança na vida agora é que ele não se lembre disso, para que tenha um vislumbre de seu cabelo bagunçado no espelho do banheiro depois de almoçar e queira socar uma parede. As duas recepcionistas intrometidas da Só Ria, Nicole e Ashley, vão sussurrar que ele está tendo "problemas no paraíso".

HAHAHAHA.

Ele balança a cabeça, abotoando o casaco.

– Você é tão... – As palavras não são adequadas para transmitir seus sentimentos, então ele rosna baixo. Está tão bravo que erra os botões, a pele queimando da raiz do cabelo até a gola.

– Eu sou tão o quê?

– Incrivelmente egocêntrica. – Ele caminha de costas até a sala de estar, perfurando-me com o olhar. Ainda não percebeu que esqueceu de seus produtos de capilares e que seu cabelo vai secar ao vento e se transformar no penteado de um videoclipe dos anos 1980. O ar frio e seco não será gentil. Sorrateiramente verifico o lado de fora. Está ventando muito. Alguém lá em cima me ama.

– Egocêntrica? – Repito do jeito mais agudo que consigo. Que calúnia! – Você tem ideia de quantas pulseiras da Livestrong em prol da caridade eu já tive? Ah, e parei de matar abelhas! O que *você* tem feito de bom?

Eu o sigo até a porta. Ele a fecha com força, mas eu a abro novamente, sorrindo enquanto ele sai batendo os pés. As folhas nunca foram pisadas com tanta força. Percebe tarde demais que algumas das folhas ocultavam uma poça e uma série de xingos sai de sua boca quando ele inspeciona a bainha encharcada de suas calças.

– Se você tivesse usado do bom senso, não teria molhado a cama, não é?

– Se eu tivesse usado do bom senso – ele grita, entrando no carro –, nunca teria te pedido em casamento!

A observação é um golpe direto no meu orgulho. É mais afiada do que parece, passa do alvo e se aloja alguns centímetros mais fundo. Cruzo os braços.

– Ah, cale a boca. Qualquer um se sentiria sortudo se estivesse comigo. Sou um troféu.

– Você é o troféu de plástico que dão aos perdedores.

Ele se dá conta de que ofendeu a si mesmo e bate a cabeça no volante.

– Boa sorte! – grito mais alto do que o barulho do motor. – Tenha um ótimo dia, querido! Tente não pensar em como todo mundo está reparando naquela espinha no seu queixo.

Através do para-brisa, ele me mata com os olhos. Toda a sua alma está concentrada em suas íris, e elas têm a cor do ódio. Queriam desesperadamente ter poderes telecinéticos para conseguir me lançar pelos ares, furando o tecido do nosso universo e acabando em a outro. Espero que seja um universo paralelo com outros Nicholas e Naomi. Quero torturá-lo em dobro.

Estou tão ocupada sonhando em me unir à minha versão do universo paralelo com propósitos malignos que não noto que ele está dando a ré, pronto para atingir a árvore que cresce torta. A árvore do Charlie Brown. Jason.

Ele avança sobre Jason e recua novamente. Ramos fracos estalam e se quebram. A temperatura é de cinco graus negativos e estou do lado de fora com uma regata e um velho calção de Nicholas que peguei para mim há muito tempo. O rímel de ontem gruda meus cílios e minha bochecha tem a marca do meu relógio de pulso. Deveríamos aparecer naqueles programas com barracos em família. Eu inalo metade do oxigênio de Morris e grito:

– NICHOLAS ROSE, SEU MERDA IMPERDOÁVEL!

Ele arqueia uma sobrancelha para mim. Então, para testar meus nervos, para o carro e acelera. Tento traduzir pelo olhar exatamente o quão morto ele vai acabar se passar por cima de Jason mais uma vez. Pobre Jason. Está tão torto que outro golpe vai acabar com ele.

Nicholas sorri. Então seu jipe avança, arrancando Jason pelas raízes.

Nicholas e eu somos uma parábola sobre não dar vazão às frustrações. Temos infligido uma violência silenciosa em nossos próprios sentimentos, confinando-os em espaços minúsculos com apenas uma pitada de oxigênio, fermentando-os em uma mistura feia e incompatível com o amor. Sentimos o vidro tremer com o aumento da pressão, mas continuamos sofrendo e disfarçando com sorrisos.

Olho para seu rosto presunçoso e estúpido, e BUM. A garrafa entra em combustão, liberando estilhaços de palavras na forma de disparates berrados.

– O que você disse? – Ele leva uma mão atrás da orelha. – Foi... *o que você ganha* por destruir as minhas coisas?

– Eu não quebrei o seu telefone de propósito! Você sabe quanto EU AMO ESSA PORRA DE ÁRVORE IDIOTA.

Ele joga a cabeça para trás e ri, mais do que já riu de qualquer coisa: uma risada afiada e surpresa e salpicada com os suspiros necessários para tomar fôlego. Acho que vejo uma lágrima escorrendo por seu rosto rosado. Quero atirar uma pedra nele, mas não consigo me mexer, estou tão fascinada por essa estranha e magnífica nova risada. O capô de seu carro brilha ao sol, que reflete no diamante espalhafatoso em minha mão esquerda e ilumina meus olhos. Odeio essa maldita aliança. É um símbolo de posse, de amor e eternidade, declarando ao mundo que fui dominada. O homem que me deu o anel ainda está rindo, refletido no espelho lateral enquanto desaparece de vista, cruzando nossa fronteira sem lei de volta ao mundo real do qual estamos tão distantes.

CAPÍTULO ONZE

Nicholas não está mais rindo quando entra pela porta no fim do dia. Estou descansando no sofá usando meias de pés diferentes e com um pirulito de cereja na boca, zapeando com os olhos vidrados. Ele está bravo e pronto para a briga, enquanto estou prestes a cochilar. Tenho meio segundo para me igualar ao nível em que ele está se quiser me dar bem nessa luta que estamos prestes a travar.

Excelente. Estava ficando chato por aqui.

Ele se coloca entre meus pés, com os olhos brilhando. Seu cabelo deveria estar horrível, mas está chovendo, então infelizmente acabou ficando de um jeito bem sexy, caindo em ondas úmidas e brilhantes por sua testa. Estreito os olhos e mordo o pirulito com força.

– O que foi? – pergunto.

– Me passa seu telefone.

Emito um som como *Ah!*

– O quê? Não.

– Você estragou o meu, então é justo que eu fique com o seu.

– Eu não estraguei seu telefone, tonto. Não faço ideia de como deixou uma tigela cair sobre ele. Talvez devesse parar de colocar tigelas na cama.

Ele tateia meus bolsos, o que me faz sentir cócegas e rir.

– Cadê?

Eu o empurro, mas ele começa a agarrar as almofadas do sofá. Fiz um belo ninho de bombons de chocolate com manteiga de amendoim, cobertores, embalagens de Kit Kat, o prato descartável que usei para comer uma torta doce no almoço e dois relógios de Nicholas. Eu estava gradualmente removendo partes da pulseira para deixá-los mais apertados, mas esqueci de colocá-los de volta no quarto dele.

– O dia todo! – Ele exclama. – O telefone continua tocando, mas não consigo recusar as ligações. Minha mãe não consegue mais falar comigo no celular, então para onde acha que ela liga agora?

– Espere, vou adivinhar.

Ele não me deixa adivinhar. Grosso.

– Para o consultório! E não no meu ramal pessoal, já que está configurado para cair na secretária eletrônica. Ela está ligando para a recepção sem parar para falar sobre cada maldito pensamento que surge em sua cabeça. Não era tão ruim quando meu celular funcionava, porque podia deixar a ligação cair na caixa de mensagens e responder por mensagem. Rápido e simples. Mas não! Em vez disso, ela faz Ashley me interromper a cada cinco minutos, chorando porque sabe que não deveria me interromper por bobagens sem importância como essa, mas minha mãe não lhe dá escolha. *Dr. Rose, sua mãe quer que eu envie a ela uma cópia da sua agenda para que ela possa anotar a que horas você vai levá-la às compras neste sábado. Dr. Rose, sua mãe está na linha novamente. Ela precisa que você vá à casa dela depois do trabalho e diga ao seu pai que ele precisa consultar um médico a respeito de um cisto nas costas. Dr. Rose, sua mãe quer saber se você terá tempo durante o horário de almoço para comprar aquelas nozes que você levou para a ceia de*

Natal na casa dela em 2011. A Joyce, uma amiga dela, precisa delas o mais rápido possível.

– Parece que o dr. Rose teve um dia agitado – digo dando risada.

– Isso me faz parecer pouco profissional na frente de todos! Posso perder pacientes por causa disso.

– E ainda assim você está brigando comigo em vez de, digamos, com a pessoa que passou o dia ligando para o seu escritório? – Coloco um bombom na boca e lanço a ele um olhar de *Sim, eu sou muito mais razoável do que você.*

– Eu espero que você seja mais sensata que ela! Você sabe que minha mãe não entende. Tentei dizer que ela não poderia ligar para a recepção a menos que fosse uma emergência, mas tudo é uma emergência para ela.

Ele rosna, despenteando os cabelos. Está vestindo seu blazer azul-marinho e uau, o efeito é incrível. Seus olhos são negros como os do demônio, e não desgosto do fato de que ele tenha deixado a barba por fazer. Nicholas tem um maxilar muito bonito; quando está levemente sombreado como está agora, junto com a armação cinza-ardósia de seus óculos, ele me lembra um professor de literatura inglesa atormentado que acabou de chegar ao fundo do poço.

Percebo neste exato momento que *professor de literatura inglesa atormentado que acabou de chegar ao fundo do poço* é o meu tipo específico. Ele nem me nota porque está ocupado procurando meu telefone em meio a um mar de papel de doces.

O momento inapropriado da minha epifania é um clássico de Naomi Westfield. Se Nicholas soubesse o que estou pensando agora, ficaria tão frustrado comigo que provavelmente pegaria um avião para sair do país.

– Seu primeiro erro foi esperar que eu fosse a pessoa sensata – respondo. – Deborah o perturba vinte e quatro por dia, todo o santo dia, e você a enche de atenção. Funciona! Sabe o que não funciona? Ser compreensiva o tempo todo e dizer "O que você quiser, querido. Ande por cima de mim! Esqueça que estou aqui." Ser a pessoa mais sensata lhe dá a permissão de sempre colocar meus sentimentos em segundo lugar. Eu tenho que ser *compreensiva*, tenho que ser *paciente* e manter minha boca fechada enquanto você mima sua mãe. Então vou mudar de tática, porque continuar fazendo o que venho fazendo esperando resultados diferentes é burrice. O método de Debbie funciona. Ser uma chata de galocha funciona. Talvez eu devesse começar a ligar para a clínica também.

Veja a facilidade com que virei a questão para ele. Uma das minhas melhores improvisações! Acho que todo esse ar puro da floresta e horas ininterruptas para planejar a ruína dele aumentaram minhas habilidades de ser má. Eu me sinto divina. Viver no mato é uma forma de autocuidado, de fato.

Sua boca se abre, pronta para a réplica, mas ele é interrompido por um zumbido baixo. Meu telefone está no modo silencioso, mas acabei de receber uma notificação. Nós dois olhamos para a lareira, onde meu telefone está Carregando. Nós dois corremos.

Estou enrolada em cobertores, e os dois segundos que preciso para me desvencilhar são cruciais. Ele já está ao lado da lareira quando me liberto, fechando a mão sobre a tela escura. Uma pequena luz verde pisca. Um e-mail? Uma mensagem de texto? Pode ser a resposta da Print-Rite sobre o emprego, e o conteúdo do meu estômago se agita descontroladamente quando analiso o meu histórico. Tenho cem por cento de negativas e zero por cento de positivas. *Você é promissora, mas não é bem o que estamos procurando neste momento. Você é boa, mas não o suficiente.*

Se estou a um milímetro de atingir o objetivo, falhar se torna ainda pior. Prefiro ouvir *Você não chegou nem perto. Nós nunca, nem por um segundo, consideramos contratá-la.* A ansiedade bate com força e meu cérebro se parte, os pensamentos se espatifando em uma centena de direções. Estou me afogando no ar e meu corpo queima, uma reação física que tenho que esconder. É um não. Sempre vai ser um não.

As chances não são de uma em dez, em cinquenta ou qualquer outra proporção na qual possa me agarrar com otimismo. As probabilidades são as seguintes: certamente acabei de ser rejeitada por alguém. Não posso deixar Nicholas ver um e-mail de rejeição. Não posso deixar que ele contabilize minhas falhas e anuncie o número em voz alta. Ele não entende o que é não conseguir o que se quer; ele é uma daquelas pessoas que acreditam que, se você trabalhar bastante, é possível conquistar qualquer coisa.

Para ele, eu sou uma preguiçosa sem ambição o suficiente e que, mesmo quando *quero* algo, eu reprimo o desejo para aliviar a inevitável decepção. *Baixo desempenho.* É um pecado mortal para um Rose e a raiz de todos os meus problemas. Tenho certeza de que falam isso de mim pelas minhas costas.

O que ele não sabe é que eu tento, e depois escondo meus fracassos. É uma das razões pelas quais não consigo odiá-lo por completo quando ele faz piadas sobre eu não ter ido para a faculdade: ele não sabe que eu tentei. Ele não estava lá quando rasguei as cartas de rejeição, prova de que meu os pais estavam certos e que eu deveria ter me concentrado mais em estudar do que em trocar bilhetinhos durante as aulas.

Isso foi antes de me fortalecer e mudar minha atitude com o único mecanismo de enfrentamento disponível. Quem precisa de um diploma, afinal? Eu não. Estou feliz por não ter feito faculdade. Olhe para todos esses otários com empréstimos estudantis, endividados até a testa e sem conseguir emprego.

– Me dê isso! – grito, chutando-o atrás do joelho.

Ele segura o telefone fora do meu alcance. Odeio quando ele faz isso, usa a altura como vantagem contra mim.

– Vou pegar emprestado até arranjar um novo. É o justo.

– Devolva! – Eu salto, tentando pegar, mas não consigo. – Ele é meu!

Ele franze os lábios. Os olhos desconfiados observam meu rosto corado e minha voz estridente.

– Por que está com tanto medo de me deixar ver seu telefone?

– Eu não estou com medo. – Ele percebe que estou mentindo, tenho certeza. – Me dá. – Pulo desesperadamente, mas não adianta. Ele é muito alto e estou presa em um tipo de ciclo de Benjamin Button: sinto diminuo a cada salto. – Estou falando sério, Nicholas. Lamento que sua tela tenha se quebrado. Vou te dar um novo telefone. Desculpa, tá? Mas me dá.

Sua expressão se torna absolutamente letal. De perto, vejo meu próprio rosto aterrorizado impresso em ambas as suas pupilas, dois espelhos pretos. Vejo o que ele está vendo.

– Você acabou de receber uma mensagem de alguém? – A voz dele está calma, mas é tão afiada que pode perfurar uma artéria sem pressionar.

– Não. Por que você acha isso? Me dá o telefone. – Estendo a palma da mão com expectativa e projeto o máximo de autoridade possível na ordem. – Agora.

Suas narinas se dilatam.

– É *dele,* não é?

– Quem? Do que você está falando? – Balanço a cabeça, retrucando. – Me dá! Estou falando sério. Isso é meu e tirá-lo de mim é ilegal.

O olhar de Nicholas desliza para o meu telefone e seu polegar se move, como se fosse tocar na tela e exibir minhas notificações. Eu surto muito mais do que a ocasião pede e, quando me dou conta, estou pendurada nas costas dele. Meus braços envolvem seu pescoço, o que me deixa mais perto do alvo, mas Nicholas está se contorcendo para se livrar de mim.

– Me dá! – grito. – É meu! – Perco toda a noção de quais palavras estão saindo da minha boca e quais estão explodindo não verbalmente em meu cérebro frenético. – Faça o que eu digo, senão...

Nicholas recua contra uma parede. Não faz isso com suavidade. Puxo o seu cabelo e ele gira, caindo de costas no sofá. É um movimento que ele não deveria ter feito, porque prendo meus braços e pernas ao redor dele com muita força e ele agora parece uma tartaruga de casco para baixo. Gasto uma quantidade de energia preciosa lançando-o para fora do sofá, de bruços no chão, e me deleito com meu instante de triunfo antes que ele comece a revidar.

— Sai fora! — Ele nos faz rolar, mas eu sou briguenta e acumulei energia o dia todo comendo bombons e vendo *reality shows*. Ele está estressado. A mãe dele ligou cinquenta vezes para o escritório. Tenho uma vantagem sobre ele.

Agora estou montada sobre ele com as mãos em seu pescoço.

— Me dá meu celular!

Ele joga meu telefone na poltrona do outro lado da sala. Penso em mergulhar para pegá-lo, mas meu cotovelo ainda dói por Nicholas ter me prensado contra a parede, então puxo sua camisa sobre seu rosto como um valentão da quinta série e belisco seus mamilos. Ele grita.

Sem enxergar, ele luta para liberar seus braços e entorta seus próprios óculos quando puxo sua camisa para baixo. — Pare quieto! — mando.

— Eu mereço ganhar essa.

— Você merece piolhos. — Seu rosto está vermelho e ele está sofrendo mais do que gostaria de admitir. Sou tomada de poder ao perceber que sou realmente uma oponente de peso.

— Você me prensou na parede de propósito.

— Não foi, seu pequeno duende. — Eu pulo sem parar, o que o faz estremecer. — Você não é um duende, na verdade. Você é uma impostora que assumiu o lugar daquela garota legal que eu conheci.

— O nome dela era Naomi, não era? — digo, inclinando a cabeça. — Que pena dela.

— Sim. Uma pena para nós dois.

– Você nunca mais a verá. – Eu me contorço para me posicionar melhor, e um choque de surpresa toma conta de mim quando descubro que ele está duro.

Todo o ar sai dos meus pulmões e começo a rir.

– Ai, meu Deus, *por quê?*

Suas maçãs do rosto queimam.

– Sua blusa é decotada e você está se contorcendo em cima de mim. O que você quer?

Quero que ele seja obstinado em sua missão de acabar comigo, é o que eu quero. Estou impressionada com a capacidade que os homens têm de pensar em vingança e sexo ao mesmo tempo. O que considerei um confronto selvagem tipo MMA foi mais como preliminares para Nicholas. Eu deveria saber disso. Os homens são um lixo.

Quanto mais rio, mais me esfrego involuntariamente nele, e mais intensos seus olhos ficam. Ele está incrivelmente excitado e absolutamente furioso por causa isso. Nesse momento, tenho mais controle sobre seu corpo do que ele. A deliciosa sensação de poder me entorpece.

Suas mãos se erguem e me pegam pelas costelas. Tenho aproximadamente um segundo para me perguntar se ele vai me beijar ou me matar quando ele começa a me fazer cócegas. Minhas mãos ainda estão em torno de seu pescoço, mas quando ele cutuca todos os meus pontos fracos é como apertar um botão de ejeção. Eu caio de lado, debatendo-me incontrolavelmente.

– Ah, pare! – Eu suspiro. – Sou muito sensível!

– É mesmo? Não imaginava isso. – Ele está se vingando de mim por deixá-lo excitado e envergonhado.

Chuto sua canela e me afasto, fazendo uma pausa para pegar meu telefone. Ele agarra meu tornozelo e me puxa para trás, mas o movimento suave de deslizar pelo chão contra a minha vontade é como andar em um brinquedo de parque de diversões e, em vez de me irritar, apenas me faz rir.

Paro de rir quando Nicholas me imobiliza. Seu cabelo está pendendo de ambos os lados do meu rosto, e sinto o sopro de sua respiração em meus lábios. Ele fica muito quieto, apenas me observando, o mais perto que esteve de mim em muito tempo. Meu corpo se lembra dele e estremece.

Seus olhos estão tão intensos que acho que consigo ver neles o inferno. Para alguém cujo olhar tem o poder de comprimir almas em diamantes e, por sua vez, diamantes em pó, é estranho pensar que sei que sua língua teria gosto de açúcar. Ele é o garoto-propaganda do xarope de milho rico em frutose e eu quero dar uma mordida nele. Rasgar sua embalagem brilhante. Contar quantas das minhas marcas de dentes encontrarei.

O ar está rarefeito como no topo de uma montanha.

– Você é um demônio – digo a ele.

– E você tem sido um fantasma – ele sussurra.

Preciso recuperar minha vantagem, mas sou menor que Nicholas. Uso uma das únicas armas à minha disposição: a surpresa.

Coloco a mão entre suas pernas e dou uma pegada firme, nada desagradável. Seus olhos se arregalam, e a reação involuntária de dilatação da pupila é fascinante. No tempo que ele leva para piscar, uma galáxia de cores passa por suas íris: jade e marrom e toda a paleta de azul, da chuva de verão ao reflexo do luar à meia-noite nas ondas do oceano.

Eu o faço rolar de costas antes que ele possa registrar o que aconteceu.

– Esse é o seu ponto fraco, bem aqui – digo de modo provocante. Aperto minhas coxas sobre ele, que morde os lábios. – Você deveria estar bravo, não excitado.

– Eu posso estar os dois. Você não manda em mim.

– Eu me acostumaria fácil com esse Nicholas – digo, brincando com ele. – Você está mesmo presente. – Diferente do jeito que esteve nas últimas vezes em que dormimos juntos, mal olhando para mim. Ele odeia quão animado está agora e não consegue decidir qual emoção quer deixar assumir o controle. Para Nicholas, um rapaz lógico e prático, que deve manter a cabeça firme em todas as situações, a luxúria é aterrorizante.

– Estou sempre presente – ele diz. – Você é quem nunca está.

Eu o ignoro, acariciando sua bochecha. A atmosfera está tão pesada que eu poderia ouvir o baque retumbante de um bumbo ao bater no ar.

– Você parece vivo – digo. Coloco minha palma sobre seu coração acelerado. – Sim, muito vivo, como um humano de verdade. Não dá para ter certeza, já que você nunca me toca. Você se esqueceu de como me tocar?

Ele coloca uma das mãos em meu pescoço e simplesmente a deixa lá, lembrando-me que poderia mudar a pontuação a qualquer momento, se desejasse.

– Peça desculpas, e eu te mostro.

– Desculpas pelo quê?

– Pela sua parte. – Seu peito sobe e desce profundamente. Reconheço todos os sinais, mas é como se fossem de outra vida, estão adormecidos há tanto tempo. Continuo me perguntando: *Quando foi que vi esse Nicholas pela última vez?* porque estou esquecendo que esse daí é novo para mim. Ele é território desconhecido. Quero explorar as partes que me surpreendem e puni-lo pelas partes reencarnadas que ele está tentando trazer consigo de sua antiga vida com a antiga Naomi. O lugar deles não é mais daqui.

– Minha parte – repito, endireitando o corpo. Eu o sinto embaixo de mim e já faz *tanto* tempo; tudo o que fizemos nos últimos meses não conta. Da última vez que transamos, não havia nada entre nós, absolutamente nenhum sentimento–: nem amor, nem atração, nem tensão.

Agora, a cada três emoções, duas não são ruins. Meu corpo quer se derreter e se derramar sobre ele, mas arrisco a dizer: – Minha parte no quê?

– No que deu errado.

Engulo em seco. Parece que algo com garras arranhou minha garganta.

– Nós nunca demos certo, para começo de conversa.

Ele arqueia uma sobrancelha.

– Não?

– Não. A Naomi Impostora é a mesma pessoa que a Naomi do Primeiro Encontro, mas sem brilho corporal. Nós nos acostumamos demais com a melhor versão um do outro, então nenhum de nós conseguiu relaxar e mostrar seu lado normal. Estamos nos escondendo.

Ele me encara do chão. Está de queixo caído, mas seus músculos estão tensos. Quando finalmente fala, o que ele diz me pega desprevenida.

– Quem mandou aquela mensagem para o seu telefone?

Antes que possa responder, ele gentilmente coloca a mão sobre minha boca. Sua pele é quente e tem o perfume do meu condicionador. Faz muito tempo desde a última vez que ele deslizou os dedos pelo meu cabelo por tempo suficiente para o cheiro ficar nele. Já faz uma vida desde que ficamos com o cheiro e o gosto um do outro. Desde que estivemos famintos um pelo outro.

– Diga, por favor. – Sua voz sai aveludada e convincente. Perigosa. – Seja sincera e você poderá ter o que quiser.

Ele deixa sua mão cair. Estou zonza. Acho que pode ser uma armadilha. Ou isso, ou estou ficando paranoica depois de armar tantas armadilhas para ele. Só vejo armadilhas por todos os lados agora.

– Ninguém me mandou mensagem. Quem mandaria? As únicas pessoas que me mandam mensagens são você e Brandy, e ela está ocupada com o treinamento em seu novo emprego.

– Posso ver o seu telefone, então?

Eu fico em alerta.

– Não. É privado.

– Até para mim? Eu deixaria você ver o meu.

Não acredito nisso nem por um minuto.

– E daí? Eu não pediria para ver o seu. Seu telefone não é da minha conta.

– *Eu* sou da sua conta. – Ele se senta, aproximando o rosto do meu. Deslizo para fora de seu colo imediatamente e deixo uma distância saudável entre nós. – Ou deveria ser.

– Você não confia em mim – digo.

– Você também não confia em mim.

Nós nos observamos. Estamos nos observando há tanto tempo que sempre que desvio o olhar vejo a sombra tênue de sua silhueta projetada sobre todas as superfícies, como quando se continua a ver impresso o padrão de imagens em preto e branco mesmo depois de desviar o olhar delas. Escureceu sem que percebêssemos. Pela janela da sala, vejo um rastro de estrelas, que aqui brilham mais do que em qualquer outro lugar do mundo. Estamos em nossa própria bolha aqui no mato.

Essa casa é um lugar fora do tempo. É tão fácil ficarmos orbitando um ao outro e perder a noção de horas, dias, semanas. Há quanto tempo estamos aqui? Devem ser anos.

Eu me esforço para lembrar como acabei compartilhando a intimidade com esse outro ser humano. Acho que me lembro de um zumbido nas veias, um clique entre dois ímãs. Risadas. Esperança. Os começos são tão brilhantes, tão fáceis. Pode-se idealizar a outra pessoa. Temporariamente, preencher todas as lacunas de seu conhecimento sobre ela com as qualidades que quiser. Transportar a outra pessoa para um sonho impossível de ser correspondido.

Nós nos conhecemos em uma corrida de triatlo beneficente e começamos a conversar quando ele tropeçou e eu o segurei. Nós nos conhecemos enquanto fazíamos trabalho voluntário em um abrigo para pessoas em situação de rua. Nós nos conhecemos em um banco, enquanto depositávamos milhões de dólares em nossas respectivas contas. Trançando cordões com jovens vulneráveis.

Ele está certo, não confio nele.

Ele está ajoelhado do outro lado da ponte suspensa, cortando a corda com sua faca. Vai colapsar antes que eu consiga atravessas em segurança. Seus olhos brilham enquanto me observa entrar em pânico. Ele mal pode esperar para me ver cair.

Nicholas se levanta e olha pela janela, parecendo surpreso ao ver que já está escuro lá fora. Acho que ele também está percebendo que estamos em um lugar alheio ao tempo. Ele encolhe os ombros dentro de seu blazer.

— Vai sair? – pergunto, seguindo-o.

— Há um alerta de nevasca esta noite. Apesar de estar chovendo, é melhor me antecipar e ir espalhar sal na entrada da garagem dos meus pais agora.

Suprimir a vontade de revirar os olhos é como tentar segurar um espirro. Como posso ter esquecido esse hábito particular do filho de ouro? Sempre que está chovendo e há um aviso de nevasca, Nicholas vai até a casa dos pais e joga sal na passagem de carros. Quando neva, ele a limpa. Eles poderiam facilmente contratar alguém para cuidar disso, mas o querido Nicky assume a função porque é Um Filho Tão Bom e anseia pela aprovação dos pais como um viciado em cocaína.

— Nós temos que espalhar sal na nossa entrada também – digo. *Nós* quer dizer ele. Está muito frio lá fora e estou de roupa de ficar em casa.

— Nossa passagem não vai ficar tão ruim quanto a deles, já que não é pavimentada. – Ele veste as luvas e flexiona os dedos, admirando a qualidade do couro. – Tenho pneus de neve e tração nas quatro rodas.

– Eu tenho… – Meu carro enorme me vem à mente. Tenho medo de tentar mais uma vez, mas meu único meio de transporte além dele é uma bicicleta arcaica que Leon deixou na casa. – E se eu quiser ir a algum lugar?

Ele sabe que estou querendo que diga algo errado, ou que talvez eu esteja esperando que ele passe nos meus testes impossíveis e diga algo certo. *Chute e descubra, Nicholas.*

– Há um saco de sal no galpão.

Sigo-o até a porta. Parece que ele está sempre saindo quando quero que ele fique. A cada vez que ele sai quando preciso dele, eu perco algo. De novo e de novo. Ele tira um pouco de mim quando se vai. Sempre vai. Ele nunca vai ser meu. Nunca vai querer ficar comigo. Eu nunca serei o suficiente. Mesmo quando não estamos juntos, quando estou fora fazendo outra coisa, me incomoda quando aquele rígido senso de dever para com seus pais estala os dedos, e ele sai correndo. É mais fácil decidir que não o quero por perto, porque assim pelo menos ele não pode me decepcionar assim.

– Nicholas – digo quando ele sai para a varanda. Cada folha de grama é um iceberg em miniatura, triturado por suas novas galochas. Serei mais sincera do que jamais fui com qualquer um de nós, em voz alta. Agora mesmo.

– Eu te amo dezoito por cento.

Não é um grande número, mas já foi pior. Esses óculos e o cabelo bagunçado ficam mais bonitos que o razoável nele, e ele tem sido mais aberto comigo. E mais brutal. Ele matou uma árvore bebê por despeito.

Ele para. E se vira.

– O que você acabou de dizer?

– Essa é a porcentagem. – Pigarreio. – Dezoito.

Ele fica tão quieto que acho que uma rajada de vento pode derrubá-lo.

– Não existe isso de amar alguém dezoito por cento.

– Sim, existe. Eu fiz as contas.

– Não dá para medir o *amor*. – Sua voz se aguça na última palavra antes de ficar mais baixa. Agora foi tomada pela zombaria. – Mas se vamos brincar com os números, acho que devo dizer que te tolero dezoito por cento, Naomi.

– Então você não me ama.

– Eu não disse isso.

Também não desdisse. Cruzo os braços e espero que ele diga mais alguma coisa.

– E então?

Mas ele não responde. Sua expressão é tão tempestuosa que meu coração salta, e ele vai embora sem dizer mais nada. Eu entro, um pouco vacilante depois da nossa conversa. Sinto-me cambaleando o tempo todo agora, mas é um passo à frente da minha fuga de antes, meio vendo e meio ouvindo o que me cerca. Pego o telefone. Meu coração parece uma britadeira no peito. Mas não é uma rejeição de um dos processos seletivos. É uma mensagem da minha mãe, o que é raro.

Percebi que ainda não recebemos nosso convite de casamento. Você se esqueceu do nosso endereço?

Digito uma resposta: Eu não os enviei. Ainda não decidimos qual foto incluir.

Torcendo a boca, apago tudo e digito: Ainda não estão prontos. Vamos enviá-los em breve.

Apago novamente. Apago a mensagem sem responder.

CAPÍTULO DOZE

É sábado, que agora tem um novo significado com o qual ainda estou me acostumando.

Na nossa antiga vida, se estivesse escalada para trabalhar, nunca passávamos os sábados em casa. Eu ia dar uma olhada em feiras de antiguidades e brechós enquanto Nicholas saía com seus amigos: Derek, Seth e Kara – a ex-namorada de quem ele é "só amigo" e que adora me dizer que pareço cansada. Tanto faz que ela esteja casada e adore o marido de paixão. Eu nunca, nunca vou gostar dela.

A indiferença de Seth por mim evoluiu para ciúme quando Nicholas e eu ficamos noivos, como se eu fosse uma usurpadora que roubou Nicholas dele. Quando está só conosco, ele é legal. Mas em um grupo grande, tenta dar uma de comediante. Quando isso acontece, todas as suas piadas são sobre Nicholas. Ele dá pequenas alfinetadas nele constantemente, sorrindo enquanto faz isso, o que disfarça os insultos como brincadeiras. A maioria é sobre a aparência de Nicholas. *Bela jaqueta. Vai passar no clube de campo mais tarde?* Toda vez que ele tira sarro de uma peça de roupa de Nicholas, ela desaparece de seu guarda-roupa. Ele parou de usar o relógio Cartier que seus pais lhe deram de presente de formatura e deixa seus Ray-Ban no carro. Se ele fala uma palavra difícil, Seth ri e pergunta se ele se acha inteligente. *Está achando que está em um concurso de ortografia ou algo assim?*

Como não tenho permissão para esganar Seth e fui instruída a manter a boca fechada sempre que ele faz essas "brincadeiras" (Nicholas nega que os comentários o incomodam), parei de ir a eventos sociais em que sei que Seth vai estar. Perguntei várias vezes por que ele tolera isso, e lendo nas entrelinhas de suas desculpas ruins, compreendi a verdade: Seth foi o primeiro cara que demonstrou querer ser seu amigo na faculdade, e agora ele sente que lhe deve lealdade eterna. Como Nicholas quer ser do tipo confrontador, mas definitivamente não é, deixa todos os comentários passarem com um "Ah, pare com isso" e uma risada envergonhada.

Ofender as pessoas que o tratam mal não é da natureza dele, então estou orgulhosa de Nicholas por ter tido coragem de ignorar as mensagens de texto recentes de Seth: Venha me ajudar na mudança, seu trouxa. Traga cerveja. Querer exigir que Nicholas o ajude a se mudar é muita cara de pau da parte dele, considerando que despareceu quando a situação estava invertida, e Nicholas teve que contratar carregadores profissionais. As pessoas sempre o procuram quando precisam de algo porque sabem que ele não sabe dizer não. Estou surpresa que ele ainda não tenha sucumbido à culpa e corrido para a casa de Seth com um engradado de cerveja e uma pizza tamanho grande.

Estranhamente, de todas as pessoas, Nicholas tem se encontrado com Leon. Para fazer caminhadas. *Duas vezes.* Ele não me conta sobre o que conversam e disse que estou me achando demais porque pensa que eu penso que eles falam sobre mim (o que é verdade, mas aposto que eles falam de mim, sim).

Exceto pela vez em fui com Brandy de carona ao Blue Tulip Café para falarmos sobre seu novo namorado (um pai solo optometrista chamado Vance, por quem estou torcendo, porque ele é um doce e ela merece alguém assim), também não tenho tido vontade de sair com ninguém ultimamente. Hoje estamos nos sentindo particularmente antissociais. Nicholas e eu estamos muito ocupados torturando um ao outro para deixar nosso ninho de ódio.

Começa com a piada que não suporto.

Estamos em lados opostos do sofá, mexendo em nossos telefones. (Ele comprou um celular novo.) Estou lendo uma reportagem, porque preciso ficar por dentro das atualidades. Dessa forma, se Nicholas começar a falar a respeito de um assunto sobre o qual acabou de ouvir, posso dizer: "Ah, já sei disso". É uma coisa ótima de fazer com alguém que você despreza quando o objeto de seu... desprezo?... é um sabichão pretensioso. Recomendo, não falha nunca.

Fico murmurando sobre o artigo. Ele não pergunta o que estou lendo, então dou uma arfada e digo:

– *Ai, meu Deus.*

– Pois não? – Ele arqueia as sobrancelhas de modo questionador, como se eu tivesse acabado de falar seu nome. Ele costuma fazer isso quando falo com uma divindade. Sabe que eu odeio isso, e acho que ele vive para isso. Estou adicionando minutos ao tempo de vida dele com meu aborrecimento.

– Eu odeio essa piada.

– Algumas pessoas acham engraçado.

– Ninguém acha engraçado.

– Stacy sempre ri.

Dra. Stacy Mootispaw, lançadora da cruzada contra as calças cáqui e aquela que o acusa de nunca se esforçar. Considerando a quantidade de vezes que Nicholas falava dela, não vou mentir, quando a conheci, esperava que ela fosse do tipo avó, cheirando a talco de bebê. O dobro da idade dele, usando suéteres de gatos que ela mesma tricotou. Uma orgulhosa mãe de felinos com um marido velho e alegre que ela ama tanto que liga para ele em todos os intervalos.

Como dá para imaginar, não é assim que Stacy é.

Seu cérebro é mais rápido do que Usain Bolt. Ela tem um milhão de diplomas universitários e basicamente poderia fazer o que quisesse. Todas as portas lhe estão abertas. Se ela desistir de ser dentista, pode facilmente virar modelo de lojas de venda por catálogos. Ela tem o cabelo preto mais brilhante que já vi e um sorriso deslumbrante que deve ser metade da razão pela qual ela está nessa indústria em particular. Um corpo perfeito. Pele brilhante e tão livre de manchas que é como se ela tivesse sido retocada no Photoshop. Ela não usa nada de maquiagem, mas parece incrível de qualquer maneira, e eu a odeio por isso. Não acho as pessoas que acordam glamorosas confiáveis.

Revirando os olhos, vou tirar um monte de roupas da máquina de lavar e jogar na secadora, depois acabo passando um pouco de aspirador e organizo umas coisas. Acho que agora sou uma mulher do lar. Ou uma noiva do lar.

— Uau, está quente aqui. Vamos diminuir a calefação.

— Você está com calor porque está de pé e se movimentando.

— Não, definitivamente está quente aqui. — Mexo no termostato. Aqui diz que a temperatura é vinte e dois graus, mas é impossível que esteja menos que vinte e quatro. Essa coisa está quebrada.

Sento-me e ele me encara como um urso irritável.

— Por falar na Stacy — ele comenta, e eu engulo um aperto no peito —, ela é minha amiga-secreta. Alguma sugestão de presente?

— Pasta de dentes.

Ele me dá um olhar seco.

– Só porque somos dentistas não significa que somos apaixonados por pasta de dente.

– Um vale-presente, então.

– Hum, isso não é muito impessoal?

– Quem se importa? Você está dando algo a sua colega de trabalho, não ao seu melhor amigo.

– Mas quero pensar um pouco sobre isso.

– Se quer pensar um pouco sobre isso, então por que me pediu ideias? Eu mal conheço essa garota.

– Pensei que você pusesse me ajudar. – Ele bufa. – Vocês duas são mulheres!

– Certo, e somos todas iguais. Todas nós gostamos das mesmas coisas, assim como todos os homens gostam das mesmas coisas. Acho que vou te dar o presente que tinha em mente para o meu pai no Natal. Surpresa, é uma maquete da casa da Família Brady! – Meu pai gosta de colecionar recordações de programas antigos, como *A Família Brady* e *A Família Dó-Ré-Mi*.

– Você sabe o que eu quis dizer.

– Eu sei que você é machista. – Puxo uma manta sobre mim. – Está frio aqui.

Nicholas me encara.

– É isso.

– Isso é o quê? – pergunto quando ele se levanta do sofá em busca de seu casaco e sapatos. – O que está fazendo?

– O que eu deveria estar fazendo!

É melhor que o que ele "deveria estar fazendo" não esteja relacionado a Stacy Mootispaw. Eu o sigo até a porta e o observo marchar até o carro. Livrar-se da Maserati foi uma boa decisão. Ele não combina nada com os arredores, enquanto o jipe parece ter sido fabricado pela natureza.

– Aonde você está indo?

Ele não responde, saindo sem dizer mais nada. Eu passo os próximos vinte minutos mandando mensagens para ele. Se estiver em um quarto de motel sujo com a Dra. Tórrida, a vibração persistente de seu telefone vai acabar totalmente com o clima.

Ei

Ei

Onde você está

Nicholas

Nicky

Niquinho

Nickelodeon
eeeeeeeeeeeeeeeeeeeeeeeeeeeeeeeeeeeeeeeiiiiiiiiiiiiiiiiiiiiiiiiiiiiiiiiiiiiiiiiiiii-
iiiiiiiiiiiiiiiiiiiiiiiiiiiiiiiiiiiiiiiiiiiiiiiiiiiiiiiiiiiiiiiiiiiiiiiiiiiiiiiiiiiiiiiiiii-
iiiiiiiiiiiiiiiiiiiiiiiiiiiiiiiiiiiiiiiiiiiiiiiiiiiiiiiiiiiiiiiiiiiiiiiiiiiiiiiiiiiiiiiiiiiiii

Responda ou direi a sua mãe que você não voltou para casa ontem à noite e pode estar desaparecido

Sério? Nem assim?

Estou surpresa que minha ameaça não produziu nenhuma reação dele, e começo a me preocupar que ele esteja em apuros quando o jipe chega ruidosamente pelo caminho novamente.

Ele sai sem olhar para a casa, o que significa que sabe que o estou observando pela janela. O que ele tira da traseira do carro e levanta bem acima da cabeça quase me faz desmaiar.

É. Uma. Canoa.

Estou em uma cadeira de jardim na margem do nosso lago, tirando fotos de Nicholas. Ele está a uns quinze metros, com sua touca xadrez e macacão dos Caça-Fantasmas, tentando prender uma boia na linha de pesca. Se Freud estivesse sentado ao meu lado, provavelmente deduziria que os estressores (ou seja, eu) fizeram com que Nicholas retrocedesse à infância para recriar o ápice de sua vida. Ele vai pegar aquele peixe dourado novamente e mostrá-lo orgulhosamente para a câmera. Todos vão aplaudir.

Eu ligo para o telefone dele.

Ele olha na direção da cadeira com cara de *Você está arruinando o momento*. Poderíamos estar a milhares de quilômetros de distância, e eu ainda saberia a cara que ele está fazendo. Ondas telepáticas irradiam até mim, ondulando a água como um helicóptero decolando. Ele está gritando em pensando: *Vá embora. Estou me tornando quem eu deveria ser.* É fofinho e tão familiar que acho que estou começando a amá-lo assim.

Esse homem. Que homem.

Ligo novamente. Dessa vez, ele atende.

– O que foi? – diz.

– O que está fazendo?

– O que parece que estou fazendo?

Parece que ele não sabe o que está fazendo. Mas não posso dizer isso, ou ele vai desligar. Preciso monitorar esta situação o mais próximo que ele me deixar, pelo bem da psicologia. Da ciência. De *Os vídeos caseiros mais engraçados dos Estados Unidos*, talvez. Ele ainda está se esforçando para conseguir colocar a isca porque não quer tirar as luvas.

– Os peixes não estão hibernando nessa época do ano?

Ele faz uma pausa.

– Isso não é... peixes não hibernam.

– Acho que ouvi dizer que hibernam, sim.

– Psiu. Você está me fazendo falar e eu vou assustar todos os peixes.

– Segundo Leon, há peixes neste lago?

Seu silêncio me diz que ele não tem ideia, mas Nicholas é um homem orgulhoso. Ele vai ficar aqui até a primavera e pegar um sapo. Quinze quilos mais magro, ele vai enfiar o sapo na minha cara. *Viu!?*

– Psiu. Estou tentando pegar o jantar.

– Eu não vou comer um peixe desta lagoa. Não sei se a água está poluída.

– Em primeiro lugar, não te ofereci nada. Em segundo lugar, por favor, pare de falar. Por vários motivos. – Ele desliga e não atende minha ligação seguinte. A chamada depois disso vai direto para o correio de voz. Isso é altamente irresponsável da parte dele. Poderia ser uma emergência agora e ele se tornou indisponível de propósito, e isso é a primeira coisa que vou dizer às enfermeiras depois de acordar do coma.

Nicholas tenta lançar a linha, mas não aperta o botão de liberação no momento certo e a isca não passa da canoa. Olhando para trás discretamente, para ver se testemunhei isso, ele se levanta e tenta mais uma vez. O pobre coitado está vacilante e sabe que tem plateia, o que, sem dúvida, piora tudo. Eu odiaria que Nicholas me visse tentando pescar.

É como quando o encontro fazendo flexões: seu corpo instantaneamente desiste dele. O simples fato de eu estar ali parada observando transforma o momento em uma apresentação pública, e suas pernas e braços viram gelatina. Aposto que trechos em vídeo de suas participações nas peças do ensino fundamental serão reproduzidas em um loop infinito quando ele chegar ao inferno.

Nicholas finalmente lança sua linha a cerca de um metro e meio da canoa e se senta de ombros curvados. Sei o momento exato em que ele se lembra da postura terrível do pai, porque ele se endireita novamente. Está vestindo uma camisa de flanela xadrez por baixo do macacão e está tentando deixar a barba crescer de verdade, mas por mais que tente ser um lenhador corpulento, ainda parece fazer parte de uma *boy band*. Lentamente, o vento gira sua canoa até ele ficar de frente para mim contra sua vontade, e ele precisa voltar a se virar.

Ele está morrendo de vontade de olhar para mim. Sou um espectro em sua visão periférica. Eu sou a culpada do fato de ele não saber pescar. Provavelmente ele percebeu que o garotinho que pegou um peixe tinha alguém por perto para preparar o anzol e fazer todo o trabalho pesado. O Nicholas adulto é uma diva. Ele usa minhocas de borracha em vez de minhocas reais.

Para evitar contato visual, ele abaixa a vara e começa a manobrar o barco. Sua isca é puxada, e ele solta o remo por instinto para puxar a linha. Quando o remo abandonado começa a bater na borda da canoa, ele desajeitadamente tenta pegar a vara e o remo e perde ambos. *Ambos.* Só o Nicholas mesmo.

Ai. Meu. Deus.

(*Pois não?*, responde Nicholas, mesmo que só na minha imaginação.)

Posso imaginar esse mão de vaca na loja se preparando para a autorrealização com equipamentos de atividades ao ar livre, decidindo se devia comprar um segundo remo. Já ia gastar tanto dinheiro na vara de pescar de última geração, entendo exatamente por que decidiu comprar apenas um remo. *Vou remar de um lado do barco, depois do outro. Fácil.*

Nicholas se levanta na canoa vazia, o vento girando-o lentamente, totalmente devastado por essa reviravolta.

Eu também me levanto, posicionando as mãos em concha ao redor da boca.

– Como tá indo aí?

Nicholas tira a touca e a joga no chão em um acesso de raiva, passando os dedos pelos cabelos. O remo está flutuando na minha direção. Não consigo evitar. Minha risada se torna o som mais alto do universo. Ela ecoa pela floresta, assustando bandos de melros. Ela ecoa através das veias de Nicholas, fazendo-o querer explodir.

Se eu não tivesse rido dele, Nicholas provavelmente teria se sentado e formulado um plano que não envolvesse se molhar. Mas eu sei irritá-lo tão bem que sua capacidade de raciocinar desaparece e seu comportamento toma um rumo sensacionalmente diferente do que ele faria em outra situação.

Ele recolhe a touca e a coloca com firmeza na cabeça, depois mergulha na água gelada. Eu rio mais alto, sentindo dores nas costelas, soluçando.

– Que diabos está fazendo? – exclamo entre gargalhadas. Ele ficou *encalhado. Encalhado* de verdade. E agora tem que nadar de volta à margem. Essa é a melhor coisa que já me aconteceu. Meu corpo quer desistir, está muito fraco de tanto rir, e eu me inclino para me apoiar na cadeira.

Conforme Nicholas se aproxima, minha visão se aguça e percebo a ferocidade em seus olhos. Suas botas e roupas devem parecer âncoras, mas ele está nadando na minha direção com uma rapidez agressiva.

Ah, merda.

Ando para trás.

– Eu teria ajudado você! – grito. – Você deveria ter ficado lá.

É verdade, eu teria encontrado uma maneira de ajudá-lo. Depois de deixá-lo de castigo por uma hora e postar um vídeo na Internet.

Os dentes de Nicholas estão batendo por causa do frio quando ele sai do lago, encharcado. Ele se arrasta direto em minha direção.

– Ah! – grito, abaixando-me e cruzando os braços como um escudo na frente do rosto. Ele me pega e me joga por cima do ombro, e meu primeiro pensamento é *minha nossa*. Ele é mais forte do que parece. Talvez seja a força da adrenalina.

Ele se vira e volta para a lagoa. Quando percebo o que está prestes a fazer, eu me agarro a ele com todas as forças enquanto simultaneamente dou chutes no ar.

– Não! Não se atreva! Nicholas, estou falando sério!

Ele me gira para me colocar debaixo do braço, plantando as botas a meio metro de distância à margem. Estou me debatendo como uma cobra, mas ele não perde o controle, colocando meu rosto a poucos centímetros da água. Nossos olhares refletidos se encontram. Há pavor no meu e fogo no dele.

– Nicholas Benjamin Rose, eu juro por Deus que vou chamar a polícia se você não me soltar agora mesmo.

– Agora mesmo? – brinca, deslizando-me um centímetro para a frente. Ele vai me afogar.

– Não literalmente agora! Me coloca no chão! – Eu me remexo, mas a agitação só me impulsiona para a frente. Ele vai me derrubar de cara.

Nicholas hesita. Pensa. Então faz um movimento que exige uma força impressionante ao me virar como uma panqueca e me deixar de barriga para cima. Ele se inclina, aproximando o rosto do meu, e é como se estivéssemos dançando e ele acabou de me abaixar, inclinando-se para um beijo. Meus pulmões esquecem como funcionar e eu fico congelada, com os olhos arregalados de admiração enquanto ele se inclina mais, mais, mais. Seus lábios estão quase roçando os meus, e a intenção se solidifica em seu olhar. Aceitando meu destino, fecho os olhos para, e ele abruptamente me abaixa para trás até que meu cabelo fique submerso. A água gelada chega até as raízes.

Eu berro.

Ele ri, me colocando de pé.

– Seu idiota! – grito, batendo em seu braço. Nicholas ri mais. Meu cabelo parece o Polo Norte, e ficarei traumatizada pelo resto da vida. – A água está um gelo!

– Imagine como me sinto.

– Não tenho culpa que você pulou na água, seu trouxa.

Ele se vira e se afasta.

– Não deveria ter rido de mim.

Eu resmungo e pulo em suas costas, derrubando-o no chão. Não sei o que estou fazendo, apenas sei que devo destruir esse homem. Estendo os braços dos dois lados e reúno braçadas de folhas mortas, furiosamente colocando-as sobre ele.

– O que está fazendo? – Ele pergunta, enquanto as folhas se espalham por sua nuca. Seu peito sobe e desce, e então eu bato, bato, bato, sacudindo-o para cima e para baixo quando ele começa a rir. – Você está tentando *me enterrar?*

– Cale a boca e pare de respirar.

Nicholas uiva de tanto rir. Estou tão chateada por ele não estar com medo de mim nem levando o fim de sua vida mais a sério que pulo sem parar para repreendê-lo.

Nicholas rola e segura minhas mãos antes que elas possam estrangulá-lo. Ele entrelaça nossos dedos, dando um sorriso torto.

– Você tinha que se ver agora – ele me diz.

Um Jack Frost sanguinário, provavelmente. A imagem gera outro ataque de raiva, e luto pelo controle de minhas mãos. Ele não solta, apertando meus dedos.

– Pare de me impedir de destruir você.

Lágrimas de riso escorrem de ambos os lados de seu rosto de bochechas rosadas, e sua respiração sai em baforadas brancas. Isso me faz lembrar de quanto gosto de sua risada. Do sorriso dele. O sorriso dele é normal quando sozinho, mas combinado com as rugas que surgem em seu rosto quando ele dá essa risada adorável e o brilho que surge em seus olhos que mudam de cor, torna-se notável.

Algumas das folhas em que mexi escondem agulhas de pinheiro, que agora pinicam minhas palmas, fazendo-as coçar. Esfrego as mãos nas bochechas dele, usando sua barba como uma lixa para coçá-las. As sobrancelhas de Nicholas se erguem em descrença, mais lágrimas escorrem dos cantos de seus olhos. Ele olha bem para mim.

— Você é maluquete – diz, não de uma forma indelicada.

Eu bufo rindo. Nunca o ouvi chamar alguém de maluquete. Ele me chamou de ridícula meio milhão de vezes, mas *maluquete* é um termo tão bobo que começo a rir também.

Ele sorri ainda mais.

— O que foi?

— Você é um *espalhaboboso*.

Nós dois rimos.

— Eu li essa palavra em algum lugar da Internet – insisto. – Ela existe.

— Uma palavra que existe é a sua mãe.

— E a sua mãe é um palavrão.

Ele solta uma das minhas mãos para enxugar os olhos.

— *Touché*. – Então pergunta: – O que significa "espalhaboboso"?

— Suponho que seja um bobo espalhafatoso.

— Naturalmente.

Saio de cima dele. Quando ele se senta, eu o empurro para trás e corro para casa, gargalhando por tê-lo vencido e ganhado vantagem. Sei que a primeira coisa que ele vai querer fazer quando entrar é tomar um banho quente, então vou primeiro. Começo a tirar a roupa assim que entro, tremendo muito por conta do cabelo molhado, e me tranco no banheiro. *Uááá-hahaha*. Agora ele vai ter que esperar. Vou tomar um banho de uma hora e acabar com toda a água quente.

O chuveiro acabou de esquentar o suficiente para ser agradavelmente escaldante quando Nicholas destranca a porta do banheiro e entra. Temos uma daquelas maçanetas que dá para abrir usando uma moeda como chave. Uso esse truque sempre que preciso de algo do banheiro quando Nicholas se tranca para se barbear ou se admirar no espelho, mas acho que não gosto de estar na situação oposta.

– Ei! – grito, tentando cobrir todas as minhas partes interessantes com as mãos. A porta de vidro do box está toda embaçada, então eu provavelmente sou apenas um borrão cor de pele para ele. – Eu poderia estar fazendo o número dois.

– Com o chuveiro ligado?

– Nunca se sabe.

Meus olhos se arregalam quando ele tira o macacão encharcado e levanta a camisa de flanela. Barriga. Peito. Braços. Há tanta pele à mostra rolando aqui, e não estou achando nada ruim. Ser um parça de mata do Leon e brincar com machados e ferramentas elétricas têm sido bom para ele.

– O que pensa que está fazendo?

– Vou tomar um banho.

– Já estou aqui.

– Bom para você.

Nicholas ignora completamente meu choque. Sou uma puritana modesta e inocente, e ele quer corromper minha virtude. Minha mente lembra de episódios anteriores em que estive pelada com Nicholas, e é bom a água estar tão quente, ou ele seria capaz de ver que estou corando. Lembro-me de como sua mãe se ilude acreditando que ele é virgem, e não consigo evitar um sorriso.

Nicholas ergue uma sobrancelha para mim enquanto abre a porta e entra. Espero que seu olhar percorra meu corpo, mas isso não acontece. Ele balança a cabeça divertindo-se, provavelmente porque ainda estou tentando me cobrir, então se vira e começa a se ensaboar.

Eu não me movo. Preciso lavar meu cabelo, mas isso exigiria o uso de minhas mãos. Decido ficar de costas, minimizando o que ele pode ver. A parte de trás não é tão interessante quanto a da frente, na minha opinião.

Estou errada em relação a isso, o que se torna evidente quando vejo nossos reflexos na porta do box. Ele está olhando para mim. Meu olhar desliza abaixo de sua cintura sem minha permissão e fica claro que ele também encontrou algo para apreciar.

– Não olhe para mim – digo.

Sua risada soa profunda e alta na acústica do nosso banheiro embaçado.

– Não estou olhando.

– Sim, está.

– Como você sabe, a menos que esteja olhando também? – Ele pega meu condicionador.

Eu me viro e tomo o frasco dele.

– Isso é meu e é caro. Compre um só seu. – Ele sorri como se achasse engraçado que perdi a cobertura de minhas mãos, então rapidamente cubro seus olhos. Ele aperta os olhos sob minha palma, torcendo o nariz.

– Ainda estou vendo.

– Jesus. – Eu me viro novamente.

– Pois não?

Quero pisar no pé dele. A melhor coisa que posso fazer é ir logo para poder escapar. Eu tento me curvar um pouco para me encolher, porque na minha cabeça isso diminuirá o que ele consegue ver, e olho furtivamente para ele pelo vidro. Ele está se lavando mais devagar do que nunca na vida, olhando sem disfarçar. Acho que ele está tentando me perturbar. Se é assim, está funcionando. Deslizo uma mão para trás, tentando estender os dedos sobre meu traseiro e bloquear a visão dele, mas isso só faz com que ele ria novamente.

– Feche os olhos – exijo.

– Ok.

Ele não fecha os olhos.

– Feche!

– Eu fechei.

(Não fechou.)

Preciso enxaguar o cabelo, mas ele está bem debaixo do chuveiro, me dando muito pouco espaço de manobra. Apoio a mão em seu peito e ele é imediatamente complacente, recuando para trás. Sinto a pele acetinada e quente de Nicholas sob meus dedos, respondendo ao meu toque com arrepios e um pulso acelerado. Quero cravar minhas unhas à menor aparição de seu corpo, mas agora cada hesitação, cada passo, volta e transmite uma mensagem primordial. Ele está esperando pelo sinal de *Sirva-se do que quiser. Não desperdice. Lamba até a última gota.*

Para me impedir de fazer o convite que sou muito covarde para fazer, mantenho os olhos fechados enquanto lavo o cabelo, a mão imóvel contra seu peito para ter certeza de que ele não pode se aproximar. Quando abro os olhos novamente, percebo que seu olhar é flamejante, a mandíbula firme, e imagino as rachaduras subindo por seus ossos até o topo de seu crânio. Névoa clara em seus cílios e sobrancelhas, suor brotando ao longo de seu nariz e as covinhas de suas bochechas. Ele é uma onda de calor e só basta um gesto meu para me assar de prazer. Meu coração bate rápido: uma criatura selvagem e alada em minha caixa torácica. Ele parece prestes a perder o controle, e não vou mentir, estou um pouco nervosa com o que ele pode fazer.

Já faz três meses desde que transei pela última vez. Nicholas também, se ele não estiver me traindo.

Visualizá-lo dormindo com outra mulher e pegá-los em flagrante não inspira o mesmo sentimento vitorioso que já inspirou antes. Pensar nisso joga um balde de água fria em todo o meu desejo, enquanto fúria líquida percorre minha corrente sanguínea, sinapses em curto. Se eu descobrir que ele está me traindo no estacionamento de um shopping, vou acabar no noticiário da noite. É melhor Stacy Mootispaw ficar longe das calças cáqui proibidas pelo código de vestimenta do meu noivo, ou ela vai ter que fazer implante dentário por conta da surra que vou dar nela.

Não posso me permitir pensar nele dessa maneira, comigo ou com qualquer outra pessoa. É muito perigoso, e Leon deixou muitos machados no galpão. Se eu evocar memórias de nós dois em posições íntimas, sobrepondo o rosto de Stacy ao meu, vou apagar e acordar com buracos em todas as nossas paredes.

Eu me apresso a acabar com o que tenho que fazer, como se pudesse fugir desses pensamentos intrusivos, e praticamente saio do chuveiro ainda com espuma no cabelo. Lanço um rápido olhar para Nicholas enquanto pego a toalha. Ele não fala uma palavra, mas é como se houvesse um balão de pensamento acusador acima de sua cabeça, onde dá para ler: *Covarde.*

Fugir é como entregar uma dose do meu poder a ele, mas assumo minha covardia e corro para me vestir no meu quarto. Quando me acalmo o suficiente para descer as escadas na ponta dos pés, Nicholas está no sofá, já de cabelo seco. É tão incrivelmente perturbadora a rapidez com que o cabelo de um homem fica seco, e ainda fica bom.

— Olhe lá fora — diz.

Espio pela janela, e meu coração dispara quando uma cascata de flocos de neve descreve círculos e gruda no vidro. Eles derretem um a um.

— Neve!

Estamos em meados de novembro, mas, para mim, o Natal começa com a primeira nevada. Fico deslumbrada durante a temporada, fazendo piruetas pela casa enquanto espalho as decorações de Natal a torto e a direito. Toco todos os clássicos em no sistema de som *surround* e monto a árvore bem antes do Dia de Ação de Graças. Sou aquela pessoa odiada nas redes sociais porque digo coisas como *FALTAM 224 DIAS PARA O NATAL* quando estamos em maio. Todas as festividades do Natal, e a alegria e a magia dele me deixam feliz, por isso costumo esticá-lo o máximo possível.

Eu me viro para ver o que ele está assistindo na tevê e demoro para processar. A televisão está desligada. Ele está me observando pela tela preta.

Algo na maneira como seus olhos estão me seguindo parece íntimo, fazendo minhas pernas tremerem. Fico consciente da maneira como meus braços balançam quando me movo e da maneira como ando. É semelhante à maneira como às vezes me movo nos sonhos, onde há uma resistência inexplicável. Quase como se estivesse tentando me deslocar debaixo d'água.

Vou para a sala de visitas porque quero ver a neve através daquelas três belas janelas, mas a escrivaninha grande dele me bloqueia. Ele vê a mudança na minha expressão quando volto para a sala.

– O que foi?

– Nada.

Ele não fala mais, mas seu olhar se estreita. Está com um tornozelo apoiado no joelho, dedos tamborilando no braço do sofá.

Nada.

É a resposta de um mártir autointitulado. Isso garante que o problema não seja resolvido e que eu sofra sozinha. O que ganho ao dizer *nada?*

– É só... – Sento-me no outro apoio de braço, fora de seu alcance. – Quando você me mostrou a casa pela primeira vez, uma das coisas de que mais gostei foram as janelas, hum... De lá. – Ele chama o cômodo de seu escritório ou quarto de estudo, e na minha cabeça ainda chamo de sala de visitas, porque em uma vida passada fui duquesa e nunca superei ter renascido como plebeia nesta época. – Eu pensei, *uau*, que bela vista. Pensei que seria possível ver todas as estrelas no céu da floresta. Imaginei colocar uma poltrona bem ali, para poder sentar e admirar a vista. Eu gosto daquele cômodo. Eu colocaria, não sei, talvez um quebra-nozes na lareira ou algo assim. Não sei. – Dou de ombros para minimizar a reclamação. Eu pareço louca. Um quebra-nozes? Sério? Essas são minhas queixas? Tenho levado detalhes tão minúsculos a sério.

Estou imediatamente envergonhada por ter admitido isso em voz alta e prestes a dizer *deixa pra lá* sobre a coisa toda quando Nicholas se levanta e entra na sala de estar. De pé do outro lado de sua mesa, ele desliza as mãos nos bolsos e olha para as janelas como se nunca tivesse dado uma boa olhada na vista da mata antes.

– Você está certa – diz. Ele se vira para mim. Seus olhos estão da cor de um abeto prateado. Como neblina ao luar.

Não tenho certeza a que parte do meu discurso ele está fazendo referência, mas vou aceitar. Caímos em um padrão que é completamente novo, mas de alguma forma já parece arraigado: silenciosamente fazemos o jantar juntos e nos sentamos em frente à televisão. Sem a ligar. Comemos em um silêncio amigável enquanto a neve cai sem parar ao nosso redor e a escuridão sufoca o mundo.

CAPÍTULO TREZE

Nosso cessar-fogo termina, previsivelmente, vinte minutos depois do jantar, quando ele ouve meu telefone vibrar na lareira. Eu não me levanto.

Ele olha para a lareira, depois para mim. É um olhar longo e ponderado.

– Não vai ver o que é?

– Não.

Consigo sentir sua suspeita, mas não estou mentalmente preparada para checar minhas notificações. Meu coração acelera só de saber o que pode ser, e tenho que me dar tempo para me acalmar, me preparar para más notícias, antes de ter coragem de olhar.

Uma das pessoas com quem estive secretamente em contato a respeito de um trabalho em uma loja de artesanatos que eu gostaria muito, muito, de conseguir (e com o qual já estou empolgada) me disse depois da entrevista, três dias atrás, que demoraria esse tempo para verificar minhas referências e analisar outros candidatos antes de me enviar um e-mail com a resposta. Passei o dia alternando entre checar obsessivamente meu telefone (e meu computador, caso, por algum motivo, o e-mail não apareça no meu telefone) e fingir que a Internet não existe. Meus nervos estão em frangalhos.

Quanto mais finjo que não tenho uma notificação, mais forte fica o olhar de Nicholas. Sinto o peso de sua desconfiança. Enxergo o problema dele com clareza, porque é algo com que também tenho lutado: ele tem dúvidas, mas no atual estado de nosso relacionamento, certas informações parecem privilegiadas. Não estamos em posição de exigir respostas.

É como quando duas pessoas estão saindo casualmente, mas ainda não oficializaram a relação. Nesse terno estágio, eles não têm o direito de saber tudo o que querem um sobre o outro, então não podem se comportar com uma familiaridade não conquistada. É assim que as coisas parecem entre nós.

Nicholas está frustrado com esse limite. Toda a situação é uma dança irritante que gera ressentimento.

– Como foi a orientação de Brandy?

Estou surpresa com o interesse, especialmente porque ele nem fingiu que não sabia o nome dela.

– Ela disse que o chefe é desprezível. Já está procurando outro...

– Melissa está bem? – pergunta, me interrompendo.

– Ah... – Melissa e eu estamos felizes por termos perdido contato. – Eu não falei mais com ela.

– Ainda fala com Zach?

Eu dou de ombros. Não ficaria surpresa se Zach e eu nunca mais nos cruzássemos. Ele é o tipo de cara que, do nada, iria para Los Angeles, onde vai inventar um aparelho simples que se torna um item básico diário sem o qual ninguém mais consegue se imaginar, e em cinco anos o verei na Lista de Bilionários da *Forbes*.

O olhar de Nicholas fica sério. Seu pé balança inquieto apoiado no joelho.

– Que tipo de loção você usa? – Ele me pergunta.

– Hã?

– Estive pensando em presentes para o amigo-secreto. O perfume é bom.

Chama-se Doce Sedução, e eu passo depois do banho. Pensar em Nicholas dando a Stacy Mootispaw um presente chamado Doce Sedução e, posteriormente, pensar que aquela mulher vai ter o mesmo cheiro que eu faz com que eu queira arrancar meus olhos com as mãos.

– Acho que você está sentindo o cheiro do meu xampu.

– Não, não é o seu xampu.

Vasculho uma pilha de correspondências porque preciso desesperadamente romper o contato visual. Não sou uma mentirosa tão talentosa quanto costumava pensar, e não quero que ele veja que isso me incomoda tanto. Não vou lhe dizer o nome do meu perfume, mesmo que ele enfie lascas de madeira debaixo das minhas unhas. Stacy pode cheirar a luvas de látex e antisséptico e ficar na dela, porra.

Meu telefone vibra novamente. Será sobre o trabalho na loja de artesanato? Ou alguém me rejeitando? A possibilidade de que seja uma boa notícia é nula, seja lá o que for, então por que eu me incomodaria em me levantar para ver? Qual é o sentido de arruinar o resto da minha noite e ficar deprimida amanhã? Eu nunca mais vou checar meu telefone. Vou me tornar uma reclusa antitecnologia. Serei totalmente dependente de Nicholas, algo que ele vai adorar. Ele quer tomar todas as minhas redes de segurança antes de me jogar ao mar.

– Acho que alguém está te mandando mensagens – ele diz baixinho.

Dou de ombros.

– Provavelmente é spam.

– E você não quer checar? Pode ser da Brandy.

– Não acho que seja. Ela está em um encontro com Vance, o optometrista.

Ele nota o medo na minha voz, a recusa teimosa. Seus olhos me atravessam como raios laser me atravessando; posso sentir o cheiro da minha pele esquentando e começando a queimar. O fato de desconhecer que todas as minhas notificações são rejeições significa que ele não tentou bisbilhotar meu telefone longe de mim, o que aprecio. Por mais que isso o incomode, ele não vai invadir minha privacidade.

– Talvez joias – diz de repente.

Eu o olho. Não me candidatei para trabalhar em nenhuma joalheria. Mas ele não sabe o que se passa em minha mente. Ele não sabe que sinto como se meus órgãos estivessem sendo torcidos.

– Joias?

– Para a Stacy.

Esse assunto é irritante. Estou completa e decididamente irritada e há espinhos crescendo em minha carne. Quem se importa com o presente dela? Ele já gastou tanto tempo assim pensando em presentes para mim? Eu sei a resposta a essa pergunta: não.

– Ainda não vejo nada de errado em dar a ela um vale presente.

– Uma joia seria melhor.

– Joias caras seriam, mas não há uma quantia máxima de quanto precisa gastar? A maioria dos escritórios que fazem amigo-secreto estabelece um limite de vinte dólares ou algo assim.

– Não, não há limite – ele diz lentamente. Seus olhos brilham, ele esboça um sorriso de canto de boca. Prendo a respiração, porque posso dizer que ele está prestes a lançar uma granada. – Além disso, quero que ela saiba que eu me importo.

– Ela não vai saber que foi você que deu –digo a ele. – Se é amigo-*secreto*.

– Acho que ela vai saber.

– Como? Como ela vai saber, Nicholas? Meu Deus, adultos se presenteando no Natal, que coisa estúpida. Quando se trata de colegas de trabalho, pelo menos. É indigno. As pessoas que trabalham juntas não deveriam ser forçadas a socializar desnecessariamente. Por onde anda o profissionalismo no local de trabalho?

É a vez de Nicholas dar de ombros, mas há um traço de satisfação em seu comportamento.

— Nós nos conhecemos muito bem. Somos próximos. Eu acho que ela vai conseguir perceber *assim*. — Ele estala os dedos.

— Dar joias para uma colega de trabalho é inapropriado – digo friamente. — E uma loção também. Dê um par de meias para ela, seu pervertido.

Ele vira o rosto para o outro lado, cobrindo a boca com a mão.

— Talvez um serviço de assinatura? Uma entrega mensal de flores.

Meu sangue ferve. Imaginá-lo presenteando-a com flores me deixa louca da vida.

— Compre uma revista de viagens. Ela deveria sair do estado com mais frequência. Deveria sair do país, até.

— Hum, acho que gosto mais da ideia das joias. Um par de brincos. Do que as mulheres gostam, Naomi? Me ajude. As mulheres gostam de diamantes?

— Diamantes? – grito. — Para a sua colega de trabalho? Que tipo de mensagem está tentando passar?

— Não vejo nada de errado nisso — ele responde angelicamente, fazendo uma expressão simulada de perplexidade. — Stacy é uma pessoa valiosa para a equipe. Acho que Stacy merece...

— Juro por Deus, Nicholas, se eu ouvir o nome dessa mulher sair da sua boca mais uma vez, vou grudar seus lábios. Vou arrastá-lo para fora e jogá-lo de volta naquele lago estúpido, nu sem pelo dessa vez. Vou até o consultório e vou me acorrentar ao seu pulso para que você nunca tenha nenhuma interação a sós com ela. Se você tentar dar diamantes para ela, vou roubá-los e colocá-los na sua comida. Eu não dou a mínima para quão *valiosa*...

Eu paro.

Nicholas está rindo.

– Você acha isso engraçado? – Estou histérica.

– Um pouco – admite, tentando esconder um sorriso. – E fique sabendo que é "nu *em* pelo".

– Se você der flores àquela mulher – grito –, eu vou...

– Vai o quê? – Ele se levanta em minha direção tão rápido que não tenho tempo para reagir.

Suas palmas afundam no estofado do sofá em ambos os lados da minha cabeça, o rosto pairando sobre o meu. Tento me encolher, mas não há para onde fugir. Meu sangue pulsa com tanta força que faz meu coração doer.

Nicholas me lança um olhar selvagem, de olhos em chamas.

– O que você vai fazer, Naomi?

Há um frisson de antecipação e suspense em seu tom; algo de esperança, apesar de nossos constantes ataques. Procuro por uma arma afiada, mas não encontro nenhuma. De frente para ele em nosso campo de batalha, dispo-me de toda a minha armadura.

– Chorar – sussurro.

As cordas da nossa reserva se rompem e ele cai sobre mim, montado no meu colo, jogando o peso de seu corpo nos joelhos que afundam no sofá. Seus dedos se emaranham no meu cabelo e seus lábios encontram os meus, macios, quentes e convidativos.

Ele não é gentil. A língua de Nicholas corre ao longo dos meus lábios, exigente, e eu os abro para ele porque minha cabeça está girando sem foco e ele está me beijando *assim*. Ele já me beijou assim? Se já, não me lembro.

Levo alguns segundos para retribuir na mesma intensidade, mas quando consigo, fico chocada com a ansiedade com que meu corpo quer trair meu bom senso, esquecendo as coisas destrutivas que fizemos um ao outro. Todos esses pensamentos desaparecem enquanto eu me arqueio contra ele e ele inclina seu quadril contra o meu, precisando se aproximar ainda mais. Estamos nos beijando com tanta intensidade que continuamos renunciando à necessidade de respirar. Não é importante nesse momento. Detalhes sem importância.

Quanto mais nos tocamos, mais confusa fico, até que começo a pensar que desvirtuei os fatos. Acho que o odeio dezoito por cento.

Nicholas muda de posição para que eu fique no colo dele, o que me dá uma dinâmica emocionante de poder. Eu poderia acabar com isso agora, se quisesse. Ou poderia apertá-lo mais e beijá-lo, mordê-lo, saboreá-lo. Posso fazer o que eu quiser. Sinto que ele permitiria.

Uma coisa precisa ser esclarecida já, no entanto.

— Você nunca vai dar nada na vida para Stacy – digo a ele. – Não me importo se ela te pedir um chiclete. Eu não me importo se ela perguntar que horas são. Ela não vai ganhar nada de você.

Sua risada perversa estremece o meu pescoço.

— Não tem nenhum amigo-secreto.

Eu me afasto para estudá-lo, agarrando seu colarinho.

— O quê?

Ele não responde, então bato em seu ombro com as costas da mão.

— Não, sério. *O que disse?*

Os olhos de Nicholas estão cheios de luxúria e voláteis. Sua voz sai rouca.

— Me diga uma coisa com sinceridade. Você está me traindo com Zach? Você já fez isso, alguma vez?

Até o momento havia tido algumas pistas de que estou presa em um sonho, mas essa é a confirmação. Olho para ele atentamente, tentando descobrir se ele está falando sério. Ele não pode estar falando sério.

— Você está louco?

— Por favor, não faça isso. Não me faça sentir que tudo isso é coisa da minha cabeça.

É a maneira atormentada com que ele diz isso, e o *por favor*, que me balança. Não tenho certeza se alguma vez já fui carinhosa com Nicholas, e isso não é uma pena? Não sei como ser vulnerável ao redor dele, mas agora não há alternativa. Tenho que proceder com cuidado. Tento beijá-lo, mas ele não move seus lábios contra os meus, esperando pela verdade, enquanto respira soltando em pequenas arfadas. A respiração dele está tão entrecortada quanto a minha.

— Não — digo, olhando em seus olhos para que ele saiba que estou sendo honesta. — Eu não estou te traindo com Zach nem com ninguém mais. Eu nunca te traí. Por que está perguntando isso?

Sua resposta sai apressada:

— Você não gosta que eu fique perto de nenhum dos seus amigos de trabalho. Zach me odeia. Sempre que o vejo, ele é hostil sem motivo. Você ri muito alto quando lê as mensagens dele. E você perdeu o interesse em mim, o que também não é coisa da minha cabeça. Senti você indo embora.

O que ele diz realmente faz sentido, mas, ao mesmo tempo, é tão absurdo que não consigo conter a risada que explode no meu peito.

É a reação errada. Os olhos de Nicholas brilham de raiva. Ele tenta me tirar de cima dele, mas eu o surpreendo colocando meus braços ao redor de seu pescoço. Ainda tremendo de tanto rir, digo:

— Desculpe. Estou apenas imaginando a cara do Zach se ele ouvisse você acusá-lo de ter se envolvido comigo.

Ele está envergonhado, irritado e sentido para valer agora, então me apresso em continuar.

— Ele não gosta de você porque você é um dentista bicho-papão assustador e pensa que está em pé de guerra, pronto para fazer vinte tratamentos de canal nele sem anestesia. Ele *amaria* saber que anda ocupando tanto espaço em sua mente assim, porque o Zach é desses. Ele gosta de irritar as pessoas. Mas não, não existe nada entre mim e Zach.

Nunca existiu. Se você não acredita em mim, pode ir perguntar a ele. Ele e o namorado dele vão se divertir com isso, tenho certeza.

Nicholas fica imóvel, me olhando com dúvida.

— Namorado?

— Sim. Acho que ele também sai com mulheres, ou costumava sair, pelo menos. — Dou de ombros. — Não é da minha conta. Nós nunca nos interessamos um pelo outro assim. — Estreito os olhos. — E você? Você já me traiu?

— Não.

Ele soa sincero. Ele *parece* sincero. Quero acreditar nele, mas...

— Nem com Stacy?

Ele engole em seco e desvia o olhar. Sinto o estômago embrulhar.

— Fiquei falando da Stacy para mexer com você. Eu só queria uma reação. Queria ver se você se importaria se pensasse que eu estava... — Ele está se enrolando, tentando encontrar uma boa explicação. — Eu não deveria ter... aaaah.

— Você tentou me fazer pensar que podia estar a fim de outra mulher? De propósito? Para me machucar?

— Não para te machucar. Para ver se você se sentiria magoada por isso. Parece ruim, mas há uma diferença. — Eu estou convencida que exista.

— Você está certo, parece bem ruim.

Mas eu não sou de todo inocente. Apenas alguns dias atrás, lixei um milímetro de uma perna de sua escrivaninha para que ficasse bamba. Tentei deixá-lo louco de propósito, também.

Com isso, eu me inclino e o beijo novamente. Sua surpresa dá lugar ao desejo, e suas mãos agarram meus quadris. É eletrizante como isso me parece ilícito. Não sou mais a mesma Naomi e ele não é o mesmo Nicholas. É como se estivesse traindo meu noivo. O beijo continua mudando de nome, com novos significados. É rápido e ligeiro, intenso;

depois devagar, explorando. Estamos sintonizados em cada transformação, pacientes e depois não, curiosos, desbravadores e então desesperados. Acima de tudo, presentes. Não esqueço quem estou beijando. Eu não saio dali.

Esse é o elemento que agora me impacta de modo muito forte: a vivacidade desse homem. Cada pedaço dele, comunicando-se com todos os meus sentidos. Não é que ele nunca tenha parecido assim, provocado essas sensações, tido esse gosto. É que eu estava adormecida. Eu me pergunto que tipo de revelações ele está tendo sobre nosso beijo. O que está descobrindo sobre mim agora.

É um alívio maravilhoso que, por alguns momentos, estejamos vibrando na mesma frequência. Lutar com ele tem sido exaustivo, e é uma boa mudança poder esquentar a sala de outras maneiras. Quero gerar uma névoa de luxúria tão espessa que ele nunca será capaz de encontrar a saída.

Ele tem gosto doce, do tipo que começa azedo e se dissolve em uma doçura insuportável na língua. Estamos reduzidos ao desejo e nada mais. Pele quente e abrasadora. Olhos fechados. Respiração pesada. Mãos em todos os lugares. Quero que ele me toque sem se preocupar com o que estou pensando – pegue o corpo, deixe o coração. Estar tão perto que ele não pode me estudar é uma bênção, escondendo-me bem na frente dele, distraindo-o com minha boca em seu pescoço toda vez que ele hesita e se inclina, procurando meus pensamentos.

Lembro-me de ter pensado durante os beijos de outros tempos que tê-lo perto o bastante para que visse minhas expressões era um bom disfarce. Não tenho certeza do que aqueles beijos significaram para nós. Para mim, talvez prazer sem satisfação. Para ele, acho que uma reconexão que nunca aconteceu.

Ainda estou tentando decidir o que esse beijo significa quando o interrompemos. Nós nos afastamos lentamente, observando um ao outro.

Ele pode estar escondendo uma arma, mas de alguma forma penso que não é o caso. Minhas armas estão a meu dispor.

As emoções correndo por mim são tão desconcertantes que fico grata quando ele se levanta para ajustar o termostato. Normalmente não sou uma pessoa nervosa, mas agora estou caminhando para um ataque de pânico completo. Não sei o que está acontecendo e não sei o que se passa na cabeça de Nicholas atualmente. Com certeza não sei o que está acontecendo com a minha. Corro para o meu quarto, consciente de que ele está me observando subir as escadas. Mais uma vez, é como se eu estivesse me movendo debaixo d'água, sob seu olhar atento, o cérebro inteligente de Nicholas decodificando as mensagens que estou enviando sem saber com meu andar, o espaçamento entre meus passos, a cor em minhas bochechas. Nunca foi tão óbvio que ele sabe me ler tão bem. A questão é: há quanto tempo ele está lendo?

Ainda posso sentir seu olhar fixo em mim mesmo enquanto estou deitada na cama, o coração batendo de forma irregular, os olhos bem abertos na escuridão absoluta.

É muito tarde quando acho que ouço a maçaneta girar. Eu a tranquei por hábito. Talvez esteja apenas imaginando o barulho. Fecho os olhos por um momento, com a intenção de me levantar e ir ver, mas quando eles se abrem novamente, um segundo depois, já amanheceu.

CAPÍTULO CATORZE

Eu me visto na frágil luz da manhã e me arrasto até o corredor. A porta de Nicholas está entreaberta, então me aproximo na ponta dos pés. Sua cama está vazia, o edredom estampado com folhas de palmeira jogado. Sei como é sentir esse cobertor contra a minha pele nua. Eu o considero um velho amigo que não vejo há muito tempo, junto com a cabeceira que escolhemos juntos. As cortinas que escolhemos juntos. Naqueles primeiros dias, diríamos sim a qualquer coisa, felizes e tentando deixar um ao outro feliz. Eu teria ficado em um saco de dormir se era isso que ele queria.

Seu novo quarto está organizado da mesma maneira do nosso antigo. O colchão é novo, já que peguei o outro. Dando uma olhada rápida na porta, sento-me na cama e balanço um pouco. Este colchão é muito melhor do que o meu. Meu quarto é feito de sobras – as cortinas que ficavam penduradas na nossa antiga cozinha, o que significa que são muito curtas e não bloqueiam a luz como deveriam. Minha colcha é uma manta natalina.

Estudo o espaço vazio ao lado da cômoda dele e imagino a minha logo ao lado. Minha mesinha de cabeceira deveria ficar no lado direito da cama, e sua ausência torna o quarto todo estranho. Ele mantém um de seus travesseiros no espaço onde minha cabeça deveria repousar.

É uma má ideia ficar aqui, mas sou mais intrometida do que deveria. Vasculho seu armário, tocando todas as suas blusas de gola careca e ternos lavados a seco. A camisa marfim que ele usou na nossa desastrosa sessão de fotos de noivado. Nossos sorrisos forçados em cada foto. Entre um clique e outro, murmurávamos acusações de que o outro não estava se esforçando, de que não estar ali.

Uma dessas fotos deveria estar em um porta-retratos na mesa de cabeceira dele. A mesa de cabeceira contém apenas uma lâmpada. Meu coração se entristece, mas então vejo a moldura pendurada na parede. Ele trocou a foto de noivado que nenhum dos dois havia aprovado e a substituiu por uma lembrança que me leva de volta ao inverno passado, dias depois de ele me pedir em casamento. Está um pouco embaçada, e meu braço está desproporcionalmente comprido porque estou segurando o telefone para tirar a foto.

De acordo com a parede vermelha ao fundo, estamos na cozinha de seu amigo Derek. Era a festa de inauguração da casa, e como piada nós demos a ele uma arma que atira marshmallows. Nicholas está bem ao meu lado, com a cabeça no meu ombro. No último segundo, interrompemos o contato visual com a câmera quando notamos um marshmallow preso no teto, bem acima de nós. Minha mão inconscientemente acaricia seu cabelo e segura sua cabeça contra meu pescoço, o que me parece um gesto afetuoso que não faço há muito tempo. Assim, uma foto posada se torna sincera.

No instante em que o flash disparou, aquele marshmallow caiu na cabeça de Nicholas e todos riram. *Você registrou isso?*

Não, registrei o momento que antecede.

Que pena.

Fico tentando imaginar quando Nicholas mandou imprimir essa foto. Por que essa foto em particular, das centenas que tiramos? Por que ele desejaria pendurá-la em sua parede? Até o momento, achava que ela existia apenas no meu Instagram. Olhar para a foto agora, sentindo essas emoções, se torna uma nova lembrança.

Já passei muito tempo no quarto dele – dele, não nosso – e preciso sair antes que seja pega, mas preciso saber mais. Minha missão é examinar de perto os seus pertences, as coisas que ele toca diariamente. Já vi tudo isso tantas vezes que tudo passa batido, então tenho que me concentrar. Ver pelos olhos da nova Naomi.

Eu remexo em sua mesa de cabeceira, tocando cada objeto. Seu estojo de lentes de contato e o frasco de solução. A caixinha dos óculos. Lubrificante, que a esta altura eu poderia jogar fora. Ao lado, um carregador antigo que não é mais compatível com o telefone atual. Skittles. Uma caneta e um bloco de notas de um Holiday Inn, em cuja folha do topo tem uma carinha sorridente que desenhei. Pego uma embalagem de canudo descartável e estou prestes a largá-lo quando vejo que as pontas estão amarradas.

E eu me lembro.

Alguns meses atrás, Leon levou comida chinesa para todos na loja. Nicholas passou por lá enquanto estávamos comendo, um homem estranho com seu blazer preto chique e sapatos sociais. Acho que toda a provocação que ele recebe por seu guarda-roupa típico dos Rose é o motivo pelo qual ele se agarra às calças cáqui: *Vejam! Eu também sei ser casual.*

Ele tinha planejado me levar para jantar de surpresa e não entendeu que eu não quis deixar dispensar a comida barata que nem era tão boa em vez de demorar uma hora de carro para ir a um restaurante sofisticado. Eu fazia parte de algo ali, da família Ferro-Velho. Ele era o estranho, irritado por eu ter atrapalhado seus planos. Irritado por eu ter uma nova família, para a qual ele não tinha sido convidado.

Com o jantar surpresa frustrado, ele não tinha certeza se o queríamos por perto. Caminhou desajeitadamente pela loja por alguns minutos, claramente tenso, lançando-nos olhares sempre que ríamos. Não me juntei a ele enquanto ele vagava pelos corredores, bem ciente de que metade dos meus colegas de trabalho não gostava dele. Não queria que pensassem que eu era como ele. Juntar-me a Nicholas seria declarar minha lealdade a ele, e então eu seria uma estranha no ninho também.

Então fiquei onde estava e não tentei aliviar seu constrangimento. Não tentei incluí-lo na conversa. Peguei as embalagens de todos os canudos e as amarrei formando pulseiras, que todos nós colocamos, inclusive Melissa. Nicholas se aproximou enquanto eu fazia mais um com a embalagem do canudo extra, então entreguei a ele. Sem pensar muito.

E ele guardou aquilo. Poderia facilmente ter jogado fora quando nos mudamos, mas aqui está. O sentimentalismo secreto de Nicholas.

Minha garganta arde. Meus dedos se fecham sobre o pedaço de lixo, preservado nesta mesinha como um tesouro precioso. Ouço um acesso de tosse no andar de baixo. Devolvo a pulseira ao lugar onde a encontrei e corro para fora do quarto.

Quando desço as escadas, encontro Nicholas esparramado no sofá, tossindo enquanto dorme. Lenços usados amontoam-se na mesa de centro e no chão. Ele está enrolado nos cobertores como quem se mexe e remexe, a camisa desajeitada expondo um pouco de sua barriga. Seu cabelo está todo bagunçado e seus óculos estão tortos em seu rosto. Ele parece jovem, corado e doce.

Cuidadosamente removo seus óculos e os coloco na mesa de centro, então toco sua testa. Ele está suado, mas sem febre. Não sabe que o estou observando, o que me dá liberdade para olhar mais de perto. Sua estrutura óssea é tão elegante que quase o odeio por isso. Pegou todos os genes de Harold enquanto era um embrião em desenvolvimento e, à medida que envelhecer, só vai ficar mais distinto.

A caixa de lenços está vazia, então vou pegar uma nova no armário. Vejo que ele passou uma noite e tanto aqui sozinho, com a parafernália de farmácia espalhada por todo o balcão sob o armário onde guardamos sal de fruta, antialérgicos e coisas do tipo. Há um copo de xarope de plástico na pia com uma gota de líquido vermelho cereja. Percebo que ele provavelmente dormiu aqui embaixo para que sua tosse não me acordasse, e meu coração se derrete um pouco.

Vasculho os armários e encontro um frasco de pastilhas para tosse, então as deixo na mesa para ele também.

– Você tinha que arranjar aquela canoa, não é? – murmuro para mim mesma, entrando na sala de visitas. Eu me esgueiro atrás de sua mesa para olhar pela janela e quase suspiro.

O cenário é de um país das maravilhas. Uns bons dez centímetros de branco cintilante cobrem tudo, até mesmo o lago, o que significa que a canoa não vai a lugar nenhum. Está encalhada no meio, cercada por gelo. A floresta é incrivelmente bela com o sol brilhando sobre a borda do mundo, colorindo os espaços entre os galhos como vitrais.

Gostaria que Nicholas estivesse acordado para ver isso, mas a neve não é tão mágica para ele quanto é para mim. Para ele, neve quer dizer que tem que ir até…

Ah, droga.

Minha alegria se desfaz. Nicholas uma vez me deixou sozinha em uma livraria para ir até a casa dos pais e carregar as compras que estavam no porta-malas de Deborah sob uma chuva torrencial. Fez isso porque ela ligou e pediu. Ele corta a grama e conserta coisas na casa dela e se preocupa com suas memórias, consultas médicas e finanças. Ele está sempre preocupado e vai cuidar deles enquanto viver, mesmo que eles não precisem, necessariamente.

Olho para seu corpo no sofá, as costas convulsionando nas almofadas a cada ataque de tosse. Ele está tão exausto que a tosse nem o acorda.

Ele está doente, mas isso não vai impedi-lo de ir à casa de seus pais de manhã e limpar a entrada da garagem deles. Nicholas é assim. Esse Tipo de Cara.

Olho de novo para a neve lá fora, para o termômetro do outro lado da janela que indica sete graus negativos, e penso em algo que me causa um solavanco: *Não*.

Nem a pau.

Só há uma maneira de detê-lo, então é isso que tenho que fazer. Pego meu casaco e touca no armário, mas vejo seu macacão e arqueio a sobrancelha enquanto penso. Pode não ser uma má ideia usar algo um pouco mais adequado ao trabalho pesado. Depois de pegar meu equipamento de Caça-Fantasmas e dobrar a barra da calça cerca de um quilômetro e meio até que não se arraste mais no chão, decido ir com tudo e pegar seu gorro com abas também. Tem o cheiro dele, o que é estranhamente reconfortante, embora ele esteja aqui do lado, e a lã é bem macia e confortável.

Preciso arranjar um desses para mim.

Depois de me empacotar, pego as chaves do jipe e jogo três pás diferentes na parte de trás. Três pás, porque são de tamanhos diferentes e tenho vergonha de admitir que nunca tirei a neve antes, então não sei qual vou preferir usar. É Nicholas que faz toda essa limpeza por aqui. Acho que é um fato que nunca tinha valorizado até agora: ele sempre deixava um caminho da varanda até o meu carro quando morávamos na outra casa. Ele nunca me pediu para fazer isso, nem mesmo uma vez.

Na verdade, ele raspava o gelo das portas e para-brisas do meu carro também. Fazia isso antes de ir para o trabalho, antes que eu acordasse.

A vergonha faz meu rosto arder. Quando foi a última vez que agradeci a ele por alguma coisa? Qual foi a última vez que notei que ele fazia essas pequenas coisas para mim sem as encarar como obrigações dele?

Fiquei tão incomodada por ele fazer tudo por sua mãe e por seu pai que meio que esqueci que ele fazia isso por nós também.

Dirijo muito, muito devagar até a casa do sr. e da sra. Rose, em Sycamore Lane. O caminhão de sal passou apenas pela rua principal, mas o jipe é ponta-firme total e não derrapa. Estou ao volante do jipe que Nicholas comprou sem me falar e tenho muito tempo sozinha para passar com a revelação perturbadora de que sou uma idiota.

As luzes estão acesas quando chego na casa, o que significa que Deborah está acordada. Harold tem pelo menos até o meio-dia para cair da cama.

A bela e intocada neve cobrindo a entrada da garagem me deixa empolgada. Eles não veem nenhum problema em contratar pessoas para limpar a casa, podar as roseiras e organizar estruturas de pedra nos canteiros de flores. E, no entanto, por algum motivo qualquer, eles dependem de Nicholas para resolver esse problema específico. Contam com isso. Dizem que ele é tão *bom*, tão *gentil*, e essa pressão é um haltere de dez toneladas, garantindo que ele nunca pare. Se parar, a aprovação deles será perdida. Ele não será mais o filho bom e gentil. Conhece a maneira como eles falam sobre Heather e sabe que basta um passo em falso para que falem sobre ele da mesma maneira.

Rosno para a neve, para as janelas quentes e brilhantes e para a silhueta de Deborah, que está espiando. Seu prazer maternal irradia.

Nicky está aqui para cuidar de tudo! Ele adora nos ajudar e se sentir útil.

Hoje não, idiotas! Hoje vão ter que se contentar com uma substituta que, na melhor das hipóteses, é incompetente quando o assunto é trabalho manual, e vocês que lutem.

A entrada da casa é pessoalmente cruel comigo logo de cara, uma crosta de gelo maltratando uma das minhas pás. Cavo de novo, com o nariz pingando como uma torneira, enfrento um bloco congelado de "Por que, Deus. Por quê?"– enquanto o resto do meu corpo derrete como uma vela dentro desse macacão. Que fim de linha. Que fundo de poço. Xingo minha situação atual usando cada palavrão que consigo inventar. Às vezes, Nicholas passa aqui bem antes de seu horário de trabalho, e eu mentalmente repasso o cronograma. Para conseguir tomar banho e chegar à Só Ria às sete, ele tem que fazer isso no escuro. Tomo tanto as dores dele que começo a ir mais rápido.

É mesmo incrível que ele ainda nutra alguma boa vontade no coração em relação a seus pais. Porque eu sinto vontade de arrastá-los para fora e enterrá-los usando esta pá.

Há tanta neve para limpar que me parece impossível ser metódica e começo a fazer o serviço de qualquer jeito, jogando a neve sobre os ombros. Deborah e Harold não terão um caminho com bordas retinhas. Vão ter uma carnificina. Penso que, se eu voltar na próxima vez que nevar e fizer outro péssimo trabalho, Nicholas será dispensado. O sr. e a sra. Rose vão me implorar para parar. Eles vão contratar uma pessoa para fazer isso.

Quando estou quase na metade no trabalho, a porta da frente se abre e Deborah sai com um casaco de pele que provavelmente é feito apenas de filhotinhos, segurando uma caneca fumegante. Ela se apressa, com um grande sorriso no rosto, até que se aproxima o suficiente para perceber que a pessoa de macacão e gorro horrível sou eu.

– Ah!

Seu horror é revigorante. Quero transformá-lo em perfume. Roupas. Sais de banho.

– Naomi – ela diz, séria, como se tivesse acabado de ouvir uma notícia terrível. – Eu não estava esperando...

– Isso é para mim? – Aponto para a caneca. É chocolate quente. Antes que Deborah possa responder, eu a pego e tomo um gole. Há pequenos marshmallows boiando, e eu apostaria minha alma que ela colocou trinta e dois, um para cada ano da vida de Nicholas. Esse chocolate quente é melhor do que o que ela normalmente me oferece durante as visitas de inverno, confirmando minhas suspeitas paranoicas de que Nicholas recebe as coisas boas enquanto eu fico com as coisas de quinta categoria.

Ela fica boquiaberta enquanto me observa beber.

– Obrigada – digo quando acabo, devolvendo-lhe a caneca.

– Nicholas está se sentindo bem?

Não vou submetê-lo a uma visita da Mamãe Querida com canja de galinha preparada pela "mulher".

– Ele está ótimo – digo alegremente. – Bem, é melhor eu voltar ao trabalho. Tenho muito o que fazer!

O resto do caminho praticamente se limpa sozinho enquanto minha mente vai longe, pensando em Nicholas. Da próxima vez que ele vier tirar a neve, é melhor eu vir junto para ajudar. Vamos fazer isso na metade do tempo.

Todos os músculos que não estão dormentes doem quando subo no jipe. Estou aqui há duas horas. Tenho certeza de que Nicholas não leva mais de uma hora para obter os mesmos resultados, se não melhores. Quando saio da garagem, buzino duas vezes para dizer tchau, porque imagino que é isso o que Nicholas provavelmente faz.

O trajeto de volta para casa é melhor do que o de ida, já que os caminhões limparam as ruas. Mal posso esperar para chegar em casa e tomar um banho, mas penso na noite difícil de Nicholas. Seu ataque de tosse, e em como ele vai acordar faminto e arrasado, sem motivação para cozinhar só para ele.

A maioria das lanchonetes dos arredores não abrem nas manhãs de domingo, mas o Blue Tulip Café, a cafeteria da irmã de Brandy, fica emocionada quando eu estaciono. Nenhuma das mesas têm fregueses e não há buracos entre os salgados na vitrine, o que significa que sou a primeira cliente do dia. Esse lugar vai seguir o caminho da Ferro-Velho, todos nós sabemos disso, então compro mais do que preciso. Sanduíches para o café da manhã, sopa, café. Um dos funcionários me ajuda a levar tudo para o carro.

Faço mais uma parada para reabastecer os remédios para resfriado e gripe antes de ir para casa. Pela primeira vez desde que nos mudamos, quando penso na palavra *casa*, visualizo a da floresta em vez da casa branca alugada na Cole Street.

Quando o jipe estremece a nossa passagem para carros, consigo ver Nicholas esperando por mim atrás da porta de tela. Quando começo a pegar a comida e os remédios, ele sai correndo de chinelos.

– Volte para dentro! – ordeno.

– Você precisa de ajuda.

– Você precisa ficar sentado. Está doente.

Ele pega o café e a sopa das minhas mãos, de qualquer maneira. Eu me divirto com o jeito com que ele fica boquiaberto olhando para mim, completamente perplexo. Deborah já deve ter ligado para ele com um relatório completo. *Montes de neve por todo o quintal agora, ela simplesmente jogou tudo em qualquer lugar. E então bebeu todo o seu chocolate quente! Aquele do bom!*

– Você não precisava fazer isso – ele me diz quando entramos. – Tirar a neve da entrada da casa dos meus pais. Por que fez isso?

– Se ninguém aparecesse para limpar a entrada da garagem, sua mãe seria obrigada a fazer isso sozinha. Os terninhos Gucci da Deborah? *Nessa* neve? – Dou uma risada sarcástica. – Que catástrofe. Então eu disse: – Não no meu turno, Dona Neve.

Seus olhos se arregalam. Se ele pensava que eu era uma impostora antes, estremeço só de pensar no que imagina que sou agora. Mando ele ir esperar no sofá e levo seu café da manhã, então toco sua testa para ter certeza de que ele não está com febre. É adorável como seu cabelo está despenteado em todas as direções, e passo meus dedos por eles. Ele fica sem palavras e eu sou praticamente uma Amélia. Acho que poderia me acostumar com toda essa coisa de o-surpreender-e-o-deixar-sem-palavras. É delicioso.

– Está bonito lá fora – ele consegue dizer depois de dar algumas mordidas em seu sanduíche, meneando a cabeça para a janela. Sua voz está um pouco rouca, provavelmente porque Deborah fez com que ele falasse muito ao telefone. Levará um século para desfazer todo o dano que ela lhe causou, mas vou começar com Vick VapoRub e um umidificador. – Toda essa neve. Parece um cartão-postal.

Era o que qualquer um pensaria, todo quentinho e aconchegado em seu pijama de flanela e chinelos fechados. Não tenho opiniões positivas sobre a neve no momento. Que se dane a neve. Gostaria que o aquecimento global se apressasse e abolisse o inverno. Resmungo qualquer coisa e passo por ele, tirando as roupas pelo caminho.

– Vou tomar um banho e talvez tirar um cochilo rápido – digo. – Você vai ficar bem?

Ele assente, ainda atordoado. Não deveria ficar tão atordoado com uma gentileza. Deveria ser algo normal, mas não é, e isso é minha culpa. Tenho evitado gentilezas para puni-lo por não me oferecer gentilezas o suficiente, e veja onde essa atitude nos levou.

Acabo cochilando por mais tempo do que pretendia porque meu alarme nunca toca. Talvez tenha imaginado que o acionei. Quando arrasto meu corpo dolorido escada abaixo, Nicholas grita do outro cômodo:

– Ainda não! Espere!

Ele tapa meus olhos com as mãos e me empurra para a cozinha, onde sou forçada a esperar em silêncio estupefato por dez minutos até que ele grite com a voz rouca:

– Ok! Pode entrar agora.

– Você precisa poupar sua voz – digo enquanto ando em direção ao som dos pés dele. Paro na porta da sala de visitas.

Ele a reorganizou: tirou a tevê e colocou sua mesa em outra parede. Minha escrivaninha está aqui também, alinhada com a dele, e não espremida em um canto da sala de estar. Não se parece mais com o escritório pessoal dele, mas um espaço compartilhado. Meus sapatos empilhados ao lado dos dele. Minhas velas. Seu trenzinho de brinquedo. Seu arquivo. Minha estante, com uma mistura dos meus livros ficção e os de não ficção dele, sua coleção de canetas-tinteiro e minha coleção de curiosidades da Ferro-Velho. Um casamento de personalidades.

Seus olhos me seguem, absorvendo cada mudança complexa da minha expressão, por isso percebe quando meu olhar pousa na lareira e surge um nó em minha garganta. Sinto uma pressão nos seios da face, um soco no peito.

Há um quebra-nozes na lareira.

Eu o imagino vasculhando nossas caixas de decorações natalinas no depósito, lembrando do meu comentário de passagem, soprando a poeira do chapéu preto brilhante do sr. Quebra-Nozes. Como ele deve ter esboçado um sorriso satisfeito. *"Aqui está você"*. Que coisa boba chorar por causa de um quebra-nozes. Mas é o que faço.

— Vou tirar o dia de folga amanhã — ele me diz. — Vamos escolher um sofá para colocar bem aqui na frente da janela, para que possamos olhar a vista. — Então acrescenta: — Isso se... você quiser, claro.

Minha cabeça faz que sim. É a minha vez de ficar sem palavras. Ele sorri, e acho que ele gosta de fazer isso também. Gosta de me chocar com um ato de bondade.

Nicholas está se sentindo muito melhor à noite, mas decide que não quer abusar da sorte saindo com esse tempo, então cancelamos o jantar com o sr. e a sra. Rose. Eu faço queijo-quente, ele aquece a sopa de tomate e nos sentamos lado a lado no sofá para comer e assistir a *The Office*. É a melhor refeição que já provei.

Tarde da noite, acordo com vontade de pegar algo para beber. Quando passo por sua porta, estendo a mão por impulso e toco a maçaneta. Eu a giro – só para verificar – e descubro que está trancada. Não tenho certeza se entraria, mesmo se pudesse. Não posso culpá-lo por se proteger de mim porque tenho feito o mesmo, mas agora nosso esquema de olho por olho, dente por dente não me enfurece nem me energiza. Decepciona, ferindo mais do que qualquer insulto.

CAPÍTULO QUINZE

A Só Ria fica fechada no Dia de Ação de Graças, o que é bom para nós, porque Nicholas e eu adiamos a compra de um enfeite de mesa até o último minuto. Quando Nicholas estava na sexta série, fazia arranjos de mesa de papel de seda e miçangas nas aulas de educação artística, e depois disso tornou-se uma tradição dos Rose criar um novo enfeite de mesa a cada Dia de Ação de Graças, todos os anos. Ele geralmente dá tudo de si, com grandes montagens caseiras, mas passou todo o mês de novembro se transformando em um Rodrigo Hilbert e se esqueceu.

Estou sentada à mesa da cozinha tomando café da manhã quando Nicholas entra pela porta dos fundos. Ele está de macacão, pelo qual agora tenho respeito, porque sei como esse troço é quente. Pega meu copo azul-esverdeado favorito do armário e o enche com alguns dedos de água, depois o coloca ao lado da minha caneca de chá. Dentro dele, coloca uma flor silvestre. Está um pouco descabelada, tendo passado por várias geadas e nevascas, mas a maioria de suas pétalas ainda está intacta.

– Ah. – Eu sorrio, surpresa.

– Estava crescendo no sótão do celeiro. Tive que pegar uma escada para alcançá-la.

Não confio naquele celeiro. É todo irregular e tem cerca de cinco mil anos. Imaginar Nicholas escalando uma escada apoiada na madeira podre é estressante.

– Obrigada. Não precisava.

– Sim, bem... Achei que seria legal.

– Eu realmente não preciso de flores.

Seu olhar é uma sentença de morte.

– Retiro o que eu disse – acrescento rapidamente. – Ainda vou querer flores às vezes, provavelmente.

Sua boca se contorce, e ele come metade do meu burrito de salsicha com uma mordida. Quando ele vai tomar banho, admiro minha flor meio murcha por razões insondáveis. Não há nada particularmente interessante nela. Dentro de uma hora estará quase morta. Acho que vou culpar a sociedade por querer isso, de qualquer maneira.

As normas sociais me condicionaram a pensar que preciso dessas plantas moribundas para me sentir amada e apreciada. Eles são objetivamente inúteis, e eu sei disso. Mas é da intenção que vou me lembrar, não da cor da flor ou de sua beleza. O gesto de Nicholas vendo a flor, pensando em mim e indo buscar uma escada para colhê-la vai permanecer. Vê-lo deixar a flor cair no meu copo azul-esverdeado favorito vai permanecer.

Quando termino de me arrumar, Nicholas está vestindo uma blusa verde que acho que nunca o vi usar antes, e isso faz o tom de seus olhos mutáveis ficar mais claro. A gola é baixa o suficiente para que eu dê uma boa olhada em suas clavículas.

Deus do céu. O homem tem um par de clavículas fabuloso. Então noto os contornos arredondados de seus ombros. Deus é bom, de fato.

Ele está assobiando enquanto enche a pia com água e sabão e começa a lavar a louça pela primeira vez no ano. Fico boquiaberta com o Nicholas Impostor e sinto que estou tendo problemas cardíacos.

Seu cabelo está ajeitado de forma diferente, os cachos macios caindo soltos na testa, em vez de penteados para trás. Impotente, eu me aproximo, até definitivamente estar invadindo seu espaço pessoal. É o cabelo? A camisa? A flor? O fato de ele estar fazendo tarefas domésticas sem que eu tenha pedido? Seja o que for, ele está cem vezes mais gostoso hoje. Se começar a varrer o chão e limpar o filtro de fiapos, talvez eu precise de sais de cheiro para me recuperar.

As mãos ocupadas com a pia de Nicholas ficam imóveis quando toco seu rosto.

– Você tem um belo maxilar – digo a ele, ouvindo a admiração na minha voz.

Ele pisca enquanto desvia o olhar.

– Hum... obrigado.

– Sua garganta também. – É uma tragédia que eu não tenha notado a bela garganta que ele tem. Quem imaginaria que gargantas pudessem ser bonitas?

Meu olhar descarado está fazendo coisas com ele; sua garganta fica vermelha diante dos meus olhos. Giro minha flor e o observo lavar a louça como uma completa idiota até me recompor. Sempre que desvio meu olhar, sinto que ele me olha, e sou puxada de volta. Ele me pega olhando para ele várias vezes, e tenho certeza de que me escutou murmurando um *Ai, meu Deus* bem baixinho. Quanto mais agitada eu fico, maior o sorriso dele se torna.

Eu não penso muito antes de decidir que preciso vestir uma camisa melhor e retocar o batom. É Dia de Ação de Graças, e essa é a única razão pela qual camuflo minha microfranja com uma tiara e faço ondas no cabelo. Devemos nos aprumar nos feriados. Trocar o sutiã bege por um de renda preta e borrifar seu spray corporal chamado DEVORA-ME. Eu só sigo as regras.

Encontro um milagre no banheiro: ele limpou a pia depois de se barbear. Não há um único pelo grudado na torneira. É a invasão dos ladrões de corpos.

É esse detalhe que me torna generosa o suficiente para ligar o carro e começar a aquecê-lo para nós. Me sinto uma heroína enquanto me arrasto no frio para ligar o carro. Sou a noiva mais altruísta que já existiu. Quase escorrego em um pouco de gelo e, por uma fração de segundo, me imagino em uma cama de hospital, com a perna levantada por um daqueles elásticos, Nicholas cuidando de mim e afofando meu travesseiro. Eu nem reclamo da minha perna quebrada. *Não é nada*, digo estoicamente. *Estou feliz por não ter sido você quem caiu.* Nicholas se emociona diante da minha força. Nunca conheceu uma mulher tão incrível.

– Obrigado – diz quando estamos saindo da garagem. – Está agradável e quente aqui. – Pega-me olhando para seu perfil novamente e sorri. Ele realmente fica lindo quando mostra sua felicidade, não é?

Mas preciso acordar para a vida. Claro, ele me presenteou com uma única flor meio morta e seu cabelo está penteado de forma bastante sedutora hoje, mas nós dormimos em quartos separados, pelo amor de Deus. Não faz muito tempo que estive fantasiando sobre enrolar meu vestido de noiva e alegremente vê-lo queimar na lareira. Apesar de quaisquer avanços aparentemente positivos que certamente não durarão, preciso me concentrar no plano. Assim que eu me lembrar qual era. Ele está jogando algum tipo de feitiçaria em mim para impedir que eu raciocine direito.

– Aonde está indo? – pergunto quando ele dá seta para a direita.

– Naquela loja aqui em cima – ele responde, confirmando meus medos. Vamos Fazer Arte é o lugar de onde eu realmente, *verdadeiramente* queria ter notícias sobre a vaga de emprego três dias após a entrevista.

Isso foi na semana passada, e o gerente ainda não entrou em contato comigo. Penso em entrar em contato a cada minuto do dia, mas se eu tiver que tomar a iniciativa, sei que provavelmente vão me dizer *não*. Pelo menos enquanto não tenho uma resposta, posso alimentar meus delírios.

– Pensei em ir ao Walmart de Beaufort.

Ele me lança um olhar estranho.

– Você não tem me atormentado para comprar mais de vendedores locais? Ir ao Walmart para tudo é a razão pela qual todas as lojas de Morris fecharam. – Nós dois pensamos na Ferro-Velho, uma ferida ainda aberta.

Traio meus princípios ao responder:

– Sim, mas as lojas pequenas provavelmente são mais caras.

– Não tem problema.

Estou me agarrando a fiapos.

– Temos só uma renda agora.

– Relaxa, Naomi. – Ele estaciona e aperta minha mão, então desliza para fora do carro. Não posso entrar na loja. Vão pensar que eu os estou perseguindo. Eles vão me reconhecer. Alguém mencionará minha candidatura na frente de Nicholas, que não sabe que ainda estou procurando emprego. Ele supõe que eu desisti porque não falo sobre isso. As únicas notícias que tenho para relatar até agora são más notícias, que não tenho vontade de compartilhar. Tinha planejado contar a ele apenas quando recebesse boas notícias, o que pode nunca acontecer.

O dia está horrível. O céu está de uma cor feia e faz frio, mas toda a neve derreteu, abandonando uma lama enegrecida pela fuligem. Meu batom parece exagerado e minha pele está quente e coçando, e odeio meu carro. Minha pulsação está descompassada.

– Qual é o problema? – Nicholas pergunta enquanto segura a porta da Vamos Fazer Arte aberta. Estou dividida entre odiar a loja e amá-la. Se eu conseguir o emprego, vou amar a loja mais do que a qualquer coisa no mundo. Se for rejeitada, vou comprar todos os suprimentos para artesanato vendidos pelo Walmart e levar este estabelecimento comercial à falência. Ninguém precisa me dizer que sou uma pessoa ruim por pensar isso porque eu já sei.

– Dor de cabeça – murmuro.

– Tem Tylenol na sua bolsa?

– Sei lá. – Meus ombros se curvam enquanto entro na loja, tentando parecer menor e menos perceptível.

– Eu estava pensando em uma cornucópia – diz Nicholas. – É exagerado?

A resposta é sim, obviamente, mas não estou muito preocupada com o enfeite da mesa dos pais dele no momento. Meus olhos estão percorrendo os cantos do teto em busca de câmeras escondidas. Imagino um homem em um quarto dos fundos, comendo um sanduíche e me assistindo em uma pequena televisão. *Ela não é uma das candidatas? Uau, isso é triste, rapaz. Vindo aqui para implorar pelo emprego, aposto.*

– Naomi? – Nicholas chama. Tenho a sensação de que não é a primeira vez que ele diz meu nome nos últimos trinta segundos. Ele estala os dedos diante do meu rosto.

– Psiu! – sussurro, puxando a gola do meu casaco até o nariz. Pareço uma detetive particular de desenho animado. – Controle-se.

– Por quê? Não há ninguém aqui. – Ele olha ao redor. – Imagine se tivéssemos ido ao Walmart. Todos os corredores estariam lotados. Temos toda a loja só para nós.

Nicholas me força a opinar sobre vegetais de plástico, tentando determinar se parecem muito falsos.

– Devemos usar vegetais reais? Achei que os de plástico seriam mais sustentáveis. Poderíamos reutilizá-los.

– No quê?

– Talvez um diorama no escritório.

Certo. *Comam legumes, crianças!* Muito interessante, vindo desse homem. Ele é o sr. Perfeito.

— Legumes reais ficariam melhor – digo. – Vamos, vamos ao sacolão.

— Quero dar uma olhada em tudo o que eles têm aqui primeiro. – Seus olhos estão arregalados e maravilhados, pois veem muitas opções. Ele é a própria Martha Stewart agora. Eu o perdi para os detalhes entre cornucópias de cesta e as feitas de arame, e vamos ficar aqui por duas horas até decidirmos.

Eu sou incansável em minha insistência para sair.

— Cornucópias, Nicholas? Esse é o enfeite de mesa do seu bisavô peregrino. Modernize um pouco. Seja minimalista, use uma simples maçã vermelha.

Ele franze o nariz.

— Isso não será impressionante. Vai parecer que eu não me esforcei.

— Bem-vindo à minha vida. É mais fácil do lado de cá, prometo.

Eu não deveria fazer comentários autodepreciativos como esse porque eles reforçam o estereótipo de que não tenho aspirações e me contento com pouco, mas se tornou um hábito estranho.

Ele passa um dedo pela minha coluna, o que sabe que me dá calafrios, e sorri quando eu me arrepio toda. Ele continua a andar a mais de um quilômetro por hora. Toda vez que dobramos a esquina de um novo corredor, meu estômago revira de preocupação de que o gerente venha perguntar se precisamos de ajuda. É inevitável. Esses estabelecimentos pequenos são muito amigáveis.

Vinte anos depois e sem nenhuma ajuda minha, Nicholas encheu uma cesta com suprimentos para construir nossa própria casa de passarinho na primavera, que mal posso esperar para que ele nunca os toque, além de um monte de coisas aleatórias com cinquenta por cento de desconto. Ele não sabe o que vai fazer com tudo isso, mas é doido por aqueles adesivos de desconto verde neon.

– Nunca se sabe – diz, assobiando enquanto joga um pacote de botões azuis e apliques cor-de-rosa na cesta. Ele precisa de uma intervenção.

O próximo corredor contém decoração para casamentos. Nós dois congelamos antes de adentrá-lo.

– Acho que vi pinhas por ali – digo, e ele meneia a cabeça apressadamente.

– Sim, vamos olhar as pinhas de novo.

Somos enormes covardes e sabemos disso. Acabamos pegando quatro sacos de pinhas (que poderíamos conseguir de graça do nosso quintal) para justificar termos evitado o corredor do casamento. Estou cansada. Meus nervos estão à flor da pele. Eu imploro para ele escolher algo logo, então ele pega um pote de biscoitos que parece um peru. Vamos enchê-lo de pinhas. É uma escolha meia-boca, e ele está arrasado por aparecer para o jantar com um enfeite de mesa que não impressionará a todos, mas estou com dificuldade de respirar e o braço de Nicholas provavelmente está ardendo com as marcas vermelhas da minha força. Fiquei pegando-o pelo braço para que se mexesse.

– Tudo bem, pode ir para o caixa, eu espero no carro.

Nicholas não me ouve. Sou arrastada até o caixa e todo o sangue do meu corpo se esvai quando vejo quem está atrás do balcão.

Melissa.

Quero resmungar, mas forço um sorriso. Minha pele está a ponto de ferver. Meus órgãos estão cozinhando como uma caçarola.

– E aí, Naomi. – Ela me cumprimenta de modo jovial. Imediatamente, aquele tom agradável me deixa desnorteada. Talvez o chefe dela esteja por perto. Deus, espero que não.

– E aí, Melissa! Que bom ver você! Como tem andado? Novo emprego, hein?

– Comecei na segunda-feira! Eu tenho tanta sorte, sabe? Não tem ninguém contratando. – Ela abre um grande sorriso que parece totalmente estranho em seu rosto em geral cheio de raiva.

Quero sair correndo da loja. *Comecei na segunda-feira.* O novo emprego dela é o emprego para o qual me candidatei. Melissa estava no grupo de candidatos. Melissa me venceu.

E ninguém me ligou para dizer que não consegui o emprego. Dói ainda mais porque a mulher que me entrevistou foi bem legal e simpática. Talvez ela tenha decidido esperar o feriado passar para dar a notícia, para que eu não passasse o Dia de Ação de Graças chorando pelos cantos.

– Parabéns. – Obrigo-me a dizer. – Espero que você goste daqui.

– Ah, eu estou *amando*. Na verdade… – Ela se demora nas pinhas, movendo as mãos em câmera lenta. – Ouvi dizer que você se candidatou para trabalhar aqui também. Não seria divertido, hein, se nós duas trabalhássemos no mesmo lugar de novo?

Nicholas volta seu olhar afiado para mim.

Minha voz sai baixa.

– Acho que eles só tinham uma vaga aberta.

Melissa sabe disso, é claro.

– Ah, isso mesmo. Boa sorte na busca por um emprego. – Ela abre um sorriso exultante enquanto passa uma bugiganga pelo scanner.

– Ela vai encontrar alguma coisa. – Nicholas diz suavemente. – Estamos esperando uma boa oportunidade. Ela não pode simplesmente aceitar *qualquer* oferta, especialmente de negócios que provavelmente estarão fechados dentro de um ano.

Os olhos de Melissa ficam sérios. Eu me sinto tão grata a Nicholas que poderia chorar.

– Felizmente, não me encontro nessa posição – diz, toda arrogante. – A Vamos Fazer Arte está indo de vento em popa.

Nicholas faz um show olhando ao redor da loja vazia.

– Claro.

O tom animado dela vacila, a frieza aparece.

– É Dia de Ação de Graças. Claro que não temos muito movimento hoje.

Nicholas nem precisa responder. Ele ergue as sobrancelhas, sorrindo inocentemente. É mais eficaz do que rir. É uma expressão que eu conheço bem e que geralmente me enche de raiva, mas, usada contra Melissa, tenho que admitir fica cada vez mais atraente.

– Então… – Ela finge ter problemas com uma etiqueta de preço, buscando o que dizer. – Queimando mais flores venenosas nesses últimos tempos, Naomi?

Nicholas fica tenso. Vou atacá-la com o alfinete do crachá dela.

– Na verdade, não tive tempo. Estive bastante ocupada.

– Fazendo o quê? Está desempregada.

– Talvez estejamos transando muito – Nicholas interrompe, irritado. – Talvez percamos a noção dos dias porque não conseguimos parar de trepar. – Dou uma risada nada feminina, tanto porque o que ele disse é deliciosamente inapropriado como tão falso que até chega a doer. – Não é bem da sua conta, né?

Melissa abandona todas as gentilezas.

– Isso é algo que eu esperaria ouvir de você. Muito sexo acontecendo em torno de seu escritório, e sei disso por experiência própria. Não me espantaria se você estivesse trepando com aquela higienista dental também. Assim como Seth. Diga com quem andas e te direi quem és.

– Ah, pelo amor de Deus – respondo. Eu sempre me solidarizava quando ela queria reclamar de Seth (o que era frequente), mas vê-la aqui, nesse novo cenário, vestindo um colete coberto de trilhões de broches relacionados a artesanato, é demais. Eu não vou deixar que ela deite e role.

– De novo isso? Você namorou o cara durante um mês e meio. Eu estou tendo que ouvir essa história desde maio. Seu rancor me esgota, Melissa.

– Ah, me perdoa! Não me recuperei da decepção rápido o suficiente para você?

– Se você precisa acertar as contas com seu ex, então fale com *ele* sobre isso. – Sua boca se abre, mas eu levanto a mão. – Olha, sinto muito que Seth seja um idiota que te traiu. Você não merecia isso. Sinceramente, poderia conseguir coisa muito melhor e ele não vale essa sua chateação toda. Mas nada do que aconteceu é nossa culpa. – Ela dá a Nicholas um olhar de reprovação e abre a boca, pronta para responder, mas eu sou mais ligeira. – Você não vai mais atacar o Nicholas, você me entendeu? Não quero ouvir essa merda nunca mais.

Quanto a Nicholas, acho que ele nunca esteve tão atordoado na vida. Ele está me dando o mesmo olhar que eu estava lançando a ele hoje cedo. Estou me sentindo vigiada.

Os movimentos de Melissa ficam mais bruscos enquanto ela coloca nossas compras em uma sacola.

– Você pode embrulhar isso duas vezes? – Nicholas pergunta, e nós dois sentimos um prazer sádico ao ver Melissa embrulhar duas vezes o pote de biscoitos. – E depois colocá-lo em duas sacolas? – adiciona.

A raiva é tão habilmente disfarçada que quase seria possível chamá-la de arte.

Ela usa três sacolas.

– Assim está bom?

Ele abre um sorriso encantador.

– Perfeito.

Ela dirige o olhar para mim, e pela primeira vez eu não faço o que sempre fazia quando ela e Nicholas estavam tendo um confronto. Não roo as unhas e não peço desculpas com o olhar. Em vez disso, olho para ela como se eu fosse extremamente importante e tivesse cheia de compromissos. Invoco minha Deborah Rose interior e me assusto profundamente.

– Bem, boa sorte com sua vida – diz Melissa, com maldade, depois que pagamos e pegamos nossas sacolas.

Decido me mostrar superior.

– Você também, Melissa. Boa sorte. Espero que dê certo tudo certo neste emprego.

Nicholas decide não se mostrar superior e pega uma moeda da caixinha de gorjetas quando nos afastamos. Estou admirada com sua maldade.

– Aproveite seu Dia de Ação de Graças! – diz, olhando para trás.

– Vocês dois são idiotas! – Ela grita. – Vocês se merecem.

Faço um joinha para ela.

– Obrigada!

Mal passamos pela porta e não conseguimos mais segurar o riso. Jogamos nossas coisas no carro e pulamos para dentro, partindo como se fôssemos fugitivos. Batemos as mãos comemorando.

– Você. Foi. Sensacional.

– Obrigado, obrigado. – Ele sorri. – Você também.

– Estou tão feliz por não ter mais que ficar perto dela.

Ele olha de esguelha para mim.

– Mas ela está certa sobre Seth. Estou realmente cansado de defendê-lo. Sinto que… Não sei. Nunca terminei uma amizade antes.

Eu não sou exatamente fã de Seth. Ele é legal na metade do tempo, mas, na outra, ele se fortalece pondo Nicholas para baixo.

– Você tem permissão de se defender quando as pessoas ferirem seus sentimentos. Merece estar perto de pessoas que te façam bem. – Vindo de mim, essa afirmação é tão ultrajante que meio que espero que um raio caia do céu e me mate. Mas estou certa: ele merece amigos que realmente ajam como amigos. E eu também, aliás. – Você sabe disso, certo? Dê a si mesmo permissão para se colocar em primeiro lugar.

– Eu não sei fazer isso.

– Eu te ajudo. E se Seth não entrar na linha, ainda tenho o número daqueles caras da empresa de mudança. Vou te colocar em contato com eles. Vamos botar uma calça jeans rasgada em você e... tchãrã! Melhores amigos no ato!

Ele sorri.

– A escolha sobre o que vai fazer em relação a Seth é sua – digo –, mas, se precisar de apoio, pode contar comigo. Vou assustá-lo tanto que ele nunca mais vai sair da linha, basta você falar.

Ele pega minha mão. E beija meus dedos.

– Obrigado – murmura.

–Tudo o que é bom dura pouco.

É o decreto solene soando na minha cabeça enquanto nos sentamos à mesa de Deborah e Harold. Um banquete se estende à nossa frente, o que deveria provocar um pouco de felicidade, mas não é isso que sinto, porque estamos prestes a ficar de pernas presas sob uma tábua de madeira durante uma refeição extralonga, o que significa que a conversa será extralonga.

Sei qual vai ser o assunto. É o tema favorito de Deborah. Nicholas e eu temos feito um bom trabalho em evitá-lo quando estamos sozinhos, como ficou claro pelo nosso medo do corredor de decoração para casamentos.

– Vocês já enviaram os convites? – Deborah entra de cabeça, colocando pedaços de pernil de peru no prato do marido. Ele não tem permissão de fazer o próprio prato porque é "ruim em controlar porções". A dieta em que ela o colocou agora proíbe recheio, carne do peito e da asa e batatas, e ele parece prestes a chorar. – Já é quase dezembro. – Seus olhos se movem para Nicholas, então para mim. Contêm uma acusação, clara como o dia. Ela acha que é minha culpa os convites ainda não terem sido enviados.

Nicholas faz exatamente o que eu faria. Finge que não ouviu. Então, quando ela repete a pergunta, finge que não sabe do que ela está falando.

– Convites? – Como se fosse uma palavra estrangeira que ele não compreendesse.

Enfio na boca garfadas de purê de batata. Eu sou uma dama. Tenho bons modos. Ninguém pode esperar que eu fale de boca cheia.

Deborah avalia Nicholas por cima de sua taça de vinho, com olhos astutos.

– Os convites para o seu casamento, querido. Ainda não recebemos o nosso.

– Vocês precisam de um convite oficial? – pergunta baixinho. – Já sabem a data e o local.

– Eu preciso de três convites: um para o meu livro de memórias, um para o seu livro do bebê e um para os arquivos familiares. Além disso, todo mundo precisa dos convites também. Todas as suas tias e tios. Todos os dias, ao que parece, recebo uma ligação. *Cadê meu convite? Não serei convidado?* Os membros do clube do seu pai e todas as esposas estão em alvoroço! Eles se sentem pessoalmente menosprezados. Você não pode deixar ninguém de fora, Nicky. É grosseiro.

Não conheço nenhuma dessas pessoas a quem ela se refere. Nicholas não conhece a maioria deles, e, dos que conhece, não gosta. Não penso que haja realmente um alvoroço; está mais para Deborah tentando avaliar o que está acontecendo, por isso está inventando histórias.

– Francamente, você está me colocando em uma posição ruim – continua. – As pessoas sabem que estou orquestrando toda essa operação e, quando você negligencia seus deveres, isso reflete mal em mim. – Ela toca seu colar. É um coração com quatro pedras para representar todos os membros de sua família. – Então, se não quer se comportar de forma responsável por *você*, faça isso por *mim*.

Nicholas parece desanimado. Não é um desanimo visível – quem vê, pensa que ele está bem. Seu rosto está calmo, seu tom é suave. Mas percebo isso como um sexto sentido: ele está odiando tudo. Acabamos de nos sentar e ele gostaria de poder sair correndo pela porta, mas não pode. Está preso interpretando Nicholas Rose, Filho Perfeito, e, depois de todos esses anos, o papel já está desgastado.

– Harold – Deborah diz quando ele tenta roubar um pãozinho. – Sabe que não pode comer isso.

– Você me deu muita vagem – ele lamenta. – Não estão nem temperadas.

– Muito tempero não faz bem para seu intestino. – Ela se vira bruscamente para Nicholas: – Você precisa vir em algum momento desta semana com os convites. Eu mesma o ajudo a endereçar os envelopes, se ninguém mais quer fazer isso. – Uma boa alfinetada em mim. – Precisa enviá-los se espera receber as confirmações de presença a tempo. Alguns convidados precisam abrir espaço em suas agendas de trabalho para poder viajar até aqui para o casamento, e esperar até o último minuto para fornecer essa informação é extremamente imprudente. Não me surpreenderia se minha amiga Diana, da faculdade, não conseguisse vir, agora que mal há tempo para se preparar.

– Você não disse à sua amiga quando e onde vai ser? – Ele pergunta. – Sabe que vai ser na igreja St. Mary's no dia 26 de janeiro há meses. À uma da tarde. Você poderia ter dito isso a ela.

– Não é assim que as coisas funcionam! Precisa enviar convites de verdade. Esse não é um casamento qualquer feito em Las Vegas, Nicholas. Você precisa se comportar de acordo com a ocasião.

Ela diz isso como se Nicholas a tivesse decepcionado e arruinado o casamento por não mover céus e terra para uma senhora chamada

Diana. Aposto que ele nunca nem viu Diana. Deborah só quer se exibir na roupa de mãe do noivo que escolheu para si mesma. Um vestido deslumbrante para ofuscar o meu.

– Estou cuidando dos convites, mãe – Nicholas diz com simpatia. – Não se preocupe.

– Não me diga para não me preocupar, Nicky. É meu trabalho. E não seja ridículo, vou ajudá-lo a resolver essa questão de uma vez por todas. Venha na quarta-feira depois do trabalho. Vamos fazer uma noite dos convites! Farei com que a mulher faça aqueles minúsculos bagels de pizza que você ama, e trabalharemos até meia-noite, se for preciso. – Observem que ela não me convidou para vir, apenas Nicholas.

Estou pronta para me debruçar sobre a comida e esquecer onde estou quando de repente sou transportada de volta ao Vamos Fazer Arte, e a como me senti mal quando vi Melissa atrás do balcão. Tive que processar ter perdido a vaga ao mesmo tempo em que a repugnante Melissa esfregava isso na minha cara, o que poderia ter acabado com meu dia inteiro se não fosse por Nicholas, que me salvou. Em vez de sair da loja de mau humor, saí rindo.

– Na verdade, Nicholas e eu temos planos para a próxima quarta-feira – respondo por ele.

Deborah me olha com curiosidade.

– Fazendo o quê? Cuidando dos convites?

Não posso me comprometer com isso. Meu relacionamento com Nicholas está por um fio. Enviar os convites torna o casamento muito real, e ainda não consigo me imaginar subindo ao altar da St. Mary's. Não consigo visualizar as instruções monótonas e ecoantes de um padre sobre como devemos tratar um ao outro durante o casamento, e não consigo me visualizar naquele vestido "lindo" que não amo. Não consigo me ver olhando para Nicholas e ouvindo-o dizer *Aceito*. Acho que Nicholas tampouco é capaz de imaginar isso, e é por isso que estamos enrolando há tanto tempo.

— Pescando — improviso. — Na nossa canoa.

Deborah se engasga de boca cheia. Harold levanta a mão, parece prestar a dar um tapinha nas costas dela, mas pega um pãozinho e o enfia na calça para garantir. Eu não o julgo. A vagem está horrível.

— Você não tem uma *canoa,* Nicholas — ela diz, como se eu tivesse acabado de lhe dizer que estamos abandonando todos os nossos bens para nos juntar a uma seita.

Nicholas parece cansado, então respondo por ele de novo.

— Nós temos! É muito divertido. Nicholas a usou no lago, dia desses. Ela está horrorizada.

— Para quê?

Ela não está se dirigindo a mim, sedenta por uma reação de seu filho. Estou certa sobre o meu palpite: ele precisa ser resgatado. Tal atitude requer uma estratégia diferente da dele ao me salvar na Vamos Fazer Arte. A sra. Rose não é Melissa. Eu não dou mais a mínima sobre o que essa mulher pensa de mim, mas Nicholas dá, então tenho que prosseguir com sutileza. Vai custar pontos de orgulho.

— Para fazer canoagem, é claro — digo a ela sem nem um pouco, nadinha, de falsidade. Hoje, eu sou Shakespeare. — Existem muitos estudos que dizem que a canoagem é boa para o bem-estar mental e físico. Chamam isso de "esporte meditativo". — Não sei se eu mesma inventei essa terminologia ou se a ouvi em algum lugar e a guardei inconscientemente, mas de qualquer forma estou orgulhosa de mim mesma pelo improviso. *Esporte meditativo.* Soa real pra caramba.

Tento pegar as batatas, mas Deborah desliza o prato para longe.

— Não coma isso, querida. Seus futuros filhos ficarão laranja. — Ela se debruça sobre o prato e as pontas do seu cabelo chanel cheguem perigosamente perto do molho de carne. — Nicky. Já cadastrou alguma lista de presentes? Preciso incluí-la nos anúncios na igreja. Estou pedindo para eles colocarem no boletim de domingo, e estou pensando em pedir ao jornal *Diário de Beaufort* para escrever um pouco sobre você também.

Nicholas prende a respiração, mas eu aperto seu joelho levemente sob a mesa. Sou seu cavaleiro de armadura brilhante. Esse é o meu papel aqui. Estou lentamente entendendo que deveria ter sido o meu papel desde sempre, mas não percebi e perdi a deixa na primeira vez em que fui atacada por mães cuspidoras de fogo. Tenho algum tempo perdido pelo qual compensar.

– Deborah, o peru está *muuuuito* delicioso. Qual é o segredo?

O segredo dela é que não foi ela que cozinhou, foi outra pessoa, mas ela está tão surpresa que tem que responder.

– Ah. Eu… hum… manteiga. E especiarias. E muito amor! – Ela sorri amorosamente. Quanta babaquice. – O amor é o ingrediente mais importante de todos.

– Concordo. O amor é bem importante. – Eu não vou deixá-la em paz nem por um segundo. Vou ocupar cada centímetro quadrado de espaço na conversa e, pela primeira vez na vida, Nicholas poderá terminar de comer sua refeição enquanto ela ainda estiver quente. Ele não vai esguichar mel no chá mais tarde para aliviar a dor de garganta depois de duas horas inteiras de blábláblá. – Fico triste que Heather não esteja aqui. Eu adoraria finalmente conhecê-la. – Heather deixou a cidade em seu aniversário de dezoito anos e só volta quando não consegue escapar. Pelo que sei, ela e Deborah têm um relacionamento extremamente conturbado desde que Heather era adolescente e Deborah era o horror de todas as reuniões de pais e mestres.

– Heather! – Deborah quase se abana. Acertei na mosca. – É triste mesmo. É realmente uma tristeza ela resolver não vir para casa no Dia de Ação de Graças. Eu implorei. O pai dela implorou.

Harold franze a testa enquanto enfia uma garfada na boca, provavelmente se perguntando se de fato implorou. Ele desiste de pensar nisso e rouba um pedaço de peru.

– É como se não fôssemos nada para ela! – Deborah continua. – Eu sempre lhe digo ao telefone que é uma sorte termos Nicky, caso contrário estaríamos sozinhos. Nosso Nicky entende o valor da família.

Ela faz uma pausa e olha para o filho, preparando-se para falar diretamente com ele, então eu digo:

– Sim, ele entende. Nicholas é um homem bom e tenho muito orgulho dele. Você o criou muito bem. Uau, o molho de cranberry está uma coisa de louco! Faz tempo que não experimentava um tão saboroso. O que minha mãe sempre fazia era tão *blé*. – Faço uma expressão exagerada de desgosto.

Isso chama toda a atenção dela. Deborah aproveita qualquer oportunidade de se mostrar superior à minha mãe. Ela odeia que Nicholas tenha uma sogra mais do que odeia a ex-mulher de Harold. E olha que literalmente mandou um padre abençoar a casa de Harold depois que eles se casaram, para livrá-la da essência de Magnólia.

– Obrigada. É verdade, poucas pessoas sabem como prepará-lo corretamente.

– Incluindo você. – Harold resmunga baixinho para que ela não ouça.

Eu dou uma mordida, em seguida, emito um som de aprovação.

– Hum. Divino. Não tenho certeza se já te disse isso, mas este aparelho de jantar me lembra um castelo francês. Sinto-me como Maria Antonieta quando como aqui, mas, por favor, não me leve a mal.

Seus olhos se iluminam.

– Essa é a inspiração!

– Não me diga! Ficou excelente. – Eu levanto o copo e faço um brinde forçado, que ela retribui para meu misto de admiração e horror. Não ouso olhar para Nicholas porque sei que qualquer coisa que eu veja em seu rosto vai me fazer rir.

Ela começa a me contar mais sobre sua mesa e cadeiras, e respondo com entusiasmo e muitas perguntas. Faço elogios sobre ela mesma,

Nicholas e seu talento para o design de interiores sempre que encontro uma deixa.

Puxar o saco da Deborah era tão fácil quanto respirar quando Nicholas e eu começamos a namorar. Eu queria impressionar e não a conhecia muito bem. Tudo é fácil quando se é ingênua e não identifica os perigos ocultos. Não sou mais ingênua. Sei exatamente quem é essa mulher. Nós temos uma história agora. Os elogios melosos ainda fluem como costumavam, mas estou convocando-os por um canal diferente, porque meu objetivo é diferente. Minhas prioridades são diferentes. Nicholas merece um feriado em que não seja importunado até a morte.

Quando Deborah pede licença para ir à cozinha buscar a sobremesa, suspiro para tomar ar e engulo todo o meu suco de cranberry, além de um copo de água. Arrisco uma espiada para a direita e meu coração dispara.

Os olhos de Nicholas estão pousados em mim, calorosos e cheios de gratidão, e essa gratidão faz o esforço valer a pena. Aguento mais dez rodadas com a sra. Rose se isso me garantir outro olhar como aquele no final.

Quando Deborah volta carregando um bolo do tamanho de uma pequena ilha, já estou preparando o terreno para inflar seu ego.

– Hum, isso parece incrível! – Nem preciso mentir. Eu não comi muito do jantar porque estava muito ocupada tagarelando, e o bolo tem um cheiro delicioso.

– Não é? – Ela está exultante com meus elogios. Deborah corta dois pedaços e os coloca em dois pratos pequenos. Um ela guarda para si e o outro dá a Nicholas. – Bolo de maçã com caramelo salgado. É uma receita da família Rose, passada de geração em geração.

– Mal posso esperar para fazê-la eu mesma.

Seu sorriso é contido.

– Algum dia, depois que for mãe, eu vou te contar o segredo.

Encantador. Usando uma receita como ferramenta para conseguir netos. Ainda assim, esfrego as mãos e digo:

— Até lá, acho que vou ter que me contentar em simplesmente comer o bolo, sem precisar assá-lo! – Procuro outro prato na mesa.

— Eu também quero – insiste Harold.

— Psiu. – Deborah o repreende. – Você sabe que não pode comer tanto açúcar. Pense em seu intestino!

Gostaria que ela parasse de nos forçar a pensar no intestino de Harold.

Raspo a comida fria no meu prato para abrir espaço para uma fatia de bolo. Mas quando pego a espátula, a mão dela se fecha sobre a minha. A pele dela é quente. Humana.

Mas seus olhos são frios.

— Acho que você não deve comer, querida.

CAPÍTULO DEZESSEIS

– Você não concorda? – Ela continua, pois eu não retiro a mão. – Você sabe... – Seus olhos miram minha cintura. – Para o casamento. É tradição as noivas suprimirem o apetite até o grande dia, para que não haja surpresas atrozes na hora da prova do vestido. Normalmente eu não diria nada, você sabe que eu não diria, mas acabou de comer uma refeição excepcionalmente grande. Encher-se demais não seria sábio.

Minha mente gira, pisca e desliga. No vácuo negro, permanece uma única frase flutuando à deriva. *O quê?*

– Mãe – Nicholas diz friamente.

Ela também coloca a outra mão sobre a minha, acariciando-a. Meu estômago se revolta com todos os sentimentos educados e melosos com os quais tenho alimentado seu complexo de superioridade nos últimos quarenta e cinco minutos. Não importa o quão legal eu seja. Isso nunca vai importar. Ela sempre será horrível comigo.

– Quando eu estava noiva – ela me conta, ignorando o filho –, a gula também me tentava. Minha irmã adora confeitaria, e a casa cheirava a biscoitos e bolos todos os dias. Você não pode imaginar! – Seu sorriso é arrepiante, porque cada palavra que está saindo de sua boca é sincera. – Mas você *deve* se controlar. Naquela época, as meninas tinham um jeito de cuidar do problema.

– E o *problema* é... ter fome?

Ela concorda com a cabeça, sem perceber a incredulidade na minha voz.

– Exatamente. Não dá para ficar comendo como um porco se você quer parecer elegante em suas fotos de casamento. Beba água quente com limão e manjericão, e ficará tão cheia que vai jurar que comeu o dia todo! Posso pedir para a mulher preparar uma xícara para você se ainda estiver com fome.

– Ela não vai beber essa porcaria – Nicholas a interrompe. – Deixe-a comer um pedaço de bolo.

– Não posso deixá-la comer o bolo! – Ela exclama. Até o torso da Maria Antonieta que ela tanto admira rola no túmulo, tipo, *Mulher, pare.* – Estou dizendo isso por amor, Nicky. Você tem que acreditar nisso.

Ele não vai recuar.

– Você não é a médica dela, e o que ela come não é da sua conta. Se está oferecendo sobremesa, não pode decidir quem pode e quem não pode comer.

– Concordo! – Harold fala.

As maçãs do rosto de Deborah coram bastante.

– Cala a boca, Harold.

– Não me venha com "Cala a boca, Harold". Eu pago o salário da mulher que fez esse bolo. Vou comer. – Ele estende a mão. Ela dá um tapa na mão dele, mas ele pega a bandeja inteira com uma agilidade surpreendente e a coloca no colo. – Aqui está, Natalie. – Ele me oferece um pedaço enorme bem do meio.

– Não! – Deborah grita, com pressa para impedir. – Não coma isso! Você vai parecer uma salsicha em seu vestido. Depois da última prova, mandei a costureira diminuir o tamanho para 36!

Deixo cair o bolo. Ele respinga sobre a mesa.

– Você *o quê?*

Deborah entra em pânico. Torce as mãos.

– Eu usava 36 quando me casei. Não é impossível... Você tem só que parar de ... Chega de sobremesas e...

– Eu não uso tamanho 36. – Estou abismada. Odeio ter que falar sobre isso na frente dos pais de Nicholas. – Não chego nem perto disso. Você teria que remover meus órgãos! Eu não entendo... Por que você... Por que é assim... – Estou prestes a desmoronar porque tenho me esforçado tanto para ser gentil, e deveria ter esperado isso. Sinto uma chicotada. Não há nenhuma parte de mim que deseje ter um tamanho diferente do que tenho, e odeio Deborah com todas as forças por tentar me fazer sentir mal comigo por não cumprir algum padrão de merda que ela estabeleceu mais de trinta anos atrás.

– Como pôde fazer algo assim? – Nicholas grita. – Dê um jeito no que raios disse à costureira. – Ele se levanta, tão severo e impassível que fico bastante intimidada. – Peça desculpas a Naomi agora mesmo.

Deborah não consegue fechar a boca. Seu rosto está da mesma cor de sua blusa framboesa, uma combinação perfeita. A percepção de que ele está do meu lado percorre meu corpo como um relâmpago, e, sem pensar, eu me levanto também e pego sua mão. Seus dedos deslizam suavemente pelos meus, travando nossas mãos. Somos aliados formando um campo de força sólido contra a chuva de balas disparadas pela boca de sua mãe.

– Minhas intenções são boas – ela diz suavemente. – Como posso ser a errada aqui? Estou cuidando da minha futura nora. Sei como as pessoas podem ser desagradáveis. Imagine como vai ficar parecendo se o vestido não couber direito.

— O vestido é feito sob medida para *Naomi* – ele rebate. – Não é a Naomi que tem que mudar para caber no vestido. Ela é minha noiva, ela é linda e perfeita, e não permito que ninguém fale assim com ela, muito menos alguém da porra da minha própria família.

— Nicky! – Ela adverte em um sussurro alto, como se temesse que os vizinhos pudessem ouvir.

— Peça desculpas!

— Mas...

Ela quer lamber os dedos e alisar o cabelo dele. Colocá-lo para dormir. Me empurrar de uma torre. Ela vai roubar nosso bebê do berço e fugir para o México para ter certeza de que ele será criado com um apego doentio a ela. Ele será batizado na St. Mary's em um mandrião branco com monogramas de rosas.

Deborah gagueja com olhos suplicantes, mas estão afiados como os de uma águia quando se movem em minha direção. Ela não esperava por isso. Nunca, nem por um momento, ela pensou que ele ficaria do meu lado contra ela, porque, para ela, eu não sou importante. Apenas um aborrecimento necessário que permite que ela faça um casamento chique e consiga os netos que tanto deseja, mas, fora isso, eu sou uma peça de decoração. Nessa casa, sempre me senti desimportante.

— Ridículo. – Nicholas resmunga. – Você não pode tratar minha noiva dessa maneira e ainda esperar ser convidada para o casamento.

Não tenho certeza de qual suspiro é mais alto – o meu, o dela ou o de Harold.

Na verdade, o de Harold não é um suspiro. Ele se engasgou com o bolo.

— Ah, pelo amor de Deus! – Deborah estoura, batendo entre as omoplatas dele. – Mastigue! Você não sabe mastigar?

Harold está vermelho como beterraba, com bochechas e olhos esbugalhados. Ele tosse pedacinhos de bolo que se espalham por toda a toalha de mesa e faz um som esquisito que parece um *Cale-se*.

– Estou convidada para o casamento. – Deborah declara enquanto o marido ainda luta para sugar o ar para os pulmões. – Claro que estou. Nem diga isso.

– Não estou dizendo isso, estou ameaçando.

– Não! – Harold grita, interrompendo o filho. Deborah está tentando arrancar o bolo dele. – Você não me deixa fazer nada que me faça feliz! É como se estivesse morto. Eu me sacrifiquei tanto. Deixei você ter a Beatrice, então agora você pode me deixar comer um pedaço de bolo, ou então, *juro por Deus*, vou pular do telhado dessa casa!

Ela deixa que ele fique com o bolo.

– Quem é Beatrice? – pergunto. Esse é o jantar mais bizarro em que já estive.

– Uma cachorra que ela tinha quando eu era criança. – Nicholas murmura em meu ouvido.

– Como pode falar de Beatrice? – Deborah grita, os olhos se enchendo de lágrimas. – Você sabe como isso me deixa, especialmente nessa época do ano.

– Deveria tê-la jogado em um lago. – Harold pega o bolo com as duas mãos e o engole como um bárbaro. Isso é loucura. Não há como essas pessoas tentarem parecer melhores do que eu nunca mais. – Quinze anos! Por quinze anos, não tive permissão para dormir na minha própria cama por causa daquele cachorro.

– Ela era minha filha! – Deborah grita.

– E eu era seu marido, infelizmente! Tive que dormir no quarto de hóspedes! Na minha própria casa! – Ele se inclina para mim. – Minha ex-mulher não gostava de cachorros. A Magnólia. – Seus olhos adquirem um aspecto sonhador. – Só damos valor ao que perdemos...

– Eu não vou ficar aqui para isso – diz Nicholas. – Me desculpe, Naomi. – Para nosso espanto coletivo, ele dá as costas para a mesa e me leva com ele.

— Nicky! — Deborah grita. — Não vá embora só por causa de seu pai. Você não terminou sua sobremesa.

— Estamos indo. Feliz Dia de Ação de Graças.

— Você vem na quarta-feira, então? Com os convites? — É surreal como a voz dela é como um tapa na cara.

Nicholas está tão furioso que mal consigo acompanhar seus passos decididos, mas estou adorando. É o tipo de situação com que sonhei: ele essencialmente mandando a mãe se foder e me levando embora com ele. Ainda estou ofendida por Deborah tentar me fazer caber em um vestido que não caberia nem na Barbie, mas isso está sendo rapidamente ofuscado pela maravilha que é ter Nicholas me defendendo.

Nós saímos sem responder a ela, e toda a agitação me deixa atordoada. Nicholas e eu voamos pelo gramado escuro, de mãos dadas. Pela segunda vez hoje, estamos fugindo da cena do crime, e nunca foi assim antes: Nicholas e eu permanecendo do mesmo lado.

Quando chegamos ao jipe, ele apoia a mão na porta do passageiro antes que eu possa abri-la e, com seu corpo, me prende contra o metal frio. Seus olhos me observam com intensidade, tão perto que posso sentir seu hálito. Ele pega meu rosto entre as palmas das mãos e diz:

— Não dê ouvidos à minha mãe. Você é perfeita.

Desvio o olhar, engolindo em seco.

— Obrigada. — Dou a ele um pequeno sorriso. — Formamos uma boa equipe lá dentro.

— É assim que *tem* que ser — ele diz. Ele me observa por um momento, parecendo querer se decidir sobre alguma coisa. Então se aproxima antes que eu possa me perguntar o que está pensando, e sua boca gruda na minha.

Eu me derreto, pressionada contra a porta. Mal tenho tempo de jogar meus braços ao redor de seu pescoço antes que ele me levante do chão, segurando-me pelas coxas. Ele me beija de um jeito feroz, o doce mais doce, meu corpo esmagado entre ele e o carro. Assim que a frase *Ai, meu Deus* surge em minha mente, a porta da frente se abre. Lá está Deborah, boquiaberta olhando para nós.

Inclino a cabeça para trás e dou risada. Nicholas sorri, os olhos brilhando, e ri também. Acho que ele não consegue acreditar em si mesmo.

Não sei o que deu em nós, mas gosto disso. Do ponto de vista de Deborah, as mãos de Nicholas desapareceram sob a barra da minha saia, e a ideia de chocá-la assim quase me faz sentir pena dela. Quase.

Quando Nicholas me solta, tenho que admitir para mim mesma: Não tenho mais ideia do que está acontecendo. É assustador.

Ainda estou com fome, e um milagre aconteceu: o Jackie's está aberto.

— No dia de Ação de Graças? — exclamo para Nicholas depois que ele volta para o carro com um saco de papel engordurado.

— Eles estão *sempre* abertos.

Olho de lado para ele. Comemos muito no Jackie's no primeiro ano de namoro, antes de ficarmos noivos, de irmos morar juntos e de eu perder meu emprego na loja de ferragens, tudo de uma só vez.

— Você ainda vem muito aqui, então?

— Ah, você sabe ... — Ele dá de ombros. Mas não afasto o olhar de seu rosto, e ele acaba me contando a verdade. — Às vezes, quando as coisas não estão bem em casa, eu venho aqui. Se temo que você está prestes a dizer alguma coisa... hum... que não quero ouvir, entro no carro e dirijo. Digo que vou à casa dos meus pais, mas na maioria das vezes eu só dirijo ou venho para cá. Olha. — Ele abre o porta-luvas, abarrotado com uma pilha enorme de guardanapos extragrandes do Jackie's.

– Você teme que eu diga algo que não quer ouvir? – Repito, aceitando um pacote de batatas fritas. – Como o quê?

Ele dá de ombros novamente, então começa a dirigir para casa.

Já que parece que ele não quer responder a essa pergunta, penso em outra coisa para dizer.

– A placa da casa de seus pais está errada. A que diz "Se a rosa tivesse outro nome".

Ele ri.

– Eu sei. Eu já pesquisei. Não diga a eles, Ok? Quero ver quanto tempo eles levarão para descobrir.

Sorrimos juntos. Talvez Nicholas não seja tão ruim.

É essa boa vontade que me faz dizer:

– Quando chegarmos em casa, há algo que quero mostrar a você.

Ele me olha. Sinto seu olhar na escuridão, indo de meu rosto para a estrada. Ele está quieto, mas ouço as engrenagens de seu cérebro maquinando pelo resto do caminho para casa, imaginando o que vou mostrar a ele. Não consigo saber o que ele está pensando que é.

No momento em que passamos pela porta da frente, já estou arrependida. Por que sou tão impulsiva? Preciso voltar atrás. Eu me esforço para pensar em um segredo diferente para mostrar a ele, mas não consigo.

– Então – diz ele, sondando. – O que você quer me mostrar?

Não tenho certeza se seguiria em frente se não fosse pela hesitação em seus olhos. Ele está preocupado. Acha que o que quer que seja, envolve a ele e a mim, e que pode ser ruim. Não posso deixá-lo sofrer, então paro, reúno toda a bravura que consigo. Nunca em um milhão de anos pensei que mostraria isso a ele por vontade própria.

Ele está encostado no balcão da cozinha quando eu lhe entrego meu telefone.

– Aqui. – Então me encosto na outra parede, roendo as unhas.

Ele fica ainda mais preocupado.

– O que você quer que eu faça com isso?

– Veja o que escrevi.

– Por quê?

– Veja.

Ele me estuda por alguns segundos como se isso pudesse ser uma armadilha, então faz o que pedi. Sinto vontade de pegar meu telefone de volta. Meu rosto está vermelho e meu coração está na garganta, e vou chorar se ele rir de mim. Sentir que ele sente pena de mim seria ainda pior. Tenho convicção de que ele vai pensar que sou uma fracassada ridícula. Todas as provas estão ali em sua mão. *Ninguém me quer. Olhe só por que você jogou tudo fora. Uma mulher que nem consegue virar garçonete no Olive Garden.*

Eu o vejo ler a lista de todos os estabelecimentos aos quais me candidatei para trabalhar. É detalhada: descrevo se me inscrevi *on-line* ou pessoalmente, se posso esperar por uma resposta por telefone, mensagem de texto ou e-mail. Lugares em relação aos quais eu tinha grandes esperanças estão marcados com carinhas sorridentes. As negativas são seguidas por Xs. Os lugares dos quais ainda não tive notícias têm pontos de interrogação ao lado. Não há nem um *sim*.

É uma longa lista, e está cheia de Xs.

Vários minutos se passaram e ele ainda permanece em silêncio, apenas olhando para a tela do meu celular enquanto, sem dúvida, decodifica tudo, e sinto como se estivesse sendo estrangulada. Quando eu era a única que sabia de todas essas rejeições, conseguia lidar com essa sensação. Agora que ele sabe, é como enfrentar a humilhação de novo. Sei que não sou inútil, mas, meu Deus… É difícil não se sentir inútil quando se está no meio de uma sequência interminável de *Infelizmente, escolhemos outra pessoa. Lamentamos não poder lhe dar uma notícia melhor e lhe desejamos muito boa sorte.*

Estou com as mãos no rosto, então sou pega de surpresa quando um par de braços me envolve. Seu toque me emociona, e eu começo a chorar em seu ombro.

— É idiota chorar por conta disso. Desculpa.

— Ei — ele murmura, acariciando minha têmpora. — Não é idiota. Você não tem por que se desculpar. Esses lugares são idiotas.

— Não são — soluço.

— São, se recusam você. Quero pegar o carro e ir jogar ovos em todos esses lugares. — Meu soluço se transforma em uma risada, e sinto a bochecha dele se mexer contra meu couro cabeludo, o que indica que ele está sorrindo. Mas quando ele se afasta e me examina de perto, seus olhos estão sérios. — Eu não fazia ideia de que você se candidatou a tantos lugares.

— Sim, bem… — Enxugo as lágrimas com a manga, evitando seu olhar. — É vergonhoso. Principalmente porque você tem um emprego estável. Eu não sabia se você entenderia.

— Eu entenderia — diz ele suavemente. — E gostaria de ter estado ao seu lado. Apoiá-la e fazê-la se sentir melhor. Quero que me diga quando receber más notícias, para que não passe por isso sozinha.

— É como tentar entrar na universidade de novo — confesso. — Não te contei isso, mas cerca de dois anos após a formatura do ensino médio, decidi que queria fazer faculdade, então me inscrevi em várias universidades de todo o país. Eu estava tão esperançosa; tinha certeza de que pelo menos uma me aceitaria. Então, lentamente, assisti à chegada de todas as cartas de rejeição. Meus pais sugeriram que eu me candidatasse a faculdades comunitárias, porque eles não se importariam com as notas mais baixas do meu histórico, mas aí eu já estava… Não sei. Cansada, acho.

Ele não responde do jeito que acho que ele vai responder. Não me dá uma lista de metas pessoais que preciso estabelecer e cumprir, não importa o que aconteça, sem exceções. Não me diz que eu deveria ter me esforçado mais no ensino médio e prestado mais atenção às aulas, nem que se eu fosse mais focada poderia ter um diploma universitário e um emprego bem remunerado agora. Ele não diz que planejei mal minha vida e desperdicei a década dos vinte sem conseguir nada.

Em vez disso, pergunta:

— O que você queria estudar?

— Eu não sei, sinceramente. Minha ideia era descobrir à medida que avançasse. Nunca tive um curso específico em mente, tudo o que eu queria era um trabalho para o qual ansiasse ir todos os dias. Um ambiente pequeno com pessoas amigáveis, como uma outra família. Algum lugar onde eu me encaixasse.

Seus olhos parecem tão compreensíveis que me derreto.

— Como a Ferro-Velho.

— Sim. Eu nem me importava com o fato de o salário ser uma porcaria. A diversão faz toda a diferença. Melissa era uma chata, mas eu passava o tempo com Brandy todos os dias. Gostava do ambiente e... Eu me sentia em casa. Era familiar. Podíamos ouvir qualquer música que queríamos. Eu adorava arrumar as vitrines e tornar a loja divertida para clientes inexistentes. Mover o Toby, o guaxinim. Nunca vou encontrar um emprego como esse novamente.

Ele não diz "Vai sim". Ele me abraça forte e me deixa fungar em seu ombro.

— Eu sinto muito. Se eu soubesse, nunca teria feito todas aquelas piadas sobre trabalho e faculdade. Não deveria mesmo ter feito nenhuma delas. Se eu puder ajudar de alguma maneira, me conte, ok?

— Não acho que *haja* alguma maneira de você me ajudar.

Ele respira fundo. Seca uma lágrima com o polegar.

— Estou aqui, ok? — Ele segura meus ombros e os aperta suavemente. — Não é da boca para fora. Estou bem aqui. E quero te ouvir. Sempre que estiver triste, quero saber o porquê. Quero saber o que você está sentindo, o tempo todo, para compartilhar desses sentimentos com você.

Tenho que evitar as emoções em seu olhar, porque meu coração é como um punho cerrado no peito e, ao quebrar as minhas expectativas sendo gentil e compassivo, Nicholas o está apertando tanto que é como se estivesse usando um espartilho. Não consigo respirar sob o peso de seu olhar. Quero confiar que ele está sendo sincero, mas não consigo.

Ele está sendo doce e empático agora, mas e daqui a uma semana? E se, quando estiver tendo um dia ruim e contar a ele sobre isso, eu não encontrar essa versão doce e empática de Nicholas, mas *o outro*? Aquele que se distanciava quando surgiam questões que ele não queria enfrentar? Aquele Nicholas vai voltar, mais cedo ou mais tarde, e vai fazer me arrepender de ter me mostrado tão vulnerável com ele.

Não posso esquecer o que ele disse no passado. *Naomi não precisa de um emprego. Não me castigue por ser bem-sucedido o suficiente para comprar um bom carro.* Sua amargura por eu tê-lo feito recusar aquela oferta de emprego em Madison. Ele pode se desculpar mil vezes, mas sempre me pergunto se ele quis mesmo dizer o que disse. Se acredita em mim.

— No que você quiser fazer — ele me diz —, eu vou apoiá-la.

Em minha mente surge o restaurante em Tenmouth. A casa assombrada. Não digo nada.

— Sinto muito pela minha mãe.

— Eu também.

— E pelo meu pai.

— Sinto muito por seu pai e pela Beatrice.

Isso arranca uma risada dele.

— Beatrice. Sua filha favorita, era como minha mãe costumava chamá-la. É um mistério Heather nunca aparecer.

— Coitada da Heather. — Talvez ela mereça ser dama de honra, afinal. Eu enfio o pensamento errante em um picador de madeira, porque não haverá dama de honra. Não haverá casamento. Nicholas e eu não conseguimos nem andar por um corredor de decorações para casamento numa loja, imagine só se conseguiremos subir ao altar em uma igreja.

Tudo vai desmoronar, e esse fato não me traz nenhuma satisfação. Nesse instante, não odeio Nicholas. Posso identificar todas as qualidades dele de que sentirei falta. Mas não posso continuar. Seria muito mais fácil se ele não tivesse começado a se aproximar de mim novamente, se não tivéssemos começado a ser honestos um com o outro, expondo o que realmente pensamos e sentimos. Quero ser capaz de ir embora resoluta no final disso, sabendo que estou fazendo o que é melhor para mim. Para nós dois.

Acho que Nicholas percebe minha confusão e turbulência interna, mas as interpreta erroneamente como decepção pelo emprego na loja de artesanatos, porque o sorriso que me mostra não é um sorriso que ofereceria se soubesse que estou pensando em como preciso deixá-lo.

– Há algo que quero mostrar a você também – ele me diz, e me leva pela mão para a sala de visitas. Meus olhos passam pelo quebra-nozes na lareira, e sinto um aperto no coração.

Ele se empoleira na beirada de sua mesa e gesticula para que eu me sente na cadeira do computador.

– Quero que você veja o que passo fazendo a maior parte do tempo no computador. Não é relacionado ao trabalho.

Ai, Deus. Se ele está prestes a acessar um site de vídeos pornô, eu passo. Até para a intimidade há limites.

– Relaxe, não é ruim. – O que ele me mostra faz desaparecer toda a minha melancolia, porque fico tão espantada que é impossível permanecer melancólica.

– Você está falando sério? – Eu o encaro.

Ele acena solenemente.

— Isso.

— Isso aí.

Pisco olhando para a tela. Ele está no nível 91 de um jogo de computador chamado *Noitibó*. Pelo que posso ver na tela inicial, é um jogo de fantasia com todos os tipos de criaturas míticas. O nome de usuário dele é "It's A1 Lover"?

— Não é *A1* Lover, de "amante". É *It's all over*, de "está tudo acabado", sabichona. — Ele belisca meu braço. — Como em quem diz *já era*. Essas são as últimas palavras de Cardale, que inicia toda a busca para encontrar o… não ria!

Estou lutando contra um sorriso.

— Desculpe. Isso é demais. Quem é Cardale?

Ele franze a testa para mim.

— Não estou te provocando. — Fecho minha mão sobre a dele. — Só estou surpresa, só isso. Mas quero saber tudo sobre esse jogo. Nível 91? Você deve realmente amar jogar isso aqui.

Ele revira os olhos, mas diz:

— Ok, Cardale é um mago velho que foi atacado quando estava descobrindo uma profecia do Reino dos Sonhos. É assim que sua jornada como jogador começa. Todo mundo está em busca dessa profecia, porque suas últimas palavras foram *"It's all over"*, então as pessoas pensam que algo terrível vai acontecer, mas não sabem ao certo por que a profecia desapareceu. Se estivesse familiarizada com o jogo, teria entendido imediatamente o que meu nome significa…

— Está bem, está bem. — Ele é tão sensível sobre o assunto que chega a ser meio fofo. — Você está no nível 91. É um nível bem avançado. Está perto de encontrar a profecia?

— Encontrei a profecia catorze vezes. Toda vez que ganho, reinicio o jogo e a profecia vai parar automaticamente num local diferente com um conjunto diferente de pistas, então posso encontrar tudo de novo.

– Quando a encontra, o que ela diz? – Para falar a verdade, estou ficando interessada.

– Muda toda vez. Mas nos fóruns… há alguns fóruns onde falamos sobre o jogo… achamos que todas se conectam. Recebemos uma frase simples quando vencemos, e é meio vaga e parecida com uma frase de biscoito da sorte e nem sempre faz sentido no contexto, mas quando as compilamos em um banco de dados, encontramos padrões. Existem muitas teorias, mas pessoalmente acho que existem centenas de profecias possíveis e que se forem organizadas em uma ordem específica, contam quem realmente matou Cardale.

Ele explica tudo isso para mim com pressa. Não posso acreditar que estive tão alheia a esse lado de sua vida. Sempre me incomodou que ele desaparecesse com tanta frequência para ficar no computador, mas nunca pensei sobre *o que* ele podia estar fazendo. Há um mundo inteiro só dele sobre o qual eu nem sabia! Pensando bem, estou um pouco irritada comigo mesma por não ser mais curiosa. O cara é dentista. O que eu achava que ele estava fazendo no computador toda noite? Olhando os raios-X dos dentes de pessoas por horas? *Meu Deus, Naomi. Que desligada.*

– Quem é esse cara? – Movo o mouse sobre uma figura animada que está girando no lugar em uma plataforma, flexionando os bíceps de vez em quando, depois plantando os punhos fortes nos quadris. Ele usa um capuz preto sobre o rosto, e todo o efeito me lembra o Homem Raio de *Bob Esponja*. Não digo isso.

– Esse é o meu personagem, Grayson.

– Grayson? Esse nome quer dizer algo especial?

– Eu dei a ele esse nome em homenagem a um super-herói de quadrinhos, Dick Grayson. – Eu contenho uma risada, e ele me cutuca. – Muito maduro. Antigamente, chamavam as pessoas de Dick e Bráulio e adotavam de boa o sobrenome Pinto porque não sabiam que um dia seria engraçado para você. De qualquer forma, tenho outros personagens também, mas Grayson tem mais pontos de experiência, então eu o uso para as missões mais perigosas.

Olho para ele.

— Quem *é* você?

Ele me dá um sorriso torto, que retribuo.

— Um baita de um nerd.

Acho que talvez eu tenha uma queda por nerds.

— Me ensine a jogar.

Seus olhos se iluminam.

— Sério?

— Se você não se importar em compartilhar isso comigo. Entendo se você não quiser. — Fico impressionada com minha própria maturidade quando acrescento: — Se quiser ter isso só para você, como uma atividade que faz sozinho, eu entendo.

— Não, eu adoraria que você jogasse comigo!

Percebo que ele está sendo sincero. Não é segredo que ele usa seu computador para escapar, mas, aqui está: ele está me convidando para essa fuga com ele.

— Nesse caso, quero um *avatar* com cabelo roxo, três peitos e um capacete Viking.

— Beleza. — Ele sorri, então toma meu assento, colocando-me em seu colo. Ele começa a digitar, bem à vontade, ao mesmo tempo em que permanece atento a mim e às minhas reações, ao que vou achar. Essa parte dele é novidade para mim, mas de alguma forma é tão *Nicholas*.

— Por que você não me contou nada disso?

Ele dá de ombros.

— Pensei que você pudesse tirar sarro de mim.

Sinto um aperto no peito.

– Eu não teria feito isso. Se tivesse dito que era isso que estava fazendo, eu teria me juntado a você. Eu também estaria no nível 91.

– Nós vamos fazer você chegar lá rapidinho. Prepare-se para jogar a noite toda, Naomi. Você não faz ideia de como esse jogo é seriamente viciante. Você estará pelo menos no nível doze quando eu chegar do trabalho amanhã, eu garanto. Há muito o que fazer, além das missões. Você pode passear pelas aldeias e se distrair fazendo um milhão de outras pequenas missões, que acumulam pontos. É um universo incrivelmente detalhado e complexo. É difícil chegar à profecia porque há muitas distrações.

Ele me deixa com meu novo personagem e, nos primeiros cinco minutos, entro por um portal e aleatoriamente encontro um tridente brilhante que faz Nicholas arfar tão alto que acho que fiz algo errado. Ele me diz que o tridente é raro e que, quando se apunhala uma criatura mítica com ele, todos os poderes dessa criatura são absorvidos. Ele me implora para esfaquear um dragão, mas eu alegremente ignoro e decido esfaquear cogumelos pequeninos antropomorfizados que me dão a habilidade de pular bem alto, como se eu estivesse andando na Lua. Dez minutos depois, Nicholas está absolutamente fora de si e tentando me subornar com uma ida à Sephora se eu o deixar ficar sozinho com o tridente por meia hora. Eu me debruço protetoramente sobre o teclado para mantê-lo afastado e salto para uma fonte termal.

Também ignoro um semideus que pode duplicar tesouros para poder perseguir gnomos. Os gnomos são encantadores! Quem se importa com um tesouro quando pode dar a si mesmo um pequeno chapéu azul? Eu sou incrível nesse jogo e isso não me surpreende. Nicholas arranha o próprio rosto e geme.

Ele acidentalmente minimiza a página, que dá lugar à sua área de trabalho. Antes que ele possa abrir novamente, eu grito:

– Espere! – Aponto para o ícone de um documento do Word intitulado "Querida Deborah".

Levanto uma sobrancelha para ele.

– Ah. Hum. – Ele cora.

– Está bem. Você não precisa me explicar.

– Não, você pode ver. É, ah, um pouco juvenil. Ou quem sabe você se divirta com isso, não sei.

É uma série de cartas curtas enviadas à coluna de Deborah no *Gazeta de Beaufort*. Ele termina cada uma delas com assinaturas como COM RAIVA EM WISCONSIN ou FILHO CANSADO. Uma delas, vejo, está endereçada erroneamente a Deborah Weiner em vez de a Deborah Rose.

– Esse é o nome de solteira dela – ele me diz, mordendo o polegar para evitar que seu sorriso de orelha a orelha se transforme em uma gargalhada. – Achei que o erro seria engraçado. Alivia minha frustração me vingar dela dessa maneira inofensiva e, até agora, ela não adivinhou que sou eu que envio essas mensagens

– Meu Deus! – Coloco a mão no peito. – Como você pode me dar acesso a códigos nucleares como esses?

Querida Deborah, minha mãe não reconhece limites. Tenho mais de trinta anos. Como digo a ela para cortar o cordão umbilical e parar de me ligar vinte vezes por dia?

Querida Deborah, minha mãe é arrogante e humilha minha noiva. Ela se mete na nossa vida com mais determinação do que um mergulhador buscando um tesouro no mar, mas ela parece não entender sempre que digo isso diretamente. O que tenho que fazer para que ela capte a mensagem? Devo desenhar?

Querida Deborah, pretendo pedir a minha namorada em casamento, mas estou preocupado que minha mãe extremamente intrometida possa tentar se meter demais nos preparativos da festa de casamento. Espero que ela entenda que isso seria inapropriado, e tenho certeza de que você concordará comigo.

– O jornal alguma vez publicou uma de suas cartas? – pergunto.
– Publicaram seis das sete que enviei.
– E sua mãe não fez a conexão?
Ele balança a cabeça lentamente de um lado para o outro, lábios contorcidos num sorriso irônico.
– Não. Dissonância cognitiva total nas respostas dela. Ela me disse para apenas dizer gentilmente à minha mãe que não quero que ela se envolva nos preparativos do meu casamento, e que a mãe em questão provavelmente diria "Ok!" e recuaria. Você deveria ter visto minha cara quando eu li isso. Escrevo essas cartas para desabafar quando estou realmente chateado com ela, mas as respostas só me fazem querer bater a cabeça contra a parede.
– Nicholas, essa é a melhor coisa que já vi em toda a minha vida. Como presente de Natal, quero que diga a ela em uma carta que seu pai costumava ir a bordéis.
Ele me agarra instintivamente quando ri.
– Ai, meu Deus, sim. Vou fazer isso com certeza.
Depois de relermos suas cartas várias vezes, encontrando novos trechos para rir, voltamos para *Noitibó* e ele me familiariza com o jogo. Ele me balança involuntariamente em seu joelho, que não para quieto, e seus dedos apertam minha cintura. Não está atento à sua linguagem corporal, absorto em sua narrativa, dicas e opiniões. É o mais animado que o vejo em muito tempo, e está adorando isso. Ele adora me mostrar um jogo que lhe dá tanta alegria.
Sorrio por dentro e presto muita atenção a cada palavra que ele diz. Quando voltamos a olhar para o relógio, são duas e meia da manhã e estou impressionada com a percepção de que meu noivo e eu estamos nos tornando amigos novamente.

CAPÍTULO DEZESSETE

Na sexta-feira, Nicholas é o único escalado para trabalhar na Só Ria, tendo feito a coisa mais típica de Nicholas de todas: ele se ofereceu para cobrir o serviço para que todos os seus colegas de trabalho pudessem visitar suas famílias no fim de semana festivo. (*Isso sim é fazer um esforço!*, posso ouvi--lo pensando muito alto em direção à cadeira vazia de Stacy.) Eu o torturo enviando mensagens comemorando todos os tesouros que, por pura sorte, estou descobrindo em *Noitibó*, que posso ver na conta dele que ele nunca encontrou antes, apesar de ter passado um bilhão de horas jogando. Ele me manda GIFs de pessoas com cabeças explodindo e, por volta das cinco horas, ele desiste e sai mais cedo do trabalho. Quando chega em casa, eu pulo detrás de uma pilha enorme de folhas que juntei, e isso o assusta tanto que ele cai em uma outra pilha. Ele me persegue e eu grito o mais alto que posso, já que não temos vizinhos, subindo e descendo a encosta até a escuridão cair.

Estamos cobertos de terra e folhas. A gravata de Banguela de Nicholas está arruinada. Ele a avalia com tristeza, mas dou um leve puxão nela e digo:

— Vamos comprar uma nova para você. *Como treinar o seu dragão 2: a continuação da gravata.*

Ele sorri para mim. Meu coração dá uma cambalhota, e ele começa a se aproximar, mas somos surpreendidos por um feixe de luz branca e fria, faróis altos subindo pelo caminho.

É o carro de Deborah.

O momento de diversão feliz termina.

— O que ela está fazendo aqui? — pergunto, recuando para a sombra da casa. Olho para Nicholas, o pânico aumentando. — Você a convidou? Não tive tempo de limpar nada. A pia está cheia de pratos e sua mãe vai... nossa!

— Não, eu não a convidei. — Sua voz sai firme.

O motor é desligado e as duas portas do carro se abrem como as asas de um abutre. A casa deve estar Prestes A Cair se Harold foi trazido como reforço. Deborah sai do lado do motorista, e sua silhueta esguia avalia a casa. Mesmo no escuro, percebo que está com uma carranca horrível. Vai dizer a Nicholas que ele tem que se mudar. *Que casa inaceitável para meu filho. Inaceitável para meus netos.*

— Vamos — Nicholas diz em pânico, pegando minha mão e correndo para a porta dos fundos. — Não podemos deixá-los entrar.

— Não podemos?

— Nunca. — Fico surpresa ao ouvir seu tom cruel. Mas entendo. Talvez a lógica seja absurda, mas se deixarmos Deborah e Harold pesarem sobre a nossa casa, toda a paz que estabelecemos aqui vai virar fumaça. Eles estragarão tudo com seu pessimismo e julgamento. Quando partirem, levarão a magia consigo, e aqui não será mais nosso santuário encantado na natureza.

Corremos para dentro assim que Deborah começa a bater na porta da frente.

– Nick! – Ela tenta girar a maçaneta e bate novamente, muito mais alto dessa vez. É o som mais irritado do universo; ela não consegue acreditar que tivemos a audácia de deixá-la para fora.

– Nicky, você está aí? Abra a porta! – Lembro-me de vampiros exigindo permissão para cruzar um limiar. Depois de deixá-los entrar uma vez, eles ficam livres para entrar e sair quando quiserem. Deborah vê nossas formas de irradiando calor através da porta com sua visão de infravermelho e mostra seus dentes afiados, pupilas se dilatando e tomando o branco de seus olhos.

Nicholas e eu observamos a porta com cautela, nenhum dos dois se move.

– Sua mãe precisa aprender a ligar com antecedência – sussurro.

– Ela me ligou três vezes enquanto estávamos nos fundos – ele admite. – Eu não atendi.

– Ooooh, alguém está em apuros.

Ele me cutuca com o ombro. Eu o cutuco de volta.

– Nicholas! – Deborah está usando sua voz de general. – Seu pai e eu estamos aqui! Abra a porta. – Harold resmunga ao longe. Deborah o fez sair de sua poltrona por nada, e há cinco anos ele não é obrigado a passar tanto tempo de pé.

– O que acha que ela quer? – murmuro no ouvido de Nicholas.

– Ela precisa que eu diga ao meu pai que ele não pode comer alimentos que começam com a letra *B*.

Eu rio, então cubro a boca para abafar o som.

– É a sobremesa que você não terminou ontem à noite. Ela veio lhe dar o resto do seu bolo na boca.

Percebo a tensão em sua postura, como ele tenta ficar invisível enquanto espera, e seu pensamento de *Por favor, vá embora. Me deixe paz* quase pode ser ouvido. O estresse está estampado em suas feições, e quero estender a mão, apagar seus problemas com meu toque. Deborah é demais mesmo em pequenas doses. Nicholas é exposto a suas diatribes irritantes e emocionalmente desgastantes sem parar. Ele não tem tempo de descanso para se recuperar.

– Eles não estão em casa. – Harold resmunga. – Vamos embora.

– O carro de Nicky está aqui e todas as luzes estão acesas. Não vou a lugar nenhum enquanto ele não aparecer. Se quiser ir, vá dirigindo para casa. Nicky pode me dar uma carona.

– Por que diabos ele vive aqui tão longe?

Não temos consideração por fazê-lo se deslocar por dez minutos inteiros.

Pela primeira vez, Harold levanta um ponto com o qual ele e sua esposa estão de acordo.

– Essa propriedade é inaceitável – ela diz rapidamente. (Eu cantei essa bola!) – É muito longe da nossa casa. O quintal está uma bagunça, será necessário um paisagista aqui para cortar todas essas árvores. Nicky comentou que há um lago. Para que ele precisa de um lago? É perigoso para crianças pequenas. A primeira coisa que faremos amanhã é providenciar alguém que possa vir construir uma cerca ao redor da água. Está vendo aquelas persianas tortas? Elas também precisam sumir. Francamente, o que ele estava pensando? Deve ter deixado Naomi tomar essa decisão sozinha. Não é de admirar que ele não nos tenha convidado, deve sentir vergonha da casa.

Quando está começando a parecer que Deborah nunca mais vai embora, Nicholas suspira e dá um passo em direção à porta. Não posso deixá-lo desistir. Ele já ignorou com sucesso a mãe por mais de quinze minutos, e não quero que isso acabe.

– Vamos. – Pego sua mão e corro em direção às escadas, arrastando-o atrás de mim.

– O que estamos fazendo?

Eu o levo para o quarto vazio do meio no andar de cima e abro a janela, que dá para o jardim da frente. Deborah e Harold ouvem o gemido da vidraça antiga e inclinam a cabeça para trás para nos olhar boquiabertos.

– E aí? – grito olhando para baixo.

Ao meu lado, Nicholas cai no chão como um saco de batatas.

Eu me controlo para não rir.

– O que está fazendo? – Ele pergunta novamente em um sussurro alto.

– Eu sou seu cão de guarda – digo. – Vou latir para esses intrusos até eles irem embora.

O olhar de Harold está confuso e perplexo. Ele semicerra os olhos, apontando para mim.

– Quem é aquela?

– É a Naomi, seu idiota – sua esposa retruca, e ele apenas coça a cabeça. Sua confusão é compreensível. Harold gosta de falar diretamente com meus peitos quando se dirige a mim, e graças a essa linda janela que esconde tudo, menos minha cabeça e pescoço, minha identidade se tornou um mistério.

Deborah coloca as mãos em concha ao redor da boca.

– Onde está Nicky?

Coloco as mãos em volta da boca também.

– Nicholas não está disponível para conversar agora, mas você pode deixar um recado para ele! – Ser um cão de guarda é mais parecido com ser uma secretária do que parece.

– Mas *onde* ele está? – Ela exige saber.

– Ocupado! – Jesus, minha senhora. Se liga.

Ela apoia as mãos nos quadris.

– Você não vai me deixar entrar?

Penso em vampiros novamente e estremeço.

– Temo que não!

Nicholas faz um estranho som de lamento. Olho para ele assustada e estou diante da oitava maravilha do mundo: ele está *rindo*. Isso me encoraja a ser mais ousada.

– A propósito, não posso te dizer o que Nicholas está fazendo porque é um segredo. Um segredo sinistro. Deveria ir embora agora, enquanto ainda pode.

– Não vou embora até ver meu filho! – Ela faz uma pausa, a voz ganhando um tom de suspeita. – O que você fez com ele?

– Nicholas? – respondo perguntando. – Eu não o vejo há dias. E essa é a versão que vou contar à polícia.

Verifico a reação de Nicholas e acho que ele pode estar morto. Está tombado, com a testa no chão, o corpo tremendo numa risada silenciosa. Não posso acreditar que ele está me deixando falar assim com sua mãe, mas depois do que ela me disse ontem, quem tem limite é município. Sou fera ferida, bicho solto, e vou até onde ele deixar.

– Ele não está. A nave espacial decolou há alguns minutos, então, se correr, pode alcançá-lo.

Tenho certeza de que ouço Harold dizer:

– Eu não vou correr nem se uma nave espacial o tiver pegado mesmo. – Ele volta para o carro, mas Deborah fica no mesmo lugar.

– Isso não é engraçado. Eu só vou te dizer mais uma vez para chamar meu filho.

Nicholas se senta, pensa por um momento e então grita:

– Não estou em casa!

– Nick! – Deborah berra, apertando as mãos. Ele está vivo! – Nicky, é você?

Ele aparece ao meu lado na janela.

– Não! Endereço errado.

– Nicky, estou falando sério. Me deixar entrar.

— Nicky se foi para sempre. Um dinossauro o comeu.

— Como é?

— Ele é um impostor.

— Nicholas Benjamin Rose. Estou perdendo a paciência e não acho isso engraçado. Está muito frio e eu vim aqui para conversarmos como adultos. Eu vou contar até três...

— Ele foi arrebatado.

— Não fale comigo desse jeito! Eu sou sua MÃE...

Nicholas nunca interrompeu a mãe antes, e está compensando agora.

— Esse tempo todo, ele nunca foi real. Sempre foi... um teatro! Me perdi no personagem!

A silhueta de Deborah está nas sombras, mas posso ver seus punhos cerrados e o queixo saliente. Quando sua voz sai, é tão gutural que faria Lúcifer trancar as portas do inferno.

— Nick...

— Eu o joguei para fora de um trem em movimento e ele está no fundo de uma ravina, ocupado estando extremamente morto. Não há nada para você aqui, então, por favor, suma. – Ele abre os dedos e os empurra para a frente como se estivesse lançando um feitiço. – Eu te expulso!

Acho que ele pode estar enlouquecendo um pouco, porque sua risada vertiginosa abafa os gritos de Deborah lá embaixo. Ela está descontrolada, Nicholas não está nem aí para ela, o que é *glorioso*. A mais bela demonstração de birra de criança que já presenciei.

— Sim, diga isso a ela – digo de modo provocativo. Adoro vê-lo corajoso o suficiente para dar a essa mulher uma fração do inferno que ela merece. – Jogue essa Deborah-Zica para longe daqui.

— Eu te expulso daqui, Deborah-Zica! – Ele grita a plenos pulmões, e perco totalmente a estribeira. Eu não consigo respirar. Nem Nicholas, que desaba no meio de sua expulsão e está rindo tão histericamente que não emite som nenhum, exceto alguns roncos ofegantes. Lágrimas escorrem por nossos rostos.

– Veja o que você fez! – Deborah grita, balançando um dedo para mim. – Você corrompeu meu doce menino! Sei que isso é culpa sua, Naomi!

Eu faço uma reverência.

O feitiço foi um sucesso. Deborah desiste e volta para o carro. Seus pneus guincham ameaçadoramente quando ela sai em disparada noite afora, o que provavelmente se parece com o som que ela está fazendo a trinta centímetros do rosto de Harold agora.

Enxugo as lágrimas dos olhos e bato na palma da mão de Nicholas, comemorando.

– Puta merda, cara!

– Eu sei! – Ele sorri como um doido, peito arfando com força.

"Desequilibrado" é meu novo visual favorito dele. Lembro-me da conversa que tivemos depois que larguei o carro no semáforo em Beaufort, quando ele disse que irritar os pais dele poderia ser divertido, desde que ele também estivesse incluído na brincadeira. Ele estava sendo sincero.

Deslizo a mão sobre sua bochecha, sorrindo como ele.

– Estou orgulhosa de você. Gostaria de poder ver a cara da sua mãe agora.

– Ela vai me matar. – Seu sorriso congela quando ele se dá conta do que acabou de acontecer. – Ai, meu Deus, ela vai literalmente me matar. – Ele se inclina para a frente, as mãos nos joelhos, inspirando pelo nariz e expirando pela boca como uma mulher em trabalho de parto. Dou um tapinha em suas costas e ele emite alguns sons estridentes e ansiosos. – Eu disse tudo aquilo de verdade? Para a *mamãe?* Podemos fugir para uma ilha deserta?

– Eu gosto de ilhas. Vamos lá. Comeremos torta de coco todos os dias.

– Não acredito que fiz isso. – Mais sons estridentes. – Eu me empolguei um pouco, não foi?

– Quero ver você empolgado o tempo todo. – Tenho uma inspiração e bato no peitoril da janela. – Ei, você pode ir até lá e ficar onde sua mãe estava? Só por um segundo? Quero verificar uma coisa.

Ele arqueia uma sobrancelha para mim, mas obedece. Enquanto ele desce as escadas, eu corro para o meu quarto e pesco um pacote de balões debaixo da minha cama, que comprei quando ainda estávamos sabotando um ao outro. Corro para o banheiro, encho um deles com água e volto para a janela.

– Ok, estou aqui embaixo – ele diz com voz alta e estridente. – O que precisava verificar?

– Isso – digo, lançando a bomba. Não cai na cabeça dele como o planejado, mas explode diante de seus sapatos.

Nicholas pula para trás, de braços abertos, olhando para as manchas escuras em suas calças. Uma emoção percorre minha espinha. Lentamente, lentamente, ele levanta a cabeça e grita:

– Eu correria se fosse você.

Com um grito alegre, saio correndo.

Passo o fim de semana me acostumando demais a ter relações amigáveis com Nicholas. Ele me ensina a dirigir o Frankencar, ideia à qual inicialmente resisto por causa do meu nervosismo. Mas pego o jeito bem rápido e nos levo até Beaufort para comprar uma canoa, que amarramos no teto do meu carro. Compramos três remos e remamos para resgatar sua canoa rebelde. Passamos o sábado no lago, destruindo nossos remos em pedaços de gelo e brincando de carrinho de bate-bate. Depois nos sentamos no sofá da sala de estar, lado a lado, e observamos a neve cair enquanto tomamos chocolate quente. Ele joga *Noitibó* (usando minha conta, para que ele possa brincar de Deus com meu tridente e exclamar: "Ei, você tem que vir ver isso! Eu sou um unicórnio! Olha, Naomi, eu tenho um *chifre!*") enquanto eu leio uma fanfic de *Riverdale* no Tumblr, e é gostoso, comum e dolorosamente perfeito. Isso me deixa triste, porque todas as partes boas da nossa história estão acontecendo bem no fim.

Uma reviravolta maligna do destino: acho que não quero que seja o fim. Não mais. Mas, embora pareçamos estar aprendendo a tratar com mais cuidado os sentimentos um do outro e tomando decisões melhores, não somos o que um casal de noivos deveria ser.

Quando ele chega em casa na segunda-feira, tudo que quero fazer é juntar todos os meus fracassos em uma pilha e varrê-los para debaixo do tapete, mas em vez disso me obrigo a compartilhar as partes de mim das quais não sinto tanto orgulho. Eu me obrigo a dizer:

– Hoje foi uma droga. Passei meia hora me cadastrando em uma vaga *on-line* só para chegar à última página e ver que era necessário um mínimo de cinco anos de experiência na indústria alimentícia.

– Que tipo de vaga?

– Assistente administrativo. Era a única vaga aberta.

Ele olha para o tapete enquanto tira os sapatos, e me pergunto se ele está pensando no Comido Vivo. O sr. e a sra. Howard não me fariam passar por um processo seletivo; se eu dissesse que poderia me mudar para Tenmouth, eles me dariam um emprego sem hesitar.

– Eu sinto muito. Exigir um mínimo de cinco anos de experiência é idiota. Eles perdem muitos talentos com critérios assim. É realmente azar deles. – Eu não consigo evitar lacrimejar ao ouvir um apoio tão forte vindo dele. – Se isso te anima, parei no supermercado e vi alguns anúncios no quadro de avisos. – Ele me entrega dois panfletos. São para pequenas lojas locais pelas quais passei, mas nunca entrei. Seus estacionamentos estão sempre vazios. São o tipo de local de trabalho que eu sei que Nicholas acha que está destinado ao fracasso porque não podem competir com os grandes varejistas da atualidade, mas ele ainda se deu ao trabalho de trazê-los para mim.

Começo a andar em direção ao sofá, querendo só fugir para um programa de televisão até minhas pálpebras ficarem tão pesadas que não consiga mantê-las abertas, mas ele pega minha mão.

— O que está fazendo?

— Vou fazer o jantar. Vem comigo?

Levanto uma sobrancelha para ele, desconfiada.

— Claro?

Ele me dá um sorriso tímido, que eu retribuo, e não solta minha mão, entrelaçando seus dedos nos meus. Em que mundo estou vivendo, no qual agora ando de mãos dadas com Nicholas para passar de um cômodo para outro? Seu aperto é confiante e firme, do tipo que o conduziria em meio a uma multidão com segurança. — Você sabe segurar uma mão, sabia? – Digo.

 — Só pra te lembrar de todas as coisas que seu dr. Garra nunca poderia fazer.

Ah, o dr. Garra. Vilão malvado dos meus sonhos. Com uma limusine, suspensórios vermelhos e um rosto como *aquele* (no filme, pelo menos), ele ainda teria chances mesmo se tivesse dois ganchos de pirata.

— Ele ainda tem a outra mão.

— Psiu. Eu ganhei.

— Sim, Nicholas, você é muito melhor do que um personagem de *Inspetor Bugiganga*.

Nicholas levanta o queixo, consolado. Na cozinha, ele conecta um fio de luzes que percorrem nosso teto, o que cria um ambiente alegre. Em seguida, abre um aplicativo de rádio em seu telefone e a música invade o ambiente enquanto ele procura as panelas no armário.

– Onde está… ah, aqui está. – Ele gira uma frigideira e pisca para mim.

– O que vamos fazer?

– Panquecas de noz-pecã.

Ainda não é hora do jantar, mas o céu já está escuro. Se não fossem as lâmpadas incandescentes no alto, que mostram nossos reflexos de volta na vidraça, poderíamos ver a floresta salpicada de estrelas. Uma música familiar emana de seu telefone. Generationals. *Nossa* banda. A música que está tocando agora é "Turning the Screw", que não tenho escutado nos últimos tempos porque me lembra de tudo de adorável que desapareceu do nosso relacionamento. Já faz um tempo desde que ouvimos essa banda juntos. Fico tentando imaginar ele já tinha marcado essa música como uma de suas favoritas ou se ele a incluiu em uma playlist. Pensar nele ouvindo nossa banda sozinho nos últimos tempos machuca.

– Naomi.

Sua voz é sedosa. Não preciso me perguntar se a música foi uma coincidência, porque percebo isso em seu timbre grave. Eu vejo na tensão de seu rosto. Sinto seus átomos vibrando.

Ele olha de lado para mim, e sinto um frio na barriga.

– Venha aqui – diz, estendendo a mão.

Eu ando tão devagar que ele ri. Fico maravilhada com a suavidade impossível do som, vindo *dele,* direcionado a *mim;* a curva de seus lábios, a chama em seus olhos. Quando minha mão desliza na dele, nunca me senti tão ciente da presença física de outra pessoa. Todos os meus sentidos se aguçam, analisando detalhes sobre ele, a sensação de seu toque, seu cheiro, o calor de seu corpo. Ele ocupa a sala inteira.

Respirar torna-se um esforço.

A mão que ele não mantém entrelaçada na minha aperta levemente minha cintura. O topo da minha cabeça repousa perfeitamente sob sua mandíbula, o que torna irresistível encostar em seu peito. Eu não achava que éramos o tipo de casal que dançava em uma cozinha no meio da floresta, mas acontece que é exatamente o tipo de casal que somos. Dois meses atrás, teríamos feito algo assim apenas se outras pessoas estivessem olhando. Faríamos isso para manter a fachada.

Eu não quero que a música acabe. Ele não me deixa esconder meu rosto, me apoiando por completo contra ele, me puxando suavemente para trás toda vez que tento desaparecer. Inclina minha cabeça para o alto e olha dentro de minha alma. Seus olhos são mais azuis que um lago e estão brilhando de felicidade. Penso que não o vejo genuinamente feliz há muito tempo. Tenho estado tão concentrada em minha própria infelicidade que não notei a dele. Tenho me enganado pensando que ele esteve contente o tempo todo. Que arrogante, supor que ele estava contente comigo quando eu obviamente não estava com ele.

Nosso passado é um fio de memórias desconexas pelo qual posso me teletransportar. Todas as memórias valiosas, agradáveis e leves como o ar estão se apagando, o que permitiu que as amargas e venenosas dominassem os holofotes. Mas quando Nicholas olha nos meus olhos assim, algumas dessas lembranças positivas se iluminam e voltam à vida, subindo novamente no palco. Quando sua mão desliza sobre meu rosto, dedos desaparecendo no meu cabelo, uma ferida aberta e sem tratamento no meu coração se cauteriza.

Nicholas absorve minha atenção tão completamente que sei que nunca esquecerei como é essa sensação. É uma paz e um conforto que não consigo encontrar em nenhum outro lugar. É como meu coração bate tão alto que tenho certeza de que ele pode ouvir. É como a proximidade dele enfraquece meus joelhos e sua pele roçando na minha me balança como uma explosão. É como ele me conhece melhor do que ninguém, e eu nunca quis que ele conhecesse.

Tentei mantê-lo a uma distância segura, na qual ele só pudesse ver minhas partes boas, e isso nos deixou infelizes. Sem querer, deixei-o entrar e ver as partes feias, mas, em vez de fugir, como esperava que ele fizesse, ele abraçou toda aquela feiura e não me soltou.

Estamos no chão e Nicholas está dormindo.

Fizemos um piquenique na sala de estar, o edredom de folha de palmeira de sua cama servindo como nossa toalha. Não consigo parar de passar as mãos pelo tecido, lembrando como era dormir embaixo dele, ao lado de Nicholas. Lembrando de como ele me segurava bem perto, a respiração balançando meu cabelo. As memórias me trazem tanta agonia que meu peito dói e eu quero chorar, mas não consigo parar de lembrar. As comportas estão bem abertas.

Está quente e confortável aqui em frente à lareira, então vou deixá-lo dormir um pouco mais antes de acordá-lo. E é bom, esse senso de normalidade, deitados um ao lado do outro. É o que a maioria dos casais fazem, principalmente os que estão noivos. Mas não tem sido o nosso normal.

Nicholas e eu estamos distantes. Ele está deitado de barriga para cima, um braço dobrado atrás da cabeça, e há uma leve ruga em sua testa que me faz querer alisá-la, então é isso o que faço. Acho que é nesse ponto que estamos agora: posso tocá-lo brevemente em lugares inocentes. Para cuidar. Acalmar. Doar. Não estamos em posição de tomar. A ganância não sobreviveria. Movimentos bruscos demais podem nos matar.

Levanto meu dedo anelar à minha frente e vejo o diamante brilhar. É ousado demais que eu deite a cabeça no peito do meu noivo. Quão absurdo é isso?

Não toco nele, mas penso em fazer isso. Acho que a camisa dele seria macia, perfumada com notas sutis de colônia que só são sentidas quando ele se move. Ele passaria a sensação de firmeza. Força silenciosa. Segurança. As brasas brilhantes de um fogo. Passaria a sensação de braços quentes em uma noite fria e estrelada, respiração aparente. Passaria a sensação de uma velha casa robusta na floresta e um gorro de inverno xadrez.

Nicholas Benjamin Rose é um homem bom por inteiro, e isso é verdade mesmo se fosse impossível que ele e eu ficássemos juntos.

Acho que tocá-lo agora seria como arrancar uma flor do celeiro e colocá-la em um copo azul-esverdeado ao lado do seu prato de café da manhã. Ele se sentiria como um abeto azul e cheio de madeira queimada. Luar e nuvens brilhantes. Pinha, meu novo perfume favorito. Ele é como feixes de sol caindo sobre um tapete, quente ao toque, preguiçoso como um beijo de tarde. Pernas nuas e emaranhadas, cochilando juntas no sofá.

Ele é o ar frio e fresco do outono e o gelo afiado na extremidade de uma pá pela qual passa a ponta do dedo ao cruzar com ela, apoiada de cabeça para baixo ao lado de um celeiro em ruínas. Ele está nas árvores. No lago.

Imagino-o nadando no lago no verão: pele nua e brilhante. Saltando da doca desgastada. Os músculos de suas costas se contraindo, cada ligamento ganhando vida.

Algum dia, para alguma mulher, ele será como abrir as cortinas de uma janela no andar de cima, partículas de poeira rodopiando em um cômodo ensolarado, espiando as costas de um homem construindo um balanço para os filhos. Ele será uma aliança de casamento grossa de prata maciça, o único lugar em sua mão que não bronzeia no verão. Ele será como duas velhas árvores crescendo juntas, galhos entrelaçados em um abraço.

Gostaria de poder ver dentro de sua cabeça para saber como ele se sente em relação a mim. Não quero perguntar porque e se ele disser que as últimas semanas não foram suficientes? E se achar que nossa relação é irrecuperável? Era o que eu achava, mas não tenho mais tanta certeza. Quero pensar que ele está aqui comigo porque quer, não porque está ponderando todos os inconvenientes de se separar e decidiu que fazer dar certo é a opção mais fácil. Ele poderia estar em qualquer lugar, com qualquer pessoa, mas está aqui, comigo. Isso deve significar alguma coisa.

Estou olhando para esse homem e pensando na pulseira de canudo que ele guarda em uma gaveta.

Há mágoas. Eu as sinto por toda parte como facadas: a distância que nós dois permitimos que fosse estabelecida, arruinando o que deveria ter sido o ano mais feliz de nossas vidas. O anel de noivado que me faz sentir uma fraude porque é gigante. Por mais ridículo que possa parecer, na minha mente ele me deu um diamante tão grande assim para dizer *Eu te amo* MUITO; mas como ele poderia ter me amar TANTO assim se ainda não nos conhecíamos completamente? Se nunca havíamos discutido e não morávamos juntos e tudo era tão tranquilo? Bom demais para ser verdade.

Ele me viu tirar a aliança algumas vezes. Eu lhe disse que o diamante era muito espalhafatoso, mas na verdade não me ocorreu que ele se importaria, porque eu mesma não me importava. Aposto que ele se importava, no entanto. Aposto que ele odiou que tirei o anel que ele me deu.

Eu a observo à frente do meu rosto novamente, girando-a da esquerda para a direita para pegar as chamas do fogo, e vejo o que ele viu quando o escolheu. Vejo a minha mão do ponto de vista dele, não do meu. Como brilharia com a promessa. Eu me pergunto o que sinto por ele. Que memórias e possibilidades passam por sua mente quando ele quer me tocar, mas sente que não tem mais esse privilégio.

Pela primeira vez desde que o recebi, estudo meu anel e acho que é impressionante. É exatamente o tipo de anel que ele deveria ter escolhido. Nunca vou me perdoar pelos momentos em que o tirei.

Ele está radiante, deitado aqui. Cintilante e dourado. Nicholas é um homem raro e maravilhoso, e vou me sentir muito triste se tiver que devolver este anel.

CAPÍTULO DEZOITO

No início de dezembro, Nicholas e eu ainda estamos milagrosamente nos dando bem. É difícil ser confiante, mas todas as minhas razões passadas para me sentir distante e ressentida desmoronaram à luz da atenção recém-descoberta de Nicholas. Ele está me colocando em primeiro lugar. Ele tem sido gentil e reconfortante. Enfrentou Deborah no Dia de Ação de Graças e, na noite seguinte, literalmente a expulsou de nossa casa.

Ainda não consigo acreditar que ele fez isso.

Quando me dou conta desses fatos, ele não se parece como um adversário ou um obstáculo no meu caminho para a felicidade. Torna-se parte do caminho. Contra todo o bom senso, eu me apaixono um pouco fingindo que isso *não vai* desmoronar. E nessa *vibe*, faço uma coisa muito assustadora.

Abro um novo documento protegido por senha no meu computador e anoto ideias para atos de afeto. Se isso não for só um golpe do acaso, e se as coisas derem certo – e *só* se derem certo –, precisarei fazer com que Nicholas sempre se sinta querido de maneiras sutis, mas significativas.

O aspecto mais importante e mais desafiador é digitado no topo para que eu não esqueça: *Continue fazendo isso mesmo que ele não retribua de uma maneira imediatamente óbvia.* Tenho que dar sem esperar nada em troca; caso contrário, os gestos não significam nada. Espero não ser a única tentando por aqui.

Certa manhã, depois que Nicholas sai do banho, desenho um coração no espelho embaçado do banheiro. Ele volta para o banheiro para escovar os dentes e, quando sai de novo, eu encontro outro coração que ele desenhou, entrelaçado no meu.

É o menor começo do mundo.

Dentro de sua marmita, deixo um bilhete. *Espero que você tenha um bom dia! Estarei pensando em você.*

Refletindo sobre isso, morro um pouco por dentro porque não somos genuinamente sentimentais um com o outro há séculos, então mesmo a mais simples das gentilezas parece forçada. Estamos em uma seca de carinho. Temos sido completos idiotas quando se trata de entender quando o parceiro precisa de algo que não pede.

Ao meio-dia, ele me manda uma mensagem. Obrigado pelo bilhete. Estou pensando em você também. Ele chega em casa com um presente para mim: um gorro xadrez para combinar com o dele, que tenho usado com tanta frequência que ele pensou que eu gostaria de ter um só para mim. Tem cor de champanhe e é suave como penugem de ganso. Dou-lhe um beijo na bochecha, e sua pele brilha rosada onde meus lábios o tocaram.

Pode ser que isso dê certo, então, no dia seguinte, deixo outro bilhete em sua marmita:

Bom dia! Acho que você faz panquecas deliciosas e sempre se veste bem e usa um perfume muito bom. Obrigada por me apoiar. Tenha um ótimo dia de trabalho! Cáries de todos os lugares estão contando com você.

Meus nervos são uma mistura incrível de vergonha e empolgação, porque o que estou dizendo é verdade. Espero muito que ele não ache brega. Também deixo um pacote de Skittles no banco do motorista, sobre o qual estou menos insegura, porque Skittles é um presente do tipo "porque sim" e sei que vai acabar antes que ele chegue na Só Ria.

Ao meio-dia, estou cem por cento convencida de que meu bilhete era brega e quero cair de cara em um monte de neve. É a hora do almoço dele, então ele já deve ter visto. Estou roendo as unhas quando meu telefone vibra e vejo uma mensagem dele com uma foto de um pedaço de papel que tenho certeza de ser o mesmo em que escrevi meu bilhete. Ele o virou do verso e desenhou um boneco de palitinhos com rabiscos nas bochechas. A versão de palitinhos de Nicholas tem um grande sorriso estampado na cara e há três ondinhas saindo dele, explicadas com uma seta e uma legenda: *Meu bom cheiro.* Há um coração em seu peito fino.

No dia seguinte, deixo o seguinte bilhete para ele: *Eu amo nossa casa.* Pode não parecer muito, mas é algo significativo. Com essas quatro palavras, estou validando sua decisão de comprar a casa, e não me refiro a ela como a casa *dele*. Aparentemente, ele verifica a marmita uma hora mais cedo, porque me manda uma mensagem às onze dizendo: Eu amo viver em nossa casa com você. Olhe debaixo do seu travesseiro.

Corro para o andar de cima e jogo todos os meus travesseiros no chão. Ele escondeu um bilhete para mim! Meu coração se acende como uma árvore de Natal e me arrasto sobre o colchão para devorar cada letra da mensagem curta. Nicholas escreveu um bilhete para mim e deu-se ao trabalho de enfiá-lo embaixo do meu travesseiro escondido. Cada passo da ação ressoa.

Bom dia! Você tem um excelente gosto musical. (E em homens.) Estou muito feliz por termos ficado em Morris. Eu acredito em você! Você é capaz de fazer o que quiser e sei que vai conquistar todos os seus sonhos. Você é, e sempre será, a pessoa mais linda que eu já conheci.

Meu sorriso é tão grande que está fazendo meus músculos faciais doerem, e eu me deito na cama, bato as pernas e grito. Tenho certeza de que os fantasmas que estão observando pensam que sou uma doida, mas não me importo. Devolvo o bilhete a embaixo do travesseiro e dou uma volta pelo quintal para gastar o excesso de energia.

Linda! Ele me acha linda. E acredita em mim. *Ou assim diz*, acrescenta o diabinho no meu ombro, mas eu o afasto. Vou me permitir ficar feliz com isso.

Tinha esquecido como é me sentir tão viva. As cores são mais brilhantes, mais fortes. Os sons são mais altos. Penso em maneiras de agradecer a Nicholas por sua consideração e decido mandar flores no trabalho dele. Que eu saiba, ninguém jamais deu flores a Nicholas na vida. Para ele, flores são pouco práticas e provavelmente ele as associa à obrigação sufocante que sente em relação à mãe, então eu gostaria de mudar isso. Depois que ligo para a florista local e nenhuma de suas sugestões parece particularmente inspiradora, pergunto se ela pode montar um arranjo feito inteiramente de murta. Ela é geralmente usada como vegetação para encher um buquê, muito simples para ser a protagonista, mas no mundo de *Noitibó* coletar murta dá pontos de vitalidade aos personagens. Acho que o significado vai fazer com que ele sorria.

O carro de Nicholas chega logo depois das seis, o que significa que ele não fez nenhuma parada depois do trabalho, e corro para cumprimentá-lo no momento em que ele está fechando a porta. Ele se vira e olha para mim, um sorriso aparecendo instantaneamente em seu rosto. Seus olhos estão brilhantes e cintilantes como a luz do fogo, e sinto um frio insistente na barriga. Ele está segurando meu buquê de murta.

— Ei, você — diz, cutucando meu braço com o cotovelo.

— Oi. — Pego a marmita dele. (Olha como posso ser gentil!).

— Obrigado pelo impulso de vitalidade — ele fala. — Foi útil quando uma criança de três anos mordeu meu dedo. — Ele me mostra uma marca de dentes minúsculos na ponta de seu dedo indicador.

— Espero que você tenha mordido o garoto de volta.

— A mãe dele não virou os olhos por tempo suficiente para eu me safar.

Nicholas já pareceu tão feliz? Não. Que pena saber que tenho aceitado menos do que *este* sorriso que ele está me dando agora.

Acho que ele quer me tocar do jeito que costumávamos nos tocar. Acho que ele quer me beijar. Mas está contido. Ele se inclina e apoia a testa na minha.

— Você é fofa. — Ele meio que ri, então se afasta e toca meu nariz. Caminhamos até a casa e, se não estou enganada, ele até está caminhando de um jeito mais animado.

Passamos a noite montando a árvore de Natal e fazendo uma guirlanda de pipoca. Ele me faz um colar de pipocas, então faço um para ele também. Nós nos revezamos jogando pipoca na boca um do outro. Estou maravilhada pensando em como cada dia é melhor do que o anterior quando ele verifica seu telefone e parece desanimado.

— O que foi?

— Mensagem da minha mãe.

Empilho um monte de palavras desagradáveis em uma tábua de corte e as pico em pedacinhos. Deborah não liga nem manda mensagem há dias. Quando Nicholas mandou uma mensagem para ela para testar o terreno, as respostas que obteve foram tão raivosas e autocentradas quanto o esperado.

— O que ela disse?

— Uh. — Ele olha para mim, e parece já estar se desculpando, e com isso sinto um soco no estômago e levemente enjoada. — Esqueci que concordei em fazer isso. Aceitei semanas atrás, e eles planejaram uma grande recepção. Se não fosse por isso, eu tentaria cair fora.

— Cair fora do quê? Com o que você concordou? — Ridiculamente, a ideia de um *casamento arranjado* surge na minha cabeça, e estou pronta para duelar com alguma mulher sem rosto usando um véu de noiva. Eu tenho um anel! Eu o vi primeiro!

– Uma viagem a Cohasset, em Minnesota. Cerca de quinze anos atrás, quando meu pai ainda estava ligado ao mundo dos investimentos, ele colocou uma boa quantia na cervejaria de um amigo, e o negócio foi tão bem que ele se tornou sócio. Uma vez por ano ele vai inspecionar a cervejaria e eles analisam os números anuais em uma reunião e decidem como querem fazer a empresa crescer. Esse ano, porém... – Ele coça a cabeça. – Bem, meu pai diz que não se importa mais com o que acontece com a empresa e está cansado de longas viagens. Ele só quer ficar em casa. Minha mãe está com medo de perder oportunidades de investimentos, então me deu uma pilha de planilhas para examinar e me implorou para ir como o procurador de meu pai.

– Ah. – Puxo um fio do tapete. – Que dia é a reunião?

– Minha mãe disse que um homem chamado Bernard estará me esperando às dez da manhã deste sábado.

– Dez da manhã? Quanto tempo leva para chegar a Cohasset?

Ele faz uma careta.

– Não sei. Acho que, tipo, sete horas? Vou ter que sair cedo. Eles vão me manter ocupado durante todo o sábado e, com uma viagem de sete horas de volta, terei que ficar em um hotel e sair no domingo de manhã. Ele verifica o aplicativo de previsão do tempo em seu telefone. – Neve e precipitação durante todo o domingo. É claro. Não tenho ideia de quanto tempo vou demorar para voltar. Posso chegar tarde.

– Isso vai tomar o fim de semana inteiro – respondo com tristeza.

– Você poderia ir comigo. – A uma esperança em seus olhos. – Você não teria muito o que fazer na cervejaria, mas poderíamos achar outras coisas em Cohasset para te entreter. Vamos ouvir música no carro e comer uma tonelada de lanches na estrada.

Me concentro na parte do hotel dessa equação – ou seja, se dividiríamos o quarto. O quarto teria uma cama ou duas? A animação me toma, mas desaparece quando me lembro:

– Tenho uma entrevista no sábado de manhã.

– Ah, certo, no acampamento.

Ainda não tenho certeza de que tipo de vaga seria. Estou tentando evitar cubículos ou pequenos escritórios, e a ideia de ganhar para caminhar por trilhas em meio à natureza tem um certo apelo. Nossa casa na floresta me transformou numa pessoa do mato.

– É... – Puxo o fio até que se solte mais uns centímetros. Não consigo esconder minha decepção.

Nicholas também parece desapontado, mas esboça um sorriso.

– Vai sentir minha falta?

– Não mesmo – murmuro. Mas não convenço ninguém. Para nos distrair da tristeza repentina que caiu sobre nós, digo: – Então, você vai tomar decisões financeiras em nome de seus pais? Pode investir o dinheiro em nome deles? Tem umas vaquinhas virtuais pra apoiar um monte de projeto legal no Catarse. Você deveria dar uma olhada.

Ele ri.

– Não, não posso fazer o que eu quiser com o dinheiro deles. Vou só ouvir e tomar notas. Depois, falarei com minha mãe e ela decidirá o que quer fazer.

Não me dou ao trabalho de perguntar por que Deborah não pode ir sozinha. Deborah teve filhos com o propósito de ter servos obrigados a cumprir suas ordens.

– São apenas dois dias – ele diz suavemente. – Você terá a casa para você. Pode desenhar bigodes em todas as minhas fotos e pular nua na cama.

– Parece um dia normal para mim.

Antes, isso teria sido um sonho. Ficar sem Nicholas! Eu teria me alegrado. É um saco que agora tenha que sentir falta da cara boba e adorável dele quando enquanto estiver longe.

Programo o meu despertador para tocar cedo o suficiente para me despedir de Nicholas no sábado de manhã. É uma loucura que eles tenham marcado a reunião para às dez, sendo que ele vai dirigindo. Está escuro como o espaço sideral e frio demais para viajar. Seu motor e pneus podem estourar. Além disso, ele está indo embora bem quando estou começando a me sentir com uma virose. Sinto um nó na garganta quando o vejo amarrar os cadarços, ao lado de uma bolsa de couro com uma muda de roupa e itens essenciais para a noite.

— Eu não estou me sentindo bem — murmuro.

Ele vira a cabeça, me examinando de cima a baixo.

— O que foi?

— Dor de estômago. Acho que vou ficar doente. Estou toda suada e desconfortável. — Também estou andando para lá e para cá. Para ter algo para fazer, abro sua bolsa e vasculho as coisas. Passo um pouco de sua colônia em meus pulsos e os esfrego um no outro. Em seguida, levo o perfume ao nariz para inalar lentamente. Diminui um pouco do enjoo. Então eu levanto os olhos para encontrar os de Nicholas e meu coração salta.

— O que foi?

— Nada. — Há um tremor em sua voz e ele desvia o olhar, amarrando o outro sapato. Quando ele se levanta, quase grito.

— Espere! Você não pode sair ainda. Não tomou café da manhã.

— É muito cedo para eu estar com fome. Como algo na estrada mais tarde.

— Você quer mais café? — Vou em direção à cozinha, mas ele balança a cabeça, batendo em uma garrafa térmica.

— Tem bastante aqui.

Talvez ele não devesse tomar café. Vai deixá-lo todo ligado e ele vai acabar correndo. Ele vai sair voando de um viaduto e seu carro dará dezesseis voltas no ar.

— Tenho receio que você durma ao volante.

Nicholas ri.

— Eu fui dormir cedo, então estou bem acordado. Vou ficar bem.

— E se começar a nevar?

— Não vou adormecer mesmo que comece a nevar. — Acho que estou divertindo-o.

Faço uma cara feia.

— Nicholas, estou falando sério. Pesquisei sobre Cohasset e não ia dizer nada porque não queria assustá-lo, mas em agosto houve três roubos de carro. Um cara abordou as pessoas em um posto de gasolina e disse que a tampa do tanque havia caído, e quando elas se viraram para verificar, ele apontou uma arma para elas.

Ele segura meu queixo. Seu olhar é gentil e parece até que ele poderia me amar. Penso em todas as vezes em que quase fui embora e é aterrorizante. Eu teria perdido isso.

— Então não vou abastecer em Cohasset.

Eu sou ridícula. Um gatinho recém-nascido indefeso.

— Você não pode me deixar aqui quando doente.

Ele coloca a mão na minha testa. O gesto parece tão íntimo. Eu já dormi com esse homem, mas *isto* é íntimo? Tenho uma doença contagiosa. Ele não pode ir para Cohasset, ou vai acabar infectando toda a cervejaria. Precisa ficar em quarentena aqui comigo.

— Acho que você está doente de amor — ele diz, esboçando um sorriso.

Meu estômago revira. O gato comeu minha língua. Não consigo pensar em uma resposta, então ele se aproxima ainda mais, até que nossos corpos quase se toquem.

— Está, sim. Pode acreditar, eu conheço todos os sinais.

Minha boca não funciona. Tento formar palavras e solto um guincho ininteligível.

Ele sorri e se inclina para beijar minha têmpora. Seus lábios param na minha orelha, e eu sinto um arrepio tão forte que sei que ele percebe.

– É uma condição com a qual estou bastante familiarizado.

Agarro o braço do sofá para não cair quando ele se afasta. Ele está de costas para mim, tremendo um pouco, e posso jurar que está tentando não rir.

Estou tão confusa com a acusação dele que mal aguento tempo suficiente para dizer tchau. Ele diz:

– Boa sorte na sua entrevista. Eu sei que você vai arrasar. Volto antes de você sentir saudade, menina bonita. – Ele pisca e então vai embora, em seu jipe que vai capotar, com uma doença contagiosa e ou cafeína demais ou insuficiente.

Passo as próximas horas pintando a porta da frente de roxo, encomendando um novo carregador de celular para Nicholas – um que seja longo o suficiente para chegar à sua mesa de cabeceira – e configurando minha nova conta no Instagram dedicada aos horríveis bebê saleiro e pimenteiro. Eu os batizei de Frank e Helvética e vou posicioná-los em um novo local todos os dias para confundir Nicholas. Será como a brincadeira do Elfo da prateleira, e vou chamá-la de Demônios da choupana. Minhas ideias favoritas envolvem suspendê-los da linha de pesca na altura do rosto de Nicholas. No banho! No carro! No trabalho! Vai ser muito mais divertido do que meu antigo Instagram.

Meu telefone vibra com uma mensagem de texto de Nicholas às 9h50 dizendo que chegou bem em Cohasset.

Boa sorte!, respondo. Não sei por que estou desejando sorte a ele. Ele não está fazendo nada disso para si mesmo; está fazendo isso por seus pais.

Ele responde: Você também! Para ter ainda mais sorte, passe na frente da Ferro-Velho a caminho da entrevista. Ver um velho amigo pode ser o impulso que você precisa.

Meu velho amigo teve uma morte lenta e agonizante. Provavelmente ficará vazio por pelo menos cinco anos, ou talvez seja demolido, o que só vai me chatear. Mas Nicholas está tentando ser meigo e encorajador, então mando de volta uma carinha sorridente. Ele é muito fofo, mesmo quando está errado.

Penso no que Nicholas está fazendo hoje. Sua devoção à família, sendo a rocha na qual todos repousam. Sendo o homem que chamam para consertar o que está errado, para suavizar e melhorar as coisas. Penso em como essas qualidades serão quando transferidas para uma esposa e filhos. Acho que ele nunca vai perder uma peça da escola, uma reunião de pais e mestres, uma partida de futebol. Ele vai querer que sua esposa saiba que ele é capaz de sustentá-la financeiramente e que ela pode trabalhar se quiser, mas não precisa, porque é assim que ele mostra seu amor – proporcionando estabilidade.

É um gesto que interpretei completamente mal, já que é amoroso, mas não necessariamente romântico. Identificar uma carta de amor é claro como o dia – basta olhar e pensar, *Esta é uma carta de amor.* Mas quando seu parceiro diz: *Você não precisa trabalhar. Você não precisa de um emprego*, é possível ouvir algo como: *Não acho que vá encontrar um emprego que importe sem um diploma universitário. Eu não acredito em você.*

Na minha cabeça, eu estava supondo que, quando Nicholas diz que não preciso trabalhar, o que ele quer dizer é que qualquer trabalho para o qual eu me qualifique está tão abaixo de seu conhecimento que seria como não trabalhar. Na cabeça de Nicholas, tudo o que ele fez foi dizer: *Estou aqui, estou aqui. Seja qualquer coisa! Não importa se não ganha muito dinheiro, porque eu cuido de você. Pode depender de mim. Eu serei sua rocha, aconteça o que acontecer. Abra suas asas, você sempre pode recorrer a mim.*

Nossa comunicação tem sido tão ruim que não sei se rio ou se choro.

Decido colocar o gorro e o macacão de Nicholas porque usar suas roupas é o melhor jeito de levá-lo comigo, e me encolho quando lembro que ria de suas galochas grandes e duráveis e da camisa de flanela, da vontade que ele tinha de mudar de estilo. Por que ele não poderia mudar de estilo? Ele pode não ter estilo também, se quiser. Abro o armário e encontro dois macacões: o dele e um bem menor. É uma iniciação em sua sociedade secreta.

No caminho para o acampamento, repito frases reconfortantes que me lembram que não adianta me preocupar com decisões que não estão totalmente sob meu controle. *Se for para ser, será. Se não quiserem me contratar, o azar é deles. Tudo acontece por uma razão.* Estou mentindo para mim mesma, mas pelo menos me sinto melhor.

Enquanto a estrada se eleva para passar pelo esqueleto sem vida da Ferro-Velho, eu me preparo para a habitual pontada de angústia, mas sou tomada de surpresa quando vejo meu carro no estacionamento. Ou o que agora é o carro de Leon, suponho. Meu Deus, eu sinto falta daquele carrinho popular. Se eu estivesse no lugar de Nicholas, nunca me deixaria esquecer do que fiz. O fato de eu ter deixado de pensar que guarda isso como uma carta contra mim me dá esperança. Estamos progredindo.

Talvez seja por reflexo, mas dou seta e entro no estacionamento. Um rosto conhecido aparece na janela e acena. Eu aceno de volta.

– Ei! – Leon chama da sala dos fundos quando entro na loja.

– Olá, você! – Dou uma volta completa. A loja está destruída. Há fileiras de manchas, as marcas de onde as prateleiras costumavam ficar, imóveis desde a década de 1970. Um fantasma da Ferro-Velho ainda assombra na forma de uma placa de alumínio na parede acima da caixa registradora. Está lá desde antes de eu nascer, tenho certeza: uma foto de uma garotinha se curvando para alimentar um rato com uma rodela de queijo. Abaixo está a frase: *São as pequenas coisas.*

– Uau. Este lugar está vazio.

– Eu sei. – Leon sai dos fundos. – Estranho, não é? De alguma forma, parece ainda menor agora que tudo se foi.

– O que ainda está fazendo aqui? – pergunto. – O sr. e a sra. Howard colocaram você para limpar até o lugar ser vendido?

– Não! A partir das três horas da quarta-feira, esse lugar está oficialmente vendido. – Ele se apoia no balcão e ergue as sobrancelhas, me dando um grande sorriso piegas. – Na verdade, eu ia mandar uma mensagem para você e perguntar se você queria passar para ver hoje ou amanhã. Fiz Nicholas jurar segredo porque queria ver a sua cara quando soubesse quem comprou o lugar. Sei que você duvidou de mim.

Eu grito.

– Não creio.

– *Aí* está a cara. – Cruza os braços, assentindo. – Você está no Buffet do Bosque. Vai abrir na primavera.

– Buffet do Bosque? – Repito dando risada. Não acredito que Nicholas conseguiu manter isso em segredo. Alguns dias atrás, Leon foi pescar no lago com Nicholas e quando me aproximei para dizer oi eles ficaram quietos, embora até então estivessem tagarelando a mil por hora. Naturalmente, presumi que estavam falando de mim e não estava totalmente errada.

Ele sorri.

– Tenho outros nomes se Buffet do Bosque não pegar. O Urso-Pardo. Lareira. Madeira! Com um ponto de exclamação, como os madeireiros costumavam gritar, sabe? – Ele para porque eu ainda estou rindo. – Ei, "Madeira!" é uma boa opção.

– Verdade – concordo. – Lareira é legal, também. – Olho ao redor, tentando imaginar mesas e cadeiras cheias de pessoas comendo pelo lugar.

– Isso é tão incrível, Leon. Estou muito feliz por você! Estou tentando imaginar como pode ser, e na minha cabeça é como a seção de artigos de pesca e para acampamento da Decathlon. Onde vai ser a cozinha?

– Tenho que providenciar uma depois que construir o anexo. Tenho alguns tios empreiteiros que vão me ajudar com isso. No momento estou trabalhando para formar uma equipe, e esperava que você pudesse me ajudar nessa tarefa. Ele abre uma gaveta e tira um crachá de plástico laminado, colocando-o no balcão à minha frente. Quando leio, levo as mãos ao rosto.

Olá! Meu nome é NAOMI.

CAPÍTULO DEZENOVE

– Você está falando sério? Você realmente me daria um emprego?

Leon sorri.

– É claro! Se você quiser trabalhar aqui, obviamente.

– Claro que quero! O que eu faria? Não sei muito sobre restaurantes, mas posso aprender. Vou aprender a cozinhar o que você quiser. Vou ouvir audiolivros de culinária e me tornar uma chef gourmet. Ou eu posso ser a recepcionista! Acho que gostaria disso. Eu poderia levar as pessoas aos seus assentos e dar giz de cera para as crianças pintarem seus menus infantis e dizer: "Bem-vindos ao Lareira, meu nome é Naomi!".

– Você pode fazer o que quiser – ele diz gentilmente –, mas espero que ajude na decoração.

Eu o encaro.

– Sério? Eu?

– Você se lembra daqueles personagens de papelão do *Rocky Horror* em tamanho real? – Ele pergunta. – Você fez parecer que eles estavam realizando uma sessão espírita, o que foi bem estranho, mas também bem incrível. Cara, é o tipo de coisa de que as pessoas se lembrariam se vissem quando entrassem. – Eu bufo, lembrando quantas horas passei organizando aquela cena, que, de fato, ninguém entrou para ver. Tinha me esquecido disso. – Conto com você para tornar o lugar divertido e memorável. Toda uma experiência.

Estou tão empolgada que poderia ricochetear nas paredes como uma bola de borracha.

– Eu posso fazer isso! Ah, já tenho um monte de ideias. Se houver árvores falsas, podemos esconder passarinhos nelas e tocar sons da natureza em pequenos alto-falantes. Talvez uma cachoeira em algum lugar? Não precisa ser grande. Espere, sim, precisa! Vamos colocar PEIXES na água! – Chacoalho seus ombros. – Peixes de verdade, Leon! – Estou falando sem parar, mas então penso: – Brandy! Espere até ela ouvir! Você vai chamá-la para trabalhar aqui também, certo?

– Eu ia, mas ouvi dizer que ela foi contratada por outro lugar.

– Ah, ela odeia o emprego novo. – Já peguei meu telefone. – Brandy! – Grito assim que ela atende. Leon ri enquanto eu digo a ela para vir correndo até a Ferro-Velho.

Minutos depois, ela irrompe porta adentro. Está vestindo pijama das *Supergatas* e chinelos. Os olhos estão perfeitamente esfumados. Leon tira mais dois crachás de uma gaveta: um com o nome BRANDY e outro com o nome MELISSA.

Brandy prende o dela na camisa e joga o outro no lixo. Leon arqueia a sobrancelha.

– Não posso acreditar que todos nós vamos trabalhar juntos novamente! – exclama, gritando. – Meu chefe é tão nojento, vocês não têm ideia. De acordo com meu plano de cinco anos, ainda tenho três anos pela frente antes de poder me mudar, então preciso de uma vitória agora.

Leon parece satisfeito por saber que há dois rostos familiares a bordo deste novo empreendimento.

— Eu tenho que avisá-las que nunca administrei um restaurante antes. Ou qualquer tipo de negócio. Mas minha tia já, e ela vai se juntar a nós. Sempre existe a possibilidade de o negócio não ser tão bem-sucedido quanto espero, então vocês estariam se arriscando. E, no começo, não posso pagar mais do que um salário mínimo...

— Eu não me importo — Brandy o interrompe.

Estou de acordo.

— Eu amo esse lugar. Quero ser uma parte de tudo o que você vai fazer com ele. — Quanto mais penso sobre o assunto, mais nítida fica a visão na minha mente. Colocarei pedras grandes e cobertas de musgo ao redor das janelas e pendurarei uma canoa na parede. Talvez possamos dar uma sensação de ar livre no Alasca, o que Brandy vai adorar. Amanhã cedo vou pegar gravetos no meu quintal, que vou transformar em árvores em miniatura com barbante ou usar para enfeitar lampiões. Vou precisar de alguns guaxinins de pelúcia, com certeza. — Nem posso acreditar que você está realmente fazendo isso — digo. — Isso é *demais*! Parabéns, Leon! — Bato em seu ombro e acrescento: — Duncan.

— Você lembra!

— Claro, claro. — Mexo as mãos para demonstrar que não foi nada, mas ele está sorrindo. — Como está o carro?

— Melhor que o seu — brinca. — Como está a casa?

— Maravilhosa. Não sei nem descrever como estou feliz por Nicholas ter comprado aquela casa.

— Deu certo?

Não tenho certeza se o ouvi direito.

— O que deu certo?

— A casa — ele responde. — Nicholas me disse que a casa ia te salvar. *Vale a pena tentar por ela*, foi o que ele disse. Vale o risco.

Minha boca se abre.

– Ele disse isso? Bem, sim. Acho que deu certo. Acho que sim. Espero que sim. – Quando Nicholas me surpreendeu com a compra daquela casa e me disse que ela iria nos salvar, eu estava pronta para desistir. Sinto uma onda de afeto e apreço por Nicholas, que aguentou firme.

– O quê? – Brandy o cutuca. – Perdi alguma coisa?

– Nós gostamos do Nicholas agora – Leon conta. Ela franze a testa, mas ele acena com seriedade. – Nós gostamos, sim. Ele é um cara legal.

Ela me olha desconfiada.

– Tem certeza de que está feliz com ele? Às vezes eu me perguntava se estava mesmo, mas não queria dizer nada porque podia estar enganada.

– Eu estou feliz. – Pisco quando me dou conta de como isso é verdade. – De verdade, genuinamente feliz – admito, e então faço "ai" porque Brandy me envolve em um abraço esmagador.

– Tudo bem, então. Se gostamos de Nicholas agora, vou ser legal. Vamos fazer um encontro de casais e aquelas festas de vinho e pintura. – Essa é uma das razões pelas quais amo Brandy. Ela torce pela felicidade dos outros. – Nicholas vai gostar de Vance. Contei que ele é optometrista?

Leon e eu sorrimos.

– Muitas vezes.

– Eles podem ter longas conversas sobre planos de saúde e pacientes ruins ou algo assim.

Leon me observa prender o crachá na minha camisa para ficar combinando com Brandy.

– Do jeito que está vestida, é como se tivesse aparecido hoje sabendo que ia acabar trabalhando aqui. – Ele aponta para o chapéu. – Muito a cara do Buffet do Bosque. É difícil não suspeitar que Nicholas lhe deu uma dica.

– Ele não deu. *Mas* me disse para passar pela Ferro-Velho.

– Aaah, que danado.

Não sei se mando uma mensagem para Nicholas dizendo COMO VOCÊ PÔDE NÃO ME CONTAR NADA DISSO ou ABENÇOADA SEJA SUA ALMA MARAVILHOSA.

– Um gênio – concordo. – Na verdade, vesti essa roupa hoje porque achei que poderia combinar com a entrevista de emprego para a qual estava indo. Que preciso cancelar... – Pego minha bolsa e tiro um formulário preenchido de dentro dela. – Quando você disse que o trabalho começa, mesmo?

– O mais tardar em abril. Talvez março, se conseguir adiantar. Você ainda vai estar desempregada até lá?

– Estou dentro – diz Brandy automaticamente.

Isso é daqui a alguns meses. Bem depois de 26 de janeiro, o que na minha cabeça sinalizava a hora da morte do meu relacionamento com Nicholas. Acho que não é mais o caso. Acho que em abril ainda estarei morando naquela casa na floresta.

– Sim, vou esperar por esse emprego.

Ele aperta a mão de Brandy, depois a minha.

– Bem-vindas a bordo.

Brandy olha para a ficha na minha outra mão, então franze a testa e olha de novo.

– Eu não usaria Melissa como referência se fosse você.

– Eu não estou.

Ela aponta para o número que incluí como contato de referência.

– Esse é o número de Melissa.

– Não, é... – Dou uma olhada nos meus contatos e paro. Ela está certa. Eu pretendia ter dado o número de Melvin Howard e confundi Melvin com Melissa. – Ah, merda. Esse é o número que tenho fornecido para todos os lugares onde me candidato.

Seu queixo cai.

– Não.

– Sim.

– Ah, *não*, Naomi. – Ela cobre a boca com as mãos e ri. – Desculpe, não é engraçado. É terrível. Eu sinto muito, de verdade.

A única razão pela qual sou capaz de rir junto com ela é porque agora tenho um emprego.

– Rindo para não chorar. – Eu finjo soluçar. – Não quero presumir que Melissa me sabotou, mas também quero, sim, porque seria muito bom culpá-la por todos aqueles trabalhos em que me rejeitaram.

– Melissa é péssima. Em sua homenagem, vou ao Vamos Fazer Arte depois disso para bagunçar todas as prateleiras. Vai levar séculos para ela colocar tudo de volta no lugar.

Dou um abraço nela.

– Minha querida pupila chegou tão longe.

Depois de ligar para cancelar a entrevista no acampamento, jogamos "Você preferiria…" e "O que é essa mancha?" – cuja resposta quase sempre é Zach, já que ele gostava de agitar secretamente nossos refrigerantes antes que pudéssemos abri-los. Brandy me disse que ele está ocupado fundando uma nova religião na Flórida. Isso parece algo que Zach diria, mas se está dizendo a verdade, não se sabe. O homem é um enigma.

Brandy e eu saímos para comprar almoço para nós três, e então é como nos velhos tempos novamente, só que sem Melissa e Zach. Estamos cercados por esboços de como será a Ferro-Velho na primavera, criando logotipos e uma grande placa para o lado de fora. Brandy usa um lápis para transformar uma mancha de gordura de hambúrguer em um dos papéis em um retângulo irregular.

– E essa será a máquina de karaokê.

– *Como é que é?* – Diz Leon.

– Oooh! – grito. – Karaokê! Brandy, é uma ótima ideia. Cinco estrelas.

Ele olha para a mancha de gordura com um olhar de nojo.

– Karaokê em um restaurante chamado Buffet do Bosque?

– Sim, e vamos fazer luaus! Vamos colocar colares e saias havaianas nos ursos-pardos. Sorrio para ele. – Não minta. Você adora a ideia. Esse é o meu gênio da decoração em ação, lembre-se disso.

Ele resmunga.

– Tudo bem, tenho que ir. – Brandy limpa os dedos engordurados no meu joelho e eu limpo os meus nas costas dela. Leon balança a cabeça, rindo de nós. – Tenho que ir ficar sentada em um armazém quente pelas próximas oito horas enquanto Bob, meu chefe, me enche reclamando de sua ex-mulher porque acha que as mulheres existem para ouvir seus problemas. Mal posso esperar para sair de lá. – Ela aponta com seriedade para Leon. – Não se atreva a voltar atrás nesse empreendimento.

– Não sei nem dizer quanto dinheiro eu perderia se desistisse de tudo – Leon responde. – Se eu rodar, vocês vão comigo.

– Que bom. Porque vou passar o resto do dia sonhando com a forma como vou pedir demissão. Acho que vai ser muito dramática. Vou jogar uma bebida na cara do Bob e dizer "Vá para o inferno!" e vai ser incrível.

– Todo mundo vai aplaudir – digo.

Quando ela chega à porta, berro:

– Me mande uma mensagem com mais detalhes sobre essas festas de pintura! Nicholas e eu vamos pintar bêbados com você e Vance, o optometrista. Além disso, vocês precisam ir jogar *Dungeons and Dragons* qualquer dia. Nunca joguei, mas sinto que será uma experiência fora do corpo para aquele nerd com quem vivo, e eu gostaria de testemunhar.

Leon parece animado.

– Eu gosto de *Dungeons and Dragons*.

– É a cara de vocês, seus esquisitos – diz Brandy, pouco antes de a porta se fechar quando ela sai. Através do vidro, ela grita: – Brincadeira! Amo vocês! Por favor, não me demitam. – Então nos manda um beijo.

Eu também parto, ainda sorrindo de orelha a orelha, e assim permaneço muito depois de entrar no carro. Talvez o restaurante dure apenas um ano. Mas posso garantir que será um ano divertido. Eu não poderia pedir nada melhor do que isso. Pela primeira vez em muito tempo, meu futuro se desdobra diante de mim cheio de promessas. Tenho sonhos e objetivos para concretizar. Posso fazer qualquer coisa, até aprender a trocar pneus.

Eu provavelmente deveria aprender a fazer isso, na verdade. Amanhã vou abrir o velho YouTube e descobrir como fazer algumas das coisas que supostamente sei fazer há muito tempo. Vou adotar simbolicamente um tigre ameaçado de extinção e reciclar as latinhas de alumínio. Vou pagar à biblioteca a multa de sessenta e cinco centavos que devo há dois anos. Vou fazer três flexões.

Chego em uma casa com uma porta roxa e sem noivo. Ou namorado, dependendo se ele ainda quiser se casar comigo. Não sei como chamá-lo agora. Ele é meu amigo. Meu parceiro. Um homem altruísta, mas complicado, que dirige por sete horas porque seus pais pediram, e ele é um filho melhor do que eles merecem.

Ele manda uma mensagem às seis e meia. Finalmente acabei. Vou jantar e ir para o hotel. Como foi seu dia, Senhorita Buffet do Bosque?

Aquele homem danado. Vou beijá-lo tanto quando ele voltar para casa.

Digito quatro respostas casuais afirmando que está tudo muito bem, obrigada, mas as deleto. Não são honestas. A verdade é esta: Sinto muito sua falta. Queria que você estivesse aqui.

Então é isso que mando para ele.

Estou acordada desde antes das três da manhã e estou caindo de sono. No andar de cima, paro na porta do quarto de Nicholas. Ele poderia tê-la trancado, mas não fez isso. Ele poderia tê-la fechado, mas a deixou bem aberta, e não consigo evitar a dor que toma conta do meu peito quando vejo as folhas de palmeira em seu edredom. Sinto muita falta daquele edredom. Sinto falta da nossa cabeceira e do brilho de seu relógio digital. Sinto falta da nossa cama. O móvel em que tenho dormido nunca se tornou minha cama. Como poderia? Nicholas não dorme nela.

Vasculho a gaveta da mesa de cabeceira para verificar se a pulseira de canudo ainda está lá. Está. Junto com os bilhetes que coloquei em sua marmita e o colar de pipoca que fiz para ele, guardados como faria um adolescente apaixonado. Ele colocou um galho de murta que aumenta a vitalidade entre as páginas de um livro para preservá-lo para sempre. Dentro do meu peito, o botão apertado e hibernante de uma flor abre suas pétalas, ocupando todo o espaço até que a pressão na minha caixa torácica me deixa sem ar.

Algo está errado. Falta alguém. Estou perturbada.

Atravesso para o meu lado da nossa cama e deslizo para debaixo das cobertas. Estarei muito longe daqui antes que ele volte, e ele nunca saberá.

As roupas de cama estão frescas e não o peso que deveria ser feito por outro corpo, mas o cheiro dele está aqui. Minhas pálpebras estão pesadas como portas de ferro, e finalmente permito que elas se fechem, respirando um milhão de lembranças de Nicholas.

Ainda estou de olhos fechados quando noto que não estou sozinha. Abro os olhos na escuridão, ainda confusa e meio que ainda sonhando. Já é tarde, passa da meia-noite. Há um homem deitado ao meu lado, exatamente no lugar em que deveria estar. É o lugar dele, e ainda assim me assusta vê-lo aqui.

— O que está fazendo em casa? — Eu pisco várias vezes, esperando que ele desapareça. Ainda estou sonhando.

– Você disse que sentia minha falta.

– Você veio para casa porque eu senti sua falta?

Seu cotovelo está dobrado sobre o travesseiro, a palma da mão atrás da nuca, observando-me sem entender. Sua outra mão cobre seu torso.

– Sim.

Minha pulsação acelera, porque estou em seu quarto e ele me flagrou. Ele dirigiu a noite toda na neve e no escuro e encontrou uma pessoa dormindo em sua cama. Este é o lugar dele, mas ele pode não dizer o mesmo a respeito de quem vê quando olha para mim. Qual Naomi? Ele sabe a diferença?

Ele se senta, inclinando-se sobre mim. Minha visão está se ajustando o suficiente ao escuro para deixar de ver as sombras de seu rosto, e agora posso ver que seu olhar é calmo. Seus lábios formam uma curva suave.

– Eu também senti sua falta – ele diz e pressiona os lábios suavemente nos meus.

Jogo os braços em torno de seu pescoço e o puxo para mais perto, caso ele pense em se afastar depois de me dar um beijo. Ele sorri contra a minha boca, fecha os olhos, e eu me derreto com a sensação dele contra mim. O beijo é uma força faminta e poderosa, mas ele o interrompe para poder descer e beijar meu pescoço. Meu corpo reage, explodindo em um calor infernal sensível, sabendo que ele é o único que pode me dar o que eu quero. Contra a minha pele, ele murmura:

– Senti sua falta em todos os lugares.

– É?

– *Aqui* – diz enquanto seus lábios roçam onde meu coração bate, deixando a dor e o sofrimento claros em sua voz. – Senti sua falta aqui. – Ele beija minha boca. – E aqui. – Meus dedos entrelaçam seu cabelo, e os dele se fecham em punhos que se enterram no colchão, levantando o corpo dele sobre o meu. Ele me encara profundamente nos olhos.

– Aqui.

A palavra sai ofegante.

– Eu senti sua falta também – respondo, minha visão ficando cinza e embaçada. Nada mais existe agora. O mundo começa e termina com esse homem.

Não percebo que estou chorando até que ele enxuga meus olhos e os dele brilham marejados.

Aprofundamos o beijo, que fala por nós. Eu o puxo para mais perto, mais perto, até nos alinharmos. Quando nos separamos para respirar, pergunto:

– Você sabe que é o meu melhor amigo?

– Sou?

Seus olhos são safiras mantidas diante de uma chama crepitante, brilhando quando se mexem. Conheço cada detalhe microscópico de seu rosto. Conheço o formato de suas sobrancelhas para cada emoção. Ele é o homem mais bonito que já existiu, e antes eu não sabia dizer com precisão a cor dos olhos dele. Ele não era mais memorável do que um quadro pendurado na parede com o qual me acostumei há muito tempo. Quantas vezes meu olhar passou direto por ele, sem perceber que ele estava olhando para mim? Sempre observando. Ouvindo. Esperando.

– Você é. – Meus batimentos cardíacos estão dolorosamente fortes e sinto uma pressão forte no torso. Meus pulmões buscam oxigênio. Outra lágrima escorre pelo meu rosto, que ele beija.

Estou desmoronando, e acho que Nicholas percebe.

Sinto sua mão quente quando ele a passa pelo meu cabelo. Seus olhos são tão ternos que meus músculos relaxam involuntariamente, abrindo os dedos. Ele enterra o rosto em meu pescoço.

– Meu Deus, como senti sua falta. Naomi.

Meu nome vibra pelo ar, e nunca foi tão difícil achar as palavras. Mas ele precisa disso. Ele precisa que eu dê voz aos meus sentimentos, porque ele não lê mentes, e não tenho o direito de absorver o que ele dá sem me doar em troca. Não posso deixá-lo pensar que está sozinho, nem por um momento.

– Eu gosto daqui – digo a ele, mantendo seu rosto entre minhas mãos. – Você me faz feliz. Fico feliz que você tenha voltado para casa porque senti sua falta. Sou grata por tudo o que você faz por mim e por qualquer outra pessoa. Tenho sorte de estar com um homem atencioso como você e sinto muito por não ter te valorizado antes e por ter agido como uma idiota. Sou grata por você ter ficado até eu te encontrar novamente. O seu apoio e o seu jeito de me fazer sentir valiosa é tudo para mim.

Ele sorri e encosta o rosto na palma da minha mão. Sinto um nó na garganta, mais lágrimas brotam. Eu pisco e molho o travesseiro. Não é mais assustador me mostrar assim na frente dele. Ele me abraça. Ele está bem aqui, e eu também o abraço.

– Reaprender você foi a melhor coisa que já me aconteceu.

Ele esfrega o polegar sobre minha bochecha, até minha mandíbula.

– Obrigada por ter me perdoado – diz. – Sinto muito por todas as vezes em que fiz você se sentir pouco importante. Você é a *mais* importante, e estou me esforçando para demonstrar isso de um jeito melhor. Você também é minha melhor amiga. Eu me divirto mais com você do que com qualquer outra pessoa, e gosto de como você me desafia. Gosto de estar perto de você e, quando não estou, estou sempre pensando em você. Quero que saiba que penso em você o tempo todo.

É tão lindo fazermos bem um para o outro.

Estar tão perto e não me pressionar contra ele é um exercício de autocontrole. Estou faminta, e posso sentir que ele também está. Ele desliza um olhar acalorado pelo meu corpo e seus olhos perdem o foco, o peito subindo e descendo com mais força.

Tento não deixar minha voz tremer quando digo:

– Onde mais sentiu minha falta?

Ele arqueia uma sobrancelha e um sorriso torto puxa seus lábios. Sua resposta vem com ações, não com palavras. Ele tira minha blusa e me mostra *onde* com as mãos. Meu short e calcinha são os próximos a partirem, e ele me mostra com a boca. Cada pequeno toque é ampliado mil vezes porque faz cem anos desde que estivemos assim, pele com pele. Estou pegando fogo, e isso deve ser absolutamente excruciante para ele, então o puxo de volta para perto de mim.

— Olá — ele diz suavemente.

— Meu. — Não tenho controle das minhas faculdades mentais para conversar. Sou uma mulher das cavernas obstinada. — Quero você. Agora.

— Você ainda está tomando a pílula, certo?

— Sim.

Busco a boca dele e enquanto nossas línguas estão ocupadas, abaixo impacientemente o elástico de seu calção. Ele se inclina um pouco para trás para ajudar, rindo contra meu rosto. Sinto as vibrações por todo o corpo e isso me deixa louca. Eu o chacoalharia por sua capacidade de se divertir agora se a urgência de sua ereção não contasse uma história diferente. Ele está sendo multitarefas novamente, excitado e descontraído ao mesmo tempo. Não é justo que ele possa dividir sua atenção e eu não.

Coloco minhas mãos entre suas pernas e sou recompensada com um tremor de pálpebras, o pomo de Adão subindo e descendo. Seu hálito é doce, derretendo-se na minha boca.

— Mais? — Provoco.

Ele fecha os olhos e inclina a cabeça para trás, rendendo-se às sensações.

— Sim.

— Sim, o quê?

Seus olhos se arregalam, me mantendo cativa. Ele diz uma palavra, baixa e gutural. — Por favor.

– Hum, vamos ver. – Mordo seu lábio inferior de leve e arranho seu peito, terminando a jornada com um toque firme. Dou um gemido em seu ouvido e afugento seu controle. Nicholas geme quando me esfrego contra ele. Seus murmúrios, muito baixos para eu entender, percorrem minha garganta e meu peito até que ele encontre algo de que goste.

Seu corpo é sombra, poeira espacial e luar. Ele inclina a cabeça de forma a me estudar, dedos curiosos explorando topos e vales, fazendo círculos de brasa com seu toque. Eu choramingo uma súplica e ele sorri, mas não obedece. Não está com pressa, o que não faz o menor sentido para mim. Estou impaciente e, se dependesse de mim, já estaríamos indo para o segundo *round*.

Em vez de atender ao meu pedido, ele deixa seus dentes roçarem por toda a minha barriga macia. Sua mão se abaixa e pressiona entre minhas pernas, cedendo sob um único toque. Seus lábios se movem do meu ombro até o osso do quadril em um processo agonizantemente lento e lânguido, enquanto seus cabelos fazem cócegas na minha pele.

A escuridão se aprofunda, e deixo os outros sentidos assumirem o controle, tonta pela pressa de seu desejo, seu peso delicioso me afundando no colchão. Suspiro seu nome enquanto ele tateia e saboreia à vontade, e ele se eleva sobre mim, sua respiração atingindo o meu peito nu como o bafo da fumaça de uma fogueira.

Dizer seu nome é o que o derruba. É a palavra mágica.

Ele posiciona seus pulsos em cima dos meus e está dentro de mim num instante, engolindo meu suspiro em sua garganta. Ele é *incrível*. Não para de me beijar enquanto se move em um ritmo controlado e sensual.

Nicholas passa a mão pela minha cintura, repousando-a na lombar para poder me sustentar e fazer o que quiser com precisão. Seu rosto está tenso e concentrado, o suor acumulando em suas têmporas pelo esforço de se conter. Ele não me deixa apressá-lo. Toda vez que tento, sou castigada com o toque dos dentes, a marca de sua mão. Suas punições são uma recompensa por si só.

Beijo a carne macia de seu pescoço, logo abaixo de sua orelha, onde sinto seu pulso, e um estrondo toma conta dele. Seguro seu queixo com a mão e o forço a colocar os olhos semicerrados em mim, olhos que lutam pelo controle, para prolongar isso e nos fazer sofrer. Seus olhos estão escuros como a floresta à noite.

Ele se lança para a frente, mas seus beijos são surpreendentemente gentis, interrompendo o movimento de nossos corpos. Quero protestar, mas ele se afasta e posso ver que ele está pensando em algo. A preocupação marca sua testa. Ele levanta minha coxa e a prende ao seu lado, cada músculo rígido quando começa a se mover novamente. Posso rastrear os tendões em seu pescoço e braços.

– Nicholas?

Ele me olha.

– Você me ama? – sussurra.

Meu coração explode no peito, vendo um clarão como fogos de artifício através das pálpebras.

– Eu te amo – digo, e vejo isso iluminá-lo. – *Claro* que eu te amo, Nicholas. – Seus impulsos encontram meus quadris, e nós dois nos separamos.

Meus pensamentos são impossíveis de classificar. Meu corpo experimenta sensações incríveis. Está satisfeito. Nunca foi assim, ou, se foi, tinha me esquecido. Quando nossa respiração se acalma, traço a forma de um coração em seu peito. Seu cabelo é uma auréola escura no travesseiro branco, e seus olhos ainda estão intensos quando repousam no meu rosto.

Sorrio para ele.

– Essa vai ficar para a história.

– Melhor do que a nossa primeira vez?

Nós dois rimos, porque nossa primeira vez foi um desastre. Ele foi me visitar no meu horário de almoço no antigo emprego na loja de ferragens e acabamos transando na sala de estoque. De pé, ele tentou me posicionar contra a parede e quando terminamos percebi que as ferramentas que estavam penduradas do outro lado da parede agora estavam espalhadas pelo chão. Também me esqueci de trancar a loja, e os dois clientes que estavam ali provavelmente ouviram bastante coisa.

— Lembra daquela vez no meu carro? — Eu rio. — Você acabou...

— Espirrando café quente em cima de nós — ele responde junto comigo. Nicholas resmunga. — Nada acaba mais com o clima do que líquido escaldante na virilha.

— *E ele nunca mais foi o mesmo* — digo de modo grave. Ele sorri e me dá uma cotovelada.

— Me senti péssimo por ter estragado sua blusa de lã.

— Tinha me esquecido completamente dessa blusa. Hum. Mas valeu a pena.

Ele enrola uma mecha do meu cabelo com o dedo.

— Lembra quando nos conhecemos?

Como nos conhecemos é insignificante perto de como nos conhecemos *novamente*. Nós nos reencontramos enquanto tentávamos nos afastar com todas as forças. Ainda não sabemos se nos afastamos muito. Seriam essas últimas semanas reais, e o ano passado um sonho? Ou *isto* agora é o sonho? Fomos tóxicos e não podemos desfazer o que fizemos, apenas nos recuperarmos se tentarmos com mais afinco do que jamais nos esforçamos em relação a qualquer outra coisa. Ele já é tanto parte de mim que não há como nos separar, não há como tirá-lo da minha corrente sanguínea.

É claro que eu lembro. É uma lembrança que está nos achados e perdidos de memórias felizes, esperando que o amor faça uma revolução completa como o sol e volte a brilhar.

— Como eu poderia esquecer?

CAPÍTULO VINTE

Há quase dois anos, estou em uma pista de boliche em Eau Claire para a festa surpresa do meu pai. Mamãe enfeitou uma das mesas com balões que dizem PARABÉNS e FELIZ APOSENTADORIA e um bolo com uma foto dele estampada na cobertura. Aaron e Kelly, meu irmão e minha irmã, estão ambos de mau humor por terem tido que viajar. Kelly teve que desfazer planos com amigos porque se esqueceu que tinha concordado em vir para a festa, e Aaron não para de reclamar do preço da gasolina. É por isso que ele não trouxe um presente. Sua presença é um presente. Antes de ir embora, ele vai pedir vinte dólares para o meu pai.

Meu pai odeia festas surpresa e não queria se aposentar para começo de conversa (sua empresa o forçou a sair, basicamente), então, quando ele finalmente aparece, está num humor péssimo que combina com o de todos os outros. Minha mãe tenta se manter alegre para salvar tudo, mas como ela odeia jogar boliche e passa o tempo todo falando ao telefone com sua irmã, isso só deixa meu pai mais mal-humorado e todos começam a brigar.

Um homem na pista à nossa direita está jogando sozinho. Eu sei que ele consegue ouvir minha família discutindo, porque mesmo que eu fique pedindo para eles falarem baixo, seus sussurros acabam sendo igualmente altos. Além disso, ele olhou em nossa direção algumas vezes.

– Posso fingir que estou aqui com você? – pergunto a ele brincando. Estou segurando uma bola brilhante de quatro quilos que peguei atrás do balcão. Eu uso bolas infantis porque meus pontos fortes estão na arena mental, não na física. Também costumo pedir para que fechem as canaletas.

– Claro. – Ele sorri para mim, e sinto um frio na barriga. Ele tem um cabelo castanho ondulado bonito que forma leves cachos na testa, assim como um sorriso sincero. Olhos gentis.

– Obrigada. Minha família nunca aprendeu a se comportar em público.

Ele ri e balança a cabeça.

– Minha família seria páreo duro para eles, pode acreditar.

Kelly está em prantos. Eu a ouço chamar Aaron de idiota por roubar cinco dólares de sua bolsa para comprar um saco de maconha de alguém que ele acabou de conhecer no banheiro, e eu concordo com ela. Ele retribui o xingamento porque uma vez ela o denunciou à receita federal por não declarar 125 dólares que arranjou pintando a varanda do nosso tio, então concordo com ele também.

– Não posso acreditar nisso, desculpe – digo sem reação, e nós dois rimos. Aponto meu polegar na direção dos meus irmãos. – Eles provavelmente não o ajudam a se concentrar.

– Tenho estado um pouco distraído – admite. Então me lança um olhar demorado. – Mas não é por causa deles.

Acho que ele está flertando. Está? Eu me torno um clichê ambulante e me viro para ter certeza de que ele não está realmente se dirigindo a outra pessoa que está bem atrás de mim. Não tem ninguém ali.

Ele esboça um sorriso.

– Então, questões familiares à parte, você parece muito legal. Pareço?

– Sou bacana.

– Assim como *eu* sou bacana também – ele diz, rodeando.

Sou cautelosa quando respondo:

– Talvez você seja.

– Também me disseram que sou muito fofo. – Sim, ele definitivamente está flertando. Minhas entranhas se atiçam e tocam música de oito bits como se eu tivesse ganhado um jogo de *pinball*.

– Talvez você seja.

Ele sorri, porque o estou paquerando também.

– Você deveria sair comigo hoje à noite – ele comenta casualmente, sem quebrar o contato visual enquanto lança a bola, fazendo-a deslizar pela pista. Escuto ela bater nos pinos, mas nenhum de nós verifica quantos pontos ele marcou. Estamos nos encarando.

– Num encontro?

– Isso.

Não há nada que eu possa fazer além de rir. Não conheço esse homem. Não moro perto de Eau Claire. Nossos caminhos nunca mais vão se cruzar.

– Claro, eu aceito sair com você – digo. – Se você conseguir derrubar todos os seus pinos agora.

Ele estuda os pinos que lhe restam. Acabou de fazer um *split*. Sua bola passou pelo meio, derrubando todos os pinos, exceto o da extrema esquerda e o da extrema direita. A menos que ele seja um jogador de boliche profissional capaz de dobrar a gravidade, não há como derrotar os dois inimigos. Eles estão muito longe um do outro, então as chances de conseguir um *spare* são bem irrisórias.

Seus olhos brilham.

– Promete?

Faço uma pausa antes de responder. Teria que ser uma idiota para torcer por ele, então é isso que faço.

– Claro, prometo.

Assim que a palavra sai da minha boca, ele começa a andar pelo centro da pista e derruba os dois pinos com um chute. Ele gira nos calcanhares com um floreio, seu reflexo no piso brilhante e encerado, e abre um sorriso diabólico para mim. Tenho que admitir que ele me pegou. A tela sobre nossas cabeças explode com confetes digitais e as letras da palavra SPARE! caem com uma cacofonia, como um saco de cocos se espalhando.

Ele parece satisfeito. Há uma química inegável entre nós que me tenta a me aproximar um pouco mais. Explorá-lo. Eu deveria ir embora, mas não vou, porque há algo aqui. É uma pena que eu more tão longe. Ele não vai se dar ao trabalho quando souber que moro longe. Mas tenho que avisá-lo.

– Eu não sou daqui.

– Eu sei – ele responde, piscando para um funcionário do boliche que testemunhou sua façanha e fez uma cara feia para ele. – Você é de Morris.

– Eu te disse isso?

– Não disse. Eu vi você lá cerca de duas semanas atrás carregando seu porta-malas de compras. Eu moro em Morris também.

Minha boca se escancara.

Ele fica encantado com o meu choque.

– Quis ir lá falar com você, mas imaginei que um homem desconhecido se aproximando de você em um estacionamento escuro e quase vazio enquanto estivesse sozinha não seria uma boa abordagem. – Ele dá de ombros como quem diz "É, fazer o quê?". – Mas fiquei pensando nisso, desejando ter outra chance. Não seria ótimo ter uma segunda chance? Voltei àquele mercado algumas vezes, na esperança de te ver de novo.

Estou boquiaberta olhando para ele e olho para trás, para ver se minha família está escutando. Eles foram embora. Eles foram embora sem se despedir, e ficamos apenas nós dois – eu e esse homem desconhecido, cada vez mais deslumbrante, cujo nome eu nem sei.

– Todo ano, no meu aniversário, vou à casa dos meus pais e minha mãe me faz soprar as velas de um bolo. – Ele me conta. – Alguns amigos da faculdade escrevem no meu mural do Facebook, e eu espero até o fim do dia para responder porque quero que pareça que tenho coisas melhores para fazer o dia todo do que contar quantas mensagens de parabéns eu recebi. Nunca vou a algum lugar legal nem faço nada. Hoje acordei com vontade de jogar boliche. É o primeiro aniversário que passo completamente sozinho. Não queria ir num boliche perto de onde moro porque não queria encontrar nenhum conhecido, então procurei outros lugares na Internet e encontrei este. Escolhi ao acaso. Eau Claire.

Estou totalmente abismada. Com minha visão periférica, vejo que a tela dele pisca, incentivando-o a jogar de novo, mas nossos olhos não se desgrudam. Estamos perto, mas não perto o suficiente para eu discernir claramente a cor de seus olhos. Acho que podem ser cinza.

– Esse é o primeiro aniversário em que não soprei uma vela e fiz um pedido – ele diz, aproximando-se. Todo o oxigênio do local começa a desaparecer, me deixando sem ar suficiente para encher os pulmões. – Mas você está aqui hoje, mesmo assim. Você acabou na pista ao lado da minha e começou a falar *comigo*, iniciando a conversa. Quais seriam as chances? Duas pessoas de Morris, encontrando-se em Eau Claire? E bem aquela que eu queria conhecer.

Estou sem ar. Ele se aproxima, e meus sentidos palpitantes borram todas as suas feições em uma névoa quente e rosada. Meu cérebro liga e desliga, como se eu estivesse embriagada. É uma luta para ficar de pé. Para não me inclinar na direção dele e tocá-lo. Não sei quem é essa pessoa e não sei o que ele planeja fazer esta noite, mas há *algo* aqui que tenho que explorar. Se não fizer isso, acho que vou me arrepender.

– Pela primeira vez – ele conclui –, consegui meu desejo.

Faz tanto tempo que não dormimos na mesma cama que quando acordo no domingo de manhã tudo o que quero fazer é me alongar e aproveitar. Mas Nicholas dirigiu durante a noite toda para ficar comigo, e quero fazer algo que o faça se sentir especial também. O caminho para o coração de um homem é o seu estômago, então vou cortejá-lo com um café da manhã caseiro. E por caseiro, quero dizer que vou comprar todos os itens do cardápio do Blue Tulip Café.

Certos músculos que estavam atrofiando durante nosso período de seca estão rígidos e doloridos desde a noite passada, e abafo um pequeno gemido de dor quando saio da cama. Olho para Nicholas, que está deitado de barriga para cima, com os tornozelos cruzados, dormindo profundamente. De nós dois, eu sou a que se espalha. Ele dorme esticado como se tivesse sido colocado em uma tumba, ocupando um espaço mínimo. Eu triplico de tamanho quando estou deitada, braços e pernas abertos, meu cabelo procurando a boca e o nariz dele. Essas últimas semanas dormindo separados provavelmente foram uma bênção para ele nesse aspecto, mas que pena; as noites de descanso e relaxamento dele se acabaram. Sinto falta de ter alguém para chutar.

Por um minuto eu simplesmente fico parada e o admiro, uma emoção dominando meu sistema nervoso.

Ele me ama. Ele não respondeu expressamente às palavras depois que eu as falei, mas sei que ele me ama.

Na mesa da cozinha, vejo um presente que ele trouxe de sua viagem: um peso de papel de vidro com flores silvestres preservadas dentro dele. Nicholas encontrou uma maneira de tornar as flores funcionais e econômicas. Sorrindo, deixo a ele um bilhete de agradecimento.

Pego o jipe para poder encher o tanque de gasolina para ele, então termino com uma ida ao lava-jato. No momento em que estaciono com um enorme carregamento do Blue Tulip, minha cabeça está cheia de ideias de como vamos passar o dia. Está muito frio para atividades ao ar livre, então talvez possamos ir a um espaço de *laser tag*. Ou podemos ir ao cinema. Entro no meu carro bem rápido porque acho que tenho um vale do Beaufort Cinema no meu porta-luvas, e é aí que percebo que a montanha de sacos de lixo ao lado da pilha de toras cresceu e que a porta da frente está aberta. Parece que Nicholas está ocupado desde que parti. É melhor que ele não esteja lá dentro cozinhando.

Estamos aos poucos jogando fora as tralhas que Leon abandonou no galpão, cuja maior parte já estava lá quando ele se mudou. Olho para um dos sacos de lixo, com um rasgo na lateral. Reconheço a cor azul no interior, então me aproximo. Meu coração bate forte, mas meu cérebro luta contra a ideia, então tenho que abrir o saco. Tenho que ter certeza.

Pego a pequena caixa, uma das muitas. Há cinco delas ainda no saco, amassadas e esmagadas. Um prato descartável com ketchup sujou uma delas, e eu me curvo, meus pulmões reduzidos à metade do tamanho normal. Meus ouvidos zumbem e meus olhos ardem. Eu vou vomitar.

São os convites de casamento. Ele jogou todos fora.

Do outro lado do campo de batalha, Nicholas caminha graciosamente, de cabeça erguida. Ele gira sua espada. Contempla. Então lança um golpe direto no meu coração.

Deixo a caixa no chão e volto para o meu carro sem processar ou planejar nenhum dos meus próximos passos. Estou no piloto automático. Sou um soldado mortalmente ferido rastejando em direção a um esconderijo onde possa morrer sozinha e em paz. Noto vagamente Nicholas parado na varanda, e acho que ele pode estar me chamando, mas todo o meu instinto de autopreservação é acionado ao limite, e tenho que sair daqui.

Em vez de dirigir em direção a Morris, parto para fora da cidade. As voltas e reviravoltas que dou são como as de um criminoso paranoico fugindo de uma viatura da polícia. Paro de prestar atenção aos sinais de trânsito e escolho o caminho ao acaso. A única coisa que importa é que ele não me encontre. Não posso deixar ninguém me ver assim.

Uma hora se passa até eu encontrar um lugar para estacionar – uma área de descanso rodeada de árvores, a vista através do meu para-brisa dando para um lago público. Há um trailer dez vagas abaixo no terreno, mas estamos sozinhos e tenho muita privacidade. Pressiono a testa no volante frio e inalo profundamente, liberando respirações entrecortadas. Isso dói. Estou sofrendo muito e gostaria de poder voltar a ser a Naomi Westfield que queria que Nicholas jogasse fora os convites e cancelasse o casamento. Ela estaria comemorando agora.

A água e as árvores se remexem. É um dia nebuloso e sombrio, e eu não ficaria surpresa se continuasse dirigindo sem parar, para nunca mais voltar. Vou deixar Morris olhando pelo meu espelho retrovisor, dando vida a uma fantasia de longa data.

A luz de notificação do meu telefone está piscando. Com dedos trêmulos, eu o jogo para o banco de trás, onde espero que desapareça para sempre. Fecho os olhos, mas tudo o que vejo é aquela caixa amassada de convites de casamento em minhas mãos. Quando levanto os olhos para o para-brisa, minha mente evoca Nicholas parado na frente do carro. Uma névoa de calor acende e ondula sua imagem, e minha raiva é como um rugido estrondoso. *Você me machucou? Eu vou te machucar ainda mais.* Nossa velha disputa.

Ele tem os pés separados, como se esperasse que eu o atropele, mas se mantém firme apesar disso. Eu murmuro uma única palavra de advertência. *Saia da frente.*

Eu leio seus lábios. *Não.*

Nós nos encaramos. Deixo o carro avançar alguns centímetros. Os olhos de Nicholas se arregalam, mas ele não recua, percebendo meu blefe. Não é uma decisão sábia. Eu buzino e ele ignora, colocando a mão no capô como se pudesse me parar só com aquele toque. Para minha imensa frustração, eu *sinto* aquele toque. É imperdoável.

Eu o amo, eu o amo. Não tenho que amar cada pequena coisa sobre ele, mas eu ainda o amo. Ele não respondeu *Eu te amo. Você me ama?*, foi o que ele disse. Mas por que diria isso se não me ama? E o bilhete que deixou me chamando de a pessoa mais linda que já conheceu? E a pulseira de canudos que ele guardou? Ele a guardou. Uma coisa insignificante que eu fiz. Uma coisa insignificante que ele guardou.

Recuso-me a acreditar que ainda estamos em lados opostos, mas também tenho o hábito de ignorar a realidade.

A neblina engrossou e está nublado também, então acendo os faróis enquanto dou ré para sair do estacionamento. Não posso ficar parada por muito tempo, ou vou entrar em combustão. Meu Nicholas conjurado se dissipa com os faróis altos, desaparecendo com o floreio de minha mão.

Meu coração mole e ferido continua apresentando alternativas para o ocorrido. Mecanismos de defesa. *Talvez ele te ame, mas simplesmente não quer mais se casar.* Isso não é tão ruim. Tudo vai ficar como está. Está finalmente sendo bom novamente, mesmo que nem sempre seja fácil.

Mas então me lembro de Nicholas ajoelhado, o resto do mundo desaparecendo. Olhando para mim ansiosamente, coração na mão. *Não é o suficiente que você seja minha namorada. Preciso que você seja minha esposa.*

Não mais, ao que parece. Talvez ele só me ame oitenta por cento. Não. Não existe isso de amar alguém oitenta por cento.

Vou ficar bem com esse homem se a verdade for que ele me *ama*, sim, mas não quer trocar alianças comigo? Talvez ele mude de ideia algum dia. Talvez ele não quisesse jogar fora as seis caixas de convites de casamento. Talvez pretendesse guardá-las, mas confundiu os sacos. É tudo um acidente, um mal-entendido, e vamos rir disso um dia.

Isso ou, em alguns meses, Nicholas já estará apaixonado por outra pessoa. Uma mulher misteriosa que vai dormir no edredom de folha de palmeira que ele e eu escolhemos juntos. Ela terá a porta de entrada roxa e o quarto do meio estreito que um dia poderia virar um quarto de bebê. Ela terá os sorrisos de Nicholas, sua pele na dela, sua respiração soprando seu cabelo enquanto ela dorme. Ela terá Nicholas.

Eu poderia fingir que nunca olhei dentro do saco de lixo. Poderia voltar para casa agora e inventar uma desculpa. Direi que depois que deixei o jipe dele na garagem com as chaves ainda na ignição, comida no banco do passageiro, fui tomada por um desejo repentino e intenso de ir até o shopping. Direi que meu telefone parou de funcionar. Não vou reconhecer o que vi no lixo e será como se nunca tivesse acontecido. Não me lembro se joguei a caixa de volta no saco antes de sair, ou se o amarrei. Espero que tenha amarrado. Se eu o deixei aberto, ele saberá que descobri.

Suas ações de ontem à noite não fazem sentido hoje. Como pude tê-lo interpretado tão mal? Talvez ele só tenha feito amor comigo porque dirigiu a noite toda e estava cansado. Estava fora de si. Acordou arrependido, possivelmente se sentindo usado. Está bravo comigo. Acha que eu o enganei.

As horas passam enquanto eu dirijo, e dirijo, e dirijo. Está escuro quando a estrada inevitavelmente me leva de volta a Morris, embora eu implore para que isso não aconteça. Ainda não tenho ideia do que vou fazer. Fiquei sem dinheiro depois de reabastecer o carro e me manter ocupada o dia todo, e só me resta meu cartão de crédito. No segundo em que um hotel me cobrar a noite de estadia, uma notificação vai aparecer no telefone dele porque compartilhamos a conta e ele é avisado sempre que ocorre uma cobrança é feita.

Estou com fome e não comi nada hoje, então estaciono na frente do Jackie's e compro duas batatas fritas grandes. Sento-me no capô do carro para comer, a comida quente em meus dedos frios. Eu sei o que está por vir. Sabia desde que entreguei meu cartão ao caixa e aceitei o que estava por vir, e é por isso que não mexo um músculo quando um Jeep Grand Cherokee estaciona ao meu lado.

Eu apenas olho para a frente e como outra batata. Eu o sinto me observando. É isso que ele queria? Ou eu o conheço melhor do que qualquer um na terra ou não o conheço nada. Não há meio-termo.

Nicholas sai do carro. Com o canto do olho, vejo que está segurando uma caixa azul de convites amassada, e minha garganta queima como se eu tivesse engolido ácido.

– Naomi – ele diz.

Eu não posso fazer isso.

– Por favor, não. Você ganhou, ok? Acabou. Vou acabar com isso para que você não precise.

Ele se senta ao meu lado, o carro rangendo com seu peso. Ele equilibra a caixa cuidadosamente no colo, e só de vê-la tão perto sinto as lascas do meu coração cutucarem as paredes do meu peito. Nós nunca vamos nos sentar e cuidar deles juntos. Nossos entes queridos nunca vão abri-los, sorrir e dizer: *Eles realmente vão se casar, então. Vão mesmo fazer isso.* Nós nunca subiremos a um altar cheio de flores e trocaremos promessas eternas.

– O que você quer dizer com "acabou"? – Nicholas pergunta, com a voz baixa e gutural. – Não me diga que está tentando terminar comigo depois de tudo por que passamos. Isso não está acontecendo.

– Não é isso que você quer?

– Não. – Seus dedos deslizam sob meu queixo, fazendo-me olhar nos olhos dele. Seu olhar irradia uma emoção que estou convencida de que ele não sente, uma agonia. – Meu amor...

Meus olhos se voltam para a caixa em seu colo e quero jogá-la longe.

– Pare. Não quero ouvir mais nada. Não é necessário.

– Ah, acho muito necessário.

– Acabou. Apenas me deixe em paz.

Seus olhos estão ardendo.

– Naomi, se você disser mais uma vez que acabou, vou enlouquecer. Fiquei perdido o dia todo, sem saber para onde você foi. Você não atendeu o telefone, depois de ir embora como doida. Você tem alguma ideia do que isso me causou? Estava prestes a ligar para hospitais quando vi a cobrança do cartão de crédito.

É ridículo que eu me sinta culpada por deixá-lo.

– Quero que você vá embora. Por favor.

– Por causa disto? – Ele bate na caixa azul, e eu estremeço.

– Porque eu mudei de ideia.

Estou de pé sem nem perceber, enjaulada entre o metal frio do capô e Nicholas. Não há espaço para me esquivar dele, nenhum lugar para ir. Meus sentidos cambaleiam, dominados por ele, desmoronando em seu toque para nos fundir perfeitamente. Seu olhar intenso brilha de medo e fúria, e outra coisa que demoro mais meio segundo para traduzir. Desejo. Profundo e ardente. Se eu não estivesse presa, meus joelhos cederiam.

Ele coloca a mão sobre meu coração traidor, que bate forte, comandando cada terminação nervosa, cada vontade. Estou bem, bem alerta. Ele estremece ao exalar e seu rosto se aproxima tanto que acho que deve terminar num beijo, e é por isso que fecho os olhos.

– Seu coração é meu – ele diz.

CAPÍTULO VINTE E UM

Nicholas abre a caixa e pega um convite. Um cartão de confirmação de presença cai e voa longe, girando pelo estacionamento.

— Mantive um desses dobrado na minha carteira por meses — fala. — Eu o pegava e olhava para ele às vezes, sorrindo porque estava muito animado para me casar com você. Mas então eu parei de me sentir feliz quando olhava para eles.

— Porque você parou de querer se casar comigo.

Ele me entrega o convite.

— Como você se sente quando segura isso?

— Triste — respondo com sinceridade.

— Leia. Me diz o que você sente.

Sinto-me tão vazia que seria possível ouvir o vento soprar através de mim. Mas volto a sentar no carro, Nicholas ao meu lado, e tenho que ler as palavras em letras rebuscadas duas vezes até digerir.

DEBORAH E HAROLD ROSE
Orgulhosamente anunciam a união de seu filho dr. Nicholas Benjamin Rose às 13 horas do dia 26 de janeiro na Igreja St. Mary's
Com Naomi Westfield
Seguida de uma recepção no Gold Leaf Banquet Hall
Traje: Black tie
Não serão permitidas crianças ou animais de apoio

Não olhei para esses convites desde que chegaram pelo correio, e minha resposta é o mesmo aborrecimento. Nicholas observa minha reação e assente.

— Exatamente. Parece com como deveriam ser nossos convites? Essas palavras são nossas? Algo disso parece representativo do nosso casamento? Seu nome do meio nem aparece.

— Não é o que eu teria escolhido – admito, ouvindo o tom amargo na minha voz. – Mas eu não paguei por eles. Não tive escolha.

— Mas isso não é loucura? Que você não tenha tido escolha? – Ele examina o convite. – Nunca decidimos qual foto colocar neles também. Ainda bem, já que aquelas fotos lembram um dia infeliz. Lembro que você não estava se sentindo bem, e não gostei da minha roupa. Estávamos irritados um com o outro, parados na frente do fotógrafo com sorrisos muito falsos.

— Verdade.

— E essas fitas? – Ele toca um dos laços de seda marfim no convite. Há toneladas deles, com pérolas artificiais no centro. – Isso tem a ver com algo que a gente goste? Tive um bom tempo para pensar sobre isso e, quando olho para esses convites, eles não parecem nossos.

— Eles não são. São da sua mãe. – Olho bem no olho dele. – Se você não gostou das decisões que ela tomou, deveria ter falado.

– Eu sei. Sinto muito por deixar minha mãe dominar tudo... Eu sabia como isso estava fazendo você se sentir e eu apenas a deixei continuar porque na época era mais fácil ver você chateada comigo do que ver minha mãe chateada comigo. O que é bem horrível...

– É, sim. – Não adianta esfregar isso na cara dele agora, então acrescento: – Mas você está melhorando. Tem me defendido. Você não deixou nenhum dos insultos dela passar ultimamente. E pensando no seu próprio bem, estou feliz que você não tenha ido lá todos os dias e atendido todas as ligações dela.

– Ajuda ter você ao meu lado, me incentivando. – Ele descansa a cabeça no meu ombro. – Você torna tudo mais fácil.

– Nem sempre facilitei as coisas.

Ele pega minha mão e a aperta.

– Eu estava jogando algumas coisas fora hoje cedo e encontrei essas caixas. Foi a coisa mais natural do mundo jogá-las fora.

– Uau – comento, me sentindo vazia. – Nem se preocupa em suavizar o golpe nem nada.

– Amor, por que faríamos um casamento na St. Mary's? Por que daríamos a festa em um salão abarrotado? Algum desses lugares significam alguma coisa para nós?

– Não, mas...

– O casamento precisa ter a ver com *a gente*. – Ele continua apressado, pegando minhas duas mãos nas dele e me virando para nos encararmos totalmente. – E a lista de convidados! Tem um quilômetro de comprimento. Não reconheço a maioria dos nomes. Por que colocaríamos todos esses estranhos ao nosso redor para o momento mais especial de nossas vidas? – Ele amassa um convite em uma bola, e eu arfo.

– Estes convites são para um casamento falso. Joguei fora os convites porque não quero nenhuma dessas pessoas lá.

Meus olhos estão arregalados.

— Nenhuma delas?

— Por que eu desejaria a presença delas? Isso não tem a ver com ninguém além de mim e você. As únicas pessoas que eu gostaria de ter em nosso casamento são aquelas que nos fazem bem. Isso exclui quase todo mundo que conheço, incluindo a pessoa que fez esses convites.

Não consigo conceber nosso casamento sem que Deborah seja a grande estrela. Ela nunca nos deixaria sair impunes se a excluíssemos. Para Deborah, nosso casamento é um evento social para o qual ela pode se enfeitar e se mostrar como a mãe perfeita ao lado do filho. Ela mal pode esperar para que todas as outras mães em seu círculo a parabenizem.

— E nossas famílias?

— Fodam-se nossas famílias. Foda-se todo mundo. — Ele joga o convite amassado em direção a uma lixeira. Bate no aro.

Desato a rir. Sei que ele não quis dizer isso de verdade, mas talvez, por um dia, ele esteja certo. Em um dia sagrado em que colocaremos nós dois acima de tudo, para celebrar um compromisso profundamente pessoal, talvez não devêssemos ter que acatar os desejos ou opiniões dos outros. Devemos fazer o que parece certo para nós, mais ninguém.

— Nós vamos construir nossa própria família — ele diz com sinceridade.

Balanço a cabeça e analiso:

— Foi fora. — Pego um convite da caixa, formo uma bolinha com ele e o atiro na lixeira. Errei.

— Se eu errei, que se dane.

Amassar nossos convites de casamento e jogá-los em direção a uma lata de lixo é estranhamente catártico. Depois que começamos, não conseguimos mais parar. Nós os empilhamos como bolas de neve no capô e nos revezamos nos arremessos. Ele faz onze "cestas" e eu, nove.

– Este é o da minha avó – digo enquanto atiro uma bola de papel e fitas. – Por me pressionar a usar o véu dela, mesmo sabendo que eu não gostava dele, e por sugerir que eu estou velha demais para ter filhos. – Acerto, e Nicholas aplaude. – Chupa, Edith! Você está oficialmente desconvidada!

– Este é do seu irmão – ele diz, mexendo os braços como um profissional e soltando a bolinha. Ele erra feio, e o convite amassado acaba indo parar no meio da rua. – Eu sei que você roubou meus óculos de sol, Aaron!

– Mal posso esperar para jogar o da sua mãe.

– Ah, por favor, deixe que eu jogo esse. Eu mereço.

Ele está certo, essa honra é dele. Entrego a ele um novo convite para que ele tenha a satisfação de arruiná-lo com o nome de Deborah em mente. Ele o amassa com ferocidade meticulosa e a bolinha passa sobre a lixeira, batendo numa placa de PARE.

– Se eu acertar este – digo, jogando uma bola de convite de uma mão para a outra –, você vai que limpar essa bagunça sozinho enquanto eu assisto comendo batatas fritas. Não vou ser multada por espalhar lixo. – Estreito os olhos e miro com cuidado, mas erro. É claro.

– Ah! – Ele grita. – Otária. Se eu fizer essa, você tem que ir lá dentro me comprar um milkshake de chocolate.

Nicholas também erra.

– Droga.

Eu ronco enquanto rio.

– Sua mira é pior do que a minha.

– Seu nariz é pior – ele murmura, e acabo rindo disso.

Há um último convite na caixa. Eu o amasso com uma lentidão proposital.

– Se eu fizer essa cesta… – Penso no resultado mais louco que posso imaginar. Faz todo o sentido. – Você tem que se casar comigo. Não um dia, e não talvez. Mas agora.

Jogo o braço para trás e estou prestes a fazer o lançamento quando Nicholas segura meu pulso. Ele pega o convite dos meus dedos, desce do carro e vai até a lixeira. Muito deliberadamente deixa a bolinha cair ali dentro.

Levanto uma sobrancelha enquanto ele caminha de volta para mim.

Ele para a meio metro distância, as mãos deslizando para dentro de seus bolsos. Seus olhos não estão mais provocativos.

– Eu não vou deixar isso ao acaso.

Eu o encaro. Ele está falando sério.

– Sério? Você quer se casar?

– Sério. Não há mais ninguém que eu queira torturar além de você.

Não consigo parar de olhar para ele. Do jeito que ele está falando, parece estar me oferecendo tudo o que eu quero. Estou morrendo de vontade de confiar nele, mas há uma parte crucial de mim que dei a ele, e que ele ainda não retribuiu. – Mas você ainda não disse que me ama.

– Isso não é verdade.

– Você não disse.

– Eu digo isso o tempo todo, só que muito, muito baixinho. Digo quando você está em outro cômodo, ou logo depois que desligamos o telefone. Digo quando você está usando os fones de ouvido. Depois que você fecha a porta quando sai. Digo na minha cabeça toda vez que você olha para mim.

Ele se aproxima, até que estamos respirando o ar um do outro. Não sei o que devo dizer, mas felizmente Nicholas sabe. Ele me pegou.

Segura meu rosto com suas mãos e roça seus lábios nos meus, seu olhar é tão suave, e um sorriso aparece em seus lábios.

– Claro que eu te amo, Naomi. Nunca parei de amar.

Leva seis dias após a solicitação para que a permissão de casamento seja concedida e, por enquanto, vamos mantê-la em segredo até o momento certo.

Nicholas e eu estamos voltando de uma tarde de *laser tag*, porque ele tirou um dia de folga no trabalho. Sua mão repousa sobre o câmbio, e ele está olhando adiante para a neve espalhada pelas rajadas de vento na estrada. Não está nevando agora, mas nevou o dia todo, montes brancos de trinta centímetros acumulados dos dois lados. Cubro sua mão com a minha e sinto aquela flexão quase imperceptível, um reflexo que indica segurança e unidade.

– Voto para convidarmos seus pais da próxima vez – digo, imaginando Deborah com sua manicure recém-feita segurando uma arma laser como uma aranha morta. Harold bufando e reclamando, tentando atirar nela.

Ele gargalha. Isso se encaixa perfeitamente em nosso plano de mudar a forma como passamos tempo com os pais dele – encontrar uma maneira de tornar o encontro divertido para nós, para que a reunião familiar não pareça uma obrigação desgastante para o resto de nossas vidas. Temos uma longa lista de experiências estranhas a que vamos submetê-los, e ontem à noite bebemos muito vinho e caímos da cama (ok, talvez eu tenha sido a única a cair da cama) rindo das ideias e passando o bloco de notas de um para o outro.

Não dissemos uma palavra sobre a permissão de casamento para eles. Daremos a notícia depois que estivermos casados e dermos uma festa em um boliche em Eau Claire. Ou talvez escreveremos uma carta para a coluna "Querida Deborah" do *Diário de Beaufort* e contaremos a eles dessa forma. Se ela não tiver um colapso ao saber de nossa cerimônia imperfeita, definitivamente terá quando souber que vamos combinar nossos sobrenomes para criar um novo, exclusivo para nós. *Rosefield.*

Eu tremo e aumento o ar quente. A papelada que diz que Nicholas e eu estamos legalmente autorizados a nos casar pelos próximos trinta dias brilha no porta-luvas, e eu retomo a conversa de onde paramos antes da partida.

— As passagens de avião nessa época do ano vão ser caras.

— Verdade. Não tenho certeza se quero voar com esse tempo, de qualquer maneira. Já não gosto de viajar de avião. Se estiver nevando, vou enlouquecer lá em cima.

— Isso exclui a Bridal Cave, no Missouri, e aquela geleira no Alasca.

— Estávamos pensando em casar no cartório, mas então pesquisei por *destinos de casamento interessantes* e os resultados nos inspiraram a ser mais criativos. Casar sem dar uma grande festa é fantástico, diga-se de passagem. Recomendo muito, se alguém tiver a chance. Toda a diversão de se casar sem nenhum estresse de planejar um casamento tradicional.

— Você tem um dia favorito da semana? — pergunto. — Por exemplo, eu não gostaria de me casar numa segunda-feira.

— Ah é? — Ele me lança um breve olhar. — Por quê?

— Acho que aumentaria as chances de os aniversários da data caírem em uma segunda-feira. Nunca são bons dias.

— Não tenho preferência por um dia da semana — ele responde —, mas prefiro não me casar de manhã. Meu cabelo fica melhor depois de ter algumas horas para respirar. — Eu o cutuco, e ele passa os dedos por suas madeixas de cor castanha de modo exagerado. Ele está brincando, mas é verdade; seu cabelo fica indiscutivelmente glorioso no fim do dia.

Adoro falar sobre detalhes do casamento. Adoro ouvir Nicholas casualmente discutir como vai ser passar o resto da vida comigo. Não tento esconder minha animação e, mesmo sem olhar para ele, sei que minha euforia é contagiante e que ele está sorrindo.

— Dei uma olhada em algumas cachoeiras de Wisconsin — sugiro. — Pode ser legal nos casarmos em frente a uma cachoeira.

– Ou em uma trilha bem bonita. Há muitas dessas por aqui.

– Se vamos nos casar em uma trilha bem bonita, podemos muito bem nos casar em nosso próprio quintal – brinco. Então nós dois paramos e olhamos um para o outro, porque é perfeito.

– Por que esse não foi nossa primeira ideia? – Nicholas pergunta, admirado.

– Não é? – Estou pasma que tenhamos demorado tanto. – As árvores bonitas. O lago. Imagine o celeiro ao fundo, todos aqueles pingentes de gelo derretendo. E neve de todos os lados! Ah, vai ser um sonho.

– Caminhar até nossa lua de mel levará trinta segundos. Hospedagem gratuita. Não teremos que fazer as malas.

– Sim. – Eu bato palmas. – Sim. Sim. Sim.

– E pensar que estávamos pensando em pegar um avião até uma geleira em Juneau para sentir o mesmo frio que estamos sentindo aqui. E nós somos donos do local! – Ele lança um olhar para mim e sorri. – Naomi, nós vamos nos casar.

Passamos pela Ferro-Velho e me viro no meu assento para espiar pelo para-brisa traseiro.

– Espere! Volte!

– O quê? Por quê?

Acaricio seu braço várias vezes.

– Volte, volte.

– Vou voltar depois que você voltar ao normal, senhora louca. – Ele entra em uma vaga. – Aonde estamos indo?

– Bem aqui. – Aponto para a Ferro-Velho. Há dois carros na frente. O de Leon e o do sr. Howard. Não sei imediatamente por que precisávamos voltar, mas *sinto* que precisávamos e espero que a razão me alcance. Minha intuição estava certa, porque me lembro:

– Meu antigo chefe, Melvin, é um ministro ordenado.

Nicholas estaciona e me encara.

– Sério?

Estou tão animada que não consigo falar. Tudo o que posso fazer é concordar com a cabeça. Não é segunda-feira, não é manhã, e a oportunidade bate à porta. O sr. Howard sai da loja carregando a placa que ficava acima da caixa registradora, *São as pequenas coisas*, e para quando me vê. Eu aceno, abrindo a porta do passageiro.

– Ei! O senhor tem um minuto?

Os melhores casamentos são os repentinos. Quando acordei de manhã, não tinha ideia de que me casaria hoje, e espero que seja um sinal. Espero que nosso casamento seja cheio de surpresas espontâneas como essa e de planos C que deem espetacularmente certo.

Vasculho o armário do que vai ser um quarto de hóspedes, agora que não durmo mais nele. Cada peça de roupa que possuo está engolindo a cama ou espalhada pelo chão. O que vestir para um casamento espontâneo no quintal?

Meu vestido mais bonito não tem mangas e é tão fino quanto papel de seda. Eu viraria um picolé.

Experimento uma blusa de lã e imediatamente a tiro. Tento colocar uma camisa de gola alta e leggings sob um vestido diferente, mas não fica legal.

– Como está indo? – Nicholas chama da porta. Aposto que o safado levou quinze segundos para se vestir.

– Eu não tenho nada para vestir!

– Vá nua, então.

Jogo um sapato na porta e ele ri.

– Vamos logo! – Ele diz. – Quero me casar com você.

– Quieto, vá embora. Eu te amo.

— Eu também te amo. Vejo você do outro lado.

Ouço a escada ranger enquanto ele desce, e resisto à tentação de olhar pela janela para ver se ele já está lá fora. Abro a porta, pensando em entrar na ponta dos pés em nosso quarto e vasculhar seu guarda-roupa em busca de algo melhor para vestir, mas piso em uma poça de tecido colocada diante da porta.

O macacão. Eu o pego e o sacudo. É o meu, o menor dos dois É prático e não necessariamente bonito, mas se a ideia é dizer seus votos do lado de fora em um clima de oito graus negativos, camadas não são uma má ideia. Eu sorrio e o visto sobre as roupas comuns. Então grito chamando Brandy, que sobe as escadas com uma escova de cabelo e um modelador de cachos. Brandy é uma das exceções à nossa regra de não convidar ninguém, já que ela é uma pessoa positiva e que respeita nossas escolhas e não vai arruinar o nosso dia.

— Preparada? — Ela pergunta alegremente.

— Boa sorte. Você vai precisar.

— Ah, cale-se. Você tem um cabelo bonito. — Ela me leva para uma cadeira e começa a mexer na minha franja, que cresceu um pouquinho. Nicholas acha que não gosta de franja, o que demonstra que não sabe do que está falando, já que continua se apaixonando por mim sempre que tenho uma.

Ela faz uma coroa de trança que eu nunca conseguiria fazer sozinha e, quando termina, estou agradavelmente surpresa com a Naomi que me encara de volta no espelho. Meu cabelo está realmente muito lindo.

— Maravilhosa — ela diz, me abraçando enquanto pula sem parar. — Aqui, trouxe isso para você. — Ela abre a palma da mão e me mostra uma bala de menta.

— Uau, muito obrigado — respondo secamente.

— É meu presente de casamento para Nicholas. Garota, ninguém quer beijar uma quesadilla.

Enfio a bala na boca e passo um protetor labial simples para dar um toque final. Leon, a outra exceção à nossa regra de não convidados, está esperando lá embaixo. O sr. Howard já deve estar lá fora com Nicholas.

— Seu futuro marido fez isso para você — Leon diz, entregando a mim um buquê de galhos verdes . Eu o seguro perto do nariz e o giro.

— Como estou? — Faço uma pose para eles.

— Como se estivesse prestes a dedetizar a casa de alguém para acabar com os cupins — ele diz.

— Excelente. Era essa a minha intenção com esse *look*.

Brandy me oferece seu braço, que eu aceito. Pensei que Brandy estava aqui para ser minha dama de honra, mas evidentemente ela vai me levar até o altar.

— Está pronta?

— Estou mais do que pronta. Preciso prender aquele homem antes que ele tenha alguma ideia e escape.

Todos nós saímos pela porta dos fundos para o crepúsculo cor de lavanda, andando com cuidado enquanto descemos pela encosta nevada. Não há corredor no qual desfilar. Não há grupos de damas de honra ou padrinhos, nem arranjos de flores, nem flash de um fotógrafo. É o mais longe possível da igreja St. Mary's.

A floresta recua em uma mancha preta, o ar frio entrando em meus pulmões. O homem que amo está esperando por mim na beira do lago, e sinto seu pulso como se fosse meu. Meus sentidos são captados por um caleidoscópio, coletando imagens, cheiros e sons para preservar até o dia da minha morte. Estou prendendo a respiração desde o segundo em que o conheci; que estranho, agora, finalmente exalar. Respirar nunca mais será igual.

Tenho certeza de que a paisagem está linda, mas me dei conta de que não importa onde estamos. Nicholas poderia estar me esperando em uma tempestade, um deserto, um vácuo. Eu não saberia a diferença, porque tudo que vejo é ele.

Ele me olha com um sorriso tão lindo que me enche de todas as emoções que cabem no meu corpo. A palavra *amor* se resume a Nicholas. É ele inteiro. Um dia essa palavra vai se transformar, expandindo-se com as pessoas que trouxermos para esse mundo juntos. Mal posso esperar para ver que tipo de mágica faremos com essa palavra, quantas formas ela vai tomar. Mal posso esperar para ver quantas memórias vão emergirda nossa decisão de estar aqui, agora, e aceitar um ao outro na alegria e na tristeza. Quanto a isso, digo: pode mandar.

Já conhecemos o pior lado um do outro. Lutamos e saímos dessa inteiros. Haverá inevitavelmente discussões, concessões e tratados de paz redigidos com sangue, suor e lágrimas derramados. Teremos que escolher um ao outro, muitas vezes, e ser nossos maiores incentivadores, nunca esquecendo o lado bom sempre que estivermos presos em um momento ruim. Vai dar trabalho. Mas deixe-me dizer algo sobre Nicholas Benjamin Rosefield:

Ele vale a pena.

Os olhos de Nicholas brilham lacrimejantes e seu sorriso irradia. Assim como eu, sei que ele valoriza muito o que temos.

Não seria ótimo ter uma segunda chance?

O sol desaparece sob a curvatura da terra e mergulha no céu em um espetáculo brilhante de azuis e roxos que se refletem na neve como a aurora boreal. Ele pega minhas mãos, examinando meus dedos vermelhos e gelados. Sopra suavemente para aquecê-los, então me puxa para mais perto para compartilhar seu calor. Ele tem um raminho de sempre-viva no bolso da frente de seu macacão, como uma flor na lapela, o que me faz rir.

A verdade sobre um casamento é: ninguém se lembra dos votos. Todos os esquecem um segundo depois que as palavras sagradas são pronunciadas, porque o cérebro precisa de espaço para catalogar cada detalhe do rosto de seu parceiro. Toda a minha atenção está nele. Tudo é maravilhoso. Todo dia é a mesma coisa. Todos os dias são como o dia do nosso casamento.

As palavras do sr. Howard chegam num tom tão baixo aos meus ouvidos que é como se estivessem vindo de outro mundo. Nicholas esboça um sorriso, um bem pequeno, antes de se aproximar. Seu olhar sobe dos meus lábios para os meus olhos, e o jeito como o encaro faz com que ele pare. Faz com que beije minha testa suavemente antes de me dar o beijo que me tornará sua esposa.

Flocos de neve brilhantes como diamantes caem ao nosso redor enquanto eu passo os dedos por seu cabelo e o beijo de novo e de novo, esse homem que pertence a mim, irrevogavelmente.

Como Nicholas e eu nos conhecemos?

Nós nos conhecemos em uma casa chamada Para Sempre, depois que voltamos novamente a ser desconhecidos. E estou cem por cento apaixonada pela transformação que enfrentamos.

AGRADECIMENTOS

É necessário envolver uma comunidade para dar vida a um livro, e a minha é incrível. Para minha agente literária, Jennifer Grimaldi, que mudou minha vida em um milésimo de segundo: obrigada, obrigada, obrigada por defender minha história, por me ajudar a lapidá-la até estar polida e por me colocar em contato com minha agente cinematográfica, Alice Lawson (outra gênia que faz a mágica acontecer) e com a editora dos meus sonhos, a Putnam. Se você tivesse me dito, quando comecei a escrever este romance, que eu ia chegar *aqui*, eu teria caído da cadeira de tanto rir. Quando penso em todas as pessoas que disseram sim (e com entusiasmo!) a este livro, ainda quero me beliscar para me certificar de que não é um sonho.

Para Margo Lipschultz, editora *superstar*: ofereço a você um jardim figurativo de camélias, que, de acordo com um site, significam gratidão (mas, de acordo com outro, significam "saudade" e "beleza impecável", então pode escolher). Tenho muita sorte de tê-la a bordo deste navio comigo, tornando meus dias mais brilhantes com seus e-mails, sua paixão por essa história e esses personagens e sua fabulosa experiência. Obrigada também à minha adorável editora no Reino Unido com a Piatkus, Anna Boatman e cumprimentos à maravilhosa equipe da Putnam: Sally Kim, Tricja Okuniewska, Ashley McClay, Alexis Welby, Brennin Cummings, Tom Dussel, Ashley Tucker, Mia Alberro, Marie Finamore, Bonnie Rice, Ivan Held, Christine Ball, Amy Schneider e à equipe de arte: Vikki Chu, Christopher Lin e Anthony Ramando.

Devo gratidão enorme e eterna a Marcus, meu marido e herói arrojado e confiável. Não seria capaz de escrever uma única palavra se não fosse o seu apoio, que nunca vacilou. Sempre sonhei em ser escritora, e por causa de seu trabalho intenso e de seus sacrifícios, fico em casa todos os dias para escrever histórias com as crianças mais bobas e doces do mundo. Lillie, Charlie e Bebê Número Três: eu amo todos vocês até o infinito. Vocês trazem muita diversão e alegria para a minha vida. Além disso, esta é definitivamente a única parte do livro que vocês têm permissão para ler.

Outra coisa: acho importante ser transparente sobre o que vem *antes* das boas notícias. Apesar de *Até que o inferno nos separe* ser minha estreia oficial e de minha experiência com ele até agora ter sido incrível, ele está longe de ser o meu primeiro romance. Aos meus colegas escritores nas trincheiras do processo – preocupando-se, revisando e começando de novo pela enésima vez: nunca desistam, não importa o que as pessoas digam. Se continuarem escrevendo e tentando, descobrirão a história que devem escrever. É assim, quando menos se espera.

Obrigada aos adoráveis autores e autoras que concordaram em ler este livro com antecedência e que generosamente o divulgaram *on-line*. Seu apoio tem sido incrível! Obrigada ao Skypeland, meus primeiros leitores, cuja amizade, torcida e comentários em letras maiúsculas me incentivaram a continuar. Vocês, mulheres talentosas, foram todas grandes inspirações, e mal posso esperar para forrar minhas prateleiras com seus livros!

Um último agradecimento vai para você, leitor, quem quer que seja. Você tirou um tempo para ler minha história, e por isso serei eternamente grata.

SUA OPINIÃO É MUITO IMPORTANTE

Mande um e-mail para **opiniao@vreditoras.com.br**
com o título deste livro no campo "Assunto".

1ª edição, nov. 2022

FONTES Italian Old Style MT Std 11/16,3pt;
          Freehand575 BT 20/20pt
PAPEL Ivory Cold 65g/m²
IMPRESSÃO Geográfica
LOTE GEO300922